U0813936

KUWEI
酷威文化
图书 动漫

艾小图 作品
Ai Xiao Tu

刚刚好的你

百花洲文艺出版社
BAIHUAZHOU LITERATURE AND ART PRESS

目录

第一章 去吧皮卡丘 / 001 /

当年我年少无知，曾经喜欢过他。

第二章 我要交男朋友 / 010 /

不管过去那场暗恋怎么失败，
总归还是要向前看。

第三章 相亲困难户 / 028 /

没有人能阻止我喜欢谁。
我要是真喜欢，就算她喜欢别人，
我也会毫不客气把她抢过来。

第四章 爱的壁咚 / 055 /

喜欢一个人是一种感觉，
不是需要证明的习题，
我不喜欢你，不代表你不好。

第五章 救了个美 / 096 /

这一招在爱情里，叫绝望。

第六章 癞蛤蟆是你 / 118 /

可不可以到我身边来？
我也想要阳光，哪怕一点儿也好。

第七章 私奔到月球 / 161 /
因为你讨厌我，所以你不会懂，
我把你的心意当作我的心意，那种可悲的感觉。

第八章 不想长大 / 202 /
我不想在很多年后回忆起来，
后悔年轻的时候，
没有为了和喜欢的人共度一生而努力。

第九章 你不知道的事 / 249 /
这么多年了，我一直一个人。

第十章 遇爱则强 / 268 /
你要等，最好的那个，总是来得比较迟。

番外一 两个人的生活 / 290 /
这货真冷血，
大约也没有觉得娶我有多感激吧。

番外二 一条狗 / 294 /
以后别再和我讲那些乱七八糟的故事了。

番外三 一个人的旅途 / 296 /
原来遇到了对的人，是这样的。

Chapter 1

第一章 去吧皮卡丘

当年我年少无知，
曾经喜欢过他。

周尽欢想，这一定是这世界上最诡异的见面。

虽说只是交个朋友，但周尽欢还是觉得左衡娇有点太过分了。

看着对面的男人，再解读左衡娇的话，竟觉得每一句都别有深意。

“此君质朴稳重”，意思是看上去年纪很大，穿衣品位很差；“思虑甚重，书卷气浓”，翻译一下就是有点谢顶，戴着比酒瓶底还厚的眼镜；“很有爱心，很会照顾人”，其实就是养了只土狗每天给铲铲屎……

从见面开始，这个男人就一直说个不停，口沫横飞，虽然周尽欢无数次想要拍案而起，对这个男人大吼：“他娘的给我闭嘴！不要再喷口水了！”

但周尽欢还是忍住了，毕竟是读过大学且过了英语四级的人，良好的修养让她选择了微笑且安静地聆听。

出门前，左衡娇特意给周尽欢打来电话，告诉她，为了给男人留下美好的印象，她只负责微笑，不管别人说什么，她只要回答“是”“没错”。这样既显得温柔，又可以掩盖她会结巴的毛病。对此，周尽欢是有良好执行的。

比如此君说：“虽然我没什么钱，又其貌不扬。”

周尽欢马上说：“是！”

再比如此君自谦道：“别看我有点谢顶，其实我才三十一岁，就是长得有点捉急。”

周尽欢立马点头迎合：“没错！”

……

周尽欢的惜字如金让此君也有点心塞了。他终于忍不住亮出了底牌，撕开了绅士的外衣，露出了禽兽的本质，凑过身子低声问周尽欢：“你是处女吗？”

周尽欢正在搅咖啡，本能地回了一句：“是。”是处女座。

还没等她反应过来，此君已经喜笑颜开，立刻猥琐地问道：“今晚，约吗？”

“……”

“哗——”一杯咖啡泼在了此君脸上。褐色的液体在他头发上粘连，发尾还在滴滴答答。

周尽欢被眼前的一幕惊呆了，低头看着自己手上的咖啡发怔，心想着我没泼呢，这是谁来抢戏了？

从戏剧冲突的角度来说这一情节十分抓人眼球。一个打扮得很市井的女人拎着一个用得很旧的名牌包站在那个男人面前，此刻，她正满脸怒容，法令纹很深，她重重地把已经空掉的咖啡杯摔在桌子上。瓷杯碰撞玻璃桌面，发出叮的一声，刺耳至极。

女人的声音里有愤怒也有哽咽，“你对得起我吗？！就你这副尊容你还想猎艳！我就说你怎么加那么多群，随便一试你就原形毕露。你给我老实交代！像这种行为你做了多少次了？”

“……”

可作为现实来说，这亮瞎狗眼的社会伦理剧就这么活脱脱上演，周尽欢还是有些不知所措。而她的首席闺蜜——左衡娇，正是这部剧的摄影师，此刻，她正跟在那个女人身后，举着DV尽心拍摄。

不用解释什么，周尽欢已经懂了。

一个如刀的眼神无情地射过去，左衡娇往后缩了缩，抱歉地对周尽欢挑了挑眉。

……

闹了一场，女人扯着男人的耳朵离开了咖啡厅，左衡娇留下善后，她已经习惯了这样的工作。

左衡娇在一所很不正规的私人侦探事务所工作，全事务所只有两个人：老板和左衡娇。这事务所也没什么事干，也就替人抓抓小三，试探试探老公男朋友什么的，左衡娇也因此得名“渣男杀手”，在她手上现行的渣男无数。因为精于男女之道，病急乱投医的周尽欢投入了她的门下，从此上了贼船，误入歧途。

一切结束，周尽欢才明白这又是被左衡娇利用来抓渣男了。

“对不起嘛欢欢，”左衡娇把在男人身上用的那一套用在了周尽欢身上，“这不是老板去搞跟踪了嘛，事务所没人。”

周尽欢一肚子气，要知道她是真的想出来认识人指望发展男女关系的，年二十八了，再不结婚就是社会的罪人了，她能不急吗？

“你就不能让我来摄影吗？为什么每次我都成了试验渣男的那一个？”周尽欢气坏了，“居然这么玩我？我们到底是朋友还是仇人啊！你知道我被那人吓成什么样吗？”

周尽欢越想越气，“你还说他喜欢养宠物，让我套近乎，我为了和他搭上话，这几天快进着看完了《宠物小精灵》TV版。我容易吗我？！”

左衡娇用看外星人的眼神看了周尽欢一眼，十分同情地说：“亲爱的，我不怪你不吃药了，我怀疑你是一直吃错了药。”

“我呸！”

为了让周尽欢消气，左衡娇主动上交钱包提出请客。周尽欢毫不客气，直接点了咖啡厅里的至霸双人餐，一顿吃下来八百块。

左衡娇一边吃一边腹诽：“要不是你反应真实也不会要你来了。早知道就让你摄影我自己上了，也就三千块，老板拿一半你还吃我八百……冒着失身挨揍等危险，我们农民工容易吗？”

“你还好意思说？”周尽欢举着叉子指着左衡娇的鼻子，“你自己说说是第几次了，你骗我见这些极品奇葩，我审美观都要毁了你知道吗？我现在看到个身高过了一米七的都觉得是人间极品。我以后嫁得不好你负责吗你？”

“你要嫁得不好只能说明这个世界上的男人还是有眼光的，和我没什么关系。”

“左衡娇，你爹妈真是取对名字了，又作又横又娇。”周尽欢捶胸顿足，“我到底是作了什么孽认识了你！”

“别这么说啊。”左衡娇安慰周尽欢，“我还是帮了你不少啊，你想想，以前你对着男人只说三个字就开始结巴，现在你都可以说六个字了，所以说这种渣男疗法是有效的啊。”

“……”周尽欢无语凝噎，“你也好意思说。”

左衡娇厚颜无耻地笑着，周尽欢懒得理她，低头就餐。

这是一家很西式的café，除了咖啡还带餐点，是附近白领上班族午餐的首选，来往的客人一直络绎不绝。

周尽欢背后的卡座似乎来了新的客人，周尽欢听见了落座的声音。

窸窸窣窣一阵过去，一个女人点完餐，一道低沉又很有磁性的男声响起。

“一杯蓝山，请用虹吸壶，水温控制在九十二度，咖啡豆磨好不要超过十四克。”男人应该是正在看菜单，纸张翻阅发出沙沙声，声音很小，显得彬彬有礼又很绅士，他不卑不亢地吩咐，“澳洲雪花牛排，全熟，绝对不能见血，谢谢。”

周尽欢一边切着肉一边小声嘀咕：“一个男人屁事这么多，矫情。”

左衡娇压低了声音说：“人家这是讲究生活品质，谁和你似的喜欢用筷子吃牛排，还得蘸辣椒酱！”

周尽欢撇撇嘴，“和你们这些没有品位的人没法沟通。老干妈，真女神。”

左衡娇放了刀叉，眼珠子一转，突然伸长了脖子凑近周尽欢，小声说：“和你背对背那个男的，身高一米八加，穿衣品位很好，脸我刚才也看到了，一个字——帅。刚还和那个女的自我介绍来着，应该是来相亲的，你要不要去截和？”

周尽欢白眼一翻，“我这种牛排恨不得吃五成熟茹毛饮血的人哪配得上人家？不用了。”

左衡娇见周尽欢如此消极，立刻用手压下她的刀叉，“你有没有一点儿自信啊！

让你上你就上！ practice 你懂不懂啊！”

左衡娇正说着话，周尽欢就听见那个男人低声轻笑了两声。不知是听见了她们这边的动静，还是和那个女人说了什么有趣的事。周尽欢只觉得连笑声都十分悦耳，像有一只无形的手在她心脏之处挠了挠，又痒又酥。

他整个人似乎往后靠了靠，虽然隔着沙发的靠背，周尽欢还是能感觉到他的重量，这种雾里看花隔一层的接近让周尽欢有些紧张地挺了挺背。

他语气自然地对那个女人说：“今天体感温度二十八度，你这层层叠叠的穿法不热吗？”他啧了一声，“对不起，我做任何事都习惯简化，恕我直言，你并不适合这样的打扮，目测你应该不到一米六，穿这种裙子会显得你腿短且突出你驼背的问题。尤其你的围巾搭得很失败，让你看上去像一只移动的骆驼。”

男人的话引得周尽欢扑哧一下就笑出了声。与周尽欢的欢乐相反的，是那个相亲女孩的羞愤。

那女孩终是忍不住了，饭都不吃了，噼里啪啦把男人数落了一遍，末了说：“听说你是相亲困难户，之前还觉得奇怪，硬件挺不错的怎么就困难了，现在一见才真的懂了，就你这情商，这臭嘴，我看你就一辈子打光棍吧，别出来祸害人了！”

男人被骂了也不生气，只有理有据地回答：“以化简原则来说，一个人生活是很好的选择。我并没有一定要结婚的想法。”

“希望你得偿所愿！祝孤独一生！”女孩啪一声拍了一把桌子，转身走人。

周尽欢终于忍不住好奇回头看了一眼正在离开的“移动的骆驼”，果不其然，正如那个男人说的，女孩并不适合这种文青穿法，显得不伦不类，但有时候实话说出来就显得太过难听。尤其是对女孩外在的评价，那就是不能碰的雷区。

很显然那个女孩是精心打扮了的，被这么评价真是太虐了。

左衡娇拉长脖子看着女孩离开了，又回过神和周尽欢说：“你不是一直想试试自己的搭讪水平吗？去试试吧。挑战高难度才显得你水平高。”

“你确定去搭讪这个人不是自虐吗？”

“被虐了也能原谅他，对帅哥，我们总是多几分宽容之心，你也懂的，这是一个看脸的社会。”

周尽欢啃着不锈钢叉子想了想，也没走心，就说：“你说得对，练手还是不能找真喜欢的，不然练失败了是双重打击。”周尽欢抿了抿唇，突然生出了几分大义。

“去吧，皮卡丘！”左衡娇送出了看热闹不嫌事大的鼓励。

就这样，心理障碍已经七八年的周尽欢勇敢地跨出了第一步。

周尽欢一口干掉了桌上的一杯卡布奇诺，甜腻腻的味道从口腔一直滑入喉头。趁着这股疯劲儿，周尽欢缓缓站了起来，僵硬地转身，两步走到那个男人面前。

因为紧张，周尽欢觉得耳边似乎有风呼呼刮过，心脏怦怦的简直要跳出胸口。她紧张得高昂着头，虽然已经站在了那个男人面前，却连看都不敢看那个男人的脸。与方才和左衡娇谈笑风生的样子完全判若两人。

“你好……请问……你可以给我你……的电话吗？”周尽欢闭着眼睛，结结巴巴地开口。

周尽欢闭着眼睛等待着男人不留情地羞辱，却不想那人始终一言不发。

让人尴尬的死寂使周尽欢忍不住睁开一只眼偷看了一下。

眼前的男人短短的头发自然竖起，简洁又很有型；很有味道的五官让他看上去帅气又有魅力；穿衣品位也非常不错，白色衬衫，米色休闲裤，不乱穿就不出错；身上没有多余的缀饰，只戴了一块手表，但这并不影响他干净的气质。

男人沉默地看着周尽欢，倨傲的眉眼夹杂着几分困惑的表情。但周尽欢已经没有闲心去分析他表情的含义。

这个男人确实非常符合周尽欢的审美，完全就是她的理想型。

如果这个男人不是叫那个名字的话……

“宋演？！”周尽欢突然瞪大了眼睛，声音也不自觉地高了八度，“怎么是你？！”

“我们认识吗？”宋演若有所思，轻启薄唇。

周尽欢觉得胸口一闷，想想也没必要逼他想起什么，只有点心塞地回答：“不……不认识。”

“不认识又怎么知道我的名字？”宋演上下打量一番后，问她，“你叫什么？”

宋演脸上明显是不相信的表情，周尽欢被他凌厉的眼神震慑住，愣了半天才结结巴巴地回答：“皮……卡……丘……”

周尽欢觉得方圆百里似乎都陷入了一片死寂。她一时也忘了怎么反应，只直直盯着宋演。

宋演眯了眯眼，嘴角勾起一抹似讥似讽的笑意，慢条斯理地说：“你这方式倒是新鲜。”

周尽欢一脸茫然，呆呆问他：“什么？”

宋演不紧不慢地抿了一口咖啡，姿势还是无比优雅。只是周尽欢此刻如在油锅中煎熬，实在没空欣赏。

“你是打赌输了么？”宋演顿了顿，又说，“五分熟茹毛饮血的人又怎么会来找全熟的人要电话？”

周尽欢没想到他别的没听见，就听见这一句，也有点尴尬，脸噌一下就红了。

其实周尽欢是个内心挺澎湃的人，在女生面前无比正常，就是和男生不行。和一般的男生都不行，更何况还是这么有渊源的人，她没落荒而逃已经是勇气可嘉了。

“你就说……给不给吧……”

宋演没想到周尽欢看着挺害羞，脸皮倒是挺厚，他微微笑，无比残忍地回答：“不给。”

他拿纸巾擦了擦手，也不再抬头看周尽欢，完全当她透明人一样。

周尽欢实在觉得他这副漫不经心又无比残忍的样子太过熟悉，竟勾得她都有了几分眼热。不知是回忆起了当初的事还是胸腔那口闷气憋了太多年。

周尽欢恼羞成怒，手一抬就举起了宋演面前的咖啡。

说时迟那时快，周尽欢还没泼呢，宋演已经眼疾手快地抓住了周尽欢的手。

咖啡左晃右荡，原本是准备泼宋演一个人的咖啡，最后溅了两人一身。

褐色的液体染得宋演的白衬衫完全变了颜色。反观周尽欢，一身深色衣服倒是一会儿就没了痕迹。

宋演一脸嫌弃，眉头皱了皱，也不理会周尽欢，只自顾自拿起桌上的纸巾擦拭。擦了半天没擦干净，他干脆解了纽扣把衬衫给脱了。

一块块结实而精瘦的肌肉让周尽欢一时也忘了仇恨，只傻愣愣地看着宋演。

那件被染得和抹布一样的白衬衫就这样被宋演给抛弃了。他结完账后拿起自己的钱包起身就要走。

“等等。”周尽欢叫住了他。

宋演脸色并不好，但还是停住了脚步，回头看了她一眼。

这一眼把周尽欢看得更是七荤八素，要说什么也忘了，话到了嘴边变成结结巴巴的一句：“你裤子也脏了……要不要……也脱下来……”

宋演眼神锐利如刀地射了过来，周尽欢吓得往后一缩。

周尽欢的意思是，不脱的话一会儿会把车坐脏了……她也是看到他的车钥匙是好车才好心提醒……

在众人热烈的注视之下，宋演就这么大摇大摆赤膊走了出去。

主要还是身材好得有点过分了，不然也不至于把这么狼狈的样子走得如此风骚。

可惜还是一如当年讨人厌，这人真是白瞎了这么优质的硬件条件。就他那不招人喜欢的个性，真是能辐射到方圆百里的。

“弄啥咧？”左衡娇手上捻着宋演随意丢弃的衬衫，一脸激动地凑了过来。她老毛病还是改不了，一激动就会说她的家乡话，和她美艳的外表非常不搭。

“演偶像剧呢？”左衡娇啧啧看着周尽欢。

懒得和她贫，周尽欢郁闷地坐回原本的位置上。她点的餐已经完全冷掉，牛肉也变得不好切了。

周尽欢想，今天出门的时候一定忘了看老皇历，不然怎么就那么走运，一天遇到两个奇葩呢？

左衡娇一边吃着沙拉，一边兴致勃勃地问东问西："那个男人你是不是认识啊？"

"嗯。"周尽欢塞了一块冷掉的牛肉进了嘴巴，竟然觉得牛肉硌得她牙有点疼。

"怎么认识的啊？"

周尽欢手上的动作停了停，也没有抬头，只平静地回答："大学同学。"

"真的假的？"左衡娇惊讶道，"你存在感也太低了吧！大学同学也没几年啊，居然都不认识你了。"

"他读书的时候就这样。"周尽欢脑海里涌起过去的点点滴滴，最后只说，"当年我年少无知，曾经喜欢过他。"

"真的假的？！"左衡娇一脸激动，两眼几乎都要发光了。她还没开口八卦，突然又想起了什么，"不对啊，我记得你不是这么多年就喜欢过一个人，然后那个人还把你拒绝了，你不是因为这个原因才得上这怪病的吗？敢情你不只喜欢过那个人啊？"

周尽欢觉得嘴里的牛肉越嚼越硬，最后生生咽了下去。她十分不想承认但还是承认了，"就是他。"

"弄啥咧！"左衡娇脸色立刻变了，从一脸八卦看好戏的表情变成义愤填膺，"那你怎么就让他这么走了！他妈的得让他负责！"

"怎么负责啊？"周尽欢自嘲一笑，"都这么多年了。"

"把你娶回家啊！"左衡娇一脸义正词严，"他造的孽就该他来赎罪。"

周尽欢想到那个人那副目中无人的样子，轻叹了一口气，"得了吧，不用再见他我已经很感激了。"

"怎么就算了，也太过分了！都害人家姑娘得病了，居然一点儿都不记得了！也太伤自尊了！"

……

拜左衡娇一直不依不饶喋喋不休所赐，那天晚上，周尽欢竟然梦见了宋演。那个这么多年都不曾出现过的人。

寒冬的午后，开着暖气的图书馆，灯光明亮得如同舞台。宋演紧皱眉头，低垂着眼睫毛看着桌上的习题册。那认真的侧脸完美得可以拓印成金币。他骨骼分明细瘦有力的手握着笔，笔尖触碰纸张发出沙沙的声音，一笔一画都十分有力。

他一边解着复杂的公式一边还不忘骂她："你到底吃什么长大的怎么能这么笨？到底要教多少次才能懂？就你这种水平到底是怎么混到大学来的？不要补习了赶紧退学吧！"

他越骂越生气，最后瞪着她说：“我真想找把刀把你脑子剖开看看里面装的都是什么！”宋演瞥了一眼周尽欢买来的还冒着热气的饮料，冷哼一声，自问自答：“珍珠奶茶吧。”

少女的心事总是诗，即使被这样不留情面地骂着，周尽欢还是觉得心里暖暖的。

那一刻，她只在心里默默地说：“真的没有空余的位置了，满满只装了你。”

周尽欢从梦中醒来才发现自己居然可耻地哭过了。没想到事情过去这么多年了她还是会哭。

大约当年真是被他伤了感情也伤了自尊了。

一副颓丧死狗的样子起床，这才发现镜子里的女人黑眼圈比眼睛还大。年龄的压力和容貌的变化让周尽欢忙把那些愁绪抛到了脑后，拿起那些卖得比血还贵的护肤品在脸上涂涂抹抹。

化完妆，武装完毕，周尽欢看了眼时间准备去上班，临走前发现厕所里多了一样东西——宋演的衬衫。不知道昨天是怎么脑抽了给拿了回来。

已经干掉的衬衫花了一片，皱成一团。周尽欢看了一眼，撇撇嘴把衬衫丢到马桶的水箱上面。

从现在起，这件衬衫的使命就是当抹布了。

想到衬衫的主人，周尽欢竟觉得有几分解气。

反正见不到人了，蹂躏蹂躏衣服也是好的。

Chapter 2

第二章 我要交男朋友

不管过去那场暗恋怎么失败，
总归还是要向前看。

周尽欢在江北大学学的金融，毕业后留在了江北，当时正好租了左衡娇的房子，两人成了室友建立了友谊。之后几年在左衡娇的带领下，混得只能用一个字来形容，那就是“糟”。

家里多次催她回家，她没闯出个名堂也不好意思，后来经姨妈介绍进了四户通路这家久盛百货，为了上班能近点搬了家，这才和左衡娇分开，正式开始独立发展。

之前她一直在财务部工作，给公司的同事们发发工资，管管报销的那些事儿，和她的专业除了都是和数字打交道以外就没什么关系。

四户通路久盛百货是霍氏集团旗下的产业，也是集团里营业额最低的百货公司。四户通路久盛百货的这栋大楼倒是充满了传说。

不知是巧合还是真有风水问题，这栋大楼在久盛百货进来之前曾三度历经火灾。第一次大火烧掉了曾经创造了销量传奇的销品百货；第二次大火终结了亚洲大酒店的一时辉煌；第三次大火毁灭了建设中的南星航空办公大楼。至此，这栋大楼成了江北街头巷尾的谈资，一放便是四年，最后是霍氏大胆接手。

久盛百货外墙上贴了一排镜子，据说是请来的香港风水建筑师设计建造的。反正从建成至今还没有发过火灾，姑且算是有用吧。

因为营业额太低，前不久市场部经理辞了职，听说营销部经理也快顶不住压力了，于是乎位置就这么被空了出来一直悬着。

周尽欢自己也不知道是走了什么狗屎运，明明人缘也一般，却在最后以绝对的高票被推选成为新一任的市场部经理。

直到她升职搬了办公室她都没想起来到底是什么时候递的申请，但她没有太过纠结于这些细节。总的来说结果是好的。为了治愈结巴，事业爱情一把抓，周尽欢也算是拼尽全力了。

早上上班就觉得公司里气氛有些不对劲，一贯比较随意懒散的管理团队今天出奇的守规矩，连迟到的人都没有。

周尽欢拎着包到了自己的办公室，途经总经理办公室。

之所以要特别表述这句话，是因为周尽欢在路过的时候，突然发现总经理办公室外面的名牌换了。

周尽欢认真地看了一遍，上面写着：YAN SONG。

“新来了总经理？”

总经理换了，总秘却没有换，她一直瞧不上周尽欢，趾高气扬地说：“你到底有没有上班？上周不是就给每个人都发邮件了吗？”

这一周周尽欢都在尽力解决人生大事，自然是没注意公司的邮件。

“新经理叫严松啊？”

总秘对着周尽欢白眼都要翻到外太空了，她没好气地说：“你能不能不要这么土？不知道英文里会把姓氏放在最后吗？”

“也不是英文啊，这不拼音吗？”周尽欢小声嘀咕。

她也没有兴趣一直在总秘这儿自找没趣，正准备走人，突然脑中灵光一闪，整个人惊得打了一个激灵，赶紧又退了回来。

“新总经理……该不会叫宋演吧？”周尽欢瞪大了眼睛，心里默念着不会这么巧吧……

“你盯着我的名牌看什么？”一个刻薄得有些熟悉的声音自背后幽幽传来。

周尽欢瞬间就察觉到了那种无以名状的压迫感。她头皮发麻，僵硬地转过头去。

果然就是那人，那事，那景。

“总经理……”

宋演双手交叉抱在胸前。他个子高，看周尽欢完全是以鄙视惯用的俯视角度，嘴角勾着一丝意味不明的笑容，让周尽欢感到有点毛骨悚然。

“你是对我有什么意见吗？”

“呵呵……”周尽欢尴尬地干笑了两声，脑子飞快地转了起来，想好的马屁拍出来却有点不顺利，毕竟口条还是有很大的障碍，“没想到，你这么英……”

“阴？”宋演阴恻恻一笑。

“英明神武……的人……”周尽欢憋了半天终于把马屁给憋全了，“会成我的领导……”

宋演对她这么努力的奉承置若罔闻，只淡淡扫了一眼周尽欢胸前的胸牌，“周尽欢，市场部经理？”

“是。”

宋演若有所思，盯着周尽欢半晌才得出结论：“你结巴？”

周尽欢自然知道市场部经理这个职位的重要性，赶紧否认，“不是，不结巴。”

“吃葡萄不吐葡萄皮，不吃葡萄倒吐葡萄皮。重复一遍。”

听着宋演用他那充满磁性的声音说着绕口令，周尽欢只觉如临大敌，嗯嗯啊啊半天没开口说一句，最后只求饶地看向他：“何必啊经理？”

“重复。”宋演还是那样铁面无私。

周尽欢终于是泄了气，耷拉着脑袋低低地说："求放过。"

宋演并没有继续为难她。他看了一眼时间，往前走了两步，正准备进办公室，却又因为不明原因折了回来。

"周尽欢？"宋演皱了皱眉问，"江北大学金融专业的周尽欢？"

有生之年还能被他想起来，周尽欢竟然觉得还有几分小激动，"是。"

"怪不得觉得有点眼熟。"宋演摸了摸下巴，似是回忆起了一些从前，"我记得你以前不结巴。"

"嗯。"

"什么时候开始结巴的？"

周尽欢不想回答他的问题，答非所问地"噢"了一声。

宋演被她的反应引得皱了眉，忍不住问她："你会不会聊天啊？"

"不太会。"

不想占用过多的上班时间，宋演看了周尽欢一眼，终于放过了她，"算了，去上班吧。"

周尽欢如获大赦，赶紧转身撒丫子走人。

"回来。"身后传来宋演的呼唤。

周尽欢转过身去，不情不愿地问："还有什么……吩咐……总经理……"

宋演想了想，眸光闪了闪，一字一顿地问："难道是因为我？"

周尽欢觉得有几分心虚，在宋演的注视下显得有些尴尬，忍不住躲避他探究的目光。

大约是她闪烁的样子让宋演更加确定了他的想法，再看向她的眼神已经充满了同情和一点点的歉疚。

周尽欢慢慢转过身来，那么短暂的一两秒她想了很多，也原本准备了一些话想说，可宋演的话却让她什么都说不出来了。他轻叹了一口气，用高高在上的态度搭配语重心长的口气说着疯话："其实你那时候再多想想就不会做出那种事来。毕竟我们两个档次也差太多了，我不喜欢智商低的女人。"

周尽欢只觉空气之中好像突然飞来几支箭，直直地刺中了她的膝盖。

什么少女情怀，什么怅然回忆，什么经年过去，此刻都变得一文不值。

周尽欢吞了口口水，虽然脸涨得通红，但这一次与害羞什么的完全扯不上关系，除了愤怒就没有别的了，"你这样是不是……有点太自恋啊……"

宋演扬了扬下巴，手指点了点自己的太阳穴，大言不惭，"如果我记忆没有出错的话，我不是自恋，是有人恋我。"

周尽欢只恨自己怎么没有留指甲，要是她和左衡娇一样留了长指甲，这时候已经上去挠他了。她恼怒地瞪着宋演，忍不住声音高了八度，“不准别……人……以前瞎啊……”她艰难地磕完这句话又补了一句，“怎么就……这么自恋呢……”

“Whatever，”宋演别有深意地看她一眼，淡淡一笑说，“自恋就自恋吧。”

“你什么意思……你不信……是不是？”

宋演满不在乎地耸耸肩，“你说呢？”

周尽欢此刻如同一壶烧沸腾了的水，哔哔哔个不停，却没有任何人理她。她口条不顺，原本急于想在宋演面前挣回面子，却反而让他更加嘲笑了去。

越憋越觉得要爆炸，正当她脑子转个不停想着怎么报复的时候，人家宋演已经无心恋战，轻描淡写一句“好好上班”就走人了。

周尽欢真的厌恶极了这种连骂人都骂不出来的感觉。她瞪着他的背影，恨不得在他背上烧个洞。虽然表面没有什么，但心里已经对他施行了她所知的从古至今所有酷刑。

她想：当年是不是真的瞎了？没道理会喜欢这种人啊。

想想实在太生气了，周尽欢没有直接回办公室，而是先去了茶水间，准备泡杯菊花茶下下火。

茶水间里面已有一人。周尽欢敛了敛表情，走了进去。

这不进去还好，一进去吓了一跳。在里面的人居然是霍期——公司的副总经理。

“霍总……自己来啊？”秘书去哪儿了？

周尽欢来公司不过一年多，之前一直在财务部，和领导们的交集很少，对于这位副总的印象也就停留在秀色可餐上。

升职以后，霍期成了她的直接领导，她自然也增加了一些对他的了解。霍期今年刚到而立之年，进公司也就两年多已经到了副总之位。长相出众的他一直是四户通路久盛的招牌，每年录拜年视频都少不了霍期的出镜。

再加上霍期的特殊身份，霍期就是公司所有未婚女竞相追逐的对象。

据小道消息，霍期是霍氏集团董事长霍建刚的私生子。但霍氏已有继承人，乃长子霍一霆，人称“江北第一少”。因为这层尴尬身份，霍期被流放到了这么一个没什么前途濒临倒闭的百货，也就玩票吧。

周尽欢在公司碰到了霍期都不敢抬头多看他一眼。主要是周尽欢看过很多小说，深知一入豪门深似海。尤其是霍期这种敏感身份，要是和他在一起，未来的日子必然不好过。她从来不敢在他面前留下太深刻的印象，万一他爱上了她可怎么办？当初周尽欢也算是未雨绸缪，后来她才知道，她真的想得有点多。

那种灰姑娘的剧情只在小说里发生，现实中的霍期连正眼都没有看过她一眼。

此时此刻，周尽欢只觉头皮麻麻的，肾上腺素噌噌噌地旺盛分泌，她已无力招架，只能低着头，也不敢看霍期，空气中凝结着让人窒息的尴尬。自从得了那怪病，她一看到男人就是这副样子。

最后是温柔的霍期打破这尴尬，“你叫周尽欢？”

霍期的声音温和又有磁性，让人心头暖暖的，“‘人生得意须尽欢’，真是好名字。”

“谢谢。”

“我有这么可怕吗？你干吗一直低着头？”霍期开玩笑道。

霍期的亲和让周尽欢的紧张缓解了几分。她有些僵硬地抬头对霍期笑了笑。

霍期手上端着一杯咖啡，轻轻抿了一口。他看了一眼茶水间外面，若有所思地问道：“你认识总经理？”

“呃？”周尽欢疑惑地看着他，心想他该不会以为自己和宋演有裙带关系吧？周尽欢斟酌了一会儿说：“不是很熟。”

“是吗？”霍期有点心不在焉，“认识已经很好了，以后他可以亲自带你，工作上帮助会很大。”

周尽欢扯了扯嘴角，想到宋演那副嘴脸，冷笑了一下，“我们在学校的……时候……就开始交恶。带我，应该是不可能。”周尽欢努力正常地断句，不想让霍期觉得她结巴很烦。

不知道霍期是想到了什么，突然抿着嘴唇笑了笑。

早上温暖的阳光透过玻璃窗射进来，照在霍期脸上，成为一束天然的补光，让他看上去像文艺电影里的主角。这一笑，真是倾国倾城。

霍期抽了一张纸巾递给周尽欢，温柔地说：“眼角的妆有点花了。”说完顿了顿，“你不化妆比较漂亮。”

周尽欢傻傻愣愣地接过霍期递过来的纸巾，心想他怎么会知道自己没化妆的样子。等她走到茶水间的镜子前才发现，原来公司拓展活动的集体照被贴在上面。当时又登山又竞赛，她自然是没有化妆的。

没想到他不过来泡个咖啡就能观察得这么仔细。周尽欢忍不住一阵小鹿乱撞。

看着霍期离开的背影，周尽欢忍不住对比，心想：这才是公认的办公室男神啊，宋演那种到底是什么怪物？

宋演这个怪物是从总公司空降过来的，据说是来整顿四户通路久盛。宋演其人，周尽欢后来也厚着脸皮和总秘打听过。

虽然人品很差，但宋演能力还是很强的。宋演在大学时学的工商管理，毕业后做了两年 HR，后来跳槽被霍氏相中，公司出资将他送到英国读了一年 MBA，之后就一直在霍氏工作。如今二十九岁的他是高管层里最年轻的钻石王老五。

伴随着宋演的上任，公司开始盛传大裁员的传闻。因为宋演外号“裁缝”，是个不折不扣的裁员专家。他可以根据每个公司的情况，调配出最合理的人力资源模式，从而为公司节省资源。

四户通路久盛百货本来就一直在亏损，是公司的鸡肋，如今宋演一来，大家都开始惶惶不安。尤其是刚升职的周尽欢。一个和男人说话就会结巴的人当市场部经理，周尽欢突然感觉到这升职升得有些诡异。

新官上任的宋演在各部门经理的陪同下在百货巡视，宋演在学校里就是“学神”，到公司不过才几个小时，每个经理说过的问题和汇报的情况他都已经记了下来。

一行人声势浩大地在百货里逛着，周尽欢悄悄地走在最后，反正赶着拍马屁的很多，她不需要再去凑热闹。

这也让她有时间好好看看她工作的百货。平时只有没活的时候才能下来巡视，这会儿认真一观察，还真是被这冷清给吓到了。

宋演一路巡下来，脸色已经完全沉了下去。

“员工比顾客还多，你们就没有一点儿着急吗？”宋演停了两秒，突然问了一句，“市场部的人哪儿去了？”

一行人的目光突然都落到了周尽欢身上。周尽欢弱弱地挤了过来，谦卑地低着头等待着宋演的训斥。谁知宋演只是看了她两眼，倒是没有再说什么。

“其余的人解散，市场部和营销部的跟着我再巡一遍，我要了解更多的情况。”

就这样，周尽欢不得不跟着宋演无止境地巡下去。周尽欢觉得应对宋演简直比应对高考还难。虽然提前几天做了准备已经把目前的资料全部读完，但周尽欢还是觉得不管宋演问到什么她都无言以对。

很显然，周尽欢什么都答不上来的状态把宋演惹到了。他立刻露出了一贯的刻薄，“一问三不知，你还来上什么班？你这种能力，拿经理的工资难道不会脸红吗？”

“挺红的……”周尽欢低声说，“一开心就红了……”

对于周尽欢这种厚脸皮宋演也懒得和她废话，一个人大步流星地走了。

这倒是让后面的人有了喘息的机会。一直替宋演抱着外套的总秘在宋演走远后终于露出了痛苦的表情。

她急匆匆地把宋演的衣服丢在周尽欢身上，夹着双腿就走了，“我去上个厕所，实在受不了了。”

周尽欢就这么接过了宋演的衣服，带着一丝嫌恶。

整理了一下外套，不小心瞥见衣服的标签，又是名牌，资本家果然就是没人性。

宋演的衣服抱在怀里，周尽欢闻到一股淡淡的香味，出于本能，她低头贴近衣服嗅了嗅。

乖乖，宋演这个刻薄的自恋男，居然还学人家男神喷古龙水。

她撇着嘴，一声鄙视的冷嗤还没发出来，宋演已经冷不防站在了她面前。

周尽欢猛一抬头，被吓得往后退了一大步。

此时此刻，宋演看她的目光很复杂，有同情，有厌恶，也有害怕……

这分明就是看变态的眼神哪。

“你……你……眼神什么意思？你是不是……以为……我是偷闻你……你衣服的痴汉？”

“衣服给我。”宋演低声命令。周尽欢本能地将衣服递了过去。

正在这时候，总秘从厕所出来了。一看宋演回来了，一时也有些腿软，“宋总……我刚是去上厕所了……”

“嗯。”宋演把衣服递给她，“不要把我的衣服随便给别人拿。”

“宋总对不起，真的对不起。”总秘忙不迭地道歉。宋演没再说什么，转身走了。总秘趁机回头瞪了周尽欢一眼。

周尽欢有苦难言。

周尽欢已经很久没有一边坐地铁一边打电话给左衡娇吐槽了。从下班到现在，已经一个小时了，周尽欢的手机被她讲烫了还是讲不完。

“……”

“他该不会以为我闻着他那破衣服过瘾吧！”周尽欢一想到宋演的表情就觉得不爽到了极点，“你没看到他那个样子！根本不给我解释的机会好吗！”

周尽欢越讲越激动，最后突然铿锵有力地宣布：“我决定了，我要交男朋友！我不能让他一直沉浸在我爱他爱得不能自拔的神经病幻觉里！”

“哈哈哈……”电话那端的左衡娇已经笑得停不下来。

本就郁闷的周尽欢被她笑得更心塞了，“歇会儿笑不行啊？”

左衡娇也感觉到周尽欢这回是真的生气了，赶紧收了笑声，郑重地问她：“你真不喜欢他了？”

“嘿，”周尽欢气得眼珠子都要瞪出来了，她激动地说，“给我打住啊，什么喜欢不喜欢的，用这个词都恶心。”

“噢——”左衡娇别有深意地“噢”了一声，然后清了清嗓子说，“你要交男朋友啊，我给你介绍吧。”

听左衡娇这么一说，周尽欢忍不住冷笑了一声，“呵呵，你那些极品，自己留着吧。”

“其实我挺纳闷的，”左衡娇说，“这么多年，除了那谁，你就没喜欢过别人了，难不成你也和我一样对男人绝望了？”

“去去，我才没绝望呢，我还指着嫁白马王子呢。也不是不喜欢别人，这不是没遇到心动的嘛。”周尽欢思忖了一会儿，脑海里闪过一个人影，“现在倒是有一个，就在身边，极品。”

左衡娇惊讶极了，“极品你也要？”

周尽欢啐她，“呸，我说的极品和你那些极品完全不是一个意思。”

还不等左衡娇说意见，周尽欢已经先泄了气，“但是太高不可攀了，估计没戏。”

“这样啊，那赶紧放弃吧。”左衡娇说。

“嗯？”周尽欢皱了皱眉，“怎么和说好的剧情不一样？作为闺蜜你难道不应该鼓励我迎难而上吗？”

“我拿的剧本让我告诉你快点醒醒。”

一句话把周尽欢从活生生的人打击成了死狗。

“不过嘛，也不是没有办法……”左衡娇打了一棒以后又给了一颗甜枣。

“真的吗？”周尽欢立刻又活了过来，“怎么弄？”

左衡娇故意卖关子地“嗯”了一声，随后一字一顿地说：“回去重新投个胎。”

“滚——”

挂断电话，周尽欢从地铁一路思考到家里。

关于主动追求霍期的N种结果。想来想去除了被拒绝以外也没有别的副作用。周尽欢心里就有了几分跃跃欲试。

除了和男人面对面会结巴的怪病，她也没有什么特别严重的缺陷。这么想着，周尽欢立刻开始上网搜索如何套近乎以及如何尽快推倒男神的方法……

周尽欢凌晨三点才想起睡觉，第二天起床自然是死狗一条。周尽欢之所以这么晚睡，说起来就要追究网上万恶的帖子。

本来她是想搜怎么追男神，结果误撞一个楼主写帖记录她追男神的过程，实在太萌了，她忍不住看到了三点。

黑眼圈太大，周尽欢用遮瑕膏遮了半天才能正常出门，赶在最后一刻打了卡。

早上一来就有工作，周尽欢因为刚接手市场部，又是莫名其妙跨部门升上来，手底下的人也不是很服气，变着花样整她，她叫苦不迭，心想投票的时候大家都把她当救世主一样，怎么现在就这个态度？

认真地观察了一下自己现在的工作环境，周尽欢也算是明白了几分自己的处境。市场部除了前经理以外，资格最老的是Elise，从基层做起，如今是市场部副经理，原本是市场部经理的第一人选，不知道为什么没有递申请。除了她，市场部还有策划江大卫、推广周施施和团队、公关Zoe和两个不怎么在公司的实习调研员。噢，还有个和市场部很有关系的角色——副经理，男神霍期。

原本市场部还有个秘书，周尽欢上任令一下，那人就辞职了。除了她以外一起离职的还有几个。这事着实有点伤人。如今周尽欢没有秘书，等于一个人在做两个人的活，也不好意思和上级说什么。毕竟副经理是霍期，她不想在他面前留下不好的印象。

市场部可以说是久盛最忙碌的部门，周尽欢作为经理更是忙得焦头烂额，每一个决策她都要参与，每一个新活动都要亲自跟进，价格的调控她要把关，品牌的推广她需推动……

不得不说，这样复杂的工作真是太为难她了。尤其如今宋演来了，据说要裁员，就久盛这个业绩，第一个被裁的估计就是周尽欢了……

忙碌了一整天，周尽欢午饭就吃了一个包子，早已饥肠辘辘。晚上六点半，终于可以下班。周尽欢刚收拾好自己的包，就正好碰到霍期也出了办公室。

原本准备走人的周尽欢赶紧碎步跟上去找机会搭讪，她见霍期手上捏着饭卡，立刻问他："去吃饭？"

霍期听见周尽欢的声音才回过头来，还是一如既往地温暖，"嗯，在食堂解决了回家就不用做饭了。"

"我也这么想。"周尽欢立刻也拿出饭卡，"霍总……我们一起去……吃吧。"

霍期也没有想太多，两人一起去了食堂。久盛百货别的不行，食堂的菜是杠杠地好吃，这也是周尽欢明明工作累得要死还能胖两斤的原因所在。

两人拿了餐盘各自去打饭。和霍期一起吃，周尽欢不敢打太多，怕吓着霍期。打完饭，两人找了张桌子就坐下了。

霍期看了一眼周尽欢的餐盘，好奇地问："你们女生是不是都这样？一顿饭就吃几棵菜，减肥？"

周尽欢还在思索霍期说的"你们"究竟是谁，便随口答道："太胖了……衣服难买，瘦才是……百搭单品。"

霍期抿唇笑了起来，"歪理邪说。"

周尽欢也不反驳，只轻轻一笑，歪着头看着霍期，一脸花痴样。看霍期吃饭真是一种享受，慢条斯理，十分雅致。周尽欢餐盘里那几棵花菜还不够她塞牙缝的，要不是佐着霍期那张帅脸，还真是难以下咽。

想到昨天晚上网上搜来的不负责任的教程，周尽欢试探性地说："霍经理……星期天……有空吗？"

其实她已经从秘书那儿打听到霍期调休了，这周日也休息。

霍期抬头，"怎么？"

"朋友送了我两张……电影票……我就一个人……"

"落单了？"霍期暖暖一笑，眼睛微微眯着，"好吧，我星期天没事，陪你去看吧。"

周尽欢只觉心怦怦怦跳得好快，好像有一把火噌一下就在胸口点燃。强压住激动，周尽欢故作腼腆地说：“那谢谢霍总了……”

一个女生主动邀约，很明显就是有意思。虽然霍期把她的邀约解读成因为落单，但周尽欢有理由相信，他根本就是明白她的意思，只是故意说得轻描淡写，让彼此都不尴尬。

“都是同事，不谢。”霍期微笑。

周尽欢还准备说话，霍期的手机响了。周尽欢识时务地没有再说话。也不知道电话那端的人说了什么，霍期脸上的表情变得有些严肃，大约是有什么急事，只听霍期说：“行，我大约一小时后到。”说完就挂断了电话。

霍期对周尽欢说：“抱歉不能陪你吃了，有点事先走了。”

“唉……”

这一刻，周尽欢无比痛恨自己的结巴，明明还有一堆想说的话、想问的问题、想说出口的关心，却什么都说不出，只能眼睁睁看着霍期迅速收了餐盘，然后和她打招呼：“再见。”

周尽欢无比颓丧，失望地挥手：“再见。”

“周末的电影我记得的，放心吧不会让你落单的。”临走前，霍期说道。

周尽欢眼睛一亮，感觉好像突然有了一束暖光恰恰包裹住了刚刚还在黑暗里的她。

目送着霍期离开，周尽欢的心情又一次愉悦了起来。拿起筷子两口搞定了餐盘里剩下的花菜和米饭，正准备起身走人，对面霍期坐过的位置突然来了人。

一个高大的男人果断地坐下，成为一道阴影，挡住了周尽欢眼前的光。

周尽欢下意识抬头，正对上宋演那熟悉的脸孔，一丝不苟的发型和熨帖合体的西装。凭良心说，从外表上看，宋演和霍期差得并不远。但宋演这个人，只要一开口说话，就能让人倒尽胃口。

“我一来你就要走啊？故意躲着我？”

周尽欢忍不住在内心大翻白眼，心想宋演这个人的自恋也真是旷古绝今了。但她嘴上当然不会这么说，毕竟人家是总经理不是？

低头正好扫到宋演的餐盘，周尽欢一个忍不住吞了好几口口水。宋演盘里的菜都是今天供应里最抢手的，刚才周尽欢去的时候分明都没有了，现在却又活生生出现在宋演餐盘里。真是没想到这个社会这么现实，连食堂大妈都知道拍马屁。

周尽欢想，她可不能居于人后，便赶紧谄媚地说：“宋总……日理万机……还……还亲自来……吃饭啊？”

宋演乜了周尽欢一眼，充满了鄙夷，“怎么，不亲自来，你替我吃吗？”

周尽欢又吞了几口口水，厚着脸皮说：“属下很愿意……效劳……”

“呵呵。”也不知道他想到了什么，只见宋演意味深长地笑了笑，对她勾勾手，

“把你餐盘挪过来。”

周尽欢不明所以，把餐盘移了过去。宋演夹了几块糖醋排骨到周尽欢的餐盘里。周尽欢没想到他会突然来这么一手，完全受宠若惊，感动得都要哭了。要知道她晚餐就吃了几棵花菜，也是挺不容易的。

“行动。”宋演说，“不是要替我效劳吗？”

也不再多说什么，宋演安静地开始吃饭，斯文又迅速，几乎不发出一点儿不该有的声音，完全的绅士做派。

周尽欢这才发现他是认真的，便不再客气。

“谢谢宋总……宋总洪福齐天……”周尽欢一边啃排骨一边感动涕流，心想宋演虽然嘴巴讨厌，心肠倒是挺好。以后再也不吐槽宋演了，宋演是个好人哪！

吃了排骨，周尽欢踏着轻快的脚步，一路跟着宋演进了电梯。她就这么没出息，爱吃肉，给肉的都是朋友。

宋演按完楼层又按下关门键，电梯门关上。周尽欢还沉浸在排骨的友谊里，热情地问：“宋总也是上……去拿包？”

“拿包？拿包去哪儿？”宋演阴恻恻一笑，突然凑近周尽欢，两人距离倏然拉近，连呼吸都仿佛在那一瞬间交换了。

周尽欢被吓到了，本能地想往后退，结果背后就是电梯光亮的铁壁。退无可退，她弱弱地答：“回家啊……”

宋演眸子一沉，又是那副死人脸。周尽欢被吓了一跳，心想刚才展现人类表情的宋演才是她的幻觉吧？

宋演问：“你工作做完了吗就回家？吃了我的排骨还想回家？”

“吃个排骨……怎么就……不能回家……”

宋演眯了眯眼，掷地有声地说：“排骨你替我吃了，肯定活也得替我干啊，难不成你以为我是白给你吃的？”

周尽欢就猜到宋演不会那么好心，却怎么也想不到他能卑劣到这个地步，今天一天已经那么累了，她实在不想加班啊。

“我现在……抠出来还你……还来得及吗……”

“你说呢？”宋演一本正经地说，“我把排骨都给你吃了，排骨对我有多重要你知道么？我可是还在发育期。”

宋演睁眼说瞎话的功夫连周尽欢都佩服了，她知道败势已定，便鄙夷地从上至下打量起了宋演，只觉这一刻对他这个人又有了全新的认识。她视线落在他裆下，咬牙切齿道：“这么大个人了……是哪里……需要发育啊……”

宋演突然伸手过来，轻轻指了指周尽欢的太阳穴，用戏谑的口吻说：“脑子啊，多吃多补，时刻提醒自己，不能像宠物一样，给了块排骨就对人摇尾巴。”

“叮——”电梯门开，宋演二话不说，直接把周尽欢拎了出来……

周尽欢趴在办公桌前一个个解决宋演丢过来的文件夹，一肚子怨气无处发泄。

回想电梯里的那一幕，周尽欢还是忍不住有点臊得慌。宋演手上的温度似乎还停留在她皮肤上，暧昧得让人有点心慌。

宋演这个神经病，除了自恋还动手动脚，真的太讨厌了。

在黑心大资本家的压迫下，周尽欢加班到十一点才做完了他交代的全部工作。

加班的环境是可怕的，从还有小猫两三只，到整个楼层只剩周尽欢和宋演两个人。周尽欢觉得这样工作简直寂寞如雪。

连呼吸都恨不得有回声的办公室实在令人发怵，从小到大听过的各种志怪故事这时候都清晰地浮现，周尽欢泪流满面地把文件放在了宋演的桌上。

宋演的办公桌上虽然堆满了文件，但被他整理得很有条理。看来他有化繁为简强迫症这事是真的。奇葩就是有些古怪的习惯。

宋演每个文件夹大致翻看了一下，点了点头说：“你可以下班了。”

他话音落下，周尽欢却迟迟没有离开。宋演困惑地抬起头问：“怎么还不走？还想继续加班？”

周尽欢嘿嘿讪笑两声，眼神瞟向无边的黑夜，咽了口口水，试探性地问：“宋总……多久下班……”

宋演正在给文件签字，头也不抬地说：“还要十几分钟吧。”

“那个……”周尽欢扭捏了半天，“宋总……你一会儿能……能不能……送送我啊？我一个人害怕……”

宋演听完周尽欢的话，忍不住皱眉，“怕什么？”

“抢劫啊……强奸啊……”

宋演嘲讽地上下打量着周尽欢，最后笑出了声，“你穷成这样，抢不到你什么；至于强奸嘛……我看别人也不愿意这么牺牲。”

周尽欢被他揶揄得连话都不想说了，强忍着掀他办公桌的冲动，直接转身走人。

什么是风度？这倒胃口的玩意儿根本就没学过。

周尽欢暗自想，自己是瞎成什么样才能看错人？这货怎么可能是好人？

夜风习习，吹动树叶发出沙沙的声音，有种寂然的恐怖效果。

四户通路周围虽高楼林立，但总归不是居民区，缺了些人气。尤其夜里，来往的车辆都很少。明明有路灯，可光线很弱，暗得让人觉得有点心慌。

抱着自己的包瑟缩地走着，周尽欢一路就靠诅咒宋演才能壮胆了。

平时觉得公司离地铁站很近，这晚上走走才发现原来地铁站还挺远的。

周尽欢一路走着，头都不敢回，脑海里闪过最近看过的各种单身女性夜里遇害的社会新闻，越走越觉得害怕，最后整个人都忍不住开始发抖。

就在周尽欢最紧张的时候——

哔哔！两声喇叭把本就紧张的周尽欢吓得忍不住尖叫了一声。周尽欢闭着眼睛整个人跌坐在地上，举着自己的包不敢动。

“就你这胆量也能活着？喇叭都怕？”不远不近的男声传来，中气十足。

周尽欢捏着自己的包挡在眼前，听见说话声有点熟悉才敢抬眼。

路灯光线昏黄，笼罩着路边的一辆黑色 SUV，宋演那张讨人厌的死人脸正从车窗里探出来，“还愣着干吗？上车！”

不知是夜醉迷人眼，还是月光太暧昧，周尽欢竟觉得这一刻的宋演有几分难解的帅气。

周尽欢没想到宋演会在这时候出现，更没想到他那么没人性却还是送了她。

坐在副驾上，周尽欢边扣着安全带，边有点感慨地说：“看来……你还有点……人性……”

宋演目不斜视地看着前方，手稳稳地握着方向盘，还是一贯毒舌，“我只是不想作为你出事后最后一个和你见面的人被警察调查。”

“你不是说……别人不愿意……牺牲？”

宋演微微侧目，看了周尽欢一眼，揶揄一笑，“保不齐有那种饥不择食的。”

周尽欢一直紧张狂跳的心终于归于平静，此时此刻，宋演的侧脸让她觉得安心。她并没有想要和宋演斗嘴的想法，只是很诚恳地说：“谢谢你……虽然也是……因为你才加班……”

“纠正，你加班是因为能力不足，上班时间做不完才需要加班。”宋演说。

周尽欢抿了抿唇说：“不管怎么说……还是谢谢你。”

宋演瞥了周尽欢一眼，“你真的想感谢我就别给我添麻烦了，早点辞职吧。”

……

宋演把周尽欢送到楼下就直接走了。没有温情的嘱咐也没有依依不舍的道别，完全没有正常男人对女人的体贴。

偏偏就是这样一个人，让少女时期的周尽欢芳心暗许。

虽然当年被惨拒，但这么多年，周尽欢一直在想，像宋演这样的男人到底会喜欢什么样的女人呢？

还是他根本就是喜欢男人？！

第二天周尽欢按时去上班，到了公司周尽欢才听总秘说宋演今天有会要开，可能不会来公司。

宋演不来，整个公司的人都松了一口气，大家呈现出久违的轻松状态。因为气氛太融洽了，连一贯不怎么理她的江大卫都忍不住对周尽欢微笑了好几次。

没有“宋阎王”的压迫，工作不再那么压得人透不过气。想到周末约了霍期看电影，周尽欢决定到女装那边去“巡视巡视”。

在百货公司工作就这点儿好处了，巡视工作还能顺便看看衣服。

周尽欢一下到二楼，女装的柜姐们已经热情地和她打起了招呼。

大家都是职场上混日子的，很懂得抓住机会。周尽欢最常买的衣服品牌的柜姐主动拉她过去，还不等她说话已经提出要给她打折。

周尽欢背着手转着，也不说话，表面上还是一副工作的严肃表情，其实眼睛已经开始搜寻着好看的衣裙。

她看着看着，视线突然被一条格子裙吸引。

那只是一条很普通的一字领粉红格子裙，以周尽欢现在的年纪穿，显然有点装嫩。可她却无法让自己的眼睛从那条裙子上移开。

实在是……太像当年那一条了。

那还是在读大学的时候，宋演受人所托为周尽欢补习，两人因此相识。相处并不多久，周尽欢也不知道是喜欢他哪里，可就是看他哪哪都顺眼。

周尽欢情窦初开，也不懂得怎么在男孩子面前表现魅力。

那天是入秋后近一个月的一天吧。十九到二十四度，阴天。想到晚上约了补习，周尽欢刻意穿上了买了以后一直没有穿过的一条新连衣裙。

一字领，粉红细格子及膝裙，周尽欢皮肤白，穿粉红色好看，为了风度，她放弃了温度。

周尽欢早早到男生宿舍楼下等宋演。宋演从寝室楼出来的时候一眼没认出周尽欢，只火急火燎地往外走去。

“宋演。”周尽欢喊了一声。

宋演回头一看认出来人是周尽欢，便对她说：“忘了和你说了，今天我有事，晚上不补习了。”

周尽欢冷得胳膊腿上都起了鸡皮疙瘩，她为了什么才穿成这样？他怎么能说取消就取消？周尽欢有点委屈了，“你有什么事啊……”

“和你没关系。”宋演说着就要走。

“你要去哪儿啊？”周尽欢要跟上去，“我能一起去吗？”

“不能。”宋演毫不留情地回绝，大步流星地走了。

他刚走出两步，突然又折了回来，走到周尽欢身边说：“你真的很想去？”

周尽欢见事有转机，立刻点头如捣蒜。

宋演思忖一会儿，问她：“你喜欢吃麻辣烫吗？”

周尽欢没想到事情会突然峰回路转。她眨巴着眼睛看着宋演，从宋演瞳孔里看到小小的自己，有点害羞地低下了头，“我都可以。”

宋演摸了摸下巴说：“那行，你跟我一起去吧，两个人更好。”

大学校园原本就是让年轻人尽情散发荷尔蒙的地方。

那时候周尽欢满脑子都是旖旎的幻想。跟着宋演穿过人来人往的大路，走进情侣最爱溜达的林荫小道，鹅卵石小路见证过许多人的青春。

秋风微凉，可跟着宋演，周尽欢只觉内心温热，连冷感都忘记了。

他们最后是在一个小工地停下脚步的。学校北门正在修院墙，施工方已经把院墙和北门都围了起来。

周尽欢看见眼前一堆沙，一堆水泥，和一个一人高的大铁筛。再看看自己干净的小皮鞋边缘沾上的泥，忍不住皱了皱眉。

她轻轻扯了扯宋演的衣服，低声问他：“我们来这里干什么？”

就在这时候，一个民工打扮的人走了过来，似乎是有点残疾，一瘸一拐的。

他手上拿着一把铁锹，一边熟络地和宋演寒暄，一边一锹一锹地铲着沙。

宋演笑呵呵地也找了两把铁锹。一把自己拿着，一把递给了周尽欢。

周尽欢本能地从宋演手上接过铁锹。结果那家伙太重，她差点手一滑砸到自己的脚。

“这是干吗啊？”

“噢。”宋演开始和那个男人做起一样的事，将沙铲起来过筛，“这个沙是盖房子用的沙，只要把沙过下筛，比较大的石子就筛出来了，砌墙的水泥都是混的这种沙。”

说着就连铲了几铲，给周尽欢示范。

周尽欢抱着大铁锹，睁着一双大眼睛有点难以置信地看着宋演，“你要我来筛沙？”她还是有点不敢相信，“不是吃麻辣烫吗？”

“噢，这个啊。”宋演压低声音说，“你做得好我请你吃麻辣烫。”

“……所以你找我只是来做苦力的？”

“不是你非常想来的吗？”宋演压低声音说，“王哥的孩子今天过生日，他腿伤了做事不方便，我们帮他他就能早点回家了。这不是做苦力，是献爱心。”

还不等周尽欢说话，宋演先发制人，“你真是个善良的女孩。”

周尽欢抱着大铁锹哭笑不得，她有点郁闷地用眼神指了指自己的衣服，“我穿这个，没法干活啊……”

宋演看了她一眼，不禁也皱起了眉头，“女生就是麻烦，真不知道穿成这样到底是要干吗。”

周尽欢为了给宋演留个好印象特意打扮，结果就换来这么个评价，真是让人有点沮丧。她撇了撇嘴，有点赌气地说："失心疯，不行吗？"

宋演也看出周尽欢不情愿，便低声说："算了，你不想做就走吧。"完了又狠狠评价，"女生就是娇气。"

"你说谁娇气？"周尽欢这人偏偏生得反骨。本来是非常想走，宋演这么一说，她却偏不走了。

她举着铁锹吃力地铲了一锹，本准备继续，突然又想起什么，便赶紧凑到宋演身边讨价还价："不是你我也犯不着来献这爱心，你找一个女生来做苦力也是你不对，所以，你是不是应该补偿一下我？"

宋演警惕地看她一眼，"我不是说了请你吃麻辣烫？"

"我不要那个。"

"那你要什么？"

周尽欢眼珠子转了转，嘿嘿一笑，"你得请我看电影。"

宋演低头思索了一会儿，说："好吧，改天请你看电影。"

"好嘞。"宋演一句话，就让周尽欢如同打了鸡血一样，一锹接一锹。

三人齐心协力，两吨沙没多久就筛完了。

周尽欢满头大汗一脸狼狈，倒是一点儿都不娇气的样子。明明累得要死，却还是笑靥如花，"你别忘了，你现在欠我一场电影。"

宋演睨她一眼，还是那么倨傲的口气，"放心，除非世界末日，不然我肯定不会忘。"

后来嘛，世界末日自然是没有降临，但宋演却没有兑现他的诺言。

当年是很伤心的吧？回忆起那些事来，周尽欢还是觉得有点胸闷。

毕竟当时还是太年轻，所以受的伤总是记得比较久。有时候看到宋演，周尽欢还是无法自控地穿过时光看见过去那些日子。

商场里永远明亮得让人不知是白天还是黑夜，这样才能让人逛起街花起钱来不知疲累。那条普通的裙子在这样的光线之下也变得十分顺眼，周尽欢忍不住用手触摸了一下。

"周经理，你喜欢这条裙子吗？"柜姐热情地凑了过来，压低声音对周尽欢说，"要不要一会儿午饭时间过来试试？"

"试什么？"不等周尽欢说话，一道低沉的男声幽幽地从地底冒出来。某人总是这样没什么预兆就出现。

"宋……宋……宋总……"柜姐被吓得差点摔过去。她一紧张，也开始结巴起来。

对比之下，周尽欢倒是淡定无比。她平静地回头，没什么意外地看到了那张脸。

浓眉，锐目，不爱笑，永远都不知道他脑子里到底在想什么。总秘说的那个今天不会来的人，现在正一脸严肃站在她眼前。说好了不来公司开会的，说话不算话。宋演的罪又多了一条。

宋演面无表情地对柜姐说："去做你该做的事。"

柜姐得了令一溜烟儿地去了别的地方，眼睛却还是盯着宋演和周尽欢这边。

宋演自然也是知道眼下的状况。他眸光沉沉，也没说什么，直接从专柜走了出去。周尽欢是识时务的人，也赶紧碎步跟了上去。

"上班时间，你这是干什么？"走出女装区，宋演才开口问道。

周尽欢赶紧狡辩："我在巡视。"

"是吗？"宋演轻蔑地回头，眼睛里满是洞察，"我怎么看你眼睛都停在衣服上呢？"

"看定价……也是我的……工作……"

"是吗？"宋演轻扯嘴角，淡淡地揶揄，"看衣服的眼光倒是多年都没有变，还是一样差。"

周尽欢站在宋演身边，正在等机会溜须拍马，没想到他会突然来这么一句，一时也愣住了。

两人并肩走着，都没有再说话。周尽欢跟着宋演进了电梯，按下楼层，电梯上行。

不大的铁皮盒子里安静得让人心悸，周尽欢几乎可以听见自己的呼吸声。她低头看着自己制服上的纽扣，都快看成斗鸡眼了。

"记忆这个东西挺有意思，一层层的。"宋演突然打破沉默，说道，"一开始觉得你很陌生，后来越来越感觉到熟悉。"

"呵呵……"周尽欢并没有因为渐渐被他想起而感到荣幸。

"这几年你变化挺大的，大概就是因为这一点儿我才有点认不得吧。"

周尽欢想了想说："上班了……就会化妆打扮……做头发……"

"不，我不是这个意思。"宋演认真道，"我是说你这几年老得挺快的。"

"呵呵。"周尽欢已经渐渐习惯宋演这种嘴贱，不客气地回敬，"彼此彼此。"

感谢宋演，总是在周尽欢沉浸在回忆里的时候不客气地一盆冷水泼过来，将她从过去那场不算好的梦里惊醒。

二十八岁了，不管过去那场暗恋怎么失败，总归还是要向前看。

再说了，霍期也比宋演这货好几十倍。

Chapter 3

第三章 相亲困难户

我也会毫不客气把她抢过来。
我要是真喜欢，就算她喜欢别人，
没有人能阻止我喜欢谁。

周末很快就来临了。为了给霍期留下好印象，周尽欢可谓费尽心思。凭良心说，周尽欢也就算中等姿色，但胜在肤白，一白遮百丑，稍微打扮打扮还算出众。周尽欢梳了一个很显年轻的韩式发型，搭配一条糖果色的中裙，脚上蹬着一双五厘米高的高跟鞋。出门前她仔细检查了一遍，确定自己大方得体小迷人才出门。

这场约会周尽欢已经憧憬了一个星期了。大学以后周尽欢身边除了烂桃花就没有出现过正常男人了。也不怪她激动，像霍期这样的极品，她以前没扑上去都是她太矜持了。

关于约会的安排，周尽欢在网上查了攻略。她的电影票是兑换券，她不知道霍期喜欢什么类型，到场再换是比较保险的。除此之外，她还十分阴险地从网上订了两张鬼屋券。嘿嘿，鬼屋嘛，一进去就都是黑的，还不任她为所欲为？她已经在网上看了很多妹子从前方发来的报道了，鬼屋绝对是好选择。不用说话，还很亲密，关键时刻直接扑上去。

周尽欢握了握拳，给自己鼓气。

她提前半小时到了 shopping mall。因为来太早了，她就在 shopping mall 里随便逛了逛。

她怎么也没想到在这里也可以遇到宋演，真是人算不如天算，越是孽缘越是难解。

周末，宋演没有穿西装，一身休闲服走在 shopping mall 里也是挺打眼。一路走过来旁边一直有路人有意无意地朝他看。

他似乎对这样的目光习以为常，低头看了一眼手表，继续快速走着。

因为以前被宋演吐槽过穿裙子，周尽欢此刻有点不好意思被他看见自己的样子。

眼看着他越走越近，周尽欢避无可避，赶紧猫着身子随便钻进了旁边的一个品牌专卖店，整个店里也没有个能挡的东西。为了隐藏自己，她只得一动不动地站在店里的人形模特旁边，不注意看还以为是店里的服装展示模特。

可宋演是谁啊？火眼金睛。

原本宋演已经走过了那个品牌店，却又突然不动声色地折了回来。

带着周尽欢熟悉的压迫感，他定定地站在周尽欢身前，眉头挑了一下，脸上有忍不住的笑意。

“Cosplay？”宋演嘴角的嘲讽已经完全暴露了他现在内心的想法。

周尽欢还是憋着气不动，自我催眠：我就是人形模特。

见周尽欢还在装蒜，宋演便不再客气，直接喊出了她的名字：“周尽欢？”

周尽欢终于是破了功，抖了抖有点僵硬的手脚，白了他一眼，直接转身走了。

宋演腿长，很轻松地跟在她身后，他已经笑得快不行了，还不忘揶揄她：“你刚才那是正常人的行为吗？”

周尽欢只觉他的笑声实在太刺耳了，忍无可忍停下脚步，涨红了脸回头对他说：“你跟着我……干吗……我正不正常……关你屁事啊……”

周尽欢越是生气宋演的表情就显示出越开心。周尽欢越来越觉得宋演就是个变态，完全把他的快乐建立在她的痛苦之上。

她终于还是软了下来，恳求道：“算我求你了……喜欢过你……是我不知好歹……你快走吧……”别搅了她好不容易盼来的约会。

宋演见她这么急迫地赶人，一时也被勾起了好奇之心。他上下打量了一下周尽欢，若有所思，问她：“来约会？”

周尽欢没吭声，没承认也没否认。

“和谁啊？”宋演问。

周尽欢终于忍不住皱了眉头，“关你什么事啊……”

“我只是好奇是谁这么倒霉。”宋演皱了皱鼻子，总结道，“也对，你这把年纪了，个人条件也不好，没什么资格挑剔，有人愿意和你约会就应该很高兴了。”

“……”周尽欢以为自己可以憋住不生气，可面对宋演，她还是破功了。

“滚——”中气十足的一声河东狮吼终于被周尽欢从肺腑之中喊了出来。

“……”

宋演这个怪胎平时脾气挺大的，但面对周尽欢倒是还算有耐心。大约还是有几分同窗之谊，被周尽欢吼了他也不生气，笑哈哈地就走了，临走还祝她“约会顺利”，倒还残存了几分人性。

被闹了一通，周尽欢这才想起霍期，赶紧拿出手机看时间。

不看还好，一看就把周尽欢的心情看得低落到谷底去了。

一直被遗忘的手机，屏幕上赫然显示着一条来自霍期的短信，上书：不好意思，临时有事，陪不了你了，下次赔罪。

周尽欢正反着把这条短信看了几遍，最后终于是接受了这残酷的现实。

霍期不来了。

扯了扯自己的裙子，周尽欢失望又丧气地抬头。就在周尽欢最狼狈的时候，宋演这个怪胎不知道吃错了什么药，居然又折回来了。周尽欢不得不又挺直了腰板，装作什么事都没有发生。

“干吗？”周尽欢假装得很有气势。

宋演没有理会她，他微微低头，拉近了二人的距离，一双锐利的眸子来回扫视着周尽欢。他还没开口，已经被周尽欢堵住了嘴。

“我警告你……别惹我……”周尽欢心情不好，也不想搭理宋演，更不想听到宋演那些冷嘲热讽。

宋演耸耸肩，很无畏地说：“没这个工夫。”

他从口袋里拿出一块手帕递给周尽欢，“你放心，我是来助攻的。你刚才是不是吃了冰淇淋？嘴边都是，别给人家留下不好的印象。”

对于宋演会突然做出这么人性化的举动，周尽欢感到有点意外，接过手帕的手不禁有点僵硬。

原本准备拿来擦脸，脑海里突然浮起上次的排骨事件，赶紧又把手帕退了回去，“这次又是……什么……阴谋？”

宋演轻笑出声，眉头微动，整张脸都无比生动，那么鲜活的模样。

他眸中漾着难得的诚恳，“其实我挺希望你能多约会，赶紧嫁人。”他顿了顿说，“我没想到当年的事会给你造成那么大的影响，我也挺内疚的。”

没来由地，周尽欢竟然觉得有些感动了，明明他也没说什么不是吗？

“其实……”

“当然最重要的是我害怕你一直不嫁人最后让我负责，虽然我对你没有一点儿兴趣，但我是个很有责任心的人。”

周尽欢又在暗自庆幸刚才那句话没有说出来了。

“你放心……我嫁猪……嫁狗……也不会嫁你……”

“那就好，有你这句保证我就放心了。”宋演鼓励周尽欢，“加油。”

就在宋演转身要走的那一刻，周尽欢却一抬手一把抓住了他的衣服。宋演一脸疑惑地回头，周尽欢有点不高兴地撇过头去。

“被人放鸽子了。”周尽欢瓮声瓮气地说，“你要是没事，我请你看电影加逛鬼屋吧。”

宋演用一脸看外星人的震惊表情看着周尽欢，“我为什么要浪费时间陪你做这些事情？”

“你不是……内疚吗？”

“内疚也不能肉偿。”

周尽欢啐他，“你想哪儿去了？”她一时也烦了，大力甩开宋演，“爱看看……不看滚……”

“有你这么邀请别人的吗？”宋演不为所动，转身走了。

“算了……”周尽欢赌气地对宋演的背影大喊，“反正被放鸽子……也不是第一回。”周尽欢一语双关，意味深长，也带着几分陈年的委屈。

就在周尽欢以为宋演肯定不会理她的时候，一直快步走着的宋演却突然停了下来。

他突然一转身，不远不近，对周尽欢意味深长地一笑，笑得周尽欢毛骨悚然。

“想想我也没事，陪你吧。”宋演说，“同学一场。”

……

不管他是真心还是假意还是阴谋，这一刻，周尽欢只是很希望找个人陪，这个人是谁不重要，重要的是别让她一个人。

去电影院换票的时候，周尽欢才发现现在电影院正热映的几部电影每场都满座了，只能看刚上映的一部国产动画片。

想来和宋演看也无所谓了。周尽欢换了票就出来了。

宋演倒是还挺有眼色，已经买好了爆米花和汽水等在那里。

动画片看完，宋演脸色已经铁青，周尽欢也不管不顾，直接拉着宋演去了鬼屋。

鬼屋是按照惊悚片的规格布置的。里面的灯光、音效都做得非常不错，工作人员也很敬业，装鬼装得实在很像。周尽欢几乎是一路惊慌失措地狂奔出来的。

从鬼屋出来，宋演眉头紧皱，居高临下看着脸色已经被吓白的周尽欢。一连串的折磨终于让他忍不住暴走了：“你这么害怕，干吗还要来玩鬼屋？”

宋演伸出胳膊，向周尽欢展示胳膊上的一圈青紫痕迹，那是周尽欢因为太害怕了，在鬼屋里抓出来的。

宋演没好气地说：“你的那点花花肠子实在太容易看穿了。你是不是觉得逛鬼屋可以扑到男人身上去？”

周尽欢脸上血色渐渐恢复，老脸有点挂不住了，刻意撇过头去，假装听不懂。

宋演冷笑，“我相信只要是个男人知道你手劲这么大，就不敢和你在一块儿了。”

“怎么就大了……我是手无缚鸡……之力的……少女……”

“手无缚鸡之力？我看隔山打牛都没问题吧？”

周尽欢也有点埋怨自己的不争气，又暗自庆幸幸好不是和霍期。

“正常人就不会约男人看动画片，你这样怎么能表现自己的魅力让男人喜欢？”

被吐槽烦了，周尽欢忍不住反驳：“不要说得你……好像很有经验……一样好吗？……你不也是……相亲困难户吗？”

宋演冷哼一声，不可一世，“这种事不用经验，基本的智商就够了。”

被鄙视的周尽欢不怒反笑，她抬起头认真地打量着宋演。他还是那自命不凡又倨傲的小模样。这扑面而来的熟悉感让周尽欢恍惚觉得，自己还只有十八岁，还坐在图书馆里咬着铅笔挠着头。

大型 shopping mall 里人群来来往往，周尽欢觉得头顶所有的灯光此刻织成了一张网，将周尽欢束缚其中。记忆像一个个需要整理的文件夹，关于宋演的一切，只是带着他的符号静静躺在那个不会触碰的文件夹里。某一天突然打开，里面的一切一股脑儿都涌了出来，让她觉得有点难以招架。

"……"

"这里就是求导啊，很难吗？"

"ln 就是以 e 为底的对数，不是告诉你了吗？为什么你又装作不认识它了？"

"方差和标准差一样？强行一样？"

"为什么你还没有退学？你这智商真的不要挣扎了。"

"……"

当年就是在他这种摧残之下学习高数，回想起来，真的是没有一点点温暖的记忆呢。周尽欢自己都不知道为什么从来没办法真的去恨他，也许是心疼当初一心一意不懂任何迂回地喜欢过他的自己吧。

哪怕是当年被伤得那么重的时候，她也是想着为什么他不能喜欢她。

还记得几年前的一个晚上，周尽欢跟着左衡娇喝多了。周尽欢像倒豆子一样和左衡娇说起了宋演。没有提名字，没有说起他的长相和背景，只是很细碎地和左衡娇说了一些和宋演的经历。多数是挺奇怪的事，可她说起来却还是觉得有趣。离开学校以后，她就再没有遇到过能让她这样纯粹的人了。

那时候她用网上的一个红句形容宋演说："他是我这些年里遇过最烈的酒，而我是认真地醉过。"

左衡娇对宋演印象很差，她灌下一杯酒，鄙夷地说："得了吧，他就是这么多年你念念不忘的屎。等你吃过以后就会发现，屎里有毒。"

周尽欢的文艺情怀都被左衡娇破坏殆尽，但也感谢她，让她不会在过去里沉沦。她拍着左衡娇的肩膀说："放心吧，我真没有吃这玩意儿的嗜好！"

"……"

想到左衡娇的形容，再看看眼前的人，只觉得他的头好像被 P 在一泡热屎之上，周尽欢忍不住笑出了声。

宋演见她没来由地突然笑起来，表情有些嫌弃，"你突然鬼笑什么？彻底疯了吗？"

眼前这个眉目俊朗的男人长了一张这世上最不饶人的嘴。他的毒舌从来不分男女，也难怪这么多年，一开始还有女孩因为看脸喜欢上他，后来都被吓跑了。

“没什么。”周尽欢还在笑，她清了清嗓说，“你这个人吧……智商虽然不错……但情商绝对……是负的。所以……你也没什么……好得意的……”

“无……所谓……”宋演故意学周尽欢说话，惹得周尽欢狠狠瞪他一眼。

“过来。”宋演用手捏着周尽欢后颈的衣领，像拎猫狗一样拎着她。

“放开……”周尽欢也有点恼了，毕竟打扮得漂漂亮亮的，这个样子太不像话了。

宋演见她真的有点生气了，就撒开手，双手插兜，有点酷酷地说：“你请我看了电影，我请你吃饭吧，我不喜欢欠人情。”

周尽欢又瞪了他一眼，原本准备离开的脚抬起又落下。

吃个饭而已，能蹭为什么不蹭呢？周尽欢笑得坏坏的，“好啊。”

这么多年过去了，无论这个人有多么讨厌，总归是在记忆里很重要的角色。周尽欢也没有一定要老死不相往来的想法，像他这样的人，能宰一个是一个嘛。

周尽欢抱着要把宋演吃穷的想法进了 shopping mall 里一家很出名的以贵著称的海鲜餐厅吃饭。装潢奢华的餐厅，不论是灯饰还是挂在墙上的艺术品都透露着奢华的气息。卡座里是沙发垫，又软又舒服，且靠背很高，让顾客能有独立的空间用餐，隔音效果也很不错，只要不大吼什么也听不见。果然是一分钱一分货。周尽欢基本上什么贵就点什么，还很没人性地要了一只澳洲龙虾。

看着满满一桌的菜，始作俑者周尽欢却有点不好意思了，“是不是……点多了？”

宋演倒是眼都没抬，直接动筷，“吃就行了，又不要你付钱。”

周尽欢想想也是，宋演什么职位啊，总公司的高管来着，年薪上百万的人这点钱算什么？周尽欢赶紧拿起筷子开始吃了。

周尽欢偷瞟了宋演一眼，他还是惯常的安静又彬彬有礼的进餐姿势。

周尽欢舔了舔嘴唇，装作很不经意地提起，“你为什么突然……改变主意……肯陪我了？”

宋演放下筷子，喝了一口水，淡淡道：“我只是突然想起来，我好像欠你一场电影。”

周尽欢没想到原来他也还记得当年电影的事，听他这么一说，周尽欢的内心又悸动了起来。那种悸动好像一千只虫子在心里爬过，又痒又令人激动，却丝毫不能表现出来。一表现出来就好像输了一样。

宋演优雅地用分筷夹着菜，脸上没什么表情，仿佛也只是随口提起一样说：“这事你好像一直挺耿耿于怀的。”

“没有啊……”周尽欢赶紧否认，脸却有点红了。

“是吗？”宋演眯着眼好整以暇，“我记得那时候不知道是谁，总是旁敲侧击提醒我。”

周尽欢被他堵得话都说不出了。都看出她的各种提醒了，还装不懂，把她当什么了？一时怒气值也爆表了，周尽欢皱着眉头说：“不自恋会……死啊……根本……没有的事……”

“也许吧。”宋演又是满不在乎地耸耸肩，“可能是我自作多情了。”

“绝对的！”周尽欢咬牙切齿。

宋演不经意地瞟了周尽欢一眼，突然扯着嘴角笑了，这一笑把周尽欢看愣住了。

要知道，除了假笑、冷笑、皮笑肉不笑，周尽欢就没有在宋演脸上看过真正的笑容。

宋演回忆起以前的事，脸上的表情暖暖的，“那次王哥是为了救一个喝醉酒晚归的学生才摔断了腿。那个学生是我一个学弟，当时住院去了，我就帮他还还情。”

周尽欢想起那次狼狈的经历，忍不住腹诽：“你倒是……会做好事，叫一个女孩子……去筛沙。”

宋演大概也是想起了当时的情景，笑容更盛，“不得不说，我还是很震惊的，从没见过一个女孩力气这么大，当时我就在想，你大学毕不了业，去工地搬砖也挺不错的。”

“谢谢你啊……”周尽欢心塞收下宋演的赞扬。她决定不再和他说话，便低头吃饭。筷子勺子碰到骨瓷的餐具发出清脆的声音，这样的吃饭氛围很容易让人吃得胃疼。但宋演这个人，一和他说话他嘴巴就跟安了刀一样，想想胃疼总比头破血流好。

这种安静并没有持续很久。周尽欢吃得好好的，突然被人叫了名字。

“周尽欢？”一个男人站在卡座之外，他穿着一件条纹衬衫，梳着大背头，肚子有点微微隆起，是已婚男人很典型的形象。此刻，他正隔着不远不近的距离向周尽欢挥手。

周尽欢纳闷地抬起头，看见一个有点眼熟的男人，正困惑于是谁，宋演已经听见声音抬起了头。

那个男人更加激动的声音响起：“宋演？！”

男人二话不说就走了进来，一脸欣喜。周尽欢上下打量着他，认真地开始在脑子里搜寻起来。

宋演已经先一步站了起来，他在周尽欢面前自然地和那个男人寒暄。

“来吃饭？”

“嗯。”男人说，“带家人一起来的。”

“叫你老婆孩子过来一起吃吧。”

男人挠了挠头，偷瞟一眼周尽欢说："不用了，坐不下，那边已经落座了。"

"行。"宋演点点头，又对周尽欢说："这是柴松。你不会忘了吧？当年就是他让我教你高数的。"

宋演一下子点醒了周尽欢，怪不得觉得这个男人眼熟，原来他是柴松。

说起柴松，他和周尽欢倒是很有渊源。当时她从家乡来江北上大学，正好和姨妈邻居的小孩柴松同校。姨妈就拜托了柴松照顾照顾周尽欢。

柴松人倒是很好，不论什么事情都是随叫随到，几乎包办了当时所有的苦力。他不仅在生活上帮助周尽欢，还教过她高数。不过她实在太笨了，柴松教 N 遍都教不会，才把宋演这大神给搬了出来。

"好久不见……"周尽欢赶紧站起来和人家打招呼，脸上有些尴尬的表情。她也不知道说什么，只求助一样看着宋演。

宋演睨了她一眼，自顾自和柴松叙起旧来。柴松偶尔也会问一问周尽欢的现况，周尽欢都老实回答。

柴松没注意到周尽欢的不自在，开玩笑说："我们留在江北的同学要经常出来聚聚会，不然对面走来都要不认识了。"他亲切地拍拍周尽欢的肩膀，"你要赶紧解决终身大事了，你看我，孩子都两岁了。"

周尽欢有点尴尬地点了点头，低声说："结婚……不是比赛……"她要的是幸福，又不是从众。

"哈哈哈哈。"柴松爽朗地拍了拍宋演的肩膀，"你加把劲，我就先去陪老婆孩子了。"

"……"

柴松走后，卡座又恢复了方才的安静。宋演仿佛什么都没发生一样低头继续吃饭，倒是周尽欢觉得有点尴尬，找着话题说："你们……以前关系……很好啊？"

"嗯。"宋演居然惜字如金了起来。

周尽欢回想起柴松现在的样子，感慨道："原来……幸福胖……是真的……"

宋演不屑地看了她一眼，"胖还是瘦是看人的自我管理严不严格，和幸不幸福有什么关系？"

"很有关系……你看我……和你……没对象又老……加班，就瘦……"

宋演用纸巾擦了擦嘴，淡淡道："我瘦，是因为我一直在健身。"说完，他缓缓起身，"洗手间。"

"哎！"周尽欢警惕地叫住宋演，"都要吃完了……你去上厕所……你不会是……不想埋单吧……"

宋演居高临下地用鼻孔看她，冷哼一声，也不睬她，直接就出去了。

留下周尽欢一个人在卡座里腹诽。

上完洗手间，宋演低头在水池边洗手。水龙头哗哗地放着水，水声让宋演分了心，没注意柴松从一旁走了过来。

“真是巧。”柴松见是宋演赶紧过来，一脸憨厚，高兴地说，“上个厕所又碰到。”

柴松一边洗手一边八卦地问：“你和周尽欢在一起了？刚才她在，我都不好意思问。”他坏笑着用肩膀推了推宋演，“地下工作做得挺好啊。”

柴松在一旁一直聒噪，宋演忍不住皱了眉，“我们只是同事。”

“你骗鬼啊，就你那和尚性格，能和女生单独出来吃饭，还是周尽欢？”

宋演也是有点无奈了，忍不住说：“你看我眼光像这么低吗？”

柴松一拳捶在宋演肩膀上，“什么意思？这是黑我呢？”

柴松这句话倒是一下子提醒了宋演。说起来，柴松当年之所以对周尽欢那么热情周到，主要是因为他看上了周尽欢，想追她。只是周尽欢个性单纯，什么都不懂，他怕直说吓坏了她。

谁知周尽欢要么不开智，一开就收不住了，还不等他表白呢，就直接对宋演下手了。

柴松用纸巾擦干了手，抬起眼通过面前的镜子看向宋演，宋演还在慢条斯理地擦手。他对宋演这个样子已然习惯，宋演在他面前也没有不自在。

柴松敛了表情，突然问道：“兄弟，有个事，这么多年我一直都想问问你，当年是不是因为我，你才没有接受周尽欢？”

宋演扔掉了手上的纸巾，表情没有任何变化，还是很淡定自若的样子，一口否认：“没有的事。”

柴松轻叹了一口气，谈及周尽欢，口气都软化了很多，“这姑娘真是个好姑娘，听我们同学说，这么多年她都没谈过恋爱，被你拒绝以后就得了怪病，和男生说话就结巴。”他顿了顿，又说，“这么多年了，你也一直孑然一身，我不希望是我阻断了你们俩的缘分。”

见柴松开始乱点鸳鸯谱了，宋演终于忍不住抬起了头，阻止柴松再说下去，他拍了拍柴松的肩膀，无奈地说：“兄弟，你真的想太多了。”

他一字一顿地说：“没有人能阻止我喜欢谁。我要是真喜欢，就算她喜欢别人，我也会毫不客气把她抢过来。”

宋演从洗手间回来以后就整个人不对劲了。不知道是在洗手间里吃了什么，看上去怪里怪气的。这会儿人虽然坐在桌上，魂却不知道去了哪里。也不好好吃饭，一直心不在焉。

宋演一直有意无意地偷瞄周尽欢。周尽欢是想装没看到的，但那目光实在让人难以忽视。周尽欢觉得太不自在了，忍不住放了筷子，眉头也皱了起来，说话态度自然是不太好，“一直……看什么啊……你……”

“嗯？”宋演不知道是想什么去了，反应慢了一拍。大约是没想到周尽欢会这么直接，先是愣了一下，然后索性放开来了。他身体微微向前倾，骨节分明的双手自然地交叉，用手托着太阳穴那边，一脸看八卦的表情。

周尽欢被他看得毛毛的，本能地往沙发里缩了缩，“干吗？”

宋演嘴唇动了动，哪怕是八卦，声音还是低沉而清朗，“说起来，你知道当年柴松追你的事吗？”

“什么玩意儿？”周尽欢被宋演的话给震到了，吓得说话都不结巴了。

宋演神色自在，微微眯起眼，像一只餍足的猫在阳光下优雅地晒着太阳。他的表情慵懒又性感，用淡淡的口吻讲起了当年的事，“那时候他是不是总是去找你？你搬寝室的时候，他是不是全程帮忙？”

“那是……我姨妈……拜托他的……”周尽欢不相信宋演说的话，急切地解释了起来。

人家柴松都结婚有娃了，这都什么事啊？就算是八卦，也八得太晚了吧？

宋演一脸“你怎么连这儿都不知道”的表情，他右手食指轻摇，啧啧道：“你当时高数过不了，他实在教不会，才找了我。”宋演回忆起当时的事，摸了摸下巴，“当年是柴松请我吃了好几顿饭，我才出的山，说真的要是早知道你笨成那样，吃一百顿饭我也不会去。”

不知是想起了什么有趣的事，宋演微微低了低头，嘴角有抹不去的笑意。

原本宋演不说，周尽欢一辈子也不会知道柴松喜欢过她，甚至也不会去怀疑。但此时经宋演这么一解读，周尽欢再回忆回忆，突然觉得当年很多“浓浓同学情”开始有点变味。

周尽欢有点吃不准宋演的意思，吞了口口水，身子小心翼翼地前倾，低声问：“所以？”

宋演笑笑，“所以你也不用为过去的事情耿耿于怀，原本我们就不合适，更何况你还是我兄弟喜欢的人。我宋演不会染指兄弟看上的人。”

周尽欢越听越觉得纠结，什么兄弟不兄弟的？拍电视呢？

周尽欢之后都没有再说一句话。她表面上仿佛什么都没有发生，但内心正经历着暴风海啸。好像再磅礴的画面也无法用来表达周尽欢此刻的震动。宋演的话让她无法平静。

像一张缺了一块的拼图，周尽欢用了很多年都没有拼成，也不知道到底是缺了哪一块，但她从来没有放弃，想着再坚持下去，总能看到拼图的原貌，总能找到缺的那一块。可有一天有人突然就把缺了的那一块拿了出来，替她完成了拼图。虽然她也达成了当年的愿望，可这感觉比达不成更让人心塞。

这么多年，她好不容易放下了过去，这会儿宋演这话一出来，她又忍不住陷入了纠结。当年他的拒绝，到底是因为他真看不上她，还是碍于柴松呢？

这个问题像一只无形的手在周尽欢心里挠个不停。她实在太渴望知道答案了。

吃完饭后，宋演第一次发扬精神，主动提出要送周尽欢回家。两人一起向停车场走去。宋演走在前面，周尽欢双耳通红地跟在其后。

周尽欢觉得自己每一个毛孔都在叫嚣，所有感官的感受都被放得很大。耳边排风扇的声音刺得她耳朵都有点疼了。

她数着宋演的脚步，沉稳又有序，却还是打乱了她的心。

坐上副驾，周尽欢轻轻扣上安全带，双手有点紧张地放在自己双膝之上。

宋演一直专心致志地开着车，他并没有注意到周尽欢这边的惊天骇浪。

过了许久，周尽欢终于按捺不住，低声问宋演："当年在学校……为什么……你没有……谈恋爱？"

"嗯？"宋演立马就意会到了周尽欢的问题，很自然地回答，"没遇到合适的。"

周尽欢沉默了一会儿问："什么叫……合适？"

这次宋演倒是很认真地思考了一会儿，最后答曰："至少要我喜欢。"

听他这么一说，周尽欢也忘了那些小心思了，恍然大悟，本能地说："……你只喜欢……你自己……怪不得……没对象……"

宋演听她这么认真地胡说八道，一时也被她逗乐了，"以前倒是没发现你这么有趣。"宋演抿了抿唇似是回忆起从前，认真道，"你以前真的让人没什么印象，话也不多。"

周尽欢闭了闭眼，心跳如鼓。心想，那是自然的事。当年那么喜欢他，怎么会在他面前暴露自己傻乎乎的一面？一个女孩要的是喜欢的男生觉得她美丽，骄矜，有涵养，谁要有趣啊？

时间过得很快，平时堵得动都不能动的二环线今天居然一路通畅。傍晚的城市喧嚣得刚刚好，脉脉夕阳像画一样悬挂在天幕之上。

直到周尽欢下车，想问的问题还是没有问出来。

城市渐渐暗了下来。周尽欢站在马路岔道口，目送着宋演。宋演还是那副没什么人性的死样子，发动了车子正准备调头。

周尽欢终于忍不住拦住了车的去路，她俯身敲了敲车窗，叫住了他。

还是不能就这么让他走了，有些事这么多年过去了，总归是要有一个答案。

宋演有点困惑地降下了车窗，口气还是淡淡的，"什么事？"

周尽欢把头微微探进了车窗，她的手肘压在窗沿上，停了几秒，她才鼓起了勇气。

“宋演。”周尽欢说得很慢很慢，也非常郑重，这一句，她甚至都没有结巴，“如果当年没有柴松，你会不会喜欢我？”

“……”

周尽欢觉得，那是无比漫长的三秒钟，长到周尽欢好像一下子经历了一年的四季。从春意盎然，到盛夏葱茏，到秋意浓浓，最后是严寒隆冬。

坐在驾驶座里的宋演稍稍往后靠了靠，也许是在思考要如何回答周尽欢的问题。他有短暂地皱过一次眉。他大约也觉得答案很为难。

最后，他微微撇过头看着周尽欢的眼睛，眼神没有一丝闪烁。虽然残忍，但很痛快。

他还是那么认真，让人挑不出破绽，“不会。你离我的理想型还有十万八千里。”

周尽欢听到了答案，虽然也有预料，还是觉得有些痛。但这种痛却带着一种决绝，一种解脱感。

她往后大退了一步，一边拍着手，一边叫好：“谢谢你……的诚实……”

周尽欢不想承认，可那一刻，她确实哭了。

控制泪腺的那一个开关，周尽欢好像突然就找不到了。眼泪就那么不受控制地流了下来，模糊了周尽欢眼前的风景，也模糊了宋演那张棱角分明的脸。

时光回溯，她仿佛又回到了那噩梦般的一天，她站在一脸不耐的宋演面前，如数家珍地向他倾诉着她的少女心事。那么甜蜜，那么羞怯，年轻得那样单纯。

与此同时，她也记得，当年他是如何毫不留情地拒绝了她。那么清楚，那么决绝，果断得那样残忍。

周尽欢仰了仰头，努力想让眼泪回流，但效果不佳。她手指向上指了指，示意宋演升起车窗。其实这层遮挡并不具备实际意义，因为黑色车窗的反光，周尽欢看不见里面的宋演了，可宋演却还是可以清楚地看到周尽欢。

可是此时此刻，她真的太需要一场发泄，哪怕只是掩耳盗铃，也已经足够。

宋演扶着方向盘一直没有走，也没有出来。周尽欢哭了多久，宋演就待了多久。

一辆车隔着两个世界，他们都不知道彼此到底在想什么。

也许在那一刻，宋演对周尽欢充满了同情。周尽欢想，这么多年无法正常地爱一个人，甚至是这奇怪的结巴病，这一切都是因为这个男人。总归是要在他心里留下一些痕迹，这才对得起这么多年来她经历过的那些煎熬。

周尽欢粗鲁地抹掉了脸上的泪水，低头一看，满手都是黑的，想必是晕了妆。也罢，原本计划得好好的完美约会，一丝一毫都不剩，被彻底破坏了。

周尽欢用力吸了吸鼻子，想想还是不服气，便十分果断地从包里拿出了一支口红。

桃红色，亦少女亦魅惑的颜色。

她三两下把口红转了出来，杀伐果决地走向宋演的车，像个女战士一样。

隔着玻璃的反光，她看不见宋演的表情，只是用口红泄愤般地在他车窗上写下了四个英文字母：

F——U——C——K。

“K”的最后一笔还没写好，车窗就缓缓向下降。滑动的车窗让那最后一笔被拉得老长，但总算还是写完了。

没有任何东西隔绝，两人就这么四目相对。宋演皱着眉显然有些不满，周尽欢却因为憋了那么久的一口气得以发泄而心情大好。

还不等宋演怪罪，周尽欢已经先开口堵住了他的嘴：“谢谢你……不遗余力地……拒绝我……让我没有掉入……苦海……”

周尽欢笑呵呵地学宋演眯起了眼睛，觉得这样果然很有睥睨一切的感觉。

“我的心结终于……打开了……”周尽欢说，“我想过了，你看不上我，只有一个原因——因为你瞎。”

不等宋演跳脚，也不给任何机会让他反击，她把写折了的口红啪嗒一下丢在宋演身上。那动作潇洒到都带着风。

“宋总，作为同学……我不能太没有……风度。”想了想祝福话，她一字一顿地认真说，“祝你不孕不育……还能儿孙满堂。”

“后来呢？”左衡娇一脸八卦地凑过来。

周尽欢翻了个身平躺着，眨着眼睛看着天花板，“不知道，我又不傻，肇事了还留在现场啊？”

左衡娇还是不放弃，双手撑在枕头上，托着下巴一脸看好戏的表情，“他没追你？”

周尽欢斜她一眼，“我跑得有多快你又不是不知道。”

“切。”左衡娇失望地躺回去。

周尽欢一回家就给左衡娇打了电话，电话挂断不到半小时左衡娇就到了她家。这么多年都是如此，心情不好的时候就靠左衡娇的陪伴。

她很庆幸自己有这样一个朋友，虽然平时两个人总是互坑，但关键时刻，左衡娇比男朋友的肩膀还可靠。

左衡娇扯了扯被子，向周尽欢挤了挤。

“说这话你别打我。”左衡娇说，“虽然你拼命否认，但我总觉得你还在喜欢他。只是被拒绝，能让你病这么多年，我总觉得没那么简单。”

周尽欢没有动，继续眨巴着眼睛，“我也不知道为什么得这个病。”

“当年到底是什么情况啊？”左衡娇从来没有主动问过当年的情况，因为她知道，那是周尽欢心里最大的疤。

“当年啊……”

……

当年期末，高数考试结束，周尽欢发挥得不错，肯定能过。从考场出来，周尽欢第一反应是打电话给宋演。那时候她是真的很开心，也是真心实意地要和他分享这个好消息。

电话很快打通，但宋演反应很冷淡，他沉默地听完周尽欢的叙述，最后说：“既然你能考过，那以后我们就不必见面了。”

那时候周尽欢只觉头脑一蒙，也不知道自己做错了什么。大家都是同学，难道朋友都做不成了吗？

她还想再追问，但宋演已经挂断了电话。

她至今都不知道自己那天为什么要那样做。等她清醒地意识到自己正在做什么的时候，她已经冲到了篮球场。

那天宋演正在参加一场市级篮球选拔赛。因为撞上有些学院的期末考试，所以参加的人没有想象的那么多，但就算不多，也有几十人。除此之外，看台上也有近百观众。

周尽欢也不知道当时是怎么头脑发热，就那么把宋演从球场上叫了下来。

虽然是在球场一旁说的话，可两人的对话旁人还是都听得见。

宋演刚刚热完身，身上也有薄汗，他居高临下看着周尽欢，紧皱的眉头里夹着运动过后的汗滴。

“有什么事？”宋演赶着上场比赛，有点没耐心。

周尽欢却是不懂。那时候毕竟太年轻了，她满脑子都是宋演在电话里说的话。她害怕，害怕今后真的不能再见；她害怕，害怕自己满腔的心事没有机会说。

她像倒豆子一样，毫无保留地把自己的少女心事都告诉了他。

她明明白白地剖白着自己，“虽然你总是态度冷冷的，但我还是被你吸引了，我想，这应该就是喜欢。不管你对我是什么感觉，我还是想问问，宋演，你愿不愿意让我做你的女朋友？”

她话音刚落，不管是场上准备比赛的人，还是看台上坐得近的拉拉队，都瞬间沸腾了。

大学就是这样一个地方，热情洋溢，情绪高昂。每个人都似乎有着用不完的激情。这种激情，大约就是永不会后悔的青春。

男生开始吹着口哨，女生们开始尖叫。

周尽欢被众人的热情吓到，也被大家鼓舞到。她微微低头，又拔高了嗓音说：“宋演，请你做我的男朋友。”

那热烈的气氛并没有感染到宋演。不管旁人如何起哄，宋演自是岿然不动。

许久许久以后，宋演终于发声，他冷冷地对周尽欢说：“你是不是吃多了？知道这里是什么地方吗？知道我现在要干什么吗？”

“我……”

“不要浪费我的时间。你的头脑发热，放在学习上，你会得到很大提升。”

“……”

周尽欢在那一刻才体验到什么叫头脑一片空白。周围的起哄声还是很大，但这次不再是鼓舞，而是嘲讽。

宋演决绝地转身归队，他的队友嬉笑着用球砸在他身上，故意大声说：“怎么能这样无情拒绝别人？小姑娘也要面子的。”

“宋人渣。”旁边的队友也开始附和。

而一直看热闹的看客们也开始议论纷纷。周尽欢只听见有不明真相的围观群众大声问：“我去，这谁啊？也太丢人了吧？”

“好像叫周尽欢吧？”

“我知道我知道，是商学院的。”

“宋毒舌就是宋毒舌，也是够狠的，要是我，现在肯定找根面条吊死了。”

“……”

周尽欢觉得自己好像被扒光了衣服丢在人流量最大的马路上。所有人都围着她指指点点，她努力遮挡着自己，还是觉得非常羞耻。她只恨地上没有裂缝，把她吞噬。

她不记得那一天她是怎么用如同灌了铅的腿走回寝室的。那一路，她都觉得非常非常没有安全感。好像每一个路过的人都用异样的眼光看着她，大家都在嘲笑她，她却无能为力，只能更紧地抱住自己。

她一直狠狠忍着，回到寝室才开始哭。一点儿声音都没有地哭。她床上挂着蚊帐，室友们不知道到底发生了什么，都不敢靠近她。哭过以后，她开始昏天黑地地睡。

这事传开的时候，她正在发高烧，没来由的高烧。三四天都不退，把室友们都吓坏了，也忙坏了。等她痊愈，她已经不再是过去的周尽欢。

面对男生，她开始有了奇怪的交流障碍，一说话就紧张，一紧张就结结巴巴。那段时间，她走到哪里都会被人议论两句，最开始她觉得很难受，渐渐地也就习惯了。她的惨烈遭遇反而让她多了一些女生朋友，大家都对她充满了同情。也算是因祸得了一点点福。

……

“当时我还上了我们学校的论坛。有人拍了照发上去，那帖子都盖到一百多楼了。别人说我是江北大学历年表白第一惨。”

左衡娇有点惊讶，“不会吧？那后来怎么解决的？”

周尽欢轻叹一口气，“说起来还是要谢谢柴松，他亲自去找版主把帖子给删了。”

“这个叫柴松的也挺倒霉的，被你坚定不移地当成男闺蜜。”

周尽欢有点难为情地挠了挠头，“我比较迟钝，看不出来他喜欢我。”

左衡娇撇了撇嘴，安慰她：“我估摸着是有因果报应的，所以你看，姓宋的到现在还没对象，成了相亲困难户。”

“那我大概也是遭报应了，至今没对象……”

“我不是这个意思。”左衡娇摸了摸周尽欢的头，努力想把气氛调动起来，不要周尽欢再沉浸在悲伤里，“当年你还是太傻了，主要是没经验。”

“嗯？”周尽欢微微抬头，“怎么说？”

“你当时表白被拒绝的时候，就应该当机立断，赶紧处理。”

“怎么处理？”

“这还不简单？”左衡娇兴致勃勃地往床头靠了靠，坐了起来，正儿八经地说，“他一拒绝，你就说，你刚和朋友打赌，要向认识的人里长得最丑的男生表白。”

“……你怎么这么机智呢？我咋没想到呢？”周尽欢一时也忘了难过了，嘴角抽了抽。

“你要想到了你就是周衡娇不是周尽欢了。”左衡娇得意扬扬。

“左衡娇也没出嫁也挺倒霉，我还是周尽欢吧。”

“……周尽欢！”

那天的郁闷心情最后因为左衡娇不算安慰的安慰全权化解。

这么多年，她们难姐难妹也算是不容易。

“快睡吧。”左衡娇最后残忍地提醒周尽欢，“明天才是硬仗。不想丢工作，就想想怎么向那谁解释你今晚的失心疯吧。”

……

周尽欢带着满心的忐忑来上班，特意走了最远的路，完美地避开了宋演的办公室。

可惜，宋演并没有打算放过她。即使她一早刻意躲着宋演，总秘还是传来一道圣旨，要求周尽欢去总经理办公室觐见。

由于太过紧张，周尽欢喝了一大口水压惊，才鼓起勇气去见宋演。

她轻手轻脚地钻进了宋演办公室。宋演听见声响，头都不抬，只是很公式化地说：“坐。”

周尽欢手脚有点抖，头皮麻麻的。她蹑手蹑脚地拉出椅子，坐了上去。

宋演和她隔着一个桌子的距离，他低着头很认真地写着批示。浓密的眉毛和高挺的鼻梁格外突出，认真而有型。可周尽欢知道，这时候并不是评价他外貌的时候。

回想昨天的事情，再看看宋演现在这个态度，周尽欢有点吃不准他叫她来到底是要干什么。

“你是不是很好奇，我找你来做什么？”宋演笔下有风，在纸上画下最后一笔，随即“啪”一声，关上了文件夹。

周尽欢双手放在大腿上，嗫嚅半天也没说出个什么来，只讷讷地问：“不知……是有什么事？”

宋演从他右手边的抽屉里抽出一沓文件，放在周尽欢面前。

周尽欢没敢动，小心翼翼地问：“这是？”

宋演整个人微微向后靠了靠，双手自然交叠，态度冷漠，仿佛在叙述一件毫不相关的事，“我查了人事调动，跨部门升级近三年就你一个。你没有递申请，没有专业背景，也没有突出成绩，却成功上任了。”

周尽欢抠了抠手指，“是大家……抬举……”

“呵呵。”宋演冷笑两声，“看来你还挺没有自知之明的。”

“什么……意思？”

宋演侧了侧头，有点心不在焉地看着窗外，“你要是打听打听，就应该知道我来四户通路久盛是干吗的。追责裁员，营销部经理和市场部经理，是最该为营业额负责的。你前面一个市场部经理又正好辞职了，所以就轮到你头上了。”

“我刚上任……怎么就负责……呢？”

宋演终于回过头来，用轻蔑的眼神与周尽欢四目相对，“周尽欢，你升职，只是大家推你出来顶包，你还不明白吗？”

周尽欢在事业上并没有很强的上进心，原本心里也明白这次升职并不是好事，她秉持着做一天和尚撞一天钟的想法上着班，想着要裁员就裁吧，大不了再找工作。

可宋演这会儿这个态度，周尽欢实在没办法不联想到前一天发生的那些事。

怒气瞬间冲上脑门，她终于忍不住，双手拍上了宋演的办公桌，咄咄质问：“姓宋的……你是不是……在报复昨天……的事？”

宋演身子一动不动，只眉头轻动，他抿了抿薄唇，淡定自若道：“我并没有那么无聊。我只是觉得，你的资历和能力根本不足以胜任这份工作。”

周尽欢却是不信的。他来公司也有一段时间了，早不说晚不说，正好今天说。怎么让人不联想？

“我告诉你……有本事你就……把我辞了……你不辞我……我就一直……干下

去……”虽然结巴，但气势上不能输，周尽欢挺起胸脯说，“我要让你，为你的无知……浅薄……没眼光……付出……代价！”

宋演耸耸肩，“OK，为了证明我不是报复，我再给你一次机会。”他随手翻了翻面前的日历说，“离下一个节日还有段时间，只要你能在节前把销售额提升百分之五，我就让你继续做下去。”

周尽欢也不是没脾气的。她不想再和宋演废话，气冲冲地起身要走。

坐在办公桌后的宋演还是气定神闲，“你能力不足，我也需要负一部分责任。我不会裁你，你主动辞职吧，我会帮你写推荐信。”

“用不着……”周尽欢瞪着他，撂狠话，“我们走着瞧……不提百分之五……我跟你姓……”

撂下狠话以后周尽欢才意识到自己到底有多么冲动。百分之五的营业额啊，那是什么概念啊，一个和男人说话就会结巴的市场部经理怎么可能实现这么宏伟的目标呢？

周尽欢趴在办公桌上，用头不停地磕着桌子，懊悔不已。

还不如被辞呢，还能按照合同得到一点儿赔偿金。现在……

宋尽欢……也太难听了吧？

虽然追悔莫及，但周尽欢的个性是不会放弃的那种。只要下了战书，就算是输，也要坚持到最后一刻。

既然无法改变决定，那就改写结局吧。也许真的有奇迹呢？

翻了翻日历，发现下面的节日真是有点难策划，三八妇女节，三一二植树节，三一四好办一点儿，还能扯到白色情人节，再之后的清明节就……宋演说的还有一段时间的下一个节日到底是哪一个呢……应该不是清明吧？周尽欢也是有点困惑。

现在公司里最乱的就是营销部和市场部了，人走了不少，新的又还没招到，都是人当畜生在用。周尽欢到部门里寻了一圈，发现管控微博公司号和微信公众平台的推广团队正愁着点阅量和转发量。

一看周尽欢过来了，也忍不住开始抱怨，“周经理，现在的人真的太现实了，不送礼物，公众平台阅读量居然就勉强上百，唉！”

“先发动身边的朋友。”周尽欢说。

“我身边的朋友都不给我刷阅读量和分享了，说朋友圈成了我们百货的广告位了，气得都要找我收钱。”

“那策划点送礼物的活动。”周尽欢想了想说。

“送到都没东西送了。”推广团队里的小姑娘们挺愁的。

每次市场部出了什么活动，都是全员出动，也是挺不容易的。

“要不花点钱刷一刷阅读量和分享吧。慢慢上来了真粉就来了。”团队里有一个姑娘小声说着。

站在一旁的周施施听见了，立刻瞪了她一眼，“说什么呢？这不是捏着鼻子哄眼睛吗？”

周尽欢咳嗽两声清了清嗓子，眼珠子转了转，对她们说：“歪心思是肯定不行的。大家一起努力，把平台做起来。”

给大家鼓舞打气后，同事们就各自回了工位。周尽欢跟在刚才被周施施训斥的小姑娘身后，低声问：“那个，刷的话……多少钱？”

“啥？”

“我就随口问问……”周尽欢欲盖弥彰。

“……”

打听了刷的价钱以后，周尽欢放弃了刷的想法。平台好几个呢，每一个都刷，批不了那么多钱。算了，还是认真策划活动吧。

周尽欢作为经理自然对公司的推广平台很上心，回了办公室，她一个个浏览了市场部做的各种活动，发现阅读量和分享确实都特别少。为了增加阅读量，她也开始坑起了朋友圈。

最先下手的自然是左衡娇。她认真编辑了一条信息，上书：我上次说的那个公司男神的相册，地址是这个：叉叉叉叉叉叉叉叉叉叉。

不一会儿就收到了左衡娇的回信：你特么是不是人啊？刷阅读量都刷到我头上来了！

虽然这么说，她还是认真分享到了朋友圈。所以嘛，这就是朋友。嘴上说着不要，身体却很诚实，嘿嘿。

就这样，一个上午，周尽欢如法炮制，几乎把朋友圈里的人都坑了个遍。她一时手滑，居然还发到宋演那儿去了。

最可怕的是，宋演不仅看了，还回复道：这种垃圾，怪不得没人点。

周尽欢一看，气得肺都要炸了，立刻把宋演发来的信息截了图，发给了左衡娇：我靠，你看这个自恋神经病，他是不是吃多了屎啊？怎么处处针对我？

周尽欢气糊涂了，消息发太快，手一滑，很快就把截图和文字，发到了当初截取图片的那个对话框，也就是——宋演。

一分钟后，她发现自己居然发到宋演那儿去了，瞬间吓傻，赶紧点了撤销键，但一切为时已晚……

几秒后，只见宋演回复：你怎么知道我吃多了屎？你和我一起吃了？

真是伤敌一千，自损八百。

周尽欢颤抖着双手回复：宋总，我错了……

等回复的周尽欢心脏都到嗓子眼儿了。几分钟后，宋演终于回复：期待你的新节日策划。

这句话后面还附上一个网上最火的“呵呵”表情。这回复还真是相当血腥，周尽欢越看越觉得那个笑容是笑里藏刀。隔着手机屏幕，周尽欢都能感觉到宋演正磨刀霍霍。

那之后的几天，周尽欢在公司都战战兢兢的，生怕做错了什么被宋演抓到小辫子。宋演这几天大约也是来了“大姨父”，情绪很不稳定，时不时就把她捞到办公室里一顿批评。虽说在宋演的高压“提点”下周尽欢最近的工作都做得非常顺利，也正式确定了把下一个重头活动放在三一四白色情人节，但不得不说，这种“棍棒之下出孝子”的方式还真是适合周尽欢。

午休时间，原本有一个小时，但最近周尽欢工作太忙，缩减成了半小时。

周尽欢在食堂里闷头吃饭，一边吃，脑子里还一边想着白色情人节还有什么活动能吸引更多的客人。一般的那些刺激购物的活动别的商场早玩烂了，四户通路久盛在这上面并没有什么竞争力。周尽欢最近浏览了很多活动策划的案例，都没什么头绪。

大约是想工作的事想得太认真了，周尽欢居然都没有发现男神霍期将餐盘放在了她对面。

“霍总？”周尽欢惊讶极了，吓得差点丢了筷子。她赶紧往后缩了缩，给霍期腾出更大的位置。

“想什么呢，想那么入神？”霍期口气温和，还是一贯的暖。

周尽欢咬了咬筷子，如实相告：“白色情人节的活动。”

“这个是要和营销部一起想的，市场部还是更偏向于推广。”霍期说，“下午我把营销部的叫过来一起开个会讨论一下吧。”

周尽欢只觉心头流过一股暖流，感动极了，鼻子都有点酸，“谢谢霍总。”

“你一个新上任的，也确实做不来。本身有点口条不顺，市场部的 PR（public relation）Zoe 又不是很服你。”霍期扯动嘴角，暖暖一笑，“作为上司我不帮你，谁帮你？”

“霍总……真是好人，我会好好干的……”周尽欢有点眼热地低了低头，心想霍期真是男神。太男神了。再对比那个天天来“大姨父”的宋演，一时也忍不住咬牙切齿地抱怨：“比某些人……好太多了……”

霍期没把周尽欢的抱怨放在心里，只略略一笑，便低头吃饭。周尽欢原本已经吃得差不多了，为了能和霍期尽可能多地搭话，故意吃得很慢，最后两人同时吃完。收完盘子，两人一起往电梯走去。

霍期不经意地问起周尽欢最近的工作情况，“宋总是不是给你布置了挺艰难的任务？”

一提起宋演，周尽欢就一肚子气，“甭提了……营业额……百分之五……”

“是吗？”霍期若有所思地看着前方，也不知道是想到了什么。

周尽欢没注意到霍期的表情变化，一旦开始吐槽就有收不住的趋势，“营业额就是……生命……公司这么多人，次次都是……我们俩部门……遭殃……老说别人能……力不行……you can you up 啊！”

周尽欢自顾自地说着，这才发现有点太过了，赶紧住嘴，“那个……”

周尽欢一转过头，正好看见霍期温柔地抬起了手，像安抚孩子一样拍了拍她的头。轻轻两下，那力道让周尽欢整颗心都酥了。

“别担心，我会帮你。”霍期这样说。

两人从电梯里出来，各自要回办公室。周尽欢有些依依不舍挪不动脚，霍期却并不知道她那些小九九。他刚要走人，突然又折了回来，压低声音对周尽欢说：“上次我放你鸽子，给我个机会赔罪。周五晚上请你看电影，OK 吗？”

周尽欢没想到霍期记得这事不说，还特意要补偿，激动得舌头都捋不直了，“必须……OK 啊……”

“行，那周五等你了。”

霍期回办公室许久，周尽欢还站在原地没动。她已经完全无心工作了，内心澎湃得如同一壶烧热的开水。

天哪，刚才霍期那是约她了吗？她了吗？了吗？吗？

她这是要转运了吗？年二十八了遇到真爱，也太幸运了吧！周尽欢兴奋不已，手脚都无法自控地开始跳起了舞。

宋演算个屁啊？工作算个屁啊？人生大事解决了，比什么都重要啊！

周尽欢不停在原地旋转，从看电影想象到了确定关系，想到了结婚，想到了生宝宝，想到了儿孙满堂。未来简直太美好！

她完全沉浸在美梦里的时候，一道很刺耳的声音生硬地打断了她的想象。

“周尽欢。”

周尽欢吞了吞贪婪的口水，停止了旋转，循着声音，有些呆呆地抬起了头。

宋演就那么双手抱胸地站在她眼前，而她正保持着舞蹈最后的动作。

她赶紧站直，双手放在小腹上，装作很端庄的样子。她清了清嗓子，“宋总。”

宋演挑了挑眉，冷冷一嗤：“你刚才在干什么？广播体操？”

体操你全家，瞎啊，跳舞都看不懂啊？周尽欢在心里骂着脏话。

“活动想出来了？还有空在这儿舒展筋骨？”

“下午和……营销部开会……讨论……”

"霍期决定的？"

"嗯。"

宋演扯了扯嘴角，"刚才听见了。"

周尽欢忍不住皱了皱眉头，"你怎么能……偷听别人……说话呢？"

"话说清楚。"宋演不可一世的样子，鼻孔看人，"坐你们背后，你们说话吵到我的，我可没有偷听。"

"切。"周尽欢懒得理他，"我去准备开会。"

"等等。"宋演叫住了周尽欢。

周尽欢不情不愿地回头，"又有什么吩咐……宋——总——"

宋演仰了仰头，睨着周尽欢，问她："上次你约看电影的男人，是霍期？"

周尽欢彻底被宋演惹毛了，她立刻挺起胸、叉着腰怒气冲冲地指责宋演："怎么着……这句也是……我们声音太大……吵到你啊？"

宋演这人脸皮也真是厚到极点，霍期摆明了小声说的话，他偷听了不说，还理直气壮，"你们在公共场合说的，不小心就听到了。"

"还真是……不小心哪！"周尽欢七窍生烟，恨不得上去宰了宋演。什么人哪，偷听也太恶心了吧！

宋演完全无视周尽欢的愤怒，他还是含着胸，也没动，只随口问道："上次你约的人真是他？"

"关你屁事啊！"

宋演努了努嘴，也不知道在动什么歪脑筋。他往周尽欢这边靠了靠，似是挣扎了一会儿，他居然挺认真地对周尽欢说："他不适合你。"

要不是前车之鉴太多，周尽欢都要以为他说这话是不是突然脑热喜欢她了。

"你是不是……神经病啊，你怎么就知道……不适合我？"

宋演想说什么，却欲言又止，"总之不适合你，同学一场，我不会害你。"

"呵呵。"周尽欢冷笑一声，"不试试……怎么知道？"

周尽欢懒得和宋演打嘴仗，这次招呼都不打了，直接转身要走。

"等等。"

宋演一个箭步跨了过来。周尽欢只觉得一道黑影快速从眼前掠过。

那一秒，好像是一阵清风拂过了周尽欢的脸。

温热的呼吸，如同一团刚烧起来的火，猝不及防就出现在周尽欢的额上。

咚！短暂而清晰的一声，是宋演的手碰到墙壁的声音。

那种没有任何防备的靠近，让周尽欢本能地心跳加速。

周尽欢脑子有些蒙。只觉这一刻宋演和她的距离太近，也太危险了。她不敢动，也不敢抬头，只觉额前的呼吸实在太灼热，灼热到她都有点害怕了。

宋演修长的手臂横在她耳旁，手掌抵在墙壁上，将她圈在小小的空间里。

仿佛下一刻就要将她拥在怀里。她耳朵都红透了。

这是被……“壁咚”了？

靠，怎么是宋演这货？

周尽欢觉得真是日了狗了，出门没查老皇历还是怎么着，就被宋演这货“壁咚”了！她的第一次“壁咚”啊！就算不是男神，也不能是男神经啊！

更何况再回想到他说的那些话，简直人神共愤。

……

“我之前的建议你认真考虑一下。辞职吧。”

周尽欢那一刻简直要气炸了，一把推开他，“你辞职了……我都不辞职……”

“是因为霍期吗？”宋演目光如炬，看得周尽欢有点心虚。

“关你屁事？”

宋演收回手，俯视着周尽欢，良久轻叹一口气，认真问道：“你毕业这么多年，为什么没有谈恋爱？”

周尽欢有点羞愤，撇过头去，“没遇到心动的……反正和你无关……”

“所以霍期让你心动？”

周尽欢是敢爱敢恨的人，诚实地点头，“嗯。”

宋演不知道是不是吃多了，居然语重心长地对周尽欢说：“他和你真的不合适。”

“你怎么知道？切。”周尽欢有点不屑，也懒得和宋演说下去。

宋演这次却无比有耐心，还是不让她走，“我对你有点愧疚感。不是我你不会有这怪病。”

“你这不会是想以身相许补偿我吧？千万不要。”

“我是准备补偿你。你从公司辞职吧，我给你介绍更适合你的工作。现在这个职位不适合你。”

周尽欢对于他这么执着让她辞职感到有点费解，她实在忍不住疑惑，问他：“我辞不辞职……真这么重要？我……这么碍眼？”

还不等宋演回答，周尽欢又说：“为了碍你眼，我不辞职。”

言辞咄咄，决心笃笃。

“我要你辞职，是为你好。”宋演说，“如果你是因为霍期才不愿意离开公司，那我告诉你，完全没有必要。”

宋演顿了顿，说：“就算嫁不出去，也不要去做第三者，他已有未婚妻。”

周尽欢听完他说的话，眼睛瞪得老大，声音也忍不住拔高了一度：“……为了让我辞职……说这种谎话……至于吗？”

宋演这低级品德，也真是够了。周尽欢只庆幸和宋演没成，和这样的男人在一起，这一辈子都毁了。

气呼呼地回到办公室，周尽欢坐在办公桌前，原本是应该为一会儿要开的会准备准备，结果满脑子都是宋演那些乱七八糟的话。

这也不能怪周尽欢容易分心。宋演这贱人，诋毁谁不好，偏偏诋毁她现在最喜欢的男神。而且他到底是什么毛病？不能好好说话吗？动不动就发神经！

他没头没脑的那么一个"壁咚"也是让她心情有点复杂。出自他那种贱人，又是那么吓人的一个举动，也不知道怎么搞的，居然还让人有点小荡漾。

周尽欢不禁自我怀疑起来，难道"壁咚"真是征服女孩的神技？

虽然烦，但还是得感谢宋演，对于一直毫无头绪的情人节活动，周尽欢突然有了个新奇的点子。

开会之前，周尽欢摒除杂念做了一个简短的准备，虽然也没有很大的把握，但她还是想要试一试。

在霍期主持的会议上，周尽欢毫无保留地把自己的想法说了出来，由于她的怪毛病，开会的时候，她全程对着 Zoe 做讲解。

感谢霍期，男神就是男神，对她的怪毛病非常理解。虽然她的方式有点奇怪，但他还是愿意给她机会。

"……"

"大部分百货公司都把白色情人节作为情人节来推广。大家都在抢情侣市场，我们百货在这方面并没有很强的竞争力，不如就让他们去搏杀。这次我们可以做一个针对单身女孩的活动，毕竟单身女孩也是很强大的消费群体。"

周尽欢用开会前那么短暂的时间打印了一点儿资料，分发给了每一个人。

"'壁咚'，日本流行词语，时常出现在少女漫画或动画以及日剧当中。男性把女性逼到墙边，单手或者靠在墙上发出咚的一声，让其完全无处可逃的动作，成为时下热门的告白高招。"

在众人一脸困惑中，周尽欢自信地解释起她构想的活动："我们可以请一些很帅气的模特来，让单身女孩们来一次'壁咚'体验。我已经看过资料，日本有过这样的活动，并且大获成功。我们可以借鉴别人的成功经验。"

"是不是真的可以抓住单身女孩的心呢？"霍期看了看周尽欢提供的资料，疑惑道，"毕竟中国的女孩比较害羞，这样的活动也辐射不到所有的单身女孩，她们不一定愿意参加。"

周尽欢还是诡异地对着 Zoe，以此保证自己说话不结巴。她吸了一口气，认真解释："我们并不需要辐射到所有的单身女孩，我们要的只是噱头和话题，让大家对我们的活动感兴趣，议论，然后再与网络上江北的红人合作，以幽默的文案进行炒作。我相信效果应该不俗。”

“……”

营销部的人对于周尽欢的点子显然不是很服气。这类商场活动一般都是营销部策划，从工作职能和性质来说，市场部更多的是服务和配合营销部，推广和宣传他们策划的一些活动。周尽欢一条龙都做了，这可是把营销部的饭碗抢了，营销部的人自然不高兴，提了很多问题刁难周尽欢。

原本和周尽欢不是很对盘的市场部同事在这一刻都表现出了非一般的友爱，在营销部刁难的时候，他们纷纷挺身而出。

在这场会议上，周尽欢第一次感觉到市场部是一个整体。就算他们对周尽欢有再大的意见，那都是市场部内部的事。

一番争论后，霍期拍板，定下了周尽欢的创意。

空荡荡的会议室里，每个人说话的声音都有点回音，坐在上首的霍期声音尤为明显。

他轻轻咳了一声，用充满磁性的声音分配着接下来的工作：“周经理的创意我觉得很有意思，我们可以往这个方向走，破旧才能立新，我们不能一直走过去的模式。接下来的工作营销部和市场部各司其职，三天后我要看到策划书，下周一，推广全面做起来。”

……

会议结束，周尽欢收拾资料，整理众人提出的问题和意见，留到了最后。霍期一直陪着周尽欢，还帮周尽欢分了几个文件夹。

离开会议室时，两人并肩走着，周尽欢一抬头，视线正好落在霍期的肩膀上，这个身高差可谓完美。周尽欢觉得这距离又暧昧又让人安心，忍不住窃喜。

霍期对她的策划很是满意，毫不吝啬地夸奖：“没想到你还挺让我惊艳的，看着笨笨的，脑子却转得挺快。”

周尽欢被男神这么一夸，也有点飘了。她害羞地低下头去，有点不好意思地说：“突然就想到的，也不知道……能不能行。”

霍期微笑道：“不管如何，我会全力配合你。”他抬了抬眼，眼里短暂地闪过一丝倨傲，“百分之五而已，一定可以的。”

“谢谢霍总。”周尽欢只觉得是什么糖甜到心里去了。

周尽欢忍着内心的雀跃，忍着脑海里闪过的千万种想法，忍着一直想要扑上去的冲动，认真地斟酌着用词，思考着下面应该说什么。

霍期的手机就这么不期然地响了起来。他低头看了一眼屏幕，最后转身走了几步，走到确定距离远到周尽欢听不见的地方才接通了电话。

周尽欢原本该走的，可她想起宋演狗嘴里说的那些话，忍不住就留了下来。

接完电话的霍期回身发现周尽欢还在，也有点诧异，“怎么还没走？”

周尽欢仰着头看着霍期柔和的面部线条，有点犹豫，她安静了三秒，最后还是忍不住问了出来。

“霍总……我听说……你有未婚妻啦？”

“什么？”霍期有些震惊，眉眼间都似乎在说着“荒唐”，他半自嘲地说道，“怪不得都没女生接近我，原来是有这种传言，这得耽误我终身大事啊。”

霍期笑笑，像对待小孩一样摸了摸周尽欢的脑袋，温柔地说：“八卦不可信啊，周同学，我是单身。”

周尽欢强压着要跳到霍期身上的——她的心脏，在心里默默道：宋演，造谣一时爽，全家火葬场。

Chapter 4

第四章 爱的壁咚

喜欢一个人是一种感觉，
不需要证明，我不喜欢你，
不代表你不好。

周尽欢现在彻底对宋演没感觉了。

为了让她辞职诋毁霍期这件事是真的恶心到周尽欢了。毕竟多年前那么单纯地喜欢过他，想到他变成这种人，周尽欢还是觉得有点难过。

基本上除了工作，周尽欢也懒得和他说什么。宋演最近也很忙，没空找茬。霍期把她的创意报了上去，也不知道霍期用了什么方法，总之宋演居然同意了。除了单独找周尽欢聊了一次她的想法和计划，倒也没有刻意刁难。

得了许可，周尽欢算是放开了手干活了。

周尽欢连着加了两天的班，甚至把和霍期的约会都推迟了，终于是把策划都做完了。大家都摩拳擦掌，跃跃欲试。不论如何质疑这个活动，当它正式要实施的时候，所有的参与者还是存着几分期待。

那之后又开过几次会，终于把所有的细节搞定。分发完了策划书，大家就各司其职开始正式主打白色情人节的活动了。

“白色 / 情人节・爱の壁咚”算是周尽欢进入市场部成为经理以后独立策划和领导的最大的一次活动。这段时间周尽欢压力也挺大，每件事都要亲自把关才放心。

以前周尽欢总是不懂宋演为什么那么独裁，不管是活动还是决策第一反应都不是信任，而是怀疑。现在自己真正做项目，才有点理解宋演。作为一个活动的总负责人，最重要的事是负责，其次才是领导和策划。有时候就算自己的决策错了，承担错误的时候若是为自己承担，也更服气一些。工作中，不论下面的人多么聪明如何拍胸口保证，负责人也不会轻易地把命运交给别人。

毕竟那真的太被动了。

连加了几天班，周尽欢终于有一天能在八点之前下班。下班前，她要把报告交给宋演。她拿着报告到了总经理办公室，却被告之宋演已经下班了。

乖乖，宋演居然会在八点前下班？宋演是个不折不扣的工作狂，他自己爱加班就算了，还经常“连累”别的同事。老总都没走，谁敢走啊？于是大家就算没工作也得在公司耗时间。因为这一点，公司同事没少吐槽过他。

把文件交给了总秘，周尽欢刻意看了一眼窗外，发现天已黑，无法确定今天太阳是不是从西边出来了，也是有点可惜。

下了班，周尽欢想到最近工作一切顺利，心情也很不错，便一个人坐车去了江北一家很出名的老馆子——玫瑰苑吃饭。这是她对自己的奖励。

原本是让人心情很好的安排，结果因为遇到不该遇到的人彻底给毁了。

玫瑰苑老就老在这么多年过去仍然保留着当年大食堂一样的格局，并且用的是那种木头的长窄凳。单人一般都是坐最小的双人桌，然后和别的双人桌拼在一起。

周尽欢从来没有觉得这样安排有什么不对，毕竟玫瑰苑的菜真的很好吃，尤其是红烧肉，简直是一绝，每次来都得大排长龙才能吃到。今天因为一个人很顺利就进来了，原本是应该很高兴的。

如果……如果不是坐在宋演斜对面，宋演妈妈旁边的话……

"……"

"上次见的女孩是哪里不满意啊？"宋演虽然讨厌，宋妈妈却很面善。虽人到中年，但打扮得体，看上去很优雅也很有气质，说话的声音也很温和。

"看不上。"宋演还是一如既往地不会说话。

宋妈妈听他这么说，也有点生气了，"你看不上？别人还看不上你呢。你也不看看你自己，年纪一把了，也不谈恋爱，你是不是那方面有问题啊？"

"噗——"周尽欢一个没忍住，一口汤喷了出去。

宋妈妈这也太犀利了，周尽欢忍不住要为她鼓掌。想了想这么长时间能把单身的日子过成这样的也就只有宋演了，想想还真可能是那方面的问题，"快男"什么的……

宋演轻轻哼了一声，极其轻蔑地看了斜对面的周尽欢一眼，"听笑话？"

"你怎么说话呢？"宋妈妈发现宋演又对身边的女孩刻薄相向，皱了眉，"陌生的小姑娘，你也这个态度？"

宋演对他妈妈的话置若罔闻，只是直勾勾地盯着周尽欢，冷冷地嗤了一声："是挺陌生的，是吧，周尽欢？"

"周尽欢"三个字几乎是咬牙切齿叫出来的，把周尽欢叫得心里毛毛的。周尽欢就知道她这位置不好，就这么光明正大地听了他的壁角。虽然是挺搞笑，可是上帝作证，她真的不是故意的。

宋演这一叫，周尽欢也没办法再装陌生人了，毕竟有长辈在，也不能太没礼貌。她赶紧拿纸巾擦了嘴，咳了两声，然后转过身，有点尴尬地对宋演妈妈笑了笑，"伯母你好……我是宋演的大学同学，我叫周尽欢。刚才宋演没介绍，就不好意思打招呼了……"

宋演妈妈一看到周尽欢软软糯糯的样子，立刻眼里精光一亮，她一点儿都没有计较周尽欢一开始没有打招呼，还大方地招呼："同学啊，那一起吃吧？"他妈妈热情地拉着周尽欢的手说，"我看你一个人来吃饭，这是没对象吧？"

周尽欢一听这话，立刻感觉到不对，为了生命安全，她马上摇手，“不用不用，我男朋友工作忙还没下班……不是一个人来吃……”

“呵呵。”宋演冷笑两声，也没有揭穿周尽欢。他不再理她们，低头吃菜。

周尽欢知道他是在嘲笑她，一时也有点生气。她还不是怕宋演妈妈乱点鸳鸯谱么？人在生命安全受到威胁的时候说点善意的谎言怎么了？

见宋演那么不可一世，态度又差，周尽欢忍不住翻了个白眼。

对付这样的人，就是不能让他太好过，不然他都不知道自己是谁了。

周尽欢邪恶一笑，然后眯着眼睛，无比热情地挽住了宋演妈妈，很谄媚地说：“哎呀，伯母，您是不知道啊，宋演这个人啊，真是优秀啊，从学校到进社会都是我们校友里的传奇和榜样。”违心地褒奖一番以后，周尽欢假装惋惜地叹了一口气，“最可惜的就是他工作实在太刻苦了，完全耽误了他的感情和婚姻。”

宋妈妈十分清楚，紧握着周尽欢的手说：“这臭小子就是工作狂，一点儿都不随我和他爸。”

周尽欢安抚着宋妈妈，趁机挑衅地看了宋演一眼，一字一顿地对宋妈妈说：“所以您一定要多多给他安排相亲啊。”

“周尽欢。”宋演幽幽地喊着她的名字，阻止她说下去。

可周尽欢是谁啊，和宋演也算是世仇了，怎么可能饶了他？他越是拦，周尽欢越是要说，最后吹得宋妈妈就差当场押宋演去相亲了。

那是周尽欢第一次看到宋演在她面前惊慌失措。呵呵，看来他也不是完全没有弱点。这么完虐宋演的感觉，还真是棒棒哒。

原本会使人胃疼的饭，周尽欢却是吃得无比开心。饭后，宋妈妈去厕所。周尽欢原本准备趁机开溜，谁知结完账的宋演走了出来，将她抓了个正着。

“想开溜？”周尽欢觉得自己肯定是出现幻觉了，宋演此刻好像有獠牙一样，仿佛下一秒就要把她给撕了。

“嘿嘿。”周尽欢谄媚地笑着，赶紧狡辩，“我这也是……关心你……”

宋演冷笑两声，用让人毛骨悚然的声音说：“周尽欢，来日方长。”

招惹了宋演之后，周尽欢明显感觉到那一段时间宋演看她的目光都是冒火的。但他也不能拿周尽欢怎样，因为周尽欢已有防备，最近都非常谨慎，不让宋演抓到错处。

据总秘说，宋演最近很忙，每天也不能加班加太晚，因为每天都要相亲。相亲都快相出抑郁症了。

他越忙，公司里的人就越轻松，所以周尽欢也算是做了一桩善事。

“爱の壁咚”活动推广出去以后果然如预期的一般，在网络上引起了一阵热议。虽然有褒有贬，但话题热度轻易就达到了。市场部这边联系了几个江北很有名的公众号进行了推广合作，媒体那边的广告也投放得刚刚好。

一开始倍受质疑的一个活动，因为前期收效很不错，也渐渐被大家所接受和支持。

市场部的姑娘们每天来见周尽欢都是欢欣雀跃。一个营业额吊车尾的百货公司，已经很久没有这样让人打鸡血的活动了。这几天大家工作都显得特别有劲，连不怎么服她的江大卫都对这个活动表示了赞许。

他把活动文件放在了周尽欢桌上，对周尽欢说：“营销部那边来人了，说活动是你想出来的，选人也应该叫你。”他说完又补充道，“他们找的都是各行各业里很帅且有一定知名度的人，据说江北最帅男模、最帅 coser、最帅消防员什么的都来了。”

周尽欢听他这么介绍，忍不住吞了口口水，风度矜持什么的都瞬间消失了。她立刻丢了手上的笔，工作也有轻重缓急，选人是加急的，她必须先去。

周尽欢一赶到面试现场，立刻眼花缭乱了起来。眼前帅哥猛男到处都是，面试有一关是检视身材的，所以现场有不少帅哥处于半裸状态。周尽欢觉得眼前简直就是酒池肉林。

营销部经理见周尽欢来了，倒也很客气，对周尽欢说：“我们选了十个人出来了，一会儿会让同事们来模拟一下。”他翻了翻入选帅哥们的资料，态度认真，表情专业，“我们选了十个人。最后还准备选一个开场的，我们准备用我们公司的帅哥，也算是噱头。你觉得谁比较合适？”

“霍总！”周尽欢几乎是脱口而出，说完才觉得不合适，“我是说……如果可以的话……”

营销部的经理倒是没有被她的花痴和疯狂吓到，反而淡定地说：“大家都希望是霍总，看来霍总确实是众望所归，我去问问他。”

“……”

说实话，周尽欢没想到霍期会同意，毕竟以他的身份，也不至于去做这“卖肉”的活儿。

所以当周尽欢看着霍期下来的时候，小小地震惊了一下，震惊之后，是更深的惊喜和欣赏。

不愧是她喜欢的男神，就是大气。

营销部经理笑眯眯地对周尽欢说：“霍总同意了。霍总这么仗义，我们不能陷霍总于不义，所以我想过了，开场体验的，我们找我们公司的女孩去就行了。反正别人也不知道，肥水不流外人田嘛。”

周尽欢没想到营销部经理心思如此之缜密，从心底里表示佩服，她连连称赞：“这真是个……好主意……您果然是……深谋远虑。”她咽了咽口水，凑近他说，

“所以开场体验……我来吧……毕竟活动是……我想出来的……我愿意……首当其冲……身先士卒……”

这次选出霍期是大家共同努力的成果，周尽欢虽然很感激，但还是不能把机会让给别人，毕竟人都是自私的。

插播一个序曲，同为长相能看的宋演，整个公司没有一个女同事投票给他，可见多不得人心。周尽欢想了很久都想不通这么没人缘的男人是如何做到高管级别的，不是说这个时代想上位就得广结善缘吗？

因为内幕和潜规则，职位最高的“申请者”周尽欢成功突围。她从来没有觉得在四户通路久盛工作能这么幸福，也从来不知道作为市场部经理福利居然能这么好。

周尽欢和选上来的几个女同事并排站着，作为女性代表，可以体验今天选出来的男嘉宾的“壁咚”。“壁咚”的墙是以前活动的背板，被临时弄过来充数。虽然场面有点寒酸，但丝毫不影响大家的热情。周尽欢和别的女同事一样又兴奋又羞涩。周尽欢虽然也不是善男信女，但是能这么光明正大地接近男神，还是让她激动得手脚都不知道怎么放了。

各界精英男嘉宾们一个个上来了。周尽欢听到女同事们的尖叫声此起彼伏，大家都已经摩拳擦掌，迫不及待地要上了。

霍期在队伍的最后，就那么清雅地站立，自成风景。他一直很忙，即使是来模拟，也一直低头看着手机，忙着工作。周尽欢一个个数着人头等待着霍期的到来。那一刻，时间对周尽欢来说是走得非常之慢的，她有好几次都想上去推开所有的人，让霍期先上，但她为了风度还是忍住了。

眼看着霍期就要上来了，周尽欢整个人都要飞起来，吞着口水等着他。

谁知人算不如天算，半路被宋演这个贱人给截了和。

工作那么忙的宋演不知道哪根筋抽了，也跑到选拔现场监督。原本所有人上去宋演都没动，就霍期要来的时候，他慢慢地踱步过去，也不知道在霍期耳边说了什么，只见霍期脸色一变，周尽欢就那么眼睁睁看着霍期从队伍里走了出去。

神哪，还有一个人就到霍期了啊，霍期这是要去哪里啊？回来啊！周尽欢还在等着他“壁咚”啊！

霍期的离开还不是唯一的打击，更打击她的是，霍期走后，宋演居然就自然而然地插到了队伍里。

周尽欢前面的最后一个女同事到背板前面去了。一声荡漾的惊呼后，轮到周尽欢了。

周尽欢一抬头，宋演正一步步向这边走来，嘴角带着恶作剧的笑意。周尽欢只觉得眼前全黑了。原本是来谋福利的，没想到最后成了受惩罚。

她想都没想，转身就准备走人。结果她脚还是不够快，还没走成，人已经被宋演长臂一拉，给硬生生地拉了过来。

宋演含着胸，说话声音不大，恰恰能让周尽欢听见，“不是身先士卒，主动求‘壁咚’？”

宋演一伸手，堪堪抵住了周尽欢背后的背板，果然是“壁咚”，咚的一声真是够大的，背板都要被他撑垮了，他却还是气定神闲，“霍期还有事忙，我来吧。”

周尽欢只觉得头顶好像被乌云笼罩，一口血仿佛卡在喉头不上不下，她气得都要发抖了，恨恨地质问宋演：“你是不是……和我有仇啊……姓宋的！”

宋演的手臂依然抵着背板，身子却往前倾了一些。周尽欢被吓得忍不住更往后靠，可惜，距离就是那么近，完全避无可避。

宋演眯了眯眼睛，仿佛暧昧也仿佛亲昵地凑在周尽欢耳边，温柔地说：“你该洗头了，周尽欢。”

周尽欢觉得宋演的气息近得让她心慌，她恼羞成怒，“昨天才洗的！今天还喷了……香水！”

“呵呵。”宋演抿着唇笑了笑，那样危险的表情，“来日是不是方长？周尽欢，你还是太嫩。”

“……”

虽然“爱の壁咚”准备活动有一些不和谐的序曲，让周尽欢一秒从天堂到了地狱，但总的来说，这个活动还是非常成功的。

霍氏集团公布了白色情人节各百货的营业额。虽然四户通路久盛还是在最后几名，但周尽欢完成了宋演布置的“mission impossible”，四户通路久盛业绩表上那明显上升的一条曲线像一记响亮的耳光，狠狠打在狗眼看人低的宋演脸上。

和去年的白色情人节营业额相比，上升了百分之七点八。这对于这一两年的久盛来说，已算是非常不错的数字，也让一直没什么士气的久盛仿佛注入了新的能量。大家都开始对未来有了一定的憧憬。

营业额上升，周尽欢是最高兴的那个人。保住了职位不说，还被霍期在开会的时候口头嘉奖了。他说：“四户通路百货是一个年轻的公司，我们要的不是服从，是新，是与众不同。大家要向周尽欢学习，以这次活动为经验，以后创造更好的成绩。”

周尽欢被夸得都忍不住有点飘了。

那之后，周尽欢又得到了更好的嘉奖——和霍期约会。这一次所有的时间行程地点都是霍期定的，周尽欢只用人等着就好。

周尽欢又是一番认真打扮。为了和霍期约会，周尽欢几乎试遍了整个衣柜里的衣服。即便是这么认真，她还是感到不自信。不知道是不是女孩都会这样，在喜欢的男孩面前又自卑又忐忑。

下班后，周尽欢在停车场里等霍期。为避嫌，周尽欢站在一个角落里。霍期的车一来，她很快就上车了，全程没让人撞见。

霍期被她偷偷摸摸的样子逗乐了，嘱咐她扣好安全带，笑眯眯地说："干吗偷偷摸摸的？又不是见不得人。"

周尽欢双手捏成一团，"不想被议论。"

"哦？"霍期对这个答案倒是有点感到意外，"我有这么糟吗？"

周尽欢见霍期误会，激动得整个人都要跳起来了，她连忙摆手摇头道："我不是这个……意思……我是怕你被……议论……"她越说声音越小，"你那么优秀……我只是小员工……"

"真傻。"霍期爽朗地笑着，"久盛就像我的家，大家都是我的家人。和家人吃一顿饭有什么不对？"

周尽欢对这个回答有点失望，她是想成为霍期的家人，但前提是先成为爱人。但失望归失望，周尽欢还是笑着回答他："你说得对……是我思想龌龊……"

霍期开车的习惯倒是和他的为人很是不同，喜欢急踩油门，车速也相对比较快。和宋演那种老头子求稳的开车方式很不同。坐霍期的车有种隐隐的刺激感，好像此刻二人正奔驰在一条无人的马路上，速度带动激情。而坐宋演的车嘛，一上去就想睡觉了。

周尽欢想，这才是爱情的感觉吧，让人感觉到年轻是空气中的分子，而不是一个代表年龄的数字。

等红灯的时候，霍期手撑着方向盘，侧头注视着周尽欢，那眼神，把周尽欢都要看化了。

"为什么这么拘束？"霍期淡淡地笑着，"我看你坐宋总的车，倒是挺自在。"

周尽欢听霍期这么一说，立刻懊悔了起来。之前还没和宋演交恶的时候总是加班，有几次下班遇到宋演都厚着脸皮求顺路。本以为公司都没人了，结果却被霍期给碰到了。周尽欢仔细回想着，实在没想起来到底是哪一次被霍期给看到了。

"不是这样……"

霍期表情温和，见周尽欢急了，还安慰她："我只是觉得你自在的样子比较可爱。"

他这么说完，周尽欢整张脸都红了，耳根简直热得要爆炸。霍期这种炙热的眼神，还让人怎么自在啊？

"宋总是在追你吗？"

"怎么可能？！"周尽欢几乎是脱口而出，"他都要把我……赶出公司了……"

"赶出公司？"霍期感到有些意外，表情有些微妙的变化。

"对啊……"周尽欢对霍期毫不隐瞒，"他说我升职是……被大家推出来……

顶包……说让我主动辞职……我不肯，他就……让我冲营业额……”周尽欢说完，腼腆地笑了笑，“这次谢谢你……营业额冲上了……”

霍期低头思考了一会儿，然后云淡风轻地笑了笑，“别担心，我会全力帮你。宋总有时候就是太武断了，我们一起证明给他看，是他错了。”

“那必须的……他就是小看我……”

霍期爽朗地笑了笑。绿灯亮起，他发动了车子，起步有点猛，周尽欢毫无防备，吓得惊呼了一声。

“我平生最爱的，就是把不可能变成可能。”霍期唇角勾起，竟流露出几分坏男孩的气息，“周尽欢，你有信心吗？”

“有！”周尽欢大声呼应。

两人相视一笑，仿佛都被这突然的一脚油门给鼓舞了士气。

到达电影院，霍期停好车，和周尽欢一起从停车场向电影院走。两人一路都像寻常一样说着话，话很投机，气氛好不融洽。

从直升电梯里出来，周尽欢正情绪高涨，心想这次怕是手到擒来了。霍期步子比较大，稍微在前面一些，周尽欢为跟上他，又往前走了一些，想要更加靠近霍期，准备伺机而动。

“想看什么电影？”霍期回头问周尽欢。

“都可以……”周尽欢心里甜丝丝的。

“霍期？”一道不和谐的声音就这么插了进来。

周尽欢下意识地抬头，眼前出现一个衣着讲究、气质优雅的年轻女子。周尽欢就这么硬生生被惊艳到了。

此女姿色出众，五官精致，长得很有味道。应是出身不俗，从头到脚无一不是名牌，而且搭配得很合理也不会过分招摇，显得气质很优雅。她一手拎着外套，肩上背着细细带子的挎包，很闲适地站在霍期面前。

“来看电影？”女子的声音略微尖细，配着有些长的眼睛，显得有些冷艳。

霍期的态度则相对冷淡许多，他稍微往后退了一步，很自然地挡在了周尽欢面前。

女子见他做出保护姿态，表情有些不屑，“一分手立刻就找下家了？”她微微探头，上下打量着周尽欢，最后冷冷道，“看样子是一般家庭的姑娘。怎么，你转性了？”

霍期被那女子讽刺了，却并没有生气，只是不卑不亢地回应：“既然你也记得已经分手，那就够了。”

那女子大约也是天之骄子，无法忍受霍期这种冷淡的态度。她狠狠瞪了霍期一眼，又觉不解气，也顺带瞪了周尽欢一眼。她讽刺地对霍期竖起大拇指，语气越发刻薄，“霍期你好样的。”

她拎着包踏着高跟鞋准备走人，想想觉得不服气，又转过头来对霍期说：“霍期，别太把自己当人。你搞清楚，霍家是霍一霆的。你真以为霍家会让一个私生子走到人前吗？”

……

一直以来周尽欢都希望自己可以一直陪伴霍期，唯独这一刻，周尽欢真希望自己什么都看不到，什么都听不到。没有一个男人希望被人看到自己狼狈的一面。此刻，周尽欢尴尬得一句话都说不出，只是偷偷看着霍期的背影，内心忐忑，不知该说些什么来安慰他。

过了一会儿，霍期回过头来。周尽欢仔细看着他的表情，小心翼翼地问：“你没事吧？”

说完又觉得自己嘴真笨，那么多话可以说，怎么就偏偏说了最让人尴尬的一句？

霍期有些勉强地笑了笑，“不好意思，让你经历这些。”

“我……”

“你不用绞尽脑汁安慰我。”霍期堵住了周尽欢的话，也让周尽欢松了一口气。

电影院入口人来人往，来看电影的有情侣，有朋友也有家长带着孩子，大家都是带着笑颜进去。唯独周尽欢和霍期之间的气氛有些冷清。

霍期轻叹了一口气，靠在电影院的外墙上。头顶是最新上映的电影海报。一片花花绿绿，缤纷斑斓，把身材颀长、一身黑色西装的霍期衬托得有些落寞。

周尽欢站在原地陪伴着霍期，并没有打扰他。

霍期眼底有些黯淡，他看着远方，良久才开口说话，一说却是一段真诚的剖白：“其实我并不像你想象中那么光鲜。就像那个女人说的，我是个私生子。”

这些内幕平时作为八卦听就算了，被当事人亲口说出来，周尽欢感觉有些尴尬，表情有些不自然，也不知道该说什么，只得保持沉默，等待霍期继续说下去。

“我在两年前才认祖归宗。在这之前，我和你一样，在这个社会上打拼。”回想起过去的日子，霍期表情有些复杂，有怀念，也有厌憎，“从小到大我都读的是最好的学校。从北都大学毕业后，我放弃了更高薪的工作回到江北，就是为了陪伴我妈妈。后来她得了病，需要三十几万做手术，我们没有那么多钱。当时我在做财务工作，我甚至试图从公司里挪用，但最后还是被发现了。三十几万而已，我就是没有。”

霍期苦涩地扯了扯嘴角说：“当时如果不是有人及时阻止了我，我可能现在就在坐牢了。”他转过头来，看着周尽欢，眼底有周尽欢感到很陌生的冷漠，“可是你知道吗，我并不感激。如果我有了那笔钱，我妈也许就不会死了，如果坐牢能换回她的命，我愿意坐一辈子牢。”

周尽欢不喜欢有这样黑暗想法的霍期，她感觉又陌生又心疼，她结结巴巴地说着：“你是你妈妈的……骄傲，你要是去坐牢，她一定……不会安心。”

“也许吧。”霍期又看向前方，也不知道他到底在看什么，“后来我就被那个男人带回去认祖归宗了，只要我安分守己，我可以一辈子都衣食无忧。”

“刚才那个女人，是他们安排的对象。只要我和她结婚，未来我在这个家里就能站得更稳，老家伙就算死了，我也能依靠她家的支持去拼一把。我以前也是这么想的，所以我和她在一起了。”

周尽欢低头看着自己的脚尖，思索了一会儿才鼓起勇气问：“后来……为什么分手？”

“因为我发现，我妈去世以后，钱对我来说就是个数字。钱是没有感情的，而我并不需要它。我要的是当初能救命的三十万，可我永远也得不到了。”

这是一个笑贫不笑娼的社会，人人都骂钱是坏东西，可钱也是这个世界上最好的东西。霍期说他需要的是最初的那三十万，可周尽欢明白，他需要的并不是三十万，而是他因此去世的妈妈。

周尽欢第一次感觉到自己距离霍期是那样近，近到好像她再往前走一步，她就能走到他心里去。

看霍期隐忍着痛苦的样子，周尽欢觉得心疼极了。她向右挪了挪，悄悄靠近了霍期。她轻轻地把手抚在霍期手上，很温柔地握了握他的手，以她的方式给他力量和支持。

“谢谢。”这一刻，周尽欢能感觉到霍期真的把她当朋友。那句道谢，也包含了很多含义。

如果说从前周尽欢对霍期只是花痴和崇拜，那么这一刻，周尽欢是真正感觉到对霍期的感觉变了质。这种变质不是贬义，而是一种升华。

她想更了解这个男人，她想真正走到这个男人的心里去。

宋演的父母都是江北师范大学的教授。爸爸是工学院的院长，妈妈是中文系的系主任。一家都是高级知识分子，对宋演的培养自然十分重视。不知是不是物极必反，明明是受“爱的教育”出来的孩子，却偏偏自私刻薄不招人喜欢。

这两年宋演总被宋妈批评目空一切，妄自尊大。宋演仔细想想，是渐渐发现能交心的朋友变少了。大约真如柴松说的，人到高位以后，就懒得与人虚与委蛇。

刚参加工作的几年，宋演也和大部分初出社会的青年一样，赔小心忙伺候，为了往上爬，不可能不付出代价。后来爬上去了，若是还亲和，一方面不好管理，另一方面也并没有必要。当初他在低位的时候，领导也没有要和低位的人建立什么人际关系。

宋演虽然挺狂妄，对父母却是非常孝顺。这也是他虽然极其讨厌相亲，却从来不曾缺席的原因。最近被周尽欢这家伙给害了，为了让父母不再用相亲来轰炸他，搅得他不能好好上班，他不得不抽空回了趟家。

宋演回了家才知道，宋妈也喊了徐杏来吃饭。

徐杏其人，宋演江北大学的学妹。父母都认识也挺熟，和宋演算是青梅竹马了。不过宋演这个人，对女孩冷得像冰碴子一样，认识他十几年还是认识他几年其实也没什么区别。

说起来，徐杏应该算是对宋演最执着的一个了。不管宋演拒绝多少次都还是坚定地喜欢宋演，宋演去哪儿她就去哪儿。起初宋妈一直撮合他们，后来见宋演实在没兴趣，也就作罢。宋演怕耽误徐杏婚配，刻意隔绝了二人的往来。

宋妈却还是遗憾得紧，“徐杏这姑娘多好！又漂亮又有能力，要是给我当媳妇，我睡着都要笑醒。”

“行了行了，”宋演这人没什么耐心，“都说了快十年了，也不累。”

宋妈被他这么一说，一时气不打一处来。宋演低着头在厨房里帮着洗菜，宋妈忍不住念个不停：“你这孩子从小到大就是不听话，当初要你填北都大学，你非要读江北大学；毕业后要你来师范大学考讲师，你不听，偏要去给别人打工；现在更翻天了，让你结婚，你偏不，你给我说说，你是不是准备打一辈子光棍啊？”

宋演天不怕地不怕，最怕爸妈，他头皮有点发麻了，“怎么又说这几件事啊？我现在不是挺好的吗？”

“我就是奇怪啊，平时孤僻得很，当年却死活要读江北大学，说恋家也不可能啊。还有，为什么到现在还不结婚？你是不是有隐疾啊？”宋妈越说越气，转过头来逼问宋演，“你倒是和我说说，你到底想要什么样的姑娘？”

宋妈问过宋演很多次这个问题，宋演从来没有认真考虑过。今天她突然把当年填志愿的事和这件事一起提，却引发了一些宋演的思考。

宋演这个人，在学习上用现在的网络用语来形容，那就是“学神”。当年高考，他作为江北理科状元，却让人跌破眼镜没有去北都的一等学府，而是读了本地最好的江北大学。当年记者采访他的时候，他只非常倨傲地说：“我在哪里读书都是最优的，何必去那么远。”

其实他之所以选择江北大学，是因为当年有一个小女孩很骄傲地告诉他：“我爸爸是江北大学的，我将来一定要读江北大学。”

那时候她大约才五岁而已，大学是什么都没搞清楚吧？

虽然再也没有见过她，宋演却还是清楚地记得她当年的话。这么多年过去，不知道长大的她变成了什么样子。后来他去了江北大学，却并没有碰见她。也许，她已经忘记小时候说过的话了吧。不过是救他一次，却让宋演这么多年都念念不忘，一直有意无意地以她为范本寻觅着配偶，也因为她，这么多年一直孑然一身。想到这里，宋演感到有些失落。

宋演认真地回答了宋妈：“一个该坚韧的时候坚韧，该柔软的时候柔软的女人。”

这个回答把宋妈气炸了，宋妈一下子就明白过来他在说什么，“怎么还在想着当年的小女孩啊？那时候你还在读学前班，能知道什么啊？你这孩子是不是失心疯啊？我该说你早熟还是蠢啊？”

一下子被戳穿心事的宋演有些恼羞成怒，“反正就这样了，您本事大，就把那姑娘给我找出来。只要您给我找出来了，您要怎么就怎么。”说完宋演想想那姑娘也就比他小一岁，估计年纪也不小了，又加一句，“只要她没结婚，我马上把人追回来给你做媳妇，您不是着急抱孙子吗？我三年给您抱俩！”

那个让宋演念念不忘的小女孩其实也并没有做什么特别伟大的事，只是人总容易放大一些小时候印象深刻的事情。这就像很多人的阴影都是小时候造成的，实际上长大后去回想当年发生的事，也并没有恐怖到什么地步，只是以当时的心智实在无法承受而已。与阴影相对的，也有欣赏。那个女孩改变了宋演对女人的审美，以至于宋演这么多年都耿耿于怀，想要再见她一面。

其实宋演也记不得她到底长什么样子，只记得她不是江北人，是放暑假到姨妈家来玩的。

她姨妈当年和宋家住在同一个小区。那位阿姨似乎是姓刘，除了眼角有一颗痣，其余都真的没什么印象了。

当年年纪小，宋演还是个孩子，再桀骜不驯还是和其他孩子一块儿玩。他一贯独树一帜。所有人在捉迷藏的时候，他一个人爬到树上看着远处的风景。站得高看得远，他看到了别人看不到的世界。

然而年纪小就是年纪小，五六岁的宋演从四五米高的树上掉下来，摔到地上的时候，整个脑袋都是麻木的，他整个右边的身体都不能动。

正在玩闹的孩子们除了哭没有做出任何有建设性的行为，连回家找家长帮忙都不会。偏偏那时候宋演又疼蒙了，动都不能动，话也说不出来。

直到那个女孩出现在宋演模糊的视线里。

她低着头，长长的马尾掉了下来，从这个视角看她，脸圆嘟嘟的像个苹果。她是那么胆小的一个女孩，平时看到虫子都会哭，却在那一刻展现出了惊人的冷静。宋演身上有很多伤口，地上也染了一些他身上流的血。五岁的小姑娘冷静地说：“我背你去门卫叔叔那里，让他送你去医院。”

说着，她已经吃力地把宋演背了起来。她背的姿势让宋演非常难受，宋演一只脚一直无力地在地上拖着，但她还是这样把宋演背到了门卫那里。

门卫叔叔一看宋演满身是血，也吓坏了，赶紧把他送去了医院。

宋演最后一次看到她，她正用胖胖的手臂抹着脸上的汗。粉红色的裙子上染着宋演身上的血，看上去好不狼狈。宋演想起平时她是多么爱漂亮，谁用脏手摸了她的裙子她都会哭。宋演之前可没少捉弄她，给她裙子按过多少泥巴印宋演自己都记不清了。

宋演那次又是断手又是断脚，在医院住了很长时间，等他出院，那女孩早就回家上学去了。再后来宋演全家搬离了老小区。几年后，刚上初中的宋演曾试图回去找那家人，但那个小区却已经拆掉，建了一所学校。

这么多年过去，宋演也明白，大概是再也遇不到那女孩了，但他还是一直在等待，希望能遇到那样的女人。

不仅仅是攀附的凌霄花，更是坚韧可靠的木棉。不必和她耍心机，也很有安全感，在一起不会很累，相扶相持，就能共度此生。

宋演去英国深造的时候，徐杏也跟去了英国。一年后，两人一起从英国回来。宋演回到霍氏，徐杏也应聘进入了霍氏。虽然同在一个公司，但宋演是能不见徐杏就不见。好在徐杏一直在明星店，两人工作交集也不算太多。

徐杏来的时候，发现宋演也在，非常之惊喜，一直拉着宋演说话。宋演还是一如既往地冷淡。

宋妈看不下去了，叫徐杏去拉家常，免去了两人的尴尬相对。

晚饭后，宋妈不放心徐杏一个女孩回家，吩咐宋演把人送回家。宋演不想给徐杏任何幻想的空间，基本上除了回答问题，没有和徐杏多说过一句话。

徐杏理了一头时髦的短发，发梢有微微的卷度，利落又端庄。她今天穿了一身浅粉色套装，显得腰身纤细，双腿修长。凭良心说，徐杏在女生里已经很优秀，实属上乘。宋演也说不上缺了什么，不来电就是不来电，那么一味感觉，说也说不出来。

“……”

“其实我们俩经历真的很相似，从小到大都是第一，想要什么都是信手拈来。”徐杏靠着车窗，认真地说，“所以你应该理解我，这么多年，好不容易遇到一个努力都得不到的，更是舍不得放手。”

宋演的手握着方向盘，他的食指敲了敲，许久后，他才郑重地回答：“可我并不想找另一个我。这太无趣了。”

“你不试怎么就知道无趣呢？”

“我连试都不想试，这还不够说明问题吗？”

徐杏被他噎得有点难过，良久才平复了情绪，“我会向你证明你错了。”

宋演听她这么说，不由无奈地叹了一口气，“徐杏，喜欢一个人是一种感觉，不需要证明，我不喜欢你，不代表你不好。”

“Stop！”徐杏阻止宋演说下去，“甭给我发好人卡！”

宋演开到徐杏家楼下，徐杏轻快地跳下车，神秘兮兮地探下头对宋演说：“我们很快还会再见的。”

她的表情有些意味深长，宋演狐疑地看着她，“你又在酝酿什么坏事？”

徐杏俏皮地努努嘴，食指摇了摇道：“现在不告诉你。Surprise！”

“……”

周尽欢近期一直都过着很平常的生活。工作较为顺利，营业额虽然又回跌了，但还有营销部扛大梁，她倒是轻松了一些。

由于业绩实在太差，总公司进行了一些人事调动，换了一位新的营销部经理来配合宋演的工作。这位新的营销部经理据说比周尽欢还小一岁，是江北大学的校友。周尽欢在公司官网上看过她的资料，履历华丽得可以和宋演媲美了。

这位新经理不仅能力极强，还长得非常漂亮，这让四户通路久盛的男同事们沸腾了很久。

新经理雷厉风行，上任令一下，第二天就要来上班了。这天早上，公司的同事们都显得很是躁动，和宋演来的时候气氛很是不同。

周尽欢也是八卦之人，自然也是流连在营销部那边，假工作之名，看美女。

“新经理叫什么来着？”同事问周尽欢。

“徐杏。”周尽欢记忆力还是很不错的。

说曹操，曹操就到。

新上任的经理徐杏身穿一身修身黑色职业套裙和霍期一同进了公司。周尽欢虽然已经在官网上看过她的证件照，可是看到真人的那一刻还是有小小的惊艳。她本人和照片几乎没有任何区别，最难得的是连皮肤也和PS的一样好。周尽欢真是羡慕嫉妒恨，这世界上就是有一些人完美得让人觉得是假的。

霍期把徐杏带到众人面前，他简短地介绍以后，徐杏落落大方地和大家打着招呼。

“各位兄弟姐妹，我是徐杏，来自南波万路久盛，今后就在营销部工作了。”

南波万路久盛就和它的名字一样，是霍氏旗下的NO.1，绝对的明星店。营业额第一，业内风标一样的百货公司。基本上霍氏的高管都是从南波万路久盛锻炼出来的。

几乎不需要介绍自己，摆出南波万路久盛的工作经历，就已经能压死人了。

大家热烈的掌声代表了对徐杏的欢迎。这可是连宋演上任都没有得到的待遇。

徐杏到来的新鲜感和热度一个上午也就消散了。大家都回到自己的位置上，该干吗干吗。

周尽欢中午一个人去吃的饭，吃完饭还有点时间，她不想回办公室，便一个人到安全通道那边坐着刷了一会儿手机，放松放松。

她站起来准备走的时候，安全通道的门突然被推开。还不等周尽欢出现，进来的两个人已经开始说话。

周尽欢不是有意偷听，可这会儿她出现也不是，不出现也不是，只好猫着身子，把自己藏在楼道的角落里。

“这就是你说的惊喜？”

乖乖，这冷冰冰的声音，可不就是宋演？

“我说过，我不会放弃的。”

“徐杏，这样真的没有意思。”宋演也有点无奈了，“我说过了，我们不可能。”

听到宋演这样拒绝别人，周尽欢又心酸又心塞。心酸的是她也曾有过相同的经历，心塞的是同样是拒绝，为什么对她就那么狠？

周尽欢藏在阴影里，看不见二人的表情，只在过了几秒后，听见徐杏说：“如果……那时候我没有推开你，是不是现在我们已经在一起了？”

“不，我很庆幸你推开了我。”宋演顿了顿，说，“当时我对生活、感情都很消极，准备妥协于生活。如果不是你推开了我，我不会清醒过来，也就不会成为现在这么自由的我。”

“可我后悔了。”徐杏说，“我要的是属于我的你，而不是自由的你。”

“可我永远都是自由的我。”

周尽欢吞了吞口水，正在消化着“推开你”那句话的内涵。徐杏是在什么样的情况下推开了宋演？是进行到哪一垒的时候推开的？

请原谅周尽欢的八卦，毕竟是女人哪。

“不管你说什么都没用了，我已经来了。宋总，请你专业一点儿，我是来协助你管理百货公司的，希望你不要把私人感情代入工作。”

“希望你也能做到如此，共勉。”宋演还是冷冷的。

徐杏小声地笑了笑，声音娇俏。随后，周尽欢听见安全通道门关上的声音，应该是两人一块儿出去了。

周尽欢又等了五分钟确定应该没事了才上楼，准备通过安全通道回办公室。

谁知她才转过来，脚都还没踏上楼梯呢，就看见站在她正头顶一直不出声等着抓人的宋演。

他双手抱胸，一声不吭地低头俯视着周尽欢。

“我……我……我……”周尽欢都被他那样吓蒙了。

“偷听有意思吗，周尽欢？”宋演幽幽地开口，那简直是来自地狱的声音。

宋演的声音里简直有寒冰箭，一箭箭射过来，周尽欢有点招架不住，只是苍白地解释着：“不是……我……”

“看来你还是没有放弃？”宋演居高临下，还是那么盛气凌人，他冷哼一声，“是想全方位了解我吗？要用这种方式打探我的隐私？”

“靠……”周尽欢这下可怒了，“谁要听你……那点儿破事……什么推开……不推开……”

“呵呵。”宋演这低沉到极点的标志性冷笑一出，周尽欢就知道坏事了。

“既然你对我这么有兴趣，那我就给你机会多了解我吧。”宋演说，“下周去贵云出差，你跟我去吧。”

孤男寡女的，谁要和他一块儿出差了？周尽欢赶紧拒绝：“不行……市场部……不能没有我……”

“呵呵，市场部没有你，运作得更好。”

周尽欢最讨厌的就是宋演这副自以为是的嘴脸，“你凭什么！独裁！霸道！不要脸！”

“再骂下去，不仅出差，还自费。”

“……”人渣！周尽欢在心里把宋演大卸八块，一抬头他却还是好好地站在那儿，真是意难平啊！

周尽欢要和宋演一块儿出差的消息很快传遍了整个公司。有人质疑，也有人同情。周尽欢最在乎的，是霍期对这件事的看法。这几天霍期都很忙，两人也碰不到面，周尽欢只从秘书那儿打听到他大概的吃饭时间，在食堂里等着。

功夫不负有心人，蹲了两天，终于把他给蹲到了。

霍期看到周尽欢也没有放缓脚步，只是拿着饭卡，沉默地进了食堂。周尽欢赶紧迎了上去，她自己也明显感觉到霍期对她的态度有些冷淡。

“霍总……那个出差的事……”周尽欢试图提及此事。

霍期却突然停下了脚步，转过头来对周尽欢公式化一笑，阻止周尽欢继续说下去，“公司的安排，不用和我汇报。”

周尽欢见他一副拒她于千里之外的样子，一时也有些急了，“我不知道宋总……为什么要这样……”

霍期表情还是有些冷，他意味深长地看着周尽欢，淡淡道：“不管是送你的事，还是上次他把我调走自己上台的事，我都不想深想。这些你都心里清楚。如果你想脚踏两只船，那么周尽欢，我只想告诉你，小心裙子劈裂了。”

“霍总……你真的误会了……”

“是不是误会已经不重要了，反正没有开始，就此打住吧。”霍期思索了一会儿，又说，“我只是单纯地不喜欢这种行为，并不会影响工作，我还是会尽全力帮助你。”

霍期说完，冷漠地转身。周尽欢也不知道哪儿来的勇气，一个大跨步走到霍期面前，严严实实地拦住了他，“霍总，您先别走……我们聊聊。”

霍期虽然不情愿，却还是答应了周尽欢。两人站在走廊尽头，周尽欢拦住了人，却不知从何说起，而霍期也不说话，两人就这么四目相对。

周尽欢知道不能这么浪费时间，她深吸了一口气，终于鼓起了勇气，“霍总……我承认我对你……有非分之想……但这并不代表……你可以随意……侮辱我。”

“这么多年……我恋爱都没有……谈过，更不会脚踏……两只船……”周尽欢越说越激动，“宋演……是我的大学同学……我是喜欢过他，但早就过去了……”

“到这个公司来……他一直找我茬……这次出差，也是因为……我得罪了他……”周尽欢说到后面，声音都有些哽咽，“别人误会我……我都无所谓……你这么误会我……我真的很不服……”

周尽欢这么说着，只觉得心里有千回百转的委屈。她转过头，不想让他看见自己眼睛里的水汽。周尽欢仰起头，吸了吸鼻子，最后说道：“信不信由你……反正也不会……有比这更糟……的事了……”

周尽欢抬头看了一眼霍期，见他没什么反应，显然有些失望。但她明白，霍期不肯相信，她也不能强迫，她能做的，只是不管多么苍白，她也要为自己多解释几句。

没有说再见，也没有给对话下一个结论，周尽欢失落地离开。

走廊的尽头没有窗，周尽欢只听见通风口发出呼呼的声音，她的高跟鞋踏在地面上发出嗒嗒的回响，每一步都很沉重。她努力挺直了脊背，哪怕是这样的场面，她也不希望在霍期面前是丧家犬的样子。

“我相信你。”背后突然传来霍期的声音，出乎周尽欢的意料。

周尽欢站在原地没有动，也没有回头。

“我告诉你那么多我的事，不是因为我无聊，而是我把你当作可以继续的对象。”霍期说，“你是个特别的女孩。我想继续接触下去，所以我想确定你是不是喜欢他。”

霍期的话说得简单而诚恳。周尽欢读出了他的信任，这让她感动极了，一激动，眼泪都出来了。她抬手囫囵地抹掉了脸上的水汽，立刻很笃定地回答：“我不喜欢他……非常！”

周尽欢重新转过身，只见霍期又恢复了往常温柔的表情。隔着不远不近的距离，他轻轻一笑，“那就好。”

周尽欢想，沦陷，不过就那么一瞬间而已。

原本和霍期的关系也就比普通同事多一点儿。这次多亏了宋演，歪打正着让周尽欢探得一些霍期的内心。

原来他不讨厌她，也想和她继续接触，不然他怎么会在意周尽欢是不是脚踏两只船呢？嘿嘿，这对周尽欢来说就是天大的好消息了。果然是女追男，隔层纱，周尽欢再努力努力，说不定就能成了。

因为心情不错，周尽欢觉得和宋演一块儿出差也没那么难熬了。

四户通路久盛为了增加营业额，准备在地下一楼修一条隧道，直通地铁，这样能让一些下了地铁的人就近到商场来逛逛。

这个计划很早以前就有了，一直拿不下批文，宋演也不知道是用了什么方法，才来没多久就把这事给办了下来。不得不说，在办事能力和效率上，宋演都是很优秀的。

为了吸引人流量，宋演在地下一层开辟了一片区域用来建小型美食街，另外留了一个区域准备引进各种高级茶叶进行售卖。而盛产茶的贵云自然成了最重要的供货之地。这次去贵云主要是谈合作，市场部这边报了几家竞标的公司上去，周尽欢都已经认真审核过了。只是宋演为人谨慎，看完了报告还要亲自去工厂那边考察。

贵云的工厂依茶园而建，当地没有机场，只能先坐飞机到贵云市区，然后转火车到地级县。

临行前，周尽欢收到了霍期的短信。虽然只是一句简单的叮咛，周尽欢还是欢欣雀跃，无法平静。

坐火车的时候，周尽欢无法压抑内心的喜悦，一直忍不住想要找人聊天。而宋演则一直是一张死人脸，也不知道是在装什么，一定要一边坐火车一边处理公务。

周尽欢百无聊赖，只得自己看火车上的杂志，正好看到描述英国的部分，想起宋演在英国留过学，于是套近乎道："宋总，英国是……什么样子？"

宋演眼都不抬，冷嗤一声道："反正不是你想象的样子。"

"你怎么就……知道我想象……什么样子？"

"不用问肯定是很愚蠢的想法，所以我并不想知道。"

周尽欢真是追悔莫及。何必要自找没趣？沉默总比被他臭嘴荼毒要强！

一想到霍期因为这货误会了她，周尽欢真是觉得跟吞了苍蝇一样。这货除了整她揶揄她就没做过什么好事，怎么可能喜欢她？被宋演喜欢上的人，周尽欢想想，这可得祖上八辈全是十恶不赦的大坏蛋才能行吧？

其实宋演对周尽欢的看法已经改变了很多。以前只觉她平凡不起眼，如今却发现她才华倒是有一些，只是脸皮稍微有些厚。最难得的是锲而不舍，轻易不言弃，不管宋演怎么打压她还是有小强精神。虽然宋演也为她这特性所苦，但还是在心里稍微有了几分欣赏。

这次带她来贵云出差，也是希望能给她一个机会锻炼锻炼。但她似乎并没有发现宋演的好意，当然，宋演对此也无所谓。

从贵云地级县的火车站下车，宋演利落地拿上自己的包就走了。刚走两步，发现周尽欢没跟上。不过出差两三天，周尽欢居然拿了一个小行李箱，此刻，她正吃力地拿着箱子走着。宋演一看她那样子就皱了眉头，虽有点不耐烦，但还是走回去替她把箱子和包都拿了。

“谢谢宋总。”周尽欢是真心感激。

“我只是受不了你走这么慢。”宋演也是真心煞风景。

出站的时候，从没来过贵云的周尽欢表现得很兴奋。没有拿东西的她一路雀跃着向前，像初出茅庐的小姑娘一样。

宋演跟在后面走着，身边是同样等待出站的人流。

“你觉得那个穿蓝色裙子的怎么样？”一个旅客说。

“皮肤挺白的，身材不错，好腿，又直又细又白。”

宋演听着这对话，反应慢了一拍，半天才意会过来这俩人评论的正是周尽欢。宋演在心里自问了一句，周尽欢有这么出挑吗？已经到了陌生人会议论她的地步？他不禁抬头仔细打量起了周尽欢。

皮肤白皙的她淡淡妆容，得体又精神，此刻她正背对宋演，宋演往前走了两步才得见她的四分之三侧颜。她下颌骨线条温和，鼻尖挺翘，睫毛纤长，不说话的时候看上去倒是有几分柔美。过肩长发被她松松地绾起，和蓝色的套裙倒是很搭配，很显气质。她和这个年龄段的其他职场女性一样，对身材的保持很是注意，胸是胸，腰是腰，腿是腿，尤其是露出的那半截小腿，像被洗净的藕节一样，粗细均匀，肤色盈白，让人忍不住多看几眼。

这么想着，就有点沉溺，宋演突然猛烈地摇了摇头。

刚才在想些什么乱七八糟的！宋演被自己的想法吓了一跳，怎么会有周尽欢越来越漂亮的错觉？是因为最近真的太常见到周尽欢，所以越看越顺眼了，还是因为太久没有女人，眼光一下子遭遇滑铁卢了？

“宋总，这边……”周尽欢在出站口欢快地向他招了招手。

他走到周尽欢身边，又忍不住看了一眼她露在外面的小腿，幽幽地说了一句：“还没入夏就光着腿，不冷吗？”说完觉得还不够力度，又加了一句，“以后出差都穿裤装，专业点儿，爱漂亮也要分场合。”

“……”

周尽欢从没来过贵云，对贵云的情况也不是很了解，只是本能地觉得和人家谈生意形象上应该要注意一些，所以带了好几套好看的职业裙装。这都还没上身呢，先被宋演痛批了一顿。

想到那时候宋演在咖啡厅里批评他的相亲对象，周尽欢怎么也没想到有一天也会轮到她，也是挺醉人的。

为了不再招惹宋演，之后周尽欢都一直穿裤装，把自己包得严严实实的。大概是她这么打扮入了宋演的眼，那之后宋演对她和善了许多。

这贵云真是不来不知道，一来吓一跳。虽然工厂这边为了能进商场很卖力地接待，但宋演还是摇了头。

不知道下面的人是怎么上报的，资料图片里的工厂和现实中的完全对不上号，周尽欢审核通过的是很正规规模也较大的工厂，而现实中，这茶叶厂顶多就是个小作坊。

工厂的老板为了能进驻商场，打开销路，对宋演好一顿阿谀奉承，宋演和周尽欢从火车站一出来，工厂老板就进行了全程无缝对接的接待。专车接送，专人陪伴，酒店、饭店，都是按照当地最高标准来置办。但不论他们多么殷勤，宋演始终不愿和他签订合作协议。宋演两天坚决的态度把人家老板给惹毛了。

在贵云的最后一晚，宋演和周尽欢被那老板客气地开了赶。

第二天两人要赶飞机回江北。这穷乡僻壤的又没有车，怕误了从地级县回贵云市里的早班火车，两人只能狼狈地拎着行李到火车站附近寻找住处。

要不是宋演不会做人，两人也不至于落到这般田地。就算不愿意合作，也不必这么早就表现出来，等回了江北不是一切都好说么？做人怎么能这么不圆滑？周尽欢拎着行李箱一肚子怨气。

宋演出行，从机票到酒店从来都是秘书一手搞定，这次临时出了这样的状况，面对“宋老板”，周尽欢只能硬着头皮上。

宋演一个男人不去解决问题，留在那儿照看行李箱倒是挺自得。周尽欢一路腹诽，从火车站出发，开始四处搜寻住处。大约还是城市经济发展不平衡，这小县城的火车站附近都是些小旅馆，唯一一间经济型连锁酒店还住满了。周尽欢一筹莫展地四处闲逛着，正愁着不知道怎么向宋演交代，就有一个揽客的妇女给她递了张名片。

起先周尽欢是不信任这种发小卡片的酒店的，只是从图片上看环境实在是好，那揽客妇女又再三保证酒店和图片里的一样，周尽欢才将信将疑地带着宋演一块儿去了。

一开始还以为会是“图片里的豪宅，现实中的平壤”，没想到这妇女竟然还真的挺诚实的。这酒店虽然没图片上那么好，但也差得不太远。周尽欢松了一口气，有一种赌博赌赢了的感觉。

登记的时候，酒店的前台问：“一间大床？”

周尽欢吓傻了，赶紧大喊：“两间！两个单间！”

宋演见周尽欢着急撇清的样子，意味深长地回头看了她一眼，竟是一脸不满。他对前台说："两个单间，尽量离远些。"

不知是不是做酒店前台的都是人精，也就说了两句话，那小女孩已经看出谁是老板谁是打工的。给宋演安排的是带阳台有窗的房，而周尽欢的却在走廊的尽头，无窗不说，还是"尾房"，就是传说中最不干净，故事最多的"尾房"。

周尽欢这人胆子也不是很大，进了房间以后就开始胡思乱想。以前上学的时候记忆力屎一样，这会儿倒是很超群，从小到大道听途说的一些诡异故事现在一下子全想起来了。周尽欢不敢在房间里待太久，放了行李就奔宋演那边去了。这会儿也顾不上谁了，两个人总比一个人好。

周尽欢敲了半天，宋演才姗姗来迟地开了门。他开门的方式也是很微妙，安全栓还拴着，只把门拉开了一条小缝。周尽欢皱着眉看着他，"宋总……这是什么意思？"

"我怕你想不开，趁住酒店……"宋演欲言又止，眼里却清清楚楚把意思都给表达了。

周尽欢气得一脚踢他门上，"你血口喷人！我眼光……没这么差！"

"呵呵。"宋演说，"从以前的经验来看，并不是。"

周尽欢一个白眼翻了上来，懒得和他说了，转身准备走人。宋演不知是不是骨头贱，人家好声好气来敲门他来这一套，人家要走了，却又把门给打开了。

"要不要去吃饭？"宋演靠在门上。

"哼，"周尽欢说，"我还怕你……潜规则呢……"

宋演上下看了她一眼，笑了起来，"别担心，我并不瞎。"

"……"

两人私下几乎是一见面就要掐架，但周尽欢对这种相处模式倒也习惯了。毕竟这会儿也没别人了，比起回房间里去胡思乱想，还不如出去转转。

这不转还好，一转倒是吓了一跳。两人在路边的面摊吃饭，从和老板娘的对话里才得知，最近由于做工程的多，酒店旅馆都满员。他们住的那一间之所以没满，是因为那间酒店"大凶"。

那酒店由于之前发生过一起杀人分尸的大案子，一直被封，也是最近一个月才解了禁。只有外地不知情的人才住那个酒店，本地人靠近都嫌晦气。

怪不得挺干净环境也挺不错的酒店住不满不说，还得靠发卡片揽客。周尽欢越听越害怕，面都吃不下了，转头看宋演，他却还是一脸淡定的样子。

吃完面两人一起回酒店。进入电梯，周尽欢越想越害怕，小声地问宋演："要不，我们还是……去住旅馆吧？"

宋演皱了皱眉，"这酒店挺干净的，就这样吧。"

“可是……并不干净……啊。”周尽欢颤颤巍巍地说。

“被杀的人已经死掉了，可怕吗？不可怕。可怕的是那个杀人的人。周尽欢，有一天你会知道，很多人虽然活着，却比死人可怕得多。”

“叮——”的一声，电梯门开了。宋演也不理周尽欢，左转回了房。

这时候给我喝什么心灵毒鸡汤啊？在对抗恐惧的时候并没有什么卵用啊！

周尽欢对着宋演的背影无限腹诽，可惜他根本无动于衷。

一个人孤零零地回了自己的“尾房”，又没窗又不透气，由于太封闭了，回声还特别大，在房里弄出一点儿声音都被放得巨大，更是显得诡异恐怖。周尽欢想到老板娘对那个案子各种血腥的形容，越想越害怕，根本不敢睡觉了。

她不敢关灯，在床上辗转反侧，实在太害怕了。周尽欢忍无可忍，从床上爬了起来，抱着枕头出了房间。

这时候她也找不到别人，就宋演了，勉强用用吧，毕竟是个男人，阳气还是比较重的。

站在宋演紧闭的房门前，周尽欢先轻轻敲了几下，里面的人无动于衷。周尽欢也急了，又敲了几下，还是毫无回应。她抱着枕头无计可施，最后一咬牙又敲了敲，捏着嗓子说：“老板……要不要特殊……服务？”

她话音刚落，门就咔嗒一声开了。

宋演一边擦着湿漉漉的头发，一边拉开门。他上身穿着一件CK的薄款T恤，下身穿着一条条纹短裤。他肤色均匀，身上的肌肉透过薄薄的衣服若隐若现。

周尽欢没想到一开门会是这样香艳的场面，一时也愣住了。

宋演却没有饶过她，“没想到特殊服务也有结巴。这样是不是有点不专业？”

周尽欢被他说得很窘，却还是硬着头皮回答：“特殊陪聊，整夜的那种。”

“然而，我并没有想和一个结巴聊整夜。”

“没关系。”周尽欢推开他就想闯门进去，“结巴想和你聊。”

宋演一把抓住了她的手臂，“你这是干什么？”

他仔细看了她一眼，虽然周尽欢抱着枕头，衣服却还是穿得很严实。只是这个时间，这个情况，她实在不该出现在这里。宋演声音有些低，“你要用身体行贿？”

周尽欢原本一直跺着脚想快点冲他屋里去，一听他这么说，眼睛都瞪圆了，说话也激动了起来，“你想太多了吧！”

“那你在这儿干什么，大半夜的？”

周尽欢怕宋演再误会下去，赶紧服了软，诚恳地说：“要不……我们今晚……打一晚上……扑克吧……我实在……害怕……”

宋演唇角一勾，眼神中有了一丝鄙视，“孤男寡女的，名节有损。”

“我不怕……清清白白的……不怕别人议论……”

“你不怕，我怕，毕竟我是个正直又有品位的男人。和你扯到一起，这不是侮辱我的品位么？”

周尽欢嘴角有点抽，要不是实在害怕，她已经把枕头砸宋演头上了。见宋演冥顽不灵，周尽欢不和他商量了，直接抬腿就是一脚，十分野蛮地破门而入。

“哼，我在老家……替人接了……几次亲……就你这破门……挡得住我？”

宋演大约也是没见过周尽欢这样的野蛮之人，一时也愣住了。就在他发愣之际，周尽欢已经登堂入室，进了他的房不说，还坐在他的椅子上，给自己倒水喝。

周尽欢把长发扎成一个马尾，露出光洁的额头，她额心有个浅浅的美人尖。诚实地说，周尽欢并没有很精致的五官，不化妆的她看上去一下子小了好几岁，更接近于她大学时候的样子。宋演最近常常想起大学时候的周尽欢，好像自己错过了一个挺特别的人。

不知道为什么，那一刻，坐在灯下的周尽欢让宋演的心莫名地软了几秒。

他呆呆地站在门口，动作生硬。毕竟除了和老妈，他几乎没有和哪个女生这么共处一室，特别还是在睡觉的卧室。

周尽欢抱着枕头坐在椅子上，对宋演说：“我一个人害怕……今天我们就……将就吧……”

宋演有些不自在，双手抱胸道：“这事不能将就。”

周尽欢有点无语，她瞪了宋演一眼，“我一个女生……都没说什么……又不是……要扑倒你……你怕什么？你也不是处男，扭捏个什么劲？”

“……”宋演被她堵得半晌没有说话。

周尽欢见他这反应，脑子飞快地转了转，然后一脸难以置信地看了宋演一眼，“该不会……真是处男吧……你是二十九了……没错吧？”

宋演眼神短暂地闪烁了一秒。就那么一秒也被周尽欢完全捕捉进了眼里。周尽欢看着宋演，忍不住捧腹大笑起来。

“我的妈呀……不会吧……”周尽欢越想越觉得好笑，眼泪都跑了出来。没想到一把年纪不可一世的“宋阎王”居然是个处男！这么多年他都是怎么过来的啊？

“徐经理那次……难道没成？”周尽欢迅速联想起徐杏上次说的“推开事件”。但是很显然，没有得到宋演的回答。

脑补一开始就停不下来，周尽欢忍不住揶揄他：“那你平时……都是用左手……还是右手啊？”说着，意味深长地看了一眼宋演的双手，又是一阵不能忍的大笑。

宋演站在原地没动，只是绷着一张脸死死盯着周尽欢。看她笑得都快要到地上打滚，他也有几分恼怒了。

老处男这事被当年几个大学室友嘲笑至今，尤其是已经当爹的柴松，最喜欢逗他，说要带他去大保健，让他开开荤。事实上宋演的纯情不仅仅在处男这件事上，年近三十，他甚至没有谈过恋爱。

他从来没有觉得这是多丢人的事情。这么多年他一直忙碌于学习和事业，Miss right 迟迟不出现，他也悠然自得。

可此刻被周尽欢这么嘲笑，宋演自觉一直以来在她面前的形象都被毁了，便彻底恼羞成怒。

“周尽欢，够了啊。”

“哈哈哈哈哈……”周尽欢笑得停不下来，整个人倒在宋演床上捧着肚子，“看来你妈说得对……真是那方面……有问题……果然姜还是……老的辣……”

咔嗒！宋演突然利落地把周尽欢坐过的椅子推到了一边。

周尽欢窝在柔软的床上，见他越走越近，突然意识到事情开始有些不对劲了。看看宋演，人高马大力气大，再反观自己，所处的地理位置非常没有优势。一时脑子里响起面馆老板娘说的杀人分尸事件，她赶紧收了笑容，整个人往后退了退，四指向天，对宋演保证道：“宋总放心……这是我俩的……秘密……我肯定不……说出去。”

“来不及了。”宋演笑得意味深长。他把擦过头发的毛巾随手搭在椅背上，人一步一步地走了过来。

他居高临下地看了一眼周尽欢，随后很是性感地甩了甩头发，扯了扯自己的 T 恤领子，一脸饥渴的表情靠近周尽欢，“我想过了，最好的办法就是赶紧摆脱这个身份。”

他一只膝盖跪在床上，整个人缓缓下沉，一步一步向周尽欢移过来，最后双手分别撑在周尽欢身体两侧。他的脸距离周尽欢极近，温热的呼吸拂扫在周尽欢脸上，周尽欢吓坏了，本能地想逃，却被宋演钳制得死死的。周尽欢第一次感觉到老天造人是如何用心良苦，男人和女人在力量上完全是天差地别。

宋演的声音带着几分沙哑，他十分暧昧地在周尽欢耳边说：“既然你送上门，那就你吧。正好让你试试，我是不是那方面不行。”

“行行行！”周尽欢被他这样子吓坏了，虽说她嘲笑人家宋演是处男，但她自己也是个不折不扣的处女，平时没把宋演当人，也没注意男女大防，这会儿是真被宋演吓到了，开始口不择言，“不用试……我知道……你很行！”

“呵呵。”宋演又贴近她的耳朵说，“你是口服心不服。”

周尽欢被他这样子吓得都快哭了，“我全身上下……都很服！我错了……宋总……”

“哈哈哈……”

宋演整到周尽欢，觉得扳回一城，忍不住开始笑起来。他趴在周尽欢身上，整个身体都因为放肆的笑而颤抖。

周尽欢这才发现自己被整了，怒不可遏。她大力伸手想把宋演推开，推了几次推不动，也不知道他是吃了什么能这么重。周尽欢心里暗自庆幸这货只是整她，不然要来真的，还不得被他压死啊。

“笑够就起来了……”周尽欢黑着脸说。

“嘘。”宋演听到奇怪的声音，突然警惕地抬起了头，对周尽欢做了个闭嘴的动作。

两人一起安静了下来。周尽欢先是一头雾水，安静了几秒后，两人都听出了那“奇怪”的声音是什么。

没想到这大凶的酒店还有这样豪放的房客，完全不顾流言影响，该爱的时候放肆爱。

那声音因为两人的安静变得格外清晰，那女人每一声难抑的呻吟都清清楚楚传了过来。周尽欢以前旅游住酒店也遇到过这事，但这次是和宋演一同遇到，自是尴尬得不得了，立刻面红耳赤了起来。尤其此刻宋演还这么紧贴着她，她有些不自在，想往旁边挪。

谁知她刚一扭动，就被宋演给吼了：“别动！”

周尽欢一脸委屈，再抬头看宋演，他俊朗的五官此刻有些僵硬，他也和周尽欢一样满脸通红，周尽欢在他眼中看到了克制。

周尽欢被他吼得不敢动了，可她觉得腿间有什么东西卡在那儿，很不舒服想踢开。她有点委屈地问：“不知道是……什么卡我……腿上了。”

她说完才意识到卡在那儿的是什么东西，又尴尬又郁闷，男人是不是都这么没节操，随时随地都能发情？周尽欢反感地说：“宋演……你要不要脸啊……滚开……”

“别动，再动我亲你了。”宋演用压抑的声音放着狠话。

“你敢！”周尽欢说着，腿已经曲了起来，迅速进入攻击状态。

她还没踢呢，宋演已经一条腿压住了她两条。他的手也迅速钳住了周尽欢的手，“男人这种时候是撩不得的，你都快三十了，这点道理都不懂？”

“不让你彻底怕了我，怎么行？”

宋演的声音刚被周尽欢收进耳朵，还没来得及消化，下一秒，一道巨大的阴影仿佛从天而降，彻底挡住了她眼前的光线。

一个湿热又霸道的吻就这样压在她毫无防备的嘴唇之上。这个吻停留了好几秒的时间。周尽欢被这猝不及防的接触吓得连呼吸都忘了。

也说不上那是什么感觉，没经验也没有比较。只知道那感觉真的很不好。宋演的气息像火一样，迅速把周尽欢烧焦了。

等了这么多年，幻想过那么多不同的浪漫场面，作为一个奔三的剩女，周尽欢只觉是晴天霹雳，真是做梦也想不到，珍藏这么多年的初吻，就这样被一个嘴贱王给报废了。

“畜生！”周尽欢忍无可忍，一拳打在了宋演的脸上。

之前宋演形容周尽欢隔山打牛都没问题，这回真是得到了验证。从贵云回到江北，宋演足足顶着半边熊猫眼一个星期才褪了青紫。公司里的人对他脸上那么大一个拳头印议论纷纷，各种故事已经出了好几个版本了，宋演也懒得理会。

宋演当时其实也是因为尴尬事被她碰见，恼羞成怒了想整整她，没想到她气成那样，直接对他拳脚相向。他也是没料到这世界上真有这种野蛮的女人。

周尽欢从贵云回来以后，就完全不搭理宋演了，连开例会都借故不参加。以前见不到周尽欢倒真没觉得什么，这事之后，宋演总有意无意地开始打听周尽欢的去向。他也不知道自己是怎么了，也许是对她存有一点儿内疚感。

听说那姑娘从来没谈过恋爱，八成是初吻。宋演想了想，她也没亏啊，自己除了亲过五岁的小侄女，不也是初吻么？

中午，宋演踩着点去食堂，果然碰到了正一个人端着餐盘的周尽欢。他立刻也拿了餐盘跟了过去。

周尽欢看见他，眼都不抬，只是冷冷道：“我警告你，在我把餐盘……扣你头上之前……赶紧滚……”

宋演被她这反应逗乐了，笑嘻嘻地跟在她身后，厚颜无耻地说：“至于气成这样吗？要不让你把初吻亲回去，多大点事啊？”

周尽欢睨了他一眼，“看来你是想……我把餐盘……扣你头上？”

宋演挑了挑眉，还是跟在周尽欢身后。周尽欢见甩不开他，也不挣扎了，毕竟这是在公司，他是老大，要真扣了，后续八卦没得完了。这刚和霍期有点眉目，不能被这搅屎棍给搅了。周尽欢只能说服自己，完全无视他。

周尽欢随便找了张桌子，安静地吃饭。宋演坐在她对面，也不吃饭就神经兮兮地看着周尽欢。

“我想过了，既然你不辞职，那我就给你机会在工作上好好表现。”宋演说，“其实这次去贵云出差，我是为了让你锻炼锻炼。”

周尽欢没理会，只是插在菜里的筷子有些用力。

“你脑子挺灵活的，就是经验不足，比如这一次，不说你现场去确认，至少应该去网络上查一查，一个厂大还是小，完全可以之前就搞清楚。贸然上报，会引起很多问题，你作为市场部的经理，要学会去掌控事情，而不只是潦草地完成任务。”

“我并不想……和你说话，宋总……请你尊重……一下我……”周尽欢紧握着筷子，努力不让筷子不听使唤甩到宋演脸上。

宋演没想到自己苦口婆心给她传授职场经验，她却这样不领情，一时也冷了脸：

“上次你打我，我还没和你计较。”

“你亲我，我也没计较。”

“能一样吗？”

周尽欢冷哼一声：“确实不一样……我打了你，是打了……一头沙文猪。你亲了我，是我一个……大活人……被猪啃了……”

“周尽欢，我倒没想到，你一个结巴，还能这么伶牙俐齿。”

周尽欢用筷子敲了敲餐盘，没好气地对宋演说：“你再不滚……我会让你知道……一个结巴……除了伶牙俐齿……还身手矫捷……武功高强……”

宋演原本是有些不爽的，听她这么一说，心情却瞬间大好了。他不仅不走，还死死赖在座位上，一脸无耻，“那正好，我们可以切磋切磋。”

周尽欢彻底被他的厚脸皮折服了，不想再对着他那张让人胃疼的脸，三两口扒完了饭，快速收了餐盘走人了。

看着周尽欢逃也似的背影，宋演不知道为什么，心情突然变得十分晴朗。他自己也无法解释对待周尽欢的这种恶趣味。她越是炸毛，宋演越是觉得有趣。周尽欢偶尔流露出的孩子气，宋演都莫名地觉得有几分可爱。

最开始来公司，宋演没几天就知道了周尽欢的底细，以他雷厉风行的做事风格，应该是没几天就把她开掉才对。

可在周尽欢身上，宋演有了太多例外。一开始是因为对她的结巴有几分内疚，不想开除她影响她的履历，提出了让她主动辞职；后来给了她机会，让她在商场里大干了一场，堵住了悠悠之口；如今也不知道是哪根筋不对，他竟然有种冲动，想要亲自带她。

也许她现在还能力不足，但她聪明有干劲，宋演在她身上看到了无限可能。周尽欢给了宋演太多惊喜，最近宋演时常觉得当年对她的印象有些武断。

周尽欢走后，宋演拿起了筷子开始吃饭，想起最近的种种事迹，我们著名的死人脸宋总嘴角居然勾起了淡淡的笑意。这笑意连他自己都没有发现。

五一劳动节很快就要到来，这是徐杏上任以来的第一个重大节日。作为明星店调来的营销部经理，徐杏对这个节日十分重视，前后和市场部开了好几次会。

虽然大家都对空降兵不屑且不满，但不管是宋演还是徐杏，都用出色的工作能力征服了大家。虽然平时私下聊天还是爱酸酸他们，但工作的时候还是很听指挥。

徐杏的到来给周尽欢带来的是无限压力。作为周尽欢的学妹，徐杏太过优秀，且非常铁面无私。周尽欢好几次想靠校友关系套套近乎，都被徐杏三言两语给推了回来。

关于劳动节的活动，徐杏已经出了好几个方案，作为市场部经理，周尽欢这边要按照她的方案出推广方案。周尽欢对此毫无头绪，一连好几天都睡不着。

压力巨大的时候，周尽欢全靠着霍期的安慰和支持才能活下来。周四下班，霍期为了激发激发周尽欢的创意，主动约了周尽欢去逛美食街。

说真的，若不是认识了霍期，周尽欢不知道男人还可以细心到如此地步。她不过就是在朋友圈里转发了一条美食街开幕的介绍文章，还是夹在四户通路久盛那么多条广告里，没想到霍期就能注意到，且放在心里。

两人下班的时候，天已经黑透了。美食街晚上彩灯缤纷，各式广告牌闪烁得如同天空中的星，点亮了这座不夜城。由于刚开幕，还有很多来尝鲜的游客，来来往往的有些拥挤。周尽欢边走边吃，大快朵颐。霍期则在她身边，用身体阻挡着路人冲撞到她。他微微抬起的手与周尽欢的身体隔着一点儿距离，只是尽责地护在周尽欢腰后，不会唐突，也很体贴。

在霍期身边的时候，周尽欢才觉得自己是个女人。他沉默而坚韧，像一棵无声守护的大树。好像不管风雨多大，她只需拥抱着他就能获得安全感。

两人一路逛完了美食街，周尽欢也彻底吃饱了。两人走到尽头，坐在咖啡厅里，欣赏着外面热闹的夜河上多彩的风景。

霍期品着咖啡，看向周尽欢的眼神很温柔。他的语言仿佛有一种魔力，总是能让周尽欢迅速地冷静下来，“压力不用这么大，这次主要是营销部的舞台。徐杏是新官上任，这是她能做业绩的重要活动。”

周尽欢虽然也明白这个道理，还是有点发愁，“就算不是……我的舞台……我也不想表演……得太差……毕竟有一天……我还是要上台……而观众……是共同的。”

周尽欢一席话让霍期感到有些意外，也十分敬佩。“我果然没有看错，你真的很特别。”他微微笑道，“别担心，我一定会尽全力帮你。”

也许是这一刻夜色太迷人，又或者是周尽欢吃得太撑，她知道自己问这个问题有点太心急太头脑发热，可她真的很想知道，霍期为什么对她这么好。

“为什么你要……这么帮我？”

面对周尽欢直白的问题，霍期垂眸想了想，说道：“其实宋演是总公司派来评估四户通路久盛的。我们已经连续亏损了几年，总公司在考虑关闭四户通路久盛。

“我一个私生子也没有什么话语权，若不是老头子得了癌症要死了，估计也想不起要把我认回来。我在公司的地位甚至比不上宋演。宋演是霍一霆的人，在公司很受重视。

“以前从来没想过要保护四户通路久盛。四户通路久盛垮掉了，我只是换一个地方工作而已，这对我并没有很大的影响。”霍期突然苦笑起来，“可是现在，我很不希望四户通路百货被关闭。”

周尽欢屏住了呼吸。许久，她耳畔仍是霍期如春风一般如诗轻吟如曲悦耳的声音。

“因为如果四户通路久盛关闭了，我就不能像现在这样，每天看到你了。”

“……”

那一晚上，周尽欢的耳朵都在发烧。实在太甜蜜了，导致周尽欢后来整个人都是飘着的。这种幸福感来得实在太突然了，她甚至都没有一点儿心理准备。

如果之前对霍期还有猜疑的话，现在的周尽欢可以说，全身心都要扑他身上去了。每一次他对她说起他的身世，她都感到一阵心疼，只想冲动地告诉他：她愿意爱他一辈子。

她想，这才是爱情真正的样子吧。

会让人患得患失、小心翼翼，也甜到心里。虽然霍期没有正式表白，但周尽欢觉得，在不久的将来，她应该就能名正言顺地成为霍期的女朋友了吧！

周尽欢回家以后，脑子里突然就蹦出了灵感。“民以食为天”，劳动节是法定假期，平时工作忙碌没空好好品味美食的人，假期的时候肯定很希望能吃顿好的。如果能和美食街合作，做一个试吃台，让购物的人凭小票免费试吃，对四户通路久盛和美食街来说都是一个很不错的宣传手段，可谓双赢。

虽然只是个初步想法，但周尽欢还是兴奋不已，原本准备睡觉的人又从床上爬了起来，蹲到电脑前噼里啪啦地写了一份策划书。

第二天，周尽欢带着策划书去找了徐杏。说实话，周尽欢并没有抱很大的希望，毕竟从经验和能力来说，徐杏都优于周尽欢。而且徐杏这个人和宋演很像，都有点自负，策划活动是她的工作，周尽欢越俎代庖，她肯定很不爽。

读完周尽欢的策划书，提了几个问题以后，徐杏突然意味深长地看了她一眼。周尽欢一看她这眼神，心想不妙，估计没戏不说，还得罪了人。

“其实我只是突然想到，当然比不上你们的策划。”周尽欢赶紧弥补，试图拍马屁。

徐杏笑了笑，她抬手拍了拍周尽欢的肩膀，“我倒觉得你的想法更好，久盛是一个求新求变的公司，我们需要你这样的想法。”她关上了文件夹，很大气地对周尽欢说，“下午我们两个部门开个会吧，把你的策划深化一下。”

周尽欢站在原地愣了好几秒，没想到她居然就这么轻松愉快地同意了，内心不由对徐杏产生了几分敬佩。回想一开始那么小肚鸡肠地想人家，周尽欢有些脸热。

五一的活动在徐杏的领导和推动之下进行得非常顺利，徐杏把这个活动定名为“舌尖上的五一”。周尽欢提供了初始创意，并且全程参与，虽然辛苦，但是非常有成就感。

四月三十号当晚，周尽欢加班到凌晨两点才回家。定做好的试吃台是她亲自指挥着工人拼装和摆放好的。除了她之外，徐杏也没歇着，她真不愧为“拼命三娘”，熬得比周尽欢还晚，不管是布景板、活动宣传海报，还是每一个产品的细节，她都亲自 check，确保万无一失才下班。

市场部对试吃活动的推广也很见成效。五一当天，四户通路久盛迎来了白色情人节之后，今年的第二次人流高峰。各专柜趁百货的活动大打折扣，让因试吃而来的客人心甘情愿地掏了腰包购物。不用去看营业额也很清楚又会成为年度新高。

周尽欢对于这盛况百感交集。不管别人如何评价她的工作能力，她只尽自己所能做到最好。“无愧于心”这四个字是她的工作信条。

活动进展顺利，周尽欢也得了空可以去遛弯。作为一个吃货，自己策划的活动，她自然是鼎力支持。霍期放她遛弯，本意是让她去休息，毕竟也是连续加了近一周的班。结果她得了空就钻到试吃台这边了。

她把工牌摘了揣口袋里，一头就扎进了试吃台。美食街的东西各个都很有特色，有几个热食的摊位，还特意搬了厨具在现场烹制，一堆人大排长龙。

周尽欢也赶紧钻进了队伍里，热食是她的最爱，她怎么可能错过？

排了许久终于排到，周尽欢捧着热乎乎的吃食，嘴都还没碰着呢，眼前突然出现了个人高马大的“桩子”。

周尽欢对这“桩子”的气味已经很是熟悉，都没抬头就知道是谁。她也不搭理，啃着吃食就往电梯那边走去。

“周尽欢。”宋演在她身后喊着她的名字，“别人徐杏也是活动负责人，你看看别人在做什么，你又在做什么。”

周尽欢白了他一眼，没好气地说：“我也是消费者，我凭什么不能参与？”

“是吗？”宋演咄咄逼人地看着她，“你买了什么？”

周尽欢腾了一只手出来，从口袋里挑出一个小塑料袋，“发夹。”

一折的发夹，就三块钱。

宋演无语凝噎，怒极反笑，对她竖起了大拇指，“周尽欢，你真行。”

周尽欢谦虚地笑了笑，“还可以吧。”

宋演一步步走到周尽欢身边。周尽欢不理他，自顾自把吃食都吃光了。东西是真好吃，只是旁边的人有点倒胃口。她手上拿着装吃食的盒子，还没动呢，宋演已经无声地把盒子拿了过去，又很体贴地递给她一张纸巾。

周尽欢也没有客气，拿着纸巾大力擦完了嘴。

“吃饱了吗？”宋演难得温和地问。

“嗯。”

“聊聊？”

“聊什么？”

宋演看着她一团孩子气的样子，难得心软，他轻叹了一口气，语重心长地道：“周尽欢，喜欢一个人不应该靠唱反调来博取注意，那是初高中生做的事。如果你是真的想到我身边来，就该尽快成长为与我相配的女人。”

“啥玩意儿啊？”周尽欢不知道是不是吃太饱了，都给听糊涂了，忍不住吐槽，“说什么胡话呢……我隔夜馊饭……都要吐出来了……”

宋演却还是云淡风轻，对他的观察和结论完全自信，也不知道这自信是哪儿来的，“打开天窗说亮话，毕竟都不是青春期的少男少女了，尽量简洁做事，对感情也应如此。”

周尽欢都快听出内伤了，这得自恋到什么程度才能成为宋演啊，周尽欢也是服了，“祖上几辈子……作了孽……才能与你相配，你可别咒我。”

周尽欢知道宋演这人自负又固执，一旦有了一种想法旁人怎么说都无法改变他。周尽欢问心无愧，也不想和他浪费唇舌，按了电梯准备走人。

电梯迟迟不下来，宋演的声音在空旷的走廊里显得浑厚而低哑，竟然有几分性感。只是他用那么好听的声音，却说着疯了一样的话：“我承认我以前对你有误解，现在我已经在正视你了，我认为我们可以重新开始。”

周尽欢嘴角一抽一抽的，对宋演恩赐一样的提议敬谢不敏，“千万不要，我谢谢你了。”

她一直固执拒绝的态度没有惹恼宋演，反而让他笑了出来，他竟然十分赞许地说：“你比我想象的要聪明许多，都会欲擒故纵了。”

妈呀，周尽欢都要吐血了，宋演他今天到底是吃错了哪一种屎？是不是有病啊！还听不听人解释了？

周尽欢无语凝噎，电梯都不等了，直接撒丫子跑了。她再也无法直视宋演了，他彻底得上妄想症了。

周尽欢最后是坐的扶梯，准备到八楼再去转写字楼的升降梯，以彻底避开宋演那个疯子。好不容易安定下来，她双手环着胸，还对刚才发生的一切心有余悸。她寻思着，宋演要是以后经常这样，她是不是可以告他职场性骚扰？

她正想问题想得入神，也没注意到身边站了个人。

徐杏就这么冷不丁从扶梯上追了过来，无声无息地站在了周尽欢身后。

“周经理。”她礼貌而克制地喊了一声，把毫无防备的周尽欢吓了一跳。

周尽欢半天才平复，她手抚摸着胸口，问徐杏：“徐经理在巡视？”

“嗯。”徐杏微微低头，她没空和周尽欢闲聊，片刻后开门见山地问，“周经理和宋总是什么关系？”

周尽欢听到宋演的名字就起了一身鸡皮疙瘩，表情也变得嫌弃起来，“上司和下属的关系。”

“是吗？”徐杏嘴角带着别有深意的笑容，“刚才看宋总挺关心周经理的，你们不还聊得挺火热么？”

周尽欢心道刚才那场面能叫火热？那是剑拔弩张吧？这么一提起，又想到刚才周围那么空，根本没人，徐杏这是躲哪里看到的？她慢慢回过头去，恨铁不成钢地看了徐杏一眼,心想徐杏这人这么优秀,眼光怎么这么残疾？这是喜欢宋演的节奏？

她不想和徐杏交恶，一肚子吐槽的话都憋了回去，只是轻叹了一口气，非常斩钉截铁地说：“徐经理，我向你保证，我和宋演一点儿关系都没有。公司这么多小鲜肉我都吃不过来，他那种磕牙的老腊肉，我真的啃不动，也怕消化不良。”

“……”

这么多年宋演一直像和尚一样生活着，从来不曾对哪个女孩有过心动的感觉，对周尽欢这还真是大姑娘上花轿，头一回。

如果“爱の壁咚”那个活动是巧合，那么这次“舌尖上的五一”试吃台活动，也就算是周尽欢真正证明自己的能力了。宋演从小到大一直对有点小聪明的女人刮目相看，这是一种强者给予的认可，很纯粹的欣赏。尤其是周尽欢这种前后反差极大的人，很容易让宋演投以注目。

一开始不想承认对周尽欢的异样，后来坦诚面对了自己，反倒一切都轻松了。其实对周尽欢有点好感也不是什么十恶不赦的事，虽然周尽欢也不是那么优秀，但站在他身边的女人也不需要那么优秀，因为他会尽可能把最好的都给她。

在感情这方面，宋演完全是个生手，自己没经历过，也不屑听别人讲，他这人极其自负，在他看来，只要他愿意，这世上没有他做不成的事。所以他自然是不知道该怎么表达这种好感，只是凭着本能去行事。

宋演下派到四户通路也有一段时间了，霍一霆打电话约了宋演吃晚饭。霍氏总裁霍建刚患病以后就一直是他的儿子霍一霆在掌控霍氏的运营，基本上可以算接管了霍氏。宋演和霍一霆是上下级也是朋友，这次吃饭，公和私皆有，霍一霆大概也是想了解一下四户通路百货的情况。

因为要先去总公司，想到这是一个绝佳的锻炼机会，宋演自是又以权谋私，想都没想就要带着周尽欢。

对于宋演这种“好意”，周尽欢是完全不领情的。又坐上宋演的车，周尽欢真是一肚子的气。她手上抱着文件夹，也无处发泄，便对着他车上的空调出风口一顿抠。

“宋演……你到底……什么意思啊？”她忍不住埋怨，“你老这样……别人得怎么看？”

宋演目不斜视地开着车，脸上带着点儿得了便宜还卖乖的表情，“我想了想，我这种行为应该就是职场潜规则。”

周尽欢都无语了，“你不是说……你不瞎吗？”

“不知道怎么回事，突然就瞎了。”宋演一本正经地胡说八道。

“……”周尽欢被他噎得一句话都说不出，但她并没有脑热到完全相信的地步。主要是宋演有太多耍贱的前科，周尽欢根本不敢用正常的思维模式去思考他的话，她怀疑地问：“你是不是……有阴谋啊……”

宋演眯着眼笑了笑，再看向周尽欢时，眼神里竟带着几分宠溺，把周尽欢吓得都要开门跳车了。

“这次真没有。我只是觉得我们俩其实也挺合适的，反正都挺大年纪了，要不就凑合凑合吧。”

周尽欢以前很讨厌宋演一见面就揶揄她，最不待见那张贱嘴，可这会儿她真的好怀念那样的宋演，至少那样的宋演精神状态是稳定的。

“宋演，求你说人话吧……”周尽欢终于绷不住了，先求了饶。

见周尽欢怎么都不肯相信，宋演也不急于让她相信。其实他自己也并不能完全肯定这种感觉。如果时间是最好的证明，那么就让时间来做个判断吧。

周尽欢这是第一次以公司员工的身份来到霍氏集团的总部。从前她作为百货分店的小喽啰，也就路过的时候和人吹吹牛，说自己是霍氏的员工，其实她离进霍氏总部还挺远的。

因为只进去一会儿就走，宋演为方便把车就停在路面上。周尽欢提前下了车在公司门口等宋演。总公司管理严格，要刷卡才能进。

周尽欢本来只是站那儿等人，谁知她不惹麻烦，麻烦却来惹她。霍氏门口有个大型车站。车上下来一个老人，步履蹒跚的，刚走两步，扑通一声就正面朝地倒下了。这人突然倒下，周围的人都吓到了，大家迅速围了上来，却没有一个人敢去碰老人。

周尽欢站在不远处看了两三分钟，发现老人始终没有起来，也没有什么动静，有点着急了。她三两下扒拉进了人群，见周围没有一个人敢动老人。她也顾不得其他了，赶紧蹲下，把老人翻了过来。

老人由于正面着地，摔断了鼻子，血流了一地。周尽欢进行了紧急处理，又从老人口袋里发现了救心丸，初步判定可能是心脏病发。她赶紧把救心丸给老人服下。

因为倒地时间略长，老人有些窒息。周尽欢一边用有些生疏的姿势做着胸外心脏按压，一边给他做着人工呼吸。救护车大约十分钟才到。周尽欢就这么一刻不停地坚持了十分钟。

医护人员把老人抬上救护车，对抢救及时的周尽欢高度赞扬。周尽欢累得跪在地上没动，休息了好一会儿才站起来，她站起来的时候，周围所有的人都鼓起了掌。

周尽欢满脸都是老人流的血，衣服上也是，她想，那一刻她一定非常狼狈。可她还是觉得满足，她做了一件她觉得对的事，这就够了。

由于还有工作，她没有跟着老人去医院。等所有人散去以后，她才发现宋演正站在她右手边，抿着唇微笑看着她。原来他早就已经回来，只是站在人群中没有叫她。

宋演停好车回来的时候，周尽欢已经被团团围住。当时宋演第一反应是冲进人群里，他还以为她出了什么事。

人们将出事的地方围成了一个圈，周尽欢趴在地上，正处圆圈中央，她用细瘦的胳膊不断给突然发病的老人做着胸外心脏按压。她给老人做人工呼吸的时候，围观的人都是一阵惊呼，谁也没想到她一个看起来挺讲究的都市丽人能这么毫无保留地救人。有年轻人甚至拿起了手机进行拍摄。

宋演说不出自己是什么感觉，只是突然就想起了当年救他的那个小女孩。那一刻，他竟觉得两个人的脸是重合的。

周尽欢就像魔术师的盒子，宋演永远都不知道还有什么惊喜在后面。周尽欢平时是那么娇气的一个人，却能在关键时刻做到这个地步，这不得不让宋演对她刮目相看。

宋演看着周尽欢的头发散落了几绺垂在耳边，她也没空搭理，额上布满薄汗，脸上有沾染的血迹。明明是狼狈之极，可宋演却觉得她前所未有地美丽。

周尽欢傻傻地站在原地，咧着嘴脸上露出满足的笑意，一抬眼看见宋演，却立刻敛了笑容。

“宋总，”她无奈地秀着自己脸上身上的血迹，“我这样子……也见不了……霍总，我家也……住得不远，我就先回去了。”

“我送你回去换衣服吧，霍总也不急。”宋演体贴地说。

周尽欢却是一点儿都不领情，她极不情愿地“噢”了一声，“好吧，那麻烦宋总……送我回去……换衣服。”

车里一片沉寂。宋演想找话题和周尽欢说说话，一开口却把周尽欢给得罪了，因为他说：“你倒是亲得挺上瘾。”

其实对宋演来说就是一句玩笑话，纯粹是为了逗她。可周尽欢听了却觉得极其刺耳，以为宋演是在讽刺她，立刻像刺猬一样竖起了一身的刺。她白了宋演一眼，冷哼一声：“呵呵，被猪都亲过了……还有什么……可在乎的，再恶心也……恶心不过……某些人了。”说完，意味深长地瞟了宋演一眼。

对于她的意有所指宋演完全没有反应，他只是笑笑，趁着红灯，他靠着方向盘，偏着头很暧昧地看着周尽欢的眼睛，“你是要把我以前说过你的话都还回来才肯好好说话吗？”也不等周尽欢回答就自顾自地说下去，“没关系，只要你开心，我有耐心等。”

周尽欢对宋演太无奈了，他那种盲目到莫名其妙的自信让周尽欢实在无言以对，之后都不想再和他说话。

到了周尽欢家，周尽欢本来是不想让宋演进她家的门。毕竟是独居，一个女孩的家让男人进也不是很好。可宋演这人脸皮实在是太厚了，周尽欢门一开，还没想好怎么和他说呢，他就先发制人，堵住了周尽欢的嘴。

“你家洗手间在哪里？”

人有三急，周尽欢也不好拒绝。她很不情愿地让宋演进了门。他倒是挺自得的，自觉换了鞋，也不用周尽欢领着就找到了厕所。

“房子小就是好，什么都好找。”进去前还要作死地说一句，气得周尽欢差点没当场把他赶出去。

宋演进了洗手间就没声了。周尽欢觉得站门口等他上厕所实在太变态了，好像偷听似的。可是她也要洗脸、擦身上，不然没办法换衣服。

宋演从洗手间出来以后，周尽欢进去清理自己。

上完了厕所的宋演也不走，一直站在洗手间门口，也不知道要看什么，弄得周尽欢傻愣愣地在那儿，手脚拘束。她就不懂了，明明是自己家，为什么会这么怕宋演?

她硬着头皮开了水龙头，囫囵地搓着脸上的血迹，但有的血沾到眼睫上，不得已又按了一点儿卸妆油，准备先把妆洗掉。

她正狰狞地卸着眼妆，宋演突然说：“你窗台上放的，是我的衬衣吗？”

周尽欢听完这话，如一桶冷水骤然从头顶淋了下来，让她一个激灵一下子醒了过来。她怎么就忘了这事呢？当初在咖啡厅，她失心疯把宋演的衣服拿了回来，本来准备当抹布，结果有天随手放厕所窗台上就给忘记了。

周尽欢也不能睁眼睛，只本能地冲宋演声音的方向抬头，“宋总……听我解释……”

“先把脸洗干净，有话好好说，别用这脸吓我。”

周尽欢也知道卸眼妆的时候有多可怕，便顾不得回敬宋演，三两下就把脸给弄干净了。

“宋总……你听我说……”

宋演极其倨傲地摆了摆手，一副“你不用说了我都懂”的表情，“你欲擒故纵那些把戏我都看得出来，我容着你作，已经表明我的态度了。”

周尽欢听得有点糊涂，忍不住皱了眉头，“啥意思？”

宋演高昂着头，用下巴指了指窗台上的衬衫，“你偷偷收藏我的衬衣，还说已经不喜欢我了。哼，女人就是口是心非。”

“宋总，这真是误会。”周尽欢白眼都要翻出眼眶子了，这话她不解释真是要憋得内出血，“窗台上，那是抹布。”

“因为太讨厌你……我忍不住……用你的衣服……当抹布……”

周尽欢明知说这话会得罪宋演，但还是说了实话。主要是宋演这人真的太自恋了，完全不能和他拐弯抹角，不然他还以为她爱他爱得不能自拔呢。

周尽欢都把话说成这样了，宋演还是满不在乎的样子，他耸耸肩说：“没关系，你就是心里还有点别扭，我明白，我也不急。”

周尽欢实在太憋屈了，忍不住低吼了一声。她就不懂了，宋演为什么就这么自信地认定她还在爱他？难道她真的有这么眼瞎吗？

周尽欢随手用毛巾大力擦干自己的脸，不想和宋演说了，回房换衣服去了。

等她换好衣服出来，宋演正站在她家小客厅里，眼睛直勾勾地盯着她电视柜上的相框。

“宋总……还去不去……见霍总？”

宋演对她的问话完全置若罔闻。他猛一回头，急切地拿着相框问周尽欢：“这照片里的小女孩，是谁？”

周尽欢觉得他的表情有些奇怪，那热切的样子，让她有点发毛。她抢过相框放回原处，“废话，不是我是谁？”

宋演的猜测得到验证，表情瞬间变得无比温柔。他突然伸手抓住了周尽欢的肩膀，无比激动地说：“我以为我已经不记得你的相貌，可是一看到照片，还是一下子就想了起来。周尽欢，你知道吗，这是命中注定。”他说到激动处，手一抖一抖的。周尽欢都被他抖得有点晕了，她拍掉宋演的手，忍不住吐槽：“演戏呢？”

宋演却是不依不饶，不肯放过她，他抓着周尽欢说：“你记不记得你小时候，大概五岁的时候，在老万里小区救过一个小男孩，从树上掉下来的？”

“然后你是不是……要说……那个小男孩……就是你？我们俩……幼儿园就结起……缘分？”

“对对对！”

周尽欢无限鄙夷，“宋演，这种招式……太 low 了，我忍不住……要鄙视你了。”

周尽欢的话让宋演的热情瞬间熄灭，他的表情似是有些失落，“你忘了？”

“呵呵，要真是救过你，我就是……社会的罪人，我救了……一个人间祸害。”

……

其实宋演曾梦到过几次和小女孩再见的场面，也设想过那个小女孩也许已经嫁作他人妇。最最没想到的，是她一直就在身边。

当周尽欢的脸和那个小女孩的脸重合，宋演觉得竟是前所未有地满足。怪不得他会对周尽欢有好感，这一切真的都是命中注定。

原来她真的读了江北大学，原来他们早已重逢，原来是他一直错过了她。

宋演在心里觉得遗憾，但又暗自庆幸。幸而一切都不算太晚。

宋演从看了那张照片以后，看周尽欢的眼神就不对劲。如果以前只是殷勤热切，现在完全就是要把周尽欢拆骨入腹的样子。这让周尽欢感到非常不安和害怕。

周尽欢以最快的速度化了一个淡妆，原本以为会被宋演骂，结果宋演不仅非常耐心，还主动给周尽欢参谋搭配，殷勤得让周尽欢有点害怕，忍不住问："你今天吃错了……哪种屎？"

那之后周尽欢不管说多么过分的话，宋演都不生气，只是笑。两人一起出门进电梯，周尽欢躲在电梯角落里，宋演还是不紧不慢地靠过来，"我觉得我们可以发展一下纯洁的男女关系。"

周尽欢觉得好像听到了全世界最好笑的笑话，简直笑得生活不能自理，"你不是说……我离你的……理想型……还差十万……八千里？"

受了揶揄，宋演还是泰然自若，"就眼光突然下降了十万八千里。"

"滚。"

见周尽欢抗拒，宋演也没有再逼下去，以开玩笑的方式化解了一切，也缓解了周尽欢的尴尬。周尽欢心里对宋演说的话都是将信将疑，也不知道他哪句是真的。

霍氏是江北不多的几家上市公司之一，旗下除了有百货公司还有不少娱乐型的产业。霍家祖上几辈都是有钱人，霍一霆爷爷的爷爷更是当年主动捐出资产支持改革的大资本家之一。

霍一霆在"富二代"里算是很有名了，长得帅又有能力，在网络上也有一票脑残粉。周尽欢也从报纸上见过霍一霆的照片，有时候经济版有时候娱乐版，偶尔会和一些女明星扯上关系。周尽欢对霍一霆的印象不算太好，大概和霍期也有一些关系。

霍氏总部内部和外观一样高大上。内部井然有序，安静得让人有种微微的压迫感。宋演带着周尽欢去见霍一霆。霍一霆的办公室在29楼，两人在电梯里，宋演叮嘱周尽欢："一会儿你别乱说话，霍总是你的大老板。"

周尽欢不满被这样叮嘱，"我没那么蠢。"

宋演见她叛逆小孩一样，一时内心柔软，抬手摸了摸周尽欢的头，被周尽欢打了手。

电梯门开，两人刚一走出去，就正好碰到霍一霆出来。

霍一霆一头利落的短发，他穿着一件浅蓝色衬衫，将袖口挽到手肘一半处，看上去清越闲适。周尽欢走近了些，认真观察，发现霍一霆果然和新闻里一样英朗冷峻，眼眸深沉，完全看不透他这个人的样子。

霍一霆见到宋演便是一副熟稔的样子，上来对着宋演就是两拳。两人有私交虽是早有听说，却不知道有这么好，这样子完全是多年老朋友。

“我去拿件衣服。”霍一霆说着又想到忽略了周尽欢，问道，“这是？”

“四户通路的市场经理，周尽欢。”宋演说完又补了一句，“我的大学同学。”

“哟，大学同学啊？”霍一霆和宋演多年朋友，听完介绍就懂了这其中的不同，立刻一脸调侃的表情，“老男孩，你这是春天来了？”

宋演怕周尽欢不自在，也是两拳回敬在霍一霆身上，“行了，还吃不吃饭了？”

霍一霆再看向周尽欢的眼光都开始意味深长起来，让周尽欢很是不自在。

他一转身，正和一个女子擦身而过。那女子一头波浪卷发，颈上一条细碎的设计款钻石项链，搭配一条无袖黑色修身裙，露出如藕般白皙的手臂和小腿，她脚上穿的是周尽欢想了很久都没下手的大牌高跟鞋，手臂上挎的包也是限量定制款。气质优雅大气，一看就是出身不俗。

那女子看到公司的副总裁也不打招呼，就这么高傲地走过，而霍一霆居然也没有苛责。

女子进了电梯，霍一霆回了办公室。

宋演这才凑在周尽欢耳边说：“刚才那个女人，是霍一霆的妻子，林豫文。”

周尽欢觉得诧异极了，两人擦身而过的样子，简直连陌生人都不如，这世上居然有这种夫妻？周尽欢简直不敢相信。老总的八卦她也不敢和宋演多聊，只是把满肚子的疑问都吞了下去。

霍一霆请客吃饭，自然是在私家会所，全程有人服务，连吃块西瓜都有别人一块一块分好，送到盘子里来。周尽欢很不习惯被人这么伺候，全程不自在。

宋演对此似乎已经习以为常，和霍一霆聊完了工作上的事就开始聊股票什么的，简直是男人的聚会，周尽欢觉得自己都快睡着了。

饭后，宋演送周尽欢回家，很体贴地问周尽欢：“你是不是没吃饱？”

周尽欢不敢点头，“差不多饱了……”

“你要习惯这样的生活。”宋演说，“毕竟我已经做到这个级别，以后这种场合还很多。”

周尽欢没听懂他话里的意思，只本能地回答：“我要到你那个……级别……还得十几年吧……”

宋演笑笑，不再继续这个话题，转而叮嘱了一些工作上的事。周尽欢不敢得罪他这尊大佛，都认真地一一记录了。

宋演走后，饥肠辘辘的周尽欢给一段时间都没见面的左衡娇打了个电话。两人一块儿直奔周尽欢家附近一家很出名的烤串摊。

晚饭吃得太胃疼，周尽欢忍不住点了近百串烤串，两人一块儿大快朵颐起来。

周尽欢忍不住向左衡娇吐苦水：“我最近太倒霉了，工作上的事就不说了，就那个宋演，神经病一样，最近老对我说些莫名其妙的话。”

说着把最近宋演那些奇怪的行为毫无保留一样样和左衡娇说了。

左衡娇一边撸着串一边和周尽欢一一分析，最后得出结论：“天哪，周尽欢，你惹上这世界上最可怕的生物了，纯情的初恋老处男。”

“有这么可怕？”周尽欢问。

左衡娇灌了一口啤酒，突然很认真地问周尽欢：“你真的不喜欢宋演了？”她顿了顿又说，“其实我觉得他也不坏，嘴巴坏的人一般心都不坏。”

周尽欢沉默了一会儿，很认真思索后回答：“说不上喜欢不喜欢吧，只是怕了他了。”

周尽欢脸上的表情有些空洞，一个单身到二十八岁的剩女，其实和宋演也并没有什么区别，都是对感情没有经验，却又在内心坚持一片净土的人。

也许就如同宋演说的，他们是合适的，凑合着也不是不能过，可周尽欢内心还是不甘心着。哪怕别人觉得可笑，她还是希望有生之年能遇到真爱。

“我懂，那种怕有时候比恨更让人停滞不前。”左衡娇又喝了一口啤酒，“当年和萧铭分手，我对男人就绝望了。所谓爱情，有时候只是女人一厢情愿。”

左衡娇的眼神有些迷蒙，她只有微醺的时候才会对周尽欢提起萧铭。那是她心里永远的痛。萧铭是左衡娇的前男友，比左衡娇大三岁，左衡娇大学时因为实习认识了他，从此一发不可收。其实左衡娇也算是富家女，当年两个人爱得死去活来，左衡娇为了能和萧铭在一起，和家人脱离了关系。那时候她一门心思想嫁给萧铭，但萧铭始终认为自己还没有娶她的资格。爱让她等了下去。身无所长的左衡娇在私人侦探事务所找了份工作，一心存钱就等着萧铭事业有点起色她和他能结婚。

结果呢？有一天她接了一个 case，一个年轻的妻子想要她帮忙调查丈夫出轨的证据，照片一拿出来，那女人的丈夫竟然就是萧铭。

那种欺骗是毁灭性的。左衡娇自己都不记得当年和萧铭分手是多么天崩地裂，可即便如此，她还是果决地离开了萧铭。第三者这个身份，是她从小到大受过的教育所不允许的。

“有时候我也在想，这一辈子还会不会爱人。”那些苦痛的过去仍像一根刺扎在肉里，在回忆里隐隐作痛，说起这个话题，左衡娇嘴角有苦涩的笑容，“也许一辈子都不会了。男人都很贱。”

说起男人，她突然想起最近接的案子，和周尽欢说：“最近遇到一个 case，对象挺出名的。”她吃完一串土豆，擦了擦手，“就是你们霍氏的太子爷，霍一霆。”

“啊？”左衡娇提到的是周尽欢今天才见过的人，周尽欢忍不住问，“他怎么了？”想起白天见到的一幕，周尽欢又说，“他好像和他老婆关系很不好。”

“岂止啊。”左衡娇说，“他老婆找到我了。也是挺可怜的一个女人，被这个男人毁了。”

“他怎么了？”周尽欢也顾不得自己的事了，八卦了起来。

“他们婚前签过协议，谁出轨就给对方一半身家。结果这男的三天两头地上娱乐版，老玩小明星，又很狡猾，什么证据都没留下，拍的那些一起吃饭什么的照片也不够当证据。他老婆受不了了，又不甘心这样离婚，想要我去勾引他，然后拿了证据上法庭。”

“你接了？”周尽欢抬起头看了左衡娇一眼，“感觉这事挺大的，能不能接啊？”

左衡娇无谓地耸耸肩，“本来也是不想卷入豪门争斗，但这男的太贱了，老婆那么好还在外面玩，我最恶心这种自以为是把女人当玩物的男人了。”她撇撇嘴说，“不过这男的真的挺谨慎的，防得滴水不漏，完全不上钩。”

“这种富家子弟都有自己的圈子，你倒是神通广大。”想想周尽欢在霍氏旗下的公司工作一两年了，也要靠宋演才能见人家一面。

“所以我才叫‘渣男杀手’啊，渣男在我手上都直接现形。”左衡娇想想又犯起了愁，“这次倒真是遇到对手了，这男的道行也是不浅，居然一点儿蛛丝马迹都没有。”

“也许他不是那种人？”周尽欢想想今天和霍一霆的相处，觉得他似乎并不是那种好女色的人。

左衡娇鄙视地看向周尽欢，“没有一个女人会陷害自己的枕边人。女人是感情动物，能和他结婚，一般都是有爱的。”

周尽欢想想也有道理，毕竟结婚是件大事，没有女孩会拿婚姻开玩笑。

左衡娇很郑重地说：“反正要是我有一天结婚了，我一定是非常爱那个人。”

“哈哈哈哈……你能结婚再说吧！”周尽欢嘲笑道。

“这句话共勉。”左衡娇也不甘示弱。

Chapter 5

第五章 救了个美

这一招在爱情里，叫绝望。

和霍一霆见面之后，宋演对公司目前的部门设置进行了一次大的调整。他把市场部并进了营销部，营销部经理由徐杏来负责，然后把营销部分为营运和市场两个小部门。营运经理由周尽欢担当，算是给了她一个大舞台让她发挥所长，而市场部经理由原来市场部的副经理来担当。

部门合并调整，名义上看徐杏是最大的赢家，实际上所有的调整周尽欢是最大受益者。周尽欢算是调了部门，虽然算是一个新的领域，但她对未来充满了憧憬。

对于宋演这次调整的内里深意，周尽欢是不懂的，她唯一担心的是徐杏成了直接上司，不知道会不会因为宋演最近穷殷勤对她有意见。毕竟虽然她已经清醒了，却不能阻止别的女孩被屎糊了眼睛。

周尽欢不懂的事却不代表徐杏不懂。五一美食街试吃台活动让徐杏发现周尽欢更适合策划，而非推广。宋演这次调整摆明了就是要让周尽欢能大展拳脚。

当然，人尽其用，这符合宋演一贯的做事原则，毕竟他是 HR 出身，只是想到上次看到的那一幕，徐杏还是觉得有些不安。

公司调整了近三天，终于完成了所有的工作交接。新官上任的徐杏第一件事就是找周尽欢谈话。虽然都是些例行的询问，道理上都说得通，但周尽欢总觉得有几分故意找茬的意味。

周五下班，周尽欢主动约了徐杏吃饭。徐杏倒是大大方方地答应了。徐杏也是江北人，又有车，轻车熟路地带着周尽欢去了一家有点偏僻但是很幽静的私房菜馆。

点完单，服务员一走，周尽欢就直接摊牌，对徐杏说：“徐经理，我们都是江北大学出来的，校友一场，希望以后工作上的事你多多包涵。”

徐杏喝了一口水，笑眯眯的，没有直面回答周尽欢的问题，只是顾左右而言他：“你说为什么宋总会做这次调整？”

周尽欢愣了一下，“他吃多了”差点脱口而出，又硬生生憋了回去，“宋总是专业的，他一定是有他的用意……为百货好吧。”

徐杏抿着唇笑了笑，眼里却有几分试探，“宋总当然是专业的。他倒是对你很了解，知道你适合这样的安排。”

周尽欢一听这话，心想怪不得最近一直阴阳怪气的，果然就是周尽欢想的那样。

可她又不能辩驳什么，就宋演最近对她那个态度，也够徐杏用醋把她淹死了。

“我和宋总只是一般的同事关系，噢，还有，我们三个都是校友关系。”

徐杏淡淡地瞥了眼周尽欢，没有再说话。

周尽欢有些尴尬，举着茶杯心不在焉地喝着茶，眼睛不自然地四处瞟着。

私房菜的店门被服务员推开，一位风度翩翩的男士带着一位气质优雅的美女徐徐走来。男人正微微低头和那女人耳语，不知道说了什么，那冰山美人竟露出甜甜一笑。

周尽欢眨了眨眼，以为自己眼花了，放下茶杯，又伸着脖子望了两眼。

“霍期？”

周尽欢一声本能的呼唤惊动了霍期和身边的美女，两人俱是一愣。

周尽欢觉得那个女人实在眼熟，想了半天才想起与那女人曾匆匆擦身而过。那女人正是霍一霆的老婆，叫什么……林豫文？

霍期没想到在这里会遇到周尽欢，周尽欢一站起来，坐她对面的徐杏也站了起来。霍期一见二人都在，虽有些意外，但还是微微笑着，问周尽欢：“来吃饭？”

“嗯。”周尽欢傻傻回答，有些拘束地攥了攥手指。

徐杏的眼神一直在霍期和林豫文之间来回，周尽欢都有些不自在了。霍期见状，倒是落落大方地介绍：“这是我嫂子，也就是咱副总的老婆，林豫文。”

林豫文也很是淡定，对徐、周二人礼貌颔首，算是打了招呼。

一听霍期这么大方的介绍，周尽欢倒是坦然了。这两人要真是有什么，多少会有些慌乱，不会这么坦荡。再说了，他们都是豪门中人，这么大的丑闻，要是真的，肯定不敢光明正大地一块儿出来吃饭。

“要不要……和我们一起吃？”周尽欢放松了心情以后温和地看了霍期一眼，诚恳地发出邀请。

霍期还没回答，林豫文先开口拒绝：“还约了朋友，下次吧。”

霍期有些抱歉地看了周尽欢和徐杏一眼，表情有些不自然，大约是歉疚。周尽欢却是不以为然。

“没关系……你们的朋友……我们也不认识……”

……

霍期和林豫文进了包厢以后，周尽欢和徐杏又回到了座位上。

服务员陆陆续续给她们上了菜，周尽欢丝毫没有受到影响，拿起筷子准备吃菜。徐杏却是若有所思。

“你喜欢霍期？”

徐杏直截了当把周尽欢心底的秘密给问了出来。周尽欢怔忡了一秒，原本想要否认，后来想到告诉徐杏也好，也许能让徐杏不再误会她和宋演。

“嗯。”周尽欢想想又怕影响了霍期，补充道，“只是我单方面的。”

徐杏听她这么说，笑了笑说：“霍期招人喜欢，到哪儿都有一票人喜欢他。”

“霍总温柔有耐心，年纪大了就喜欢这一款。”周尽欢说。

“那倒是。”

发现周尽欢喜欢的另有其人以后，徐杏对周尽欢倒是很快就放下了戒心。这顿鸿门宴最后居然以happy ending做了结尾，这真让周尽欢没有想到。

原本周尽欢要请客，最后徐杏强势地把账给付了。两人出了私房菜馆，徐杏去拿车的时候，周尽欢收到了霍期的短信。

不好意思，今天有点事，改天单独带你来吃。

看着手机屏幕上那一个个汉字，周尽欢觉得它们仿佛有着生命，正愉快地跳着舞。她选了回复，来来去去打了好几次都不满意又删除。她太沉浸在自己的世界里，连徐杏已经来了都不知道，最后是她按了两声喇叭才叫醒了周尽欢。

周尽欢上了车，自觉地扣上安全带。徐杏看了她一眼，半开玩笑地说：“一入豪门深似海，你确定要喜欢霍期那种言情小说标配身世的男人吗？”

“那也挺好的。”周尽欢笑着说，“正好我也试试当一次言情小说女主。”

那之后，周尽欢开始刻意和宋演保持距离。不为别的，不想那子虚乌有的事影响她的姻缘又影响她的事业。仔细想想，最好的办法就是尽量不见宋演，这样也就不会有麻烦。

大约是她的刻意躲避被宋演察觉，第四次让手下的人帮忙送文件后，宋演直接找到周尽欢办公室来了。

“聊聊？”宋演敲了敲周尽欢的桌子，还是一贯倨傲的样子。

周尽欢透过办公室磨砂玻璃上仅有的透明条纹看着外面。虽然大家装作努力工作的样子，却还是时不时瞟向办公室这边。

宋演气势汹汹地跑过来，实在太值得关注了。

总经理来了也不敢不接待，周尽欢关上了正在审核的策划书，抬起头看着宋演，“聊什么？”

“为什么躲着我？”

“我没有啊。”周尽欢装傻道。

宋演看了她一眼，用很平常的语气说：“我听到了一个八卦，我想知道是不是因为这个原因才躲着我。”

“什么八卦？”

“听说你正在追霍期？”

周尽欢思索了两秒，大方回答：“这不是八卦……是真的。”

宋演简直难以置信，哽了半天才问她：“为了气我？”

面对宋演，周尽欢实在有太多无奈，连骂他都觉得浪费时间，“说你从来没……谈过恋爱……真是冤枉你了……”周尽欢感慨，“你明明……一直在自恋……”

她认真地对宋演说：“我年纪不小了……碰到喜欢……的男人……主动一点儿……有什么不对？”

周尽欢说得太真诚了，反而让宋演无话可说，可他又偏偏不甘心，“我只是不相信女人会变得这么快。”

“大学毕业之后……都这么多年了……我变得一点儿也……不快。”

“是吗？”宋演还是固执地不肯相信，“前段时间还在问我以前的事，你还耿耿于怀。”

“我耿耿于怀的……是浪费在……你身上的青春……”周尽欢说完忍不住叹了一口气。其实她也没有那么讨厌宋演，只是一朝被蛇咬，十年怕井绳，周尽欢实在没办法心无芥蒂地把宋演再当作喜欢的对象。

宋演不说话，也不肯离开，眉目有些冷峻。两人就这么面对面僵持着。周尽欢也不敢开口赶他，只好坐着不动。

她正犯愁怎么收场，办公室的电话就响了起来，是霍期打来的，提醒她一会儿要开会。周尽欢如获大赦，整个人松了一口气，赶紧委婉地下了逐客令：“宋总，我一会儿要开会。”

宋演冷冷地看了周尽欢一眼，那眼底有太多情绪。只是他还算绅士，倒是没有再为难周尽欢，转身出了周尽欢的办公室。

周尽欢等了五分钟，想着宋演应该走了才拿上文件，准备上会议室。

她刚走到电梯前，就看见宋演还站在那里等电梯。周尽欢实在不想和他独处了，便蹑手蹑脚地转身准备回去，却被宋演抓了个正着，“周经理，不是要去开会吗？怎么回头了？”

周尽欢有点尴尬，结结巴巴地说：“我想起……我好像拿掉了……文件……”

周尽欢不等宋演回答，撒丫子一样跑回去了。又过了近十分钟，想着宋演这次应该走了吧，她才又鼓起勇气上会议室。

谁知宋演这货居然还在电梯口，这次周尽欢彻底认命了，没好气地说：“你就是等我是吧？”

宋演见她一脸郁闷，心情居然晴朗了许多，他厚颜无耻地回答：“对啊。”

两人同上电梯，宋演也要去会议室，周尽欢按下楼层以后就缩在角落里不说话。

“其实我想了想，也可以理解你，毕竟像我这样的男人会让你觉得高不可攀，你会退而求其次很正常。”

高不可攀？！退而求其次？！周尽欢实在忍不住瞪了宋演一眼，“霍期不是其次……他是我的首选……宋总，你虽然……智商超群……情商真是……低保户。”

宋演被讽刺了，也不生气，“人总要有点缺点，我在感情上也是低保户，你不打算给我送点温暖？”

周尽欢对此敬谢不敏，翻了个白眼，直接拒绝：“我这人……很没有爱心……”

“呵呵。”宋演意味深长地笑了两声，突然向周尽欢走来。

“你别过来……”

周尽欢正后退着，突然听见电梯发出哐当一声，然后就看见电梯的数字开始失控地变动。

“啊——”周尽欢顾不得和宋演打嘴仗了，突如其来的状况让她惊慌失措地尖叫了起来。

啪！一声短暂的响动，电梯停了下来。随之一起停止的还有电梯的电源。

整个电梯突然陷入一片黑暗，这让周尽欢吓得心脏都要跳出来了。周尽欢不敢动，这一刻，她第一反应是找宋演，“宋演……怎么回事啊……”周尽欢的声音里带着强忍的哭意。

宋演也不说话，黑暗中，周尽欢只能凭着他镇定的呼吸声确定他的存在。她害怕地靠着电梯的冰冷铁壁，双手四处摸索，想要摸到可以扶着的东西。

突然，一只温暖的手摸到了周尽欢的手腕，那种接触的温度让周尽欢皮肤的每一个毛孔都张开又闭上。那只手顺势一拉，毫不犹豫地将她收进了怀抱里。

“别怕。”

周尽欢只觉自己的半边身子正贴着宋演温暖的胸膛，他身上特有的气味像一种迷香，竟让她顷刻安静了下来。宋演像安抚孩子一样，一下一下地拍着周尽欢的后背。不知道为什么，周尽欢在那一刻突然有点想哭。

即使平时和宋演再怎么不对盘，但这一刻，周尽欢唯一能依靠的也只有他了。

宋演一只手抱着她，一只手空出来按下了唯一还发着红光的紧急按钮。不知是不是连接问题，按了半天都无人应答。

现在电梯出事的真是不少，周尽欢越想越害怕，“该不会……就这样死了吧？”

宋演还是沉着镇定，“就算死，也有我陪你，有什么好怕的？”

“谁要……和你一起死啊……”周尽欢到了这时候还是本能地反驳了一句。

她这么一反驳，气氛反而不那么紧张了，宋演笑了一声，说道：“为了不和我一起死，你也要好好活着。”

两人在黑暗之中有一搭没一搭地聊着，倒是驱散了周尽欢心里的恐惧。大约十分钟后，电梯外突然传来一阵窸窣的声音。

咚咚咚！外面的人拍着电梯的门板，“里面是不是有人？”

“有，两个。”宋演利落地回答。

宋演话音刚落，就听到外面总秘着急的声音：“宋总，是不是你？”

“是我。”

一确定是宋演，保安和电梯检修的人都紧张了起来，总秘更是催促的声音都在颤抖。

通过外面的人汇报情况，周尽欢才得知他们现在被卡在两个楼层之间，他们决定紧急撬开电梯门，先将人救出来。

外面丁零当啷的声音不绝于耳，在一片黑暗中，那些声音显得尤为清晰，不知道什么时候门会打开，周尽欢显得有些局促。宋演已经放开了她，周尽欢自己向后退了两步，靠向铁壁。两人没有再说话。

“宋总，你们往后靠一些，我们要开电梯门了。”

说着，电梯门被一点一点地向两边撬开，幽闭的电梯里终于透进来一点儿光线。周尽欢抬起头，正看见大家一张张关切的脸孔。

大家都看向宋演，“宋总，你从这边，我们拉你上来。”

宋演回头看了周尽欢一眼，笑着摆了摆手，“先拉她上去，我在下面托着。”

众人看了宋演一眼，又看了周尽欢一眼，按照宋演说的，三两下把周尽欢拉了上来。周尽欢整个人瘫软在电梯口，她脚一绊，把用来固定电梯门的工具踢倒，眼看着电梯门又渐渐地再关闭。

众人一见此情景都慌了，总秘更是吓得尖叫了起来。

周尽欢作为罪魁祸首，想都没想，一回头用手拦住了电梯门。

电梯门关闭的力量太大，周尽欢几乎是徒手在掰门，没一会儿就擦破了手心的皮。宋演看到周尽欢手心出了血，马上吼道：“放手，重新开一次就行了，你这样掰手会夹断。”

周尽欢似是没有听见一样，还是用手大力掰着，血顺着她的手心流向手腕，在她白皙的皮肤上显得有些触目惊心。

周尽欢也不理宋演，只是指挥着检修工：“把工具卡回来，快。”

众人这才反应过来，马上帮着周尽欢把门给掰开，重新卡了回去。

宋演还困在电梯里，抬起头就看见周尽欢严肃却又冷静的表情，和刚才在电梯里惊慌失措的她完全不是一个人。真不知道她哪来的那么大的劲儿，徒手掰门，她也是不怕事大。

宋演仰视着周尽欢，只觉得她和记忆中那个人完全一样。他想，他要的就是这样的女人。

宋演最后自然也是被安全救了出来，只是两人都显得十分狼狈，尤其周尽欢。周尽欢满手是血被带进了医务室，医务室的值班医生正仔细地给周尽欢清理着伤口。

总秘则不依不饶站在一边，一刻不停歇地骂着周尽欢。周尽欢疼得龇牙咧嘴的，却还傻乎乎地对着总秘笑，痞里痞气的。总秘也是烦了她这个样子，懒得管她，转身要出医务室，正好碰到过来的宋演。

“宋总。”

“去忙吧。”宋演无暇应付总秘，径直进了医务室。

值班医生给周尽欢包扎完去洗手，周尽欢坐在原处，见宋演进来，瞟了一眼就没再看他。

同样是经历了惊险，宋演却没受什么影响。

宋演低头看了一眼周尽欢包得和粽子一样的手，“疼不疼啊？”

周尽欢立刻嬉皮笑脸道：“挺疼的，都是为了救……宋总……所以这一周……可以放假吗？”

宋演仿佛没听见一样，又问她：“不是说不喜欢我吗？为什么救我那么拼命？”

周尽欢被宋演问得愣住了。事实上，当医务室的医生给她包扎的时候，她才反应过来做了一件多么愚蠢的事。检修人员都在，男人都有好几个，怎么可能救不出宋演？就算门真的再关上，撬开就可以了，怎么都轮不上她周尽欢。

可周尽欢就是无法忍受那扇门再关上，尤其是面对宋演那双关切的眼睛。

他好像一点儿都不怕，只是关注着她有没有得救。

她只是觉得不能辜负那双眼睛，所以那一刻，她毫不犹豫地拦住了那扇将要关闭的电梯门。

“是我踢倒的……我怕你死了……我被告谋杀……”周尽欢笑了笑说，“不过我后来……也觉得太多事……毕竟……祸害遗千年。”

宋演温和地瞟了她一眼，用手指碰了碰周尽欢被包扎的手，周尽欢警惕地往后缩了缩。

宋演也不强求，无所谓地耸耸肩，把手插进兜里，轻笑道：“放心，一个小小的电梯还不能要了我宋演的命。”

周尽欢看他自负的样子，原本因为电梯里的事对他还有几分感激，一听他这么说，那种感觉瞬间消失殆尽，只觉那个会关心他的自己简直多余。

“也是……是我太八婆……”

“……”宋演大概也知道和周尽欢聊不下去了，便嘱咐两句“好好休息”就先去工作了。

周尽欢在医务室休息了一会儿，觉得无聊，就自行回了办公室。

她不能写字，只有手指头还能活动，于是光明正大地在上班时间开始摸鱼。她掏出手机解开锁屏，还没开动呢，两条短信就跳了出来。

一条来自总秘。

“宋总绝对喜欢你！！！”

三个感叹号宣告着周尽欢悲惨的命运。

另一条来自霍期。

“刚才开会中，走不开，下班后我送你回家。”

原本还想回复总秘，一看霍期的短信，她立刻心花怒放，什么都给忘了。

什么电梯，什么拥抱，那都不是事儿！

晚上下班，周尽欢特意找个理由多留了一会儿，等到公司的人走得差不多了，她才下楼去了停车场。霍期的车还是停在老地方，周尽欢的手不方便，霍期给周尽欢开的车门，她坐上去以后，他又细心地替她扣上了安全带。

那一刻霍期离她很近，周尽欢一低头就正好看见霍期头顶的旋涡，不知道他用的什么洗发水，那是一种健康又干净清香的味道。

两人离得太近，周尽欢有些忐忑，整个人往后缩，害怕霍期听见她加速的心跳。

霍期坐上了驾驶座，却没有急于发动车子，而是关切地看着周尽欢的手，“今天到底怎么回事？怎么伤成这样？”

周尽欢怕说太详细了霍期会误会，便长话短说：“被电梯门弄的。”

“公司的电梯是该注意了，上次也出过一次事。”霍期眉头皱成一个“川”字，很是担心的样子。周尽欢看他那样子，心里暖暖的。

“我没事。”周尽欢轻言细语地安慰他，“小伤而已。”

霍期心疼地看着周尽欢，眼底全是如水的温柔。周尽欢在他的注视下脸如猪肝爆红，本就结巴，现下更是话都说不全了。

“我……”

周尽欢的话被霍期一个温暖的拥抱打断。霍期一个侧身，将周尽欢的头按在他的肩窝。她的脸贴着霍期的侧脸。那种肌肤相亲的感觉让周尽欢心跳如雷。

“别受伤，我会担心。”霍期低低耳语，温热的呼吸拂扫在她耳郭。周尽欢只觉得他的话好像一道令人着迷的咒语，让她欲罢不能。

“我以后……会小心的。”周尽欢的声音小小的。

霍期渐渐放开了她，替她拢了拢鬓发，“我先带你去吃饭，再送你回家。”

霍期正有条不紊地向周尽欢说着安排，她点了点头，嘴角有甜甜的笑意。刚准备回应，一抬头，霍期的车前站着一个不速之客——宋演，也不知道他从哪儿冒出来的，不声不响，吓死人了。

宋演那张怨夫脸，不知道的还以为他是来抓奸呢。他就那么站在车前，眼睛死死盯着周尽欢，把周尽欢盯得都有点心虚了，还以为自己始乱终弃了。

霍期一抬眼也看到了宋演，他沉默地看了一眼宋演，又悄悄打量了周尽欢一眼。

周尽欢假装镇定，对霍期说：“走吧。”

“没关系吗？”霍期问。

“什么？”周尽欢明知故问。

“没事。”

霍期发动了车，引擎轰响的声音掩盖了周尽欢这会儿紧张的心跳声。宋演意味深长地瞥了周尽欢一眼，再不理会二人，向他自己的车走去。

那天晚上周尽欢和霍期的约会都进展得不是很顺利，周尽欢有点心不在焉，脑子里总想起宋演最后那个略带幽怨的眼神，心里扭麻花似的，这种别扭真是奇怪得很。

霍期把周尽欢送回家，周尽欢下了车转身欲上楼，被霍期叫住。她有点奇怪地站在原地，回头疑惑地看着霍期。霍期也从车上下来，递给她一个纸袋，“你粗心大意的，想到你应该是忘了拿药，还真被我猜中了。”

周尽欢一看那袋子里，果然放满了各式止疼止血愈合伤口的药。也不知道他是什么时候准备的。周尽欢只觉得那些东西好像一个暖贴突然贴上她的心房，她一时感动得都有些眼热了。

“谢谢。”周尽欢总觉得这两个字力量不够，却也不知道说什么。

霍期拍了拍周尽欢的肩膀，“早点睡，早日康复。”

周尽欢手上拎着霍期给的药欢快地上楼，一路都忍不住欢欣喜悦轻哼着歌。她迈着轻快的脚步从电梯里出来，直奔自己家门。

还没拿钥匙开门呢，她就被站在角落里的人吓得一声尖叫，连手上的纸袋都给扔了。

待周尽欢把人看清，忍不住破口大骂：“宋演……你是不是……神经病啊！”

宋演脸色铁青，也不理会是不是吓到了周尽欢，查岗一样严肃地问道：“怎么这么晚才回？”

“我还没问你呢……怎么跑别人家……来了！”

宋演的语气有些刻薄，更或者可以称为吃醋，“你和姓霍的去哪儿了？”

“关你什么事？”

周尽欢在刚才回来的路上已经决定要和宋演保持距离了。霍期这么好的男人，她真的不想错过。女人活到快三十，早就不信“男人不坏女人不爱”了，会疼人才是最打动人心的。

“你以后别这样……别人会误会……”

“谁？”宋演眼光凌厉了起来，质问周尽欢，“你怕霍期误会？”

虽然宋演气势凌人，但周尽欢明白，他就是一纸老虎，不可怕。她如实回答：“对啊。只要他愿意……随时做我……男朋友。”

即使周尽欢说得这么笃定，宋演却仍是不放弃。他看着周尽欢，信誓旦旦地说："只要你没有结婚，我就还有机会。"

周尽欢被他这论调惊到了，"宋演，这是男小三。"

"你们都没有确定关系，哪里来的小三？"

"那也是迟早的事。"

宋演冷哼一声："是不是迟早的事，还真是不好说。"

周尽欢被他的自信气笑了，"你放心……反正不是他，也绝不会是你！"

说完，她捡起地上的纸袋，手一挥，把他推开，自顾自开了家门，啪一声，把宋演锁在了大门外。

啪啪！宋演在周尽欢家门上拍了两下，随后高声大放厥词，"周尽欢，你放心，你的男朋友肯定是我。"

妈妈哟，这人是不是疯了？周尽欢站在门内简直无力吐槽。

这还放心？简直担心糟心好吗？也就只有宋演这个男神经病能做出这种事了，追人追得跟追杀似的。

因为对宋演这个无赖流氓神经男实在没辙，周日，周尽欢又约了左衡娇见面，这回的目的没有别的，就是求助左衡娇如何甩开宋演。

为了取经，自然得有所付出，周尽欢带左衡娇来了江北唯一一家米其林餐厅吃法餐。法餐那种烦琐的步骤是周尽欢很讨厌的，但左衡娇说了，女人要时不时来一来这样的地方，熏陶熏陶气质。

本来是来让左衡娇想办法怎么甩开宋演，却不想偏偏在这里又碰到宋演，真是难以言喻的孽缘。好在宋演这会儿是在和高层见面，不能离席。

周尽欢吃到一半的时候，宋演那边正好餐毕，一行人离开餐厅。宋演一直看向周尽欢这边，周尽欢就是岿然不动，头都不抬。

宋演走后，左衡娇才忍不住笑了出来，"妈呀，真的有你这么怕的人，宋演也是个人才了。"

"实在太可怕了，每天都这样。"

左衡娇回想起宋演那深情款款的目光，点点头说："看他眼神，简直就要把你吃了。"

周尽欢越想越纠结："你说他到底怎么回事啊？"

左衡娇一边切着牛排一边笑着开玩笑："他可能是中邪了。"

"……"周尽欢无语，"能不能说点儿有建设性的？人均一千五百四十块，你告诉我因为他中邪？"

"说不定就是真的呢？"

"滚犊子！"

两人欢快地吃完了晚饭，周尽欢要付账的时候才被服务员告知，原来宋演临走前已经替周尽欢把账结了。

左衡娇亲眼见证了这一幕，只摇着头感叹："周尽欢，你完蛋了，这纯情老处男太认真了，除了收了他，完全没有对抗之法啊。"

"……"不！要！啊！周尽欢在内心疯狂呐喊着。

周尽欢思前想后一整晚，第二天主动找到了宋演。

宋演见周尽欢主动找上门了，倒是挺高兴的，脸上的笑容也很明显。

"昨天的法餐好吃吗？"宋演问。

"一般吧……就是……没有筷子，有点不方便……"

宋演忍着笑，对周尽欢说："那下次带你去吃香辣虾好了，中式口味你估计喜欢的。"

宋演表情真挚，他这样子还真让人有点为难。周尽欢想了想说："吃香辣虾之前……我们先找个……地方……好好谈谈吧……"

"谈什么？"

"这事不适合……在公司谈……这样吧……明天晚上……我带你去……一个地方……"

当宋演跟着周尽欢走进那栋阴森恐怖的破旧民房的时候，宋演满心的期待终于被残酷的事实完全浇灭。

"这里到底是什么地方？"宋演不肯再往前走，冷着脸问。

周尽欢比宋演更害怕，整个人瑟缩着往前走，她死死拽着宋演的衣服，虽然害怕，却还是鼓足了勇气——有的问题不解决不行！

"我托姨妈……打听了好久……江北就这个……大师最厉害……无故中邪的……他都能做法事……给治好……"

周尽欢也不是没见过宋演生气，宋演属于那种你让他不好过，他也不会饶你的人。可这会儿，他明明气到极点，却紧抿着双唇，始终一言不发，只幽幽地盯着周尽欢。那眼神又幽怨又生气，使得周尽欢忐忑不已，想着他一会儿不会一激动把她给 nèng 死了吧？她脑子立刻转了起来，想着怎么解决才比较合适。

"咱绝对不能……讳疾忌医……尤其这种问题……也不是你的错……"周尽欢搜刮着肚子里所有能安慰宋演的词句，"怪那些脏东西……不是附你身……你也不会这样……"

"周尽欢。"宋演阻止周尽欢再胡说八道下去，他气极反笑，"还有什么是你想不到的？"

宋演冷冷地瞧了周尽欢一眼，讽刺道："这报复手段还真是新鲜，倒真挺侮辱人的。"

“我怎么……侮辱你了？”周尽欢越听越觉得不对，也生气了，“说到侮辱人……谁比得上你？”

“你侮辱我自尊没事，可你侮辱了我的智商。”宋演的表情越来越肃然，“霍期真有那么好？他是什么人你知道吗？”他越说越狠，“周尽欢，就你这智商这眼力，你这辈子也就算完了。”

宋演这毒嘴怎么说周尽欢她都能忍了，可他有针对性地这么说霍期周尽欢就有点不舒服了。她眉头越蹙越紧，情绪也越来越激动，“我智商不高，但也知道……你不是良人……宋演，你口口声声……说喜欢我……除了损我，你做过什么？”

“你说得对。”宋演冷笑两声，“我真是中邪了才喜欢你。”

宋演说完，看都没有看周尽欢一眼，转身就走了，甚至都不给她反击两句的机会。宋演个高腿又长，他诚心要走，周尽欢哪儿拦得住？周尽欢就看着他的背影越来越远，她穿着高跟鞋，追都追不上。

当初找姨妈打听的时候说是朋友需要，也没喊姨妈来陪。这大仙住在江北最老的街区，又破又乱的地方。那种老房子东一栋西一栋，楼挨着楼，十分紧凑，好多路就一人宽，一抬头纵横交错的老电线缠在一起，密密实实的，把本就微弱的路灯光挡得只剩个零星。

老街区总是故事很多，这里住着最多的穷人和外来人员，也滋生着最多的罪恶。附近很多瘾君子，所以时有发生抢劫和伤人事件。周尽欢不敢往下想，揣着包一路低头小跑，她简直不敢停，也不敢抬头看，这会儿一点儿响动和人影都会吓着她。这条路实在太黑了，她心都要跳到嗓子眼儿了。

她只能一路跑一路靠诅咒宋演来壮胆，基本上只要和他沾上了就没有好事。

她的高跟鞋踏在地上有嗒嗒的声音，急促又慌张，身后不知道是什么声音一直回响，不知是她心理作用还是真的，她总觉得她身后似乎有人跟着。她越走越害怕，最后终于鼓起了勇气回头看了一眼。

“呼——”一道风一样的声音就在她转身那一刻瞬间响彻在她耳边。还没来得及反应，她就被一道黑影拉进了旁边的巷子里，太黑了，她甚至都来不及看清是谁。

她被那人重重地摔在了巷子的墙上，她傻傻地抬起头，这才从黑影判断出不是一个人，而是一群人。

周尽欢一抬眼，整个人已经紧张得半边身子都木了。那一刻，她害怕到连呼吸都不敢，只颤抖着想要往后缩，可身后便是墙壁，她无处可躲。

周尽欢觉得自己快要哭了，眼泪就在眼眶里打着转。从小到大她从来没有遇到过这样的状况。

那群流氓也不和周尽欢废话，直接就抢了周尽欢的包。周尽欢很配合地把包递上去了，谁知那几个人拿了包还不满足，其中一个满身酒气的男人淫笑着走了过来，一把把周尽欢抓到了身边。

周尽欢也明白这会儿不是争当贞女烈妇的时候，只能认命地闭上了眼睛。就在周尽欢以为难逃一劫的时候，一个救世主一样的声音响了起来。

“抢了钱还不走？是不是有点不地道？”

周尽欢觉得自己好像在做梦，又好像有点糊涂。她睁开眼，只觉窄巷的尽头有一道光直直打下来，落在宋演脸上。他一半容颜明亮，一半隐在黑暗里，简直像电影里英雄从天而降的特写镜头，帅到人神共愤。

“宋演……”周尽欢的声音颤抖且哽咽，这一刻，她感谢宋演去而复返，感谢宋演没有对她置之不理，她感谢宋演让她心里充满了安全感。

“我已经报警了，你们赶紧放人。”宋演镇定地一步一步走过来。

谁知那群人却是毫不畏惧，尤其抓着周尽欢的那一个醉鬼，更是哈哈大笑起来，“一个人也敢来英雄救美，倒是胆儿挺肥。”

他不仅不跑，又向前走了一步，就在他要亲上周尽欢的那一刻，宋演风一样冲过来，一拳打在那人脸上，以迅雷不及掩耳之势将周尽欢拉了出来，护在身后。

“靠！想死！”那流氓一句话说完，几个人就一起上来了。

周尽欢缩在宋演身后。面对那么多人，宋演倒还是沉着冷静，他头也不回，只一字一顿地说：“别怕，有我在。”

那几个字一字一字敲进了周尽欢心里，周尽欢没来得及感动，一个流氓就飞身跳了过来。

“嘭——”的一声巨响，一记重拳就打在了宋演的脸上……

那一拳只是序曲，那之后，那几个人一起上来把宋演围了起来，一顿狂揍。七拳八腿的，到后来，周尽欢连宋演人都看不见了。

周尽欢站在外圈，都快急哭了，几次想要上去，可女人总归是敌不过男人的力气。那些人急红了眼连她一起打，宋演情急之下把她死死护在身下，不让她被拳脚波及。

周尽欢感受到身上时不时而来的力道，眼泪忍不住大颗大颗往下掉。她一直在哭，一直在叫着宋演的名字，却无能为力。直到警鸣声由远及近。

那些人听见警鸣声终于停了下来，一人还冲他们吐了口唾沫。

“算你们走运！走！”

临走前还不忘把宋演和周尽欢身上的钱包手机全抢走了。

宋演已经被打得动弹不得了，他的手臂无力地护着周尽欢，那么难受，却还是轻轻笑了出来，“周尽欢，你说我除了会损你，什么都没做过，那现在，我算不算做了？”

周尽欢听他这么说，心里更难受了，嘤嘤直哭，埋怨他：“不会打架……你还上来……是不是傻……”

宋演还在傻笑，不知是不是嘴里有血，说话都有点含糊了。可那一刻，周尽欢还是听见了他掷地有声的声音。

“我不会打架，但至少我能替你挨打。”

……

宋演这次真是伤得挺重的，脸肿得像猪头不说，两只手骨折，身上大伤小伤四处开花。因为怕家人担心，宋演并没有告诉父母住院的事，公司那边也是霍一霆出面，给宋演弄了个公差，大家都不是很清楚宋演的情况。

这种情况下，周尽欢负起了全责，天天在医院里鞍前马后地伺候。

宋演对此倒是乐此不疲。每天周尽欢给他喂饭的时候他都一直傻笑，呆头呆脑的样子哪儿还有一点儿平日的刻薄？住院部那些医生护士都以为周尽欢是他女朋友，他也不解释，照单全收，完全以男朋友自居。

周尽欢想，女人真是感情动物，明明对宋演已经完全没有男女之间的悸动了，可是这次他为了救她被揍成那样，她又忍不住在心里开始给他加分了。

也许他并没有那么糟吧。周尽欢时不时会想起他出现的那一刻她心里的踏实感。她想，这种感觉也是挺不错的吧？

宋演住院以来都是周尽欢和请来的护工在照顾他。周尽欢要上班，宋演的午饭都是护工在管。

周尽欢的姨妈一段时间会来看她一次，这天正好送了排骨汤过来，周尽欢想着带给宋演，就提前请了假回家拿了汤。

宋演有钱，住的是 VIP 单间，说是怕他现在的样子会破坏他玉树临风的形象。周尽欢对此虽很鄙夷但都是他的钱，也没阻止他。他的病房在十楼 VIP 区域，比较清静。周尽欢拎着排骨汤往病房里走，还没走到呢，就听见宋演的病房里传来阵阵笑声。

……

“没想到我有生之年还能看到你被弄成这熊样的时候，真是大快人心啊！”说话的是许久不见的柴松，这种时候能被宋演通知到的，大约是真关系好的。柴松还是一贯爽朗的笑声，周尽欢听他这么说，也忍不住跟着笑。

她正准备推门而入，就听见柴松说：“这几天都是周尽欢在照顾啊？”

“嗯。”

“我就说你对人家有意思，你还不承认，简直不爷们儿！”柴松大大咧咧的，嗓门也大。听见自己的名字，周尽欢倒是不急着进去了，躲在门口听壁角。

她也说不出来自己是什么心态，总归是对宋演还有点怀疑吧。

“你问的那会儿我还真是没有，之后才有的。”宋演不肯接受“不爷们儿”的评价，努力辩解。

“得了吧，扯什么淡。周尽欢挺好的，喜欢她挺正常的。”

“是挺好的，就是难追。”宋演有点无奈地说。

“怎么会？”柴松有点吃惊，“她不是喜欢你好多年吗？”

“她现在喜欢我们公司一个副总。”宋演轻叹了一口气，“不喜欢我了。”

“哈哈哈哈哈哈——”柴松爆发出了一阵狂笑，简直停不下来，“怪不得！”

柴松鄙视宋演道：“我是说你这演的哪一出苦肉计，以前咱大学打篮球遇到打架的，你一个人打三个我可是记得清清楚楚，怎么可能被人打成这孬样！原来全是心机，为了周姑娘你也是够能忍辱负重的！”

“你不说话没人当你是哑巴。”宋演轻咳两声，笑了笑说，“当时不止三个，有五六个，我想着反正也打不过……”

“老奸巨猾啊宋演！我要告诉周姑娘！人小白兔这要落你这大尾巴狼手上了，还能有全尸啊！”

宋演被揶揄了也不生气，“能不能说点好的？要真成了，能少你的酒？”

……

周尽欢怎么都想不到那种情况了宋演还能有这心机，顷刻间仿佛一盆冰水从头而降，把她这几天培养出的一点儿好感全浇没了。什么感动什么愧疚一瞬间都喂了狗。周尽欢只觉得自己傻到了极点，怎么那么轻易就信了宋演那狡猾的贱人？

她手上拎着排骨汤，越想越气，拳头越握越紧，此刻她觉得自己快被愤怒湮灭了，拎着汤就准备走，脚还没抬呢，又改变了注意。

她突然一脚踹在病房的门上，一声巨响把病房里的宋演和柴松都给吓到了。

大概是两人正背后说人，脸色都有点不好。尤其柴松，见到周尽欢立刻开始结结巴巴起来，“周尽欢你来了……这是送饭来的？”

周尽欢重重把保温桶放在了门口的柜子上，那一声巨响，简直要把那柜子给捶碎了。

“我这是喂狗……来的……还是专装可怜……的流浪狗！”说着，冷冷地瞅了宋演一眼。

周尽欢的反常宋演一下子就明白了，他瞬间就坐了起来，“你什么时候来的？”

“来得挺早……好的坏的，我都听得……清楚得很……”周尽欢口气还是冷冷的。

她也懒得和宋演说了，转身就准备走人。宋演倒是手脚快，一下子就从病床上跳了起来，三两下就把周尽欢给拦住了。

这家伙只伤了手没伤到脚，也是够便宜他了。

他人高马大的，一堵墙一样堵着周尽欢，厚着脸皮说：“别走啊，我这不都是为了你么？”

周尽欢越想越生气，“你怎么……做得出来？要是那伙人……有刀怎么办？”

宋演嬉皮笑脸地道：“人家那不是没刀么……”

“懒得和你说！”周尽欢愤怒极了，有种被欺骗了感情的感觉。这也是她最不能接受的事。如果追女孩用这种心计，那还如何相处？

宋演还是死皮赖脸地缠着周尽欢，大步一跨，又站在了周尽欢面前。他低着头靠近周尽欢，“你听我解释啊。”

周尽欢瞪着他，“你还要不要脸啊？”

宋演笑嘻嘻的倒是厚颜得很自得，“要脸你不心疼，不要脸你心疼，所以我不要脸了。”

比不要脸，周尽欢还真是比不过他，她也懒得一直这样和他耗下去。她阴恻恻地抬头看了他一眼，咬牙切齿地说：“挺好……你让我心疼，我肯定心疼。”

“但我心疼了，得让你也疼疼……”

说着，跳起来就是一脚，毫不犹豫狠狠地踹向某人的关键部位。

某人一声哀号，立刻很没有形象地曲着腿靠向了最近的墙壁。他手骨折了，但还是本能地捂向下体。只是手上显得很是无力。

看着他疼得龇牙咧嘴的样子，周尽欢稍微感觉到平衡，“骗我……就是这个……下场，宋演……你给我记住了……”

其实周尽欢也明白，不论宋演有没有骗她，他总归是救了她。她也不知道自己在别扭什么，她只是本能地觉得，她想要的男朋友不是会这样耍心机的男人。

如宋演所说，她智商低，眼光差，所以对自己另一半的选择就尤为谨慎。她无法看清一个人内里是不是坏人，但如果这人表面就能看出心眼多，那她肯定就不会碰了。宋演总说霍期不是好人，可她是个浅薄的人，她能看见的是霍期对她的好，而不像宋演，说着喜欢她，却总说话伤她。

宋演在那么紧急的情况下还能想出使苦肉计，这让周尽欢不能接受，她是个单细胞动物，玩不过这些高人。所以玩不过的人，她就会选择远离。

宋演住了一周就出院了。虽然不能拎重物，但已经可以正常生活。医生说他复原能力惊人，是他当医生这么久见过骨头好得最快的。

医生都这么说了，周尽欢自然是不再管他。他出院休了两天就回来上班了。周尽欢因为那件事对宋演还是不冷不热的，除了工作必需，她尽量减少和宋演的直接接触。

时间过得很快，一转眼就临近七夕，虽然已经立秋几天了，天气却还是热得让人受不了。百货公司冷气很足，所以人流量并不算小，但大多是一些乘凉闲逛不怎

他神情淡漠，仿佛看破了世事，说出来的话却仍是忍不住让人悸动：“别在男人面前哭，他会忍不住以为可以拯救你。”

……

左衡娇不想自己陷入万劫不复，她不再靠近霍一霆，她害怕自己每次看到他都忍不住心头一热。她讨厌这样失控的自己。

可不知道是不是越躲越是躲不过，左衡娇明明刻意避开霍一霆，却还是经常遇到。越是熟悉，越是陷得深。一开始是巧合，后来就成为顺理成章。霍一霆每一次来见她，她都告诉自己不要见，要拒绝他，可每一次还是和他相见。她受不了这样的诱惑，可她也知道这是不对的。

Chapter 6

第六章 癞蛤蟆是你

哪怕一点儿也好。

我也想要阳光，

可不可以到我身边来？

周尽欢是幸运的，她有烦恼可以尽情倾诉，而她连烦恼都这样难以启齿。

“欢欢，”回归现实，左衡娇喊了一声周尽欢的名字，“如果，我说如果，有一天我真的成了小三，你还会和我做朋友吗？”

周尽欢被她问得愣住了，她突然看着左衡娇的眼睛，眼神认真又郑重，她回答得极为果断，甚至没怎么思考。

“不会。”两个字掷地有声。

周尽欢轻叹了一口气，眼中有些微的洞察，她对左衡娇说：“工作是工作，别把自己搭进去了。”

左衡娇正在思考周尽欢话里的含义，手机里突然蹦出一条短信打断了她的思绪。短信来自霍一霆。

“来逛街？”

左衡娇盯着屏幕上的几个字有些呆怔。尤其是发信的那个名字，她越看越觉得心有些绞痛。

这段时间和霍一霆的接触也就止乎朋友的程度。他们都知道再多是不对的，所以严格把控尺度。可心却是无法掌控的，那些悸动和纠结还是夜夜折磨着她。

“我们被称为成年人，是因为在遇到事情的时候，我们能做出最正确的判断。娇娇，如果一条路是错的，那就别再往那个方向走了。”周尽欢低头看了左衡娇一眼，虽然没有看左衡娇的手机屏幕，但心里也猜了个大概。

左衡娇以为周尽欢是粗心的，实际上她见到霍一霆的不自然和晃神，周尽欢都看得清清楚楚的。

“我知道。”左衡娇强扯着嘴角笑了笑。犹豫了一会儿，最后她还是拿出了手机，对那条短信进行了回复，她在输入那些字的时候，手指都在颤抖。

我们以后不要见面了。

她的手停了很久才把那条短信发出去。霍一霆过了近半小时才回复。

屏幕上只有一个字——好。

左衡娇看到那个字的时候，眼前瞬间被湿气占据。

作为一个成年人，她做出了正确的决定，在所有的错误还在萌芽阶段的时候及时停止，可她还是会觉得心痛，就像感情无法控制一样，伤心也无法控制。周尽欢没有追问她的异常，也没有和她说什么话，只是把她的手机拿过来，塞进了她的包里。

她拍拍她的肩膀，给了她一个大大的拥抱。

“一定会有适合你的男人，一直单身等着你的。”周尽欢笑笑说，“这么多年我就靠这个信念活着呢。”

七夕之后，左衡娇消失了近半个月才重新回到江北。再回来的时候，她整个人黑得跟什么一样。听说她和几个驴友一起自驾去了米特错维，那是据说能净化灵魂的地方。回来以后，她倒真有脱胎换骨的感觉，又恢复了从前的乐观和没心没肺。认识左衡娇这么多年，这大约是她除了离家出走以外，做过最疯狂的事了。

周尽欢想，感情真是可怕的东西，能这样彻底改变一个人。

周尽欢自然是没有左衡娇那么潇洒，她倒是想心情不好的时候去米特错维玩玩，只是玩完回来她就只能回家玩自己了。

周尽欢在学生时代也还是有几分文艺青年的气质的，曾在日记本上写过诗，在小树林里读过书拍过照，也爱过长裙和棉麻的围巾，只是后来毕业工作，天天加班忙成狗，文艺病就这么不治而愈。

她不再期待那种轰轰烈烈的爱情，看着左衡娇这样，她愈发坚定了自己的想法，要找个合适的、温柔的男人，相扶相持过完一生。

霍氏集团在现代建立并没有多少年，但公司嘛都喜欢往久远写，这样显得牛逼。于是霍氏每年的周年庆都是按照霍氏祖辈建立第一家工厂的时间来算的。

今年好巧不巧的，正是成立一百周年。本来周年庆并不关周尽欢什么事，毕竟周尽欢只是分店的小喽啰，但因为是一百周年，霍一霆筹备了规模很大的周年酒会，所有经理级别的都名字在册。周尽欢作为经理级别中最小的也有幸可以参加。

月底就是 deadline，周尽欢原本对这个酒会根本没什么感觉，她这种金字塔底层的员工也就去凑个数吧。结果在酒会前几天，她突然收到霍期的邀请，他要邀请周尽欢当酒会的女伴！女！伴！

其实通知刚下来的时候，宋演也曾经邀请过周尽欢，被周尽欢一口拒绝。她就是去跟着混吃混喝的，可不想搞得压力太大。而且最近好不容易和徐杏关系处好了，才不想因为宋演又一夜回到解放前。

但霍期的邀请意义就不一样了。这种公开的场合，他主动邀请周尽欢当女伴！周尽欢怎么可能不胡思乱想？！

为了能以最好的形象出现，她下了血本从头到脚买了一身大牌。一分钱一分货，大牌就是大牌，周尽欢穿上去以后觉得人都跟着贵了几分。

月底很快就到了。处暑一过，昼夜温差变大，夜里风凉。周尽欢今夜的战袍是一身黑色小礼裙，V领，款式很简单但设计很别致，肩头有两块黑处垂坠流苏，看上去很优雅又不会过于呆板。她脚上穿着某牌撞鞋率很高的经典款铆钉凉鞋，特意选了枚红色，很活泼的颜色，不会太正式，她以后上班还可以穿穿。

因为没有合适的外套搭配，周尽欢受着冻和霍期去参加酒会。暖男就是暖男，霍期一看到周尽欢就毫不吝啬地夸奖："今天真漂亮，这是要给我长脸呢？"

周尽欢被他说得内心有点小激动，但面上还是没有表现出来，只是握着手包腼腆地笑了笑。

霍氏作为江北最大的企业之一，百年庆自然是大手笔。周尽欢从一进去就被百年庆现场大气的装潢给震到了。奢华的吊灯，四处可见的花束，耀眼的白色锦缎，简直像婚礼一样又浪漫又庄重。

霍期进入会场就敛了笑容。他轻轻握住周尽欢有点紧张的手，然后自然而然地让她勾着他的臂弯，他低声提醒周尽欢："抬头挺胸。"

周尽欢赶紧抬头挺胸，这样的大场面她并没有机会见识，此时感到很局促，抬头都不敢与人对视，觉得自己好像是误入童话场景的灰姑娘。

今天是霍氏的内部庆典，霍家的人本应坐在主宾席，但霍期拒绝了安排，带着周尽欢坐在宋演所在的桌。这一桌的座位非常之微妙，周尽欢和霍期正对面是宋演，宋演旁边是徐杏，这局面简直就像随时要组团开战一样。

宋演从周尽欢进场开始，视线就没有离开过她，他的目光实在太不依不饶了，简直要扑上来把她给撕了。周尽欢只能一直侧着脸对着霍期的方向，假装看不见他。

霍一霆作为副总上台致辞，他的妻子没什么表情坐在台下，眼神冷冷地瞅着霍一霆。

周尽欢听见背后桌有管理层的人小声议论："林豫文那表情，看来传闻八成是真的。"

"什么传闻？"

"离婚传闻啊。听说林豫文去年就在提离婚，小霍总今年终于松口答应了。老霍总被气得不行不行的。"

"看来公司那帮未婚女职员又要疯狂了。林豫文也是心够大的，居然放那么优秀的男人重回大森林。"

"豪门联姻几个是真心的？听说林豫文当年有个男朋友都谈婚论嫁了，硬是被抓回来嫁了别人。"

"唉，看来有钱人家也没什么好，连结婚都不能选自己喜欢的人。"

"……"

周尽欢耳朵竖得老高，字字句句都听得清楚。她以前对霍一霆的事并不怎么关注，也是因为左衡娇的关系才本能地去关注。

她抬起头，正看见霍一霆一丝不苟地站在台上念着开幕致辞。平心而论，霍一霆沉稳内敛，样貌家世样样出众，除了有些城府，确实太容易让女人倾心，如果他没有老婆，他一定是左衡娇的良配，只可惜相遇不逢时啊。

虽是内部庆典，也请了媒体朋友过来做常规报道。前面请了明星来表演助兴，整个晚会不比电视台组织的差。除了节目就是公司一些项目的启动仪式，之后又对公司内部进行了一些表彰。虽然流程很老套，但因为场面大，还不算太无聊。

晚会结束后，舞池被空了出来。霍一霆和林豫文跳完开场舞，大家纷纷带着舞伴进入舞池。在霍期的邀请下，周尽欢也跟着进去了。

其实周尽欢不是很会跳华尔兹，大学的时候学过，后来都忘了，这两天恶补了一下，但还是肢体不是很协调，动作生硬。

霍期非常有耐心地领着周尽欢在舞池中起舞。一曲方罢，主持人为了造气氛，鼓励大家交换舞伴，大家都是很礼貌谦和的，就近交换。

唯霍期附近不太对劲，他站在那儿，人体磁体一样，几个女的都要换过来。周尽欢在人群中被挤散，她一回身，就被一只有力的大手拽了过去。

那人另一只手扶上周尽欢腰的那一刻，周尽欢才终于看清，把她拉进怀里的人又是宋演。

真是日了狗了，真有这么阴魂不散的人也是醉了。

周尽欢甩不开他的手，便毫不犹豫一脚就要踩在宋演脚上，谁知宋演反应迅速，很快就躲开了。周尽欢不甘心，又想踩，宋演一用力，把她一抱一举，转了个圈。

明明是要打起来，硬是被他改成了独特的舞步。周尽欢实在不想配合他耍宝，更不想吸引别人的注意，被他放下以后就老实了，想着一支舞结束就能解放了，忍忍吧。

“你拒绝我，是为了霍期？”宋演斜乜着眼睛。

“对啊。”周尽欢回答得干净利落。

宋演轻蔑地笑了笑，用下巴点点了旁边，“九点方向，你看你的白马王子在哪里。”

周尽欢不明所以地一回头，正看见霍期在和霍一霆的妻子林豫文共舞。

“他们到底……是一家子。再说了……刚才是……交换舞伴，你思想怎么……这么龌龊？”

宋演不屑地哼了一声，用一脸恨铁不成钢的表情对周尽欢说：“说你傻，你就真是一点儿不聪明。”

他扶在周尽欢腰上的手用力收了收，将她逼近，他不紧不慢地在她耳边说：“他们是江北大学的同学，以前是男女朋友。林豫文后来嫁进了霍家，而霍期是之后才被认回去。霍家知道那些事以后，为了防止不伦之事发生，给霍期订了婚。”

“不是未婚妻……已经分手了……”周尽欢不相信宋演说的话，搜肠刮肚要替霍期解释，“就算曾经……是男女朋友……也不能……说明什么……”

宋演对周尽欢的反应并不感到意外，他的目的也不是要离间，只是好意提醒。

“霍家是个大家族，没有一个人是简单的。你也别傻乎乎地被人卖了还帮数钱。我是霍一霆这一派的，霍期帮你，不过是要扶持你和我唱反调。”

周尽欢越听越觉得好笑，都是什么乱七八糟的？她都无力吐槽了，“你是不是……宫斗宅斗……小说看多了？什么……乱七八糟的……什么派啊饼的，搞得……嫡庶之争一样……现在是……二十一世纪……”

“在这样的家族，一直都是如此。”宋演轻叹了一口气，说道，“豪门不是那么好混的，别上赶着去当炮灰了，所以我不是告诉你了么，我才是你的良配。”

“我呸！”

周尽欢使劲甩着宋演的手，却怎么都挣不开，“撒手！”

“跳完这支舞，你想我们被人围观吗？”宋演还是紧紧抓着她。

他们争执的声响引得最近的人投以目光，周尽欢有点脸红，一腔愤怒又憋了回去。

其实她内心里是倾向于相信霍期的，她也长了眼睛可以分辨，霍期那边分明从没有看到过什么不对的苗头。可宋演这么说，她心里还是忍不住开始怀疑。

不管是外在还是内在，周尽欢都没有过人之处，和霍期的接触也没有太多，他怎么会突然对她刮目相看呢？周尽欢也不想质疑自己的魅力，可宋演说的也有点道理，这让她开始摇摆了起来。

舞会结束以后，周年庆进入互动游戏环节。都是一些简单的游戏，玩完也差不多接近尾声了。周尽欢满脑子都在思考宋演说的话，已经完全无法专心看别人玩游戏了。

周年庆最后的压轴大奖活动是策划提早设置好的，别出心裁，很是特别。

周尽欢当时并不知道马上要进行压轴活动了，正起身准备去洗手间的时候，整个会场的灯突然全部灭了，包括舞台上的灯。现场实在太黑了，几乎伸手不见五指。

周尽欢刚走出去没多远，这会儿完全看不见了，只能傻傻站着，实在太黑了，乱走怕会摔倒。

舞台上传来主持人的声音，他明显也兴奋了起来，“现在现场的灯已经全部关掉了。请大家把持住，不要趁黑偷吻自己喜欢的人。”

主持人话音刚落，大家都爆笑了起来。

“现场现在有八颗球会发光。”主持人说，“分别分布在八张椅子背后的花束里。一会儿开灯后，球在谁手上，奖品就会发给谁。”

主持人一宣布完活动内容，现场立刻沸腾了起来。主持人明明说了不要乱动，可还是有很多人站了起来，开始在现场搜寻。霍氏百年，大奖奖品自然也会很可观。现场有些混乱，周尽欢虽然没动，却不能避免别人擦碰她。

“周尽欢？”嘈杂间，周尽欢似乎听见了霍期的声音，霍期也发现了周尽欢离了位，他正在努力找着周尽欢。

“我……”周尽欢的“在这里”还没有说出来就被人重重一推，她整个人重心不稳，向前摔去。

她下意识去抓可以抓的东西，手一抬就扯到一个人的衣服。那个人被周尽欢抓住了，也没有动，生生承受住周尽欢的倾倒，且好心将她扶正。

“谢谢。”好不容易重新站稳，周尽欢心有余悸，她的手还扶在那人胸口。那人胸膛硬挺，倒是让人很有安全感。黑暗中，她本能地感觉面前是个高个子的男人。她想再凑近一些看清是谁。这不靠近还好，一靠近就想逃了。周尽欢竟然闻到了宋演身上的古龙水味道。这味道实在太过熟悉，简直是噩梦一样的存在。

靠，本来是想找霍期，怎么这么背就摸到宋演了？他不是在座位上么？为什么不听指挥乱动？

周尽欢吓傻了，不敢报身份，挣扎了两下，试图趁黑逃脱，却怎么都挣不开宋演钳制着她的双手。

他的气息从周尽欢头顶拂过，有点痒，也让人有点不自在。宋演修长的手指滑过周尽欢额发，最后落在她的脸颊两侧，那力道，温柔又缱绻。周尽欢整个人都僵住了。

“毕业那年，最后一个节目是大冒险，我记得规则是关灯后，要亲当时离得最近的人。”宋演低声阐述，那声音温柔得像一阵热气，呵一口就好像会没有了。

“当年你趁黑走到我身边，其实我都知道。”宋演回想起了当年的事，口气中不无遗憾，“你那天用的头绳是夜光的。”

被人提起了过去的傻事，周尽欢不知不觉鼻子就酸了。

毕业前，因为表白失败得了怪病，她完全断绝了和男生的交往。可她终究还是无法释怀。

毕业典礼后的告别活动是和经管学院在一起办的。他们在学校的大礼堂里唱着歌跳着舞，为青春最后一次疯狂。

最后一个助兴节目是大冒险。其实只是主办方为了圆掉大家在学生时代最后的梦。灯关掉以后，很多人都去亲了自己喜欢了几年的人。

周尽欢当时很准确地找到了宋演，他还是那么淡漠的性格，明明是大冒险的游戏，他却站在一旁仿佛事不关己。黑暗中，周尽欢不远不近地看着宋演颀长挺拔的轮廓，在心里正式向他告别。

毕业了，有兴奋有迷茫，有伤痛有遗憾。大学就像一座加油站，大家在这里短暂停留，加满了油，还是要驶向更远的旅程。不管过去有过怎样的纠葛，她用最好的青春爱过这个男生，不论结果如何，她都应该感谢他。

灯再次亮起的时候，现场一半的人都哭了，这其中也包括周尽欢。在灯亮之前，她已经走远了，隔着人群，她远远看了宋演一眼，宋演也看了她一眼。其实在那时候，那一眼再没有任何意义。

周尽欢没想到宋演会在这时候提起那件事。仿佛时光倒流，那时候无助难过又遗憾的心情仿佛又回来了。

“我过去……就是傻。”周尽欢自嘲地说。

“周尽欢，”宋演低声说，“你不觉得现在的一切都是天意吗？”

“什么？”

“天意让我把过去那次没做的事补回来。”

“……”

宋演的呼吸温柔而平稳，黑暗中，他准确地吻上了周尽欢的嘴唇。那是一种柔软的触觉，仿佛带着青春的甜香气息。周尽欢屏住了呼吸。

周尽欢知道自己应该推开他，可这一刻，这一吻仿佛是时光之门的钥匙，将她远远地送回了当年。她好像又变成了那个穿越人群找到他，却什么都不敢做的女孩。其实她也知道这个吻并不能改变什么，只是过去那颗布满伤痕的心被轻轻抚慰了。

宋演的吻并没有持续太久，他最后在她额头上留下温柔的印记，将她搂进了怀里。周围的人还在哄抢，每张椅子背后的花束都被破坏了。

八个会发光的球一一被找到。兴奋的人群时不时撞过来，都是宋演替她抵挡的。她缩在宋演怀里，眼里有忍不住的水汽。

为什么这一切都来得这么晚？周尽欢有点难过。当年她那么爱他的时候，他为什么就是不爱她呢？如今她已经走了这么远，还叫她怎么回头呢？

啪的一声，全场的灯又骤然亮了起来。八个找到球的人都在主持人的召唤之下，兴奋地朝着舞台那边走。现场很多人都站着，伸着脖子看着那些人。宋演和周尽欢混在人群里也并不算显眼。

灯亮起来后，宋演绅士地放开了周尽欢，避免了她的尴尬。她低头拢了拢头发，不知道该用怎样的表情面对宋演。她害怕这种感觉。过去那些难堪还历历在目，她没办法再像过去那样毫无保留地喜欢他，也不敢再去触碰这种无法控制的感情。

“周尽欢？！”霍期一脸焦急地找了过来。

他一把将周尽欢拉到身边，上下仔细查看，“你没事吧？刚才那么多人没挤着吧？”

周尽欢眼角余光扫到宋演，他已经回到自己的座位。她轻舒了一口气，对霍期说：“我没事。”

八个人领取了大奖，所有的活动完毕。公司一个董事代表作了最后致辞，这次百年庆典也就算圆满结束了。

这次活动算是办得非常成功的，大家退场的时候脸上都带着笑容，对每一个环节都评论不停，津津有味。

霍期和周尽欢并排走着，周尽欢有点心不在焉，脑海里一直回放黑暗中发生的一切。

“周尽欢？”霍期第三次叫周尽欢名字的时候，周尽欢终于反应了过来。

“怎么了？”周尽欢表情有些窘迫，她根本没听到霍期说了什么。

霍期第一次用有些冷漠的眼光看向周尽欢，“你在想什么？”

“我……”

不等周尽欢回答，他突然把周尽欢抓了过来，紧紧抱在怀里。他的气息有些陌生，周尽欢的脸贴着他的西装外套，觉得身体好像不是自己的。

“刚才我到处找你，你为什么都不肯应我一声？”

“太多人了……我……”

霍期的声音有些激动，他第一次在周尽欢面前流露出这样的情绪，“你没有应我，却跑到宋演身边。”

“我没有……”仿佛被人看穿了天大的秘密，周尽欢本能地否认，“刚才那是个……误会……我找错了方向……本来是……想找你的……”

霍期放开了周尽欢，他目光灼灼地盯着她，眸光深沉，“你是人的方向错了，还是心的方向错了？”

“周尽欢，你知道你到底要的是谁吗？”

……

周尽欢当晚整夜失眠，霍期的问题让她陷入了深深的思考。

她到底想要谁？

从前这个问题的答案非常明确，可是如今，她竟然觉得越来越模糊了。

霍期是那么聪明的人，自然也看出了周尽欢眼底的犹豫。她变了，这变化虽然小，可用了心的人还是能看出来。

送周尽欢回家的路上，霍期用很苦涩的表情对周尽欢说：“我不会逼你做选择，你只要跟随你的心就好，不论结果如何，我都祝福你。”

周尽欢能感觉到霍期的失望和伤心，可他还是笑着：“这么多年我曾是很多人的选项，但从来都不是正确答案，我已经习惯了被放弃的感觉。”

“不是……”周尽欢看不得他这么失落的样子，“我何德何能……哪有资格选择……”

“不。”霍期侧过头看着周尽欢，他笑着说，“你不知道你有多好。”

似乎是想起了一些不好的回忆，霍期说：“我小时候跟我妈相依为命，生活过得很苦，因为我是被生父放弃的私生子。当年我有个女朋友，在一起三年，后来毕业，她嫁进了豪门，放弃了我这个穷小子。现在我进了霍氏，说是副经理，其实就是在霍氏旗下各个公司打杂。”他说完，自嘲地顿了顿，“其实我一点儿都不好，接近我的女孩最后都会离开我。只有你，总是用崇拜的眼神看着我，让我觉得自己不是一无是处，我也能成为某个人的英雄。

“周尽欢，我知道这个请求很冒昧，可是我怕今天不说，就再也没有机会。”霍期笑容中甚至带着最后一搏的绝望，“可不可以到我身边来？我也想要阳光，哪怕一点儿也好。”

每次听霍期说起他的过去，她总忍不住想要为他做点什么。

成为某个人的阳光是什么样子呢？她能成为霍期的阳光吗？周尽欢对自己没什么信心。

她心事重重地去上班，埋头工作，把之前堆积的工作都做完了。周尽欢没事做，便去茶水间泡了一杯咖啡。

她握着杯子，食指在杯壁上打着圈。速溶咖啡也谈不上多好喝，但喝多了也有点依赖感。咖啡的香气进入鼻端，周尽欢觉得那气味都带着苦涩。

“躲懒呢？”宋演漫不经心地走进了茶水间，双手插着兜，一副老神在在的样子。

周尽欢低垂眼睫，没有回话。

“少喝点咖啡，对身体不好。”

周尽欢已经习惯了和宋演顶嘴，脱口而出：“少看见你，我身体就好。”

宋演不知是不是真的贱格，她好好和他说话他还觉得别扭，一顶嘴他就笑。

“这周末同学聚会，你要不要一起去？”

“又不是一个班……也不是一个系，怎么一起去？”

“柴松建了一个微信群，把毕业后留在江北的都拉进去了。”

“怪不得他突然……加我好友……”周尽欢恍然大悟，她眨了眨眼，想到了什么，顿时有点困惑，“那得多少人啊？”

“没多少人。”宋演说，“我们那一届有百分之二十的生源来自江北本地，好多后来还去了北都。”

“噢。”

宋演不声不响，也不知道什么时候就站到周尽欢身边来了。周尽欢一抬头，看见他肩膀到脖颈的线条，莫名地脸上有些烧。

“所以你到底去不去？”

周尽欢被他追问得有点烦了，“你老问我干吗？”

“你决定了去不去，我才能决定我的。”

“跟屁虫。”

“这叫妇唱夫随。”宋演这脸皮也是够厚的了。

“……”

周尽欢最终还是去参加了同学聚会。果然不是一类人是不能成为朋友的。周尽欢都没说什么呢，柴松就各种穷追猛打，直到她点了头才算罢休，和宋演真是一国的人。

周尽欢突然想到，怪不得宋演能坐到这个职位，凭他那缠功和厚脸皮，怪不得他事事都一副势在必得的样子。

其实周尽欢面对大学同学，心情都挺复杂的。毕业这几年也有同在江北的同学找她聚会，她都以忙为借口没有去过。

大约是当年真的过得太过狼狈，她一心想要忘记那段生活，也不想再去维持那些来自同情的“友谊”。

这几年在江北过得不算好也不算坏，若不是重逢宋演，也许这辈子都不会再和大学同学们有什么交集了。

柴松把周尽欢拉进了一个江北同学会的微信群里，周尽欢点进群成员看了一下。这个群里只是同一届或者同院的同学，并不是同班，甚至同专业的都不多。周尽欢想着也没人知道她，便没有特意为这次聚会准备什么。

聚会当天，周尽欢穿了一条黑色连衣裙，脚上穿一双银色夹趾凉鞋，简单搭配，大方得体，既不会太打眼也不会太灰暗。

柴松订的是一个休闲会所，又能吃又能玩，据说是他们公司的合作单位，有折扣。

周尽欢是按时到的，也不知道是不是真有孽缘，周尽欢进去的时候正好碰到了刚停好车的宋演。

“我打你电话你怎么不接？”宋演见到周尽欢，立刻皱着眉头就跟了过来。

“干吗要接？”周尽欢感到有点奇怪。

“我好去接你啊。”

“我有腿，不用接啊送的。”周尽欢没再理他。

到了订好的包间门口，周尽欢却不肯动了。

“你先进去，我隔一会儿……再进去，我不想……被同学们……误会。”

宋演没想到周尽欢会突然来这么一句。他原本见到周尽欢，脸上好不容易有了点笑容，这会儿生生被她给气没了。

“周尽欢，你就作吧。”宋演直接越过周尽欢，推开了包间门，头也不回地进去了。

他开门的那一瞬间，周尽欢毫无防备，一抬头，正好与听见开门声投以目光的同学们尴尬对视。周尽欢干笑着拢了拢发，硬着头皮就跟着宋演进去了。

宋演坐在柴松身边。柴松不怀好意地顶了顶他的肩膀，“怎么这么晚？接谁去了？”

柴松的声音不大不小，刚好周尽欢能听见。

“白眼狼。”宋演这样说。

“……”要不是同学会人太多，周尽欢都要上去和宋演“撕逼”了。

进了社会才会怀念最初在学校里的时光，社会就像一个炼炉，为每个人都铸上一层看不透的面具。十几二十岁的单纯在那之后就再也不会有了。当年在学校吵得死去活来、发誓老死不相往来的同学，过个几年再见，都忍不住要坐在一起喝一杯。

大家经历了在社会上的几年打拼，再坐在一起都有几分唏嘘和感恩，谈天说地回忆当初。柴松被人不停地灌酒，频频冒金句，逗得大家哈哈大笑，场面好不畅快。

周尽欢原本还以为会很煎熬，没想到气氛会这样轻松。

大家吃到一半的时候徐杏才姗姗来迟。她一身优雅白裙，搭配一双白色高跟鞋，简单有气质，明明没怎么特别打扮，却让人移不开眼。她一到场，大家都忍不住看她。

她迟到了也不扭捏找理由，豪爽地自罚三杯，很快就融入大家。

周尽欢在内心里对徐杏有些佩服。明明低她一届，却哪哪儿都比她成熟，不论是做人还是做事。她一直想要成为这样八面玲珑又杀伐果决的女人，可惜她天分有限，只能继续努力了。

饭后，柴松带着大家到了娱乐区，准备去K歌。周尽欢趁换位置去了一趟洗手间。

这家会所大部分地方都禁烟，唯一能抽的就是从洗手间出来的一块空处。周尽欢出洗手间的时候绕错了方向，不小心进了吸烟区。

原本走错了路只要走回去就好，结果没想到她正好遇到了同学聚会时的三四个不熟的女同学在那儿抽烟。原本遇到她们抽烟也没什么，只是很不巧地，她们正在说别人的“坏话”。

……

“那个谁今天也是够风骚的，抢风头真是第一。”同学A用很鄙夷的口气说。

“徐杏？”不明真相的同学B问。

周尽欢听到徐杏的名字，一时有点难以抉择了，这要一出去，估计都会尴尬。她只能缩在角落里，想着她们抽完烟应该就会走了。

她们似乎讲上瘾了，还在继续刚才的话题。

“你没看她那裙子，背面挖一个大洞，装什么端庄大方，当谁看不出她为了宋演一样。”

“宋演？”

“听说今天就是宋演请的客。他现在混得挺好的啊。”

“不是柴松攒的局吗？”同学 C 有点困惑。

“得了吧，就他，一个小部门主任，请得起？这一晚上的吃喝下来得上六位数了。宋演给他做面子呢。”

“宋演现在挺牛逼的啊！”

“不然能有几个女的都为他不结婚吗？”

“几个？除了徐杏还有别人？”

“不就周尽欢吗？”怕别人不知道周尽欢是谁，那人又补了一句，“就说话结巴的那个，长得挺不起眼的。”

“她啊？我有印象了。当年不就被宋演拒绝了么？这想吃天鹅肉的癞蛤蟆倒是挺执着的。”

周尽欢没想到自己也会成为她们的话题。一说起她，众人都发出一阵轻蔑的笑声。

其实这么多年周尽欢都知道大家背地里是怎么议论她的，她一直刻意去回避，不过是为了被人说起时，假装不懂。这会儿冷不丁听见别人的评价，倒还真让她有点伤心了。

她背靠着墙壁，没有动，显得有些沮丧。

“你们还不进去吗？”外面的话题被一个男声冷不防打断。

竟然是宋演。

周尽欢听见宋演的声音，感到些意外，不由得竖起了耳朵。

“赶紧回去吧，大家都开始唱歌了。”

那几个女同学大约是背后说人，也有点心虚，回复的时候都有点尴尬。

周尽欢听见一阵窸窣的声音，大约是她们要走了。

“等等。”宋演叫住了她们。

周尽欢听见他一字一顿，用很郑重其事的语气说：“只要周尽欢想，她想怎么吃怎么吃，关你们什么事？”

……

周尽欢第一次觉得宋演的刻薄也挺可爱的。明知道说那句话会让那几个女同学下不来台，宋演还是直言不讳。听见那几个女同学吃瘪，周尽欢心里简直乐开了花。

那几个女同学走后，过了五分钟，周尽欢才鬼鬼祟祟地钻了出来。

刚从墙后面转过来，就一把被宋演抓住了。

“掉厕所去了？”

周尽欢笑了笑，难得地和颜悦色道：“嗯，爬起来……费了好长时间……”

宋演冷冷睨她一眼，“被人说成癞蛤蟆也不反抗？”

“我以为……癞蛤蟆是你……天鹅是我……”

宋演自然知道周尽欢是在开玩笑，还是忍不住嗤了一声，“倒是挺没有自知之明的。以为你多厉害，结果只会和我一个人横。”不等周尽欢反驳，他又继续说道，“也就我这么让着你，把你惯得不像样了。”

他虽然语带埋怨，却是十足的宠溺语气，把周尽欢说得起了一身鸡皮疙瘩。

周尽欢“切”了一声，虽然噘了噘嘴，却并没有当初那么反感了。

周尽欢侧着头，头发有几绺掉了下来。宋演几乎是下意识就替她挽了上去。他的指温留在周尽欢的皮肤上，有如无形的烙印，让她的心跳都忍不住快了起来。周尽欢面上越来越热，怕宋演看出来，赶紧低下头去，不再看他。她觉得这距离这姿态都太过暧昧，有些不自在，便拼命往后贴。她一步一步贴着墙想要移走，宋演被她壁虎一样的姿势逗乐了，往后退了两步，还她自由。

也不等宋演再交代什么，周尽欢撒丫子一样就逃了。

宋演过了五分钟才重回唱 K 的包间。当时场面已经十分热闹，众人酒足饭饱已经完全嗨了。

人太多，为了让大家能玩在一起，几个同学起哄要玩游戏。一个同学选了个规则简单的游戏，没一会儿就把人都教会了。其实就是借游戏喝酒，别的都不重要。在游戏里赢了的人可以向输了的人提问，不管是多么重口味的问题都必须回答。要是不回答，就要“桌上清”，就是把桌上剩的酒都喝光。

周尽欢运气也是挺差的，一开局第一个输的就是她。

赢的人提的问题是：“你的第一次是在几岁的时候？”

这问题给别人都特别好回答，大家都是成年人，又都靠近三十了，这一题简直是开场对大家的照顾，可偏偏周尽欢觉得为难。回答实话吧，丢人，这么大年纪了。周尽欢看了一眼桌上，只有大概三杯半的酒，不得已选了“桌上清”。

周尽欢其实酒量没有多好，平时也就跟着左衡娇小酌而已，这会儿三杯半的酒灌下去，周尽欢已经感觉眼前的同学都有重影了。

大家对周尽欢这种不起眼的人物也没什么兴趣，对她的惩罚一结束，大家马上又开始了新的一轮。

周尽欢眯着眼睛来回扫了两次，最后视线落在坐在她斜对面的宋演身上。

宋演此刻正一脸铁青地看着她，简直是在瞪她。

周尽欢有些困惑，他为什么那么生气？是她又做错了什么吗？

周尽欢嘟着嘴左右晃了晃脑袋，不知是运气真的差，还是有游戏黑洞，周尽欢又在游戏中报出了目前为止最有可能要输的结果。

周尽欢一说完，大家都笑了，开玩笑道："周尽欢，你想喝酒回家喝去啊，别在这儿装输混酒。"

周尽欢迷迷糊糊的，她过去之后，大家都放了心，纷纷安全过关，轮到宋演的时候，大家已经开始不怀好意往桌上加酒，完全没有要放过周尽欢的意思。

周尽欢这厢也正盘算着呢，这次不管什么问题都回答，绝对不喝了。

就在大家都以为周尽欢铁定要被罚的时候，作为最后一个人，宋演突然让人大跌眼镜，输掉了游戏。

这个结果显然是大家喜闻乐见的，比起周尽欢输，宋演输自然是更好。大家都鼓起掌起哄。

赢了游戏的女同学更是情绪高涨，她爬上了沙发，站在高处大声说："咳咳，宋演，我这个问题特别简单，你老实回答，绝对不让你清酒。"

"请问，毕业的时候，你把校徽送给了哪个姑娘？当年我们都在猜你把校徽送给了谁，毕业都这么多年了，来吧，给咱一个痛快吧！"

校徽？周尽欢反应有点迟钝地看了一眼提问的女孩。

"校徽只能送姑娘吗？"周尽欢低声问旁边一个气质很温和的女同学。

那个女同学捂嘴偷笑了起来，"这你都不知道？"

她附在周尽欢耳边说："江北大学有个传统，男生毕业的时候，要把校徽送给心仪的女生。如果校徽一直留在手上，就会单身很久很久。"

……

女同学的问题立刻得到了大家的赞同。

"哎呀，这真是个好问题！当年我们也猜过！"

"是啊是啊，宋演，成全我们的好奇心吧！"

"有这事？"柴松一下子跳了起来，"靠，兄弟一场你都没告诉过我！"

……

众人起哄声中，宋演什么都没说，只是抿了抿唇。

"我清酒。"他笑了笑，落落大方。

桌上被人倒了六杯酒，虽然兑了点饮料，也是相当可怕的。宋演毫不犹豫地一杯接一杯喝了起来。

提问的女孩显然并不满意这个结果。

"到底是谁啊，这么神秘？都这么多年了，宁可喝酒都不肯说啊？该不会到现在还喜欢吧？”她说完又忍不住惊呼，“我的天，什么样的女人能让我们学校的‘经管一草’这么多年还念念不忘的？”

在场的人几乎都在笑，起哄让宋演喝酒，宋演也算爽快，把桌上的酒都喝了个干净。在人多的时候，他一直能保有均线以上的风度水平。

周尽欢越来越晕乎，胃里的酒精好像通过血液在她脑子里发酵了，使得她意识越来越迷糊。

宋演喝完了酒，大家却还是不肯放过他，问问题的那个女同学抓着他的胳膊逼问：“到底是什么人？为什么不能说？”

宋演喝了那么多酒，面上也有点红了，他的眉眼此刻看上去没有平日的凌厉和刻薄，竟有几分难解的温柔。

“我想她应该并不希望别人知道，所以我也不会说。”他的语调低沉悦耳，周尽欢觉得自己一定是醉了，不然怎么会觉得那么动听呢？

“要不要这么深情？”宋演话音一落，大家更加激动了。

宋演也是放开了，一字一顿道：“只要她要的，我拼命都会给她找来；她不想要的，我绝不会强加给她。”说完又苦笑了一下，“除了爱，这我不能控制。”

……

周尽欢对于这场同学聚会最后的意识就是大家激动的起哄声音。好像是说被宋演恶心得鸡皮疙瘩都起来了，硬是又逼着他喝了一轮。

之后她就彻底醉了，在沙发上睡着了。

喝醉的周尽欢真的很乖，不吐也不闹腾，只是安静地在一旁睡着，那模样，乖得宋演忍不住想要抱抱她。

不想引得同学们用一样的眼光看她，他剥了柴松的外套给周尽欢盖着。

同学聚会闹了几个小时，终于结束。宋演一一把大家送出门，最后和柴松一起留下收场。他去付完账回来，柴松正坐在周尽欢身边，急得有点不知所措。

“爷，你终于回来了，我老婆打电话催我了，我得回家了，周尽欢你一个人送OK吧？”

宋演点了点头，不再理会柴松，自顾自脱下自己的外套把周尽欢裹住。

他温柔地理了理周尽欢的头发，轻轻拍了拍她的手臂，“周尽欢，回家了。”

周尽欢似是没听见，只是微微皱了皱眉，本能地伸手挠了挠宋演拍过的地方，翻了个身又继续睡了。宋演无奈地抚了抚周尽欢的眉头，想要把那沟壑抚平。

不理会柴松临走时的揶揄，宋演费了半天神才把睡死的周尽欢背到背上。

宋演本是开了车来的，这会儿喝了酒只能找代驾。今天大约也是运气不好，会所的代驾都出去了，宋演需要等十几分钟。

宋演随意坐在会所大堂的沙发上，周尽欢一坐上沙发立刻本能地找东西靠着，就近就是宋演的背了。周尽欢靠上来，宋演立刻不敢动了，生怕把她给惊醒了。

宋演感觉此刻周尽欢就是一团软软的肉，贴着他，再加上两个人都喝了酒，酒精作用下他更加心猿意马。

宋演这么坚持了十几分钟，代驾那边出了点状况，还是没来，他只能继续坚持。

会所大堂的水晶灯璀璨如星，明亮的环境让周尽欢渐渐醒来。

睁开眼睛的时候，周尽欢只觉得眼前的一切都有点刺眼。

她动了动，才发现自己正靠着宋演，姿态亲昵。酒气氤氲，她有点尴尬地移开。

她一动，宋演立刻就发现了。

"醒了？"宋演关切地问，"头疼吗？"

周尽欢刚醒，还有点蒙，呆呆地回答："有点。"

"等代驾来了，先送你回家。"说完又找服务员要了一瓶水，给了周尽欢。

周尽欢接过水喝了一口，难得不和宋演唱反调，点了点头，"嗯。"

宋演见她这么乖顺，忍不住笑了，"突然这么乖，有点不习惯了。"

周尽欢听他这么一说，忍不住瞪了他一眼，一屁股移走，不再离他那么近。

宋演看她这举动，也不生气，表情就像有女儿的爸爸，笑眯眯的，一脸慈爱，弄得周尽欢起了一身鸡皮疙瘩。

周尽欢隔远了才找回呼吸，她眨了眨眼睛，突然想到酒桌上宋演的话，思忖了一会儿说："干吗无缘无故表白？"

"不行吗？"宋演一脸诧异。

"长这么大第一次，我紧张。"

"原来你行情这么差。"宋演笑着说，"看来这世界上就我一个人瞎。"

周尽欢无语凝噎，"宋演，看来你根本不是真的想要追我。"

宋演哈哈大笑。半晌，他突然认真地看着周尽欢，嘴角含着笑意，"周尽欢，你有没有发现，你不结巴了？"

经宋演这么一提醒，周尽欢才发现她居然很自然地和宋演说了一连串的话，一个哽都没打。

"天哪，居然真的不结巴了！"周尽欢觉得太惊喜了，整个人高兴得跳了起来。她激动地抓住了宋演，"宋演，你看，我真的不结巴了！我的怪病居然就好了！哈！哈！哈！哈！"

周尽欢忍不住仰天大笑。这么多年的怪毛病，看了那么多医生都找不出原因，居然就这么莫名其妙地好了。周尽欢实在激动得不能自已。

她快乐得像一只草原上疯跑的小鹿，有着快乐的灵魂以及不知畏惧的清澈眼睛。宋演看着她蹦蹦跳跳的样子，只想着要一辈子让她用这样的眼睛看着这个世界。

所有黑暗的、肮脏的，他都愿意替她抵挡。挡不住的，他也要捂住她的眼睛不让她知晓。他希望她是快乐的，一直一直这样下去。哪怕她不爱他，也没有关系。

同学聚会那天以后，周尽欢突然就可以正常说话了。一开始她以为自己彻底好了，结果还没开始得瑟呢，就发现她并没有完全好。在别的男生面前还是会结巴和紧张，只有在宋演面前正常。

周尽欢觉得自己简直是日了狗了，怎么会这么奇葩！这种好了还不如不好呢，显得宋演对她来说有多么特别。

这件事被宋演知道以后，宋演得意扬扬地对她说："你看，我对你来说就是独一无二。别挣扎了，我这么帅，我都没嫌你。"

好在结巴病在他面前已经没了，能让周尽欢轻松地反击："主要是你已经嘴贱得老天爷看不下去了，让我好一半，够顺畅地骂你。"

虽然嘴巴上还是习惯了和宋演打嘴仗，但周尽欢内心里对宋演已经没有什么偏见了。

宋演这个人虽然嘴贱，但在感情里倒是单纯，壁垒分明的，喜欢或者讨厌都写在脸上。也许因为感情经历单纯，所以喜欢上一个人就挺死心眼的，对喜欢的女孩更是体贴入微。每一个龟毛的人都有一颗细致的心。周尽欢越来越感觉到宋演的改变，也越来越感觉到自己似乎是有沦陷的迹象。

周尽欢也为自己的左右摇摆、水性杨花感到自责。

周末，姨妈喊了周尽欢到家里吃饭。周尽欢其实挺怕姨妈的。姨妈就是爸妈在江北的爪牙，平时电话周尽欢都敷衍过去，姨妈那边真人见面的就没法糊弄。

周尽欢年纪也大了，姨妈每次喊她到家里吃饭都是为了相亲那点儿破事，周尽欢起先还都去，后来就找各种理由逃避。实在不知道姨妈咋那么有本事，还是集齐七个奇葩可以召唤神龙。周尽欢在她和左衡娇的共同摧残下已经对结婚嫁人麻木了。

这周怎么都逃不掉，周尽欢只好硬着头皮赴这一场鸿门宴。

果然，周尽欢从一进门开始，姨妈就没有停过。什么"你爸妈急死了""你妈让你回家早点结婚""你爸说了不要在江北讨生活了，回家他们养"，最后念叨，"他们这样让我觉得内疚啊，是我没把你照顾好，让你在江北过成这个样子"。

周尽欢低头扒饭，不敢说话。

"你别光顾着吃饭啊，你怎么想的和姨妈说一下啊。"

周尽欢不得已放下了碗，嘿嘿笑了两声，"要不您就当我不在江北？"

姨妈气得一筷子敲在周尽欢手上，"熊孩子，你人明明就在，我怎么当不在？"

周尽欢从小就和姨妈亲近，在她面前脸皮也就放肆厚了，"结婚找对象又不是找工作，怎么将就啊？”

姨妈听完，沉默了一会儿说：“那要不这几天给你整点相亲吧？不将就，咱认真选。”

周尽欢一听姨妈这话，吓得心脏都要跳出来了，“别啊，姨妈！其实我已经有点眉目了！”

“真的吗？！”姨妈一听，眼都亮了，“谁啊？”

周尽欢也就随口一说，一被问到细节就有点堵。她想了半天想到宋演，赶紧说：“我公司的领导。”

谎言一旦开始就不能停止了。想到过几天要去找宋演父母帮忙，对他父母也有了一点了解，立刻开始胡扯：“他长得很高很帅，年薪百万，爸妈都是大学的教授，家庭也很好。”

姨妈狐疑地看了周尽欢两眼，“这么好条件的人能看上你？”她认真想了想又说，“你确定他精神状态是正常的？”

周尽欢心塞无比地看了姨妈一眼，“姨妈……这样真的好吗？”

姨妈见周尽欢不是开玩笑的，笑了笑又说：“说不定真就有这么愚昧的人呢。行，下周带到家里来见见。”

“啥？！”周尽欢听到姨妈那句话的时候，脑子里只有四个字：

我、完、蛋、了。

姨妈懿旨下了以后，周尽欢想了几天都没有想到好的应对之策。

直接找宋演帮忙，他肯定会愿意，但这个口一开就代表认可了宋演的身份了。她自己实际上也并没有准备好要接受宋演当她的男朋友。

毕竟之前的打击挺深的，也不是这么一时半会儿就能消除恐惧感的。

可要是不开口，姨妈估计能把她给撕了。

离 deadline 还有两三天的时候，周尽欢下定了决心，决定就找宋演了。扯的都是他家里人的情况，找他最合适。

为了表示诚意，周尽欢约了宋演周五晚上吃饭。她订的是一家很高档的餐厅。那家出了名儿地贵，周尽欢稍微有点肉痛，要不是为了姨妈，她也不至于。

宋演接到周尽欢的邀约，心情很不错。

两人站在茶水间里，空间很小，怎么挪也挪不开多远的距离。宋演个子高，让周尽欢稍微有点压迫感。她低着头等着宋演的回复。

宋演看上去心情很是不错，得知她的目的，嘴角微微上扬。听到日期的时候，他反复用手机 check 了几遍时间，又问周尽欢：“你确定周五晚上？你确定要在周五晚上约我？”

周尽欢被他几个问句问得有点蒙了，“你周五晚上有安排？”

宋演直直地盯着周尽欢，眼睛里仿佛有光，“没安排。”宋演笑眯眯的，“周尽欢，你知道吗，我真的很高兴。”

宋演那天溢于言表的开心，直到周五周尽欢才搞清楚原因。要不是收到左衡娇的红包和父母的电话，她都要忘了自己过生日了。二十五岁以后周尽欢就不大爱过生日了，年龄到了一个数字，就不会希望它再涨了。

怪不得宋演反复问了她几遍。过生日约他吃饭，估计他已经脑补到停不下来了。虽然周尽欢也觉得有点不妥，但想到一个男人，根本没人告诉他，却能默默搞清楚她的生日，还放在心上，重点还是这么忙碌的一个男人。有这样用心，已经挺值得感动了。

周五早上周尽欢循着生物钟准时起床。她咬着牙刷望着镜子发呆。

镜子里的她粉黛未施，看上去略微有点憔悴。虽然用着昂贵的护肤品，却还是无法避免让年龄在她眼角留下了浅浅的痕迹。

有一天她还是会老吧，她会拎不动东西，会受不了踢被子的凉，会忍不了空荡荡的家，会害怕一个人生病的孤独。说到底，她不论多么倔强，都只是一个普通的女人，她哭的时候也想要抱住谁，生病的时候也想依靠谁。

这么多年她跌跌撞撞一路过来，不就是为了等待一个更好的人？这个人也许就是宋演呢？她自己也不敢说不是，不是吗？

出门前，周尽欢把宋演送她的校徽找了出来，金色和红色相间的校徽，上面绘着周尽欢熟悉的那个标志，江北大学的标志。

那个校园里有很多她一辈子也舍不得丢掉的回忆，属于她，也属于宋演。宋演按照当年的方式，将校徽送给了她。明明没有解释什么，周尽欢却觉得有点眼热。他们错过了那么多年，这一次真的能补回来吗？

周尽欢竟然没有什么底气。她小心翼翼地把校徽收进了包里，想着晚上就告诉宋演她的决定——忘记过去，重新开始。

周五对百货来说总是忙的。大家都是上了一周的班，周五到商场来也算是放松。说真的，周尽欢也是上班以后才感觉到购物可以疗伤和慰藉心灵。

不管多么大的压力，来商场扫一圈，买点东西把心事分一分，总觉得心情会好很多。

做了百货以后，她也渐渐摸到了大家的这个心理，并且觉得很有共鸣，自然会对症下药。周尽欢对于营运上面的直觉还是很准确的，所以不管是直接领导徐杏，还是霍期，都对周尽欢的工作能力表示肯定。

周五，周尽欢是按点下班的，徐杏发现她过生日，没有让她留着加班。周尽欢对此还是很感激的。可惜的是约的人是宋演，作为手下的人周尽欢可以走，作为领导的宋演却不可以。周尽欢下班的时候，宋演给她发了条短信，说要她等半小时。

周尽欢想想半小时也不长，就直接下楼去逛逛了。

最近四户通路久盛的客流量有明显的增加，几个活动慢慢打出了名气。虽然营业额没有涨很多，但这对于他们来说已经是很大的鼓励。

虽然下班了，周尽欢还是以工作的心态四处巡视。大概观察了一下每个专柜的情况，和各位柜员的问题，周尽欢对于工作上的问题有了一些新的想法，便转了头准备回办公室，拿点资料回家看。

周尽欢没想到一回办公室，霍期居然安静地坐在她的办公桌前。

霍期也是没想到周尽欢会回来，有点尴尬地站了起来，“你不是下班了吗？”

霍期的表情又落寞又惊喜，也带着几分秘密被人拆穿的尴尬。他的手有点不知所措地在自己西装外蹭了蹭，脸上有点不自然，“怎么又回来了？”

周尽欢一时也有点尴尬，结结巴巴地道：“回来……拿点东西。”

霍期“哦”了一声，赶紧把位置给周尽欢让了出来。周尽欢到办公桌上收了收，把需要的几份文件放进了包里。

“你长得像你爸爸。”霍期的语气很温和。

周尽欢抬眼，看了一眼桌上的全家福，“嗯”了一声。不知道为什么，和霍期说这些话的时候，她都觉得有点纠结。

“对不起，擅自来你的办公室。”霍期说，“我本来以为你在的，没想到你按时下了班。”

“今天……有点事。”周尽欢拿好东西，站了起来。一站起来，就正好看见霍期有些落寞的目光落在她身上。她刚一发现，他立刻就把目光收了回去。

看他那个样子，周尽欢有点担心，“你是不是……遇到什么事了？”

霍期强颜欢笑道：“没事。”

办公室里一时陷入一片死寂。周尽欢觉得有点尴尬，干干地说：“那我……先走了……”

“嗯。”

周尽欢转身。她能感觉到霍期的目光就在她身后，让她背脊有些僵硬。

就在她要出办公室的那一刻，她听见霍期说：“今天是我妈妈的忌日。”

后一句，他的声音甚至都有些哽咽，“周尽欢，你可不可以陪陪我？”

周尽欢说不上对霍期是一种怎样的感情。霍期就像周尽欢看过的言情小说的主角，温柔上进，有着坎坷的身世和敏感的内心。周尽欢在他面前总忍不住把自己代入女主角的角色，自以为是地认定自己可以拯救他。

就像男人对落难的女人会生出怜悯之意，以为自己可以成为她的英雄一样，女人也会怜悯经历坎坷的男人，以为自己可以成为他的港湾。

左衡娇从米特错维回来以后，过了一段时间，才真正对周尽欢敞开了心扉，谈及那一段禁忌心动，她说：“当一个骄傲的男人在你面前显露出疲惫的时候，你的心早已无法抗拒他了。”

当时周尽欢并不懂左衡娇，如今她终于明白了这句话的真实意义。

以骄傲为盔甲，那是周尽欢可以抵挡的；若以示弱为前驱，她必然溃败。

跟着霍期上车的时候，周尽欢内心是忐忑的。半路，霍期下车去买东西，周尽欢坐在车里等候。她看了一眼时间，有点担心宋演。

拨了好几遍宋演的手机都没人接，最后终于接通，却是总秘接的。

“宋总走得急，手机忘了拿，不过他倒是问过一句你下班没有。”

挂断了电话，周尽欢觉得有些愧疚。她眉头挤成一团，不知道怎么处理眼下这种情况。她轻叹了一口气，一抬眼，霍期手上捧着一束花，正向这边走来。

霍期把花放在后座，也许是心情实在不好，他从头到尾一句话都没有说。周尽欢知道他心里难受，也不打扰他。

霍期的妈妈去世后，并没有下葬，而是一直放在殡仪馆的骨灰寄存处。霍期在那里为她买了一个位置，柜子外面贴着霍期妈妈的名字。

周尽欢对这种地方自然是有些害怕，但她并没有表现出来，只是安静地站在霍期身旁。

这里原本只是供亲人祭拜一下就算的地方，没什么很大的空间，只能聊解思念而已。霍期就那么呆呆傻傻地站在那个冰冷冷的柜子前面。他的表情明明没有什么变化，眼神里却全是悲恸。那种表情发自本能，是装不出来的。

许久许久以后，霍期才回头，失魂落魄地对周尽欢说：“走吧。”

周尽欢觉得那一刻的霍期看上去像个孤魂野鬼，让她忍不住想要抓住他。仿佛不抓住他，他就会消失一样。

离开殡仪馆，霍期却没有立刻回城。两人坐在车里，霍期一直靠着椅背，仰着头，闭着眼睛。

许久，他从车里拿了两听啤酒，递给周尽欢一罐，“要不要来一点儿？”

周尽欢有些为难地看了他一眼，“一会儿……还得开车。”

霍期这才反应过来，表情有些苦涩，看了一眼啤酒，又放了回去。

“我忘了。”霍期强颜欢笑。

“没关系。”周尽欢看着霍期那表情，竟觉得也有几分感同身受。

这世界上最可怕的假设就是如果父母去世了会怎样。那是周尽欢连做梦都会害怕，开玩笑都不敢提及的话题。而霍期竟然都亲身经历，真不敢想象他是怎么扛过来的。

“一切都……已经过去了。”周尽欢这样安慰着霍期，虽然她也知道并没有用。

“我也一直这样告诉自己。”霍期眼底有些哀伤，“我如今也没有什么不好。不必怎么努力就能拿百万的年薪，随便就能买房买车。不知道有多少人羡慕我。”

霍期看着周尽欢的眼睛，说道：“你知道吗，从小到大我都要考第一，不是因为我多有志气，而是只有第一名才能减免学费。这是我唯一能为妈妈做的事了。

“毕业的时候，我已经被保研了，但最后我还是放弃了。我必须回江北，妈妈太辛苦了，我必须照顾她。”

周尽欢听不来这些艰辛的故事，想来自己那点破事和霍期比起来，真的不算什么。

“北都大学听上去很牛，却不足以让我在这个社会上超越那些生来就什么都有的人。我辛苦一两年只存了几万块钱，我以为她至少会拿着钱买一身好看的衣服，却不想她都存了下来。她怕我没有房子，娶不上老婆。她是不是很傻？”霍期苦笑一声，转过头问周尽欢，“你说这个世界为什么这么不公平？”

“霍期……”

“我知道，是我太偏执了，这世界上本来就没有什么公平。”霍期眼眶红红的，“我无法选择自己的出身，无法避免成为一个私生子。我宁可是农民的孩子，穷得叮当响也不怕，只要一家人抱在一起就好，吃糠喝粥我也觉得是幸福。

“我妈去世了，因为我没有三十万，我不能给她做手术。她临走前还一直嘱咐我，让我不要自责。她说这一切都是命。

“周尽欢，这是命吗？”霍期有些迷惘地问她，“我的命就是一无所有吗？”

周尽欢听不下去了，看着霍期那无助的样子，她心酸极了，眼泪无声滑落。

她终于还是忍不住，飞身紧紧地抱住了那么失落的霍期。

周尽欢能感觉到热热的水汽隔着薄薄的衣服打湿了她的肩头。霍期哭了，却一点儿声音都没有。他是一个骄傲的男人，所以哪怕是这样的时候，他也是骄傲的。

“你知道吗，”霍期喃喃地说，“你是第一个会这样抱住我的人。全世界的人都觉得我一个人可以，连我自己也觉得我可以。”

“不，不是这样。”周尽欢也哭了，“坚强不应该是……伪装。需要一个肩膀……也没什么可耻……”

霍期的头埋在周尽欢的颈窝里，周尽欢没有动。许久，他伸手抱住了周尽欢，那样那样紧，仿佛他一放手周尽欢就会消失一样。那是极其没有安全感的表现啊。

“周尽欢，你愿意到我身边来吗？你能让我靠一靠，取一点儿暖吗？”霍期的话音里有期待，有乞求，也有等待宣判的绝望。

周尽欢哽咽了许久，最后无比沉重地回答道：“好。”

周尽欢自己也想不到事情会发生到这一步，更想不到她的生日居然会和霍期妈妈的忌日是同一天。她想，有些事情也许真的是缘分。几年前，她和宋演没有缘分，如今仍是没有的。

霍期送她回家的时候，将一直挂在自己身上的一块老玉送给了周尽欢。他说那是他妈妈的遗物。

周尽欢到现在还是觉得脖子前面一片温热，那是霍期殷切的期盼和真诚的信任。

周尽欢没想到霍期这样容易满足，她只是答应了做他的女朋友就让他那样快乐。他越是快乐，周尽欢就越是觉得自责。

他是那么纯粹地将她看作阳光，而她却无法一心一意只看着他。

回家的时候，周尽欢一直心事重重，脖子上的玉像一团火在那儿烧着。她低着头，有点心不在焉地走着。

已经入秋一段时间了，夜里风大，温度也不高，周尽欢虽然带了外套，还是觉得有那么一点儿冷。

她刚走到自家单元门口，就冷不丁瞧见一个火星在她眼前熄灭。

就着月光，周尽欢看见一个高个儿男人的轮廓，他直挺挺地站在原地。周尽欢走近了两步，才发现站在那里的居然是宋演。

宋演的周围丢了一地的烟头。不知道他等了多久，也不知道他到底抽了多少烟。周尽欢记忆中宋演从没在她面前抽过烟，不知他站在这里是怎样的心情。

大约是在冷风里冻久了，宋演整张脸都有点发白，发型也有点乱了。他捧着一束包装精致的花束，那模样看上去有些呆傻。

他一看到周尽欢回来，脸上立刻换上满足的笑脸。

“回来了？”他像个等着糖的孩子，看着周尽欢的眼睛里充满了期待。

周尽欢看他那个样子，觉得有点心酸，问他：“怎么只穿这么一点儿衣服？”

宋演傻傻地笑了笑，“外套在车里。”

“干吗不去拿？”

宋演有点不好意思，咧着嘴说：“我怕我一回车里，你就正好回来，会错过。”

周尽欢看着宋演的表情，只觉得他眼底的真诚是最锋利的刀，将周尽欢的心脏划成一块一块。她喉头瞬间就哽咽了。她的手紧紧地抱着自己的包，包包的角落突出一块棱角，周尽欢知道里面装着什么。

她只觉得命运是那样奇妙，早上出门的时候，明明一切还不是这样的。

“对不起。”周尽欢鼻子酸酸的。

“怎么了？”宋演以为周尽欢是为约自责，赶紧安慰，“没关系，是我没带手机，我下班的时候太急了，不是你的错。”

周尽欢为难地摇了摇头，最后狠下心说：“我有男朋友了，刚刚答应的。”

周尽欢紧握着拳头，最后终于下了决心，把包里装着校徽的盒子拿了出来，递给宋演，“是霍期，我答应做他女朋友了。”

宋演眼睛里空无一片，表情有点呆，那不是伶牙俐齿意气风发的人会有的表情。仿佛周尽欢说的是宋演从未学习过的外语一样，宋演用了很长时间，才消化了周尽欢的话。

最后，他把校徽接了过去。周尽欢手上骤然一空，觉得又尴尬又难过。

周尽欢能感觉到宋演的失落，可他为了不让周尽欢难做，还是装作很有风度的样子。

“过去的事都过去了，以前是我不成熟，对不起，害了你这么多年。”宋演的笑容里尽是苦涩，他凝视着周尽欢的眼睛，仿佛那是最后的机会一样，“周尽欢，我是真的喜欢你，不是逗你玩。”

周尽欢越听越难过、越自责，一切都是她不果断的错，是她三心二意的错，是她的错。

“对不起！对不起！”周尽欢一连说了两遍对不起，“我已经答应了他，以后会好好爱他……”

让周尽欢也跟着难过并不是宋演的目的。他想上前扶住周尽欢，但动作到了一半又收了回去，最后只轻描淡写地说：“你不用这样，不用觉得不好意思，是我做了多余的事。”他笑了笑，把手上一直抱着的花递给了周尽欢，“好像有点晚了。”

“生日快乐。”宋演笑着说，“周尽欢，你看，我其实并不可怕，所以你别怕我了。”

周尽欢不记得自己是怎么进的家门，却始终记得宋演离开时那落寞的背影。

天地那么大，夜空像一张网将他融入其中，周尽欢只觉得他好像突然就走远了，远到离开了她的世界。

回到家，周尽欢只觉得自己全身都在颤抖，怎么都无法将自己的情绪稳定下来。她给自己倒了一杯凉水，握在手里，那凉意从手心沁到了心里。

她站在窗边，看着楼下，小区里的树影挡住了周尽欢的视线，她不知道宋演走了没有，大约是走了，周尽欢这么想着，竟然有点失落。想想这样的自己还真是作。

周尽欢正出神地看着窗外，手机突然聒噪地响了起来。看了一眼屏幕，是左衡娇。

电话刚一接通，“喂”都没来得及说，电话那端的左衡娇已经开始兴奋地说起话来：“怎么样？搞定了吧！”

左衡娇的笑声简直毫不克制，周尽欢根本插不上嘴。

“宋演这人还真的挺不错的，就为了打听你那点儿破事肯付出那么大的代价。嘿嘿嘿嘿嘿……”

冷不丁提及宋演的名字，周尽欢心底蓦地一沉，“你和他说了什么？”

左衡娇丝毫没感觉到周尽欢语气的不对劲，还在持续兴奋，“他一直打听你为什么一直不肯接受他，你不是说你以前被他伤了，怕了他么？我立刻给他好好上了一课。”

左衡娇觉得自己立了大功，“嘿嘿，憋了好久终于可以说了。一直怕你知道我出卖了你会打我呢，不过宋演是真的人不错，我这么铁石心肠也是硬生生被他感动了。”

“……”

周尽欢越听左衡娇的话越觉得难受，心里像扭麻花一样纠结。真的难以想象宋演那么傲娇的人，是怎么厚着脸皮找到左衡娇，又为了打听那么点儿消息付出了什么。

“娇娇，我有男朋友了。”周尽欢说这话的时候，声音里带着沮丧。

“我知道啊，宋演这货嘛！成了也不想着先和我说一下。”

周尽欢思索了一会儿才纠正道：“是霍期，我答应了霍期。”

这次轮到左衡娇无话可说了。她在电话那端词穷了很久，最后才有点难以置信地问：“你逗我的吧？”

面对左衡娇，周尽欢才真的放下了内心的防备，十分苦恼地说：“我也不知道事情为什么会变成这样。霍期妈妈的忌日，他带我去祭拜了。”

“他妈妈忌日关你卵事？”左衡娇终于有了几分情绪，她一针见血地说，“你不会是同情他，觉得他从小缺爱，就答应了他吧？”

“嗯。”周尽欢绞着手指，“我觉得他更需要我。宋演……宋演挺好的，不是我也可以是别人，毕竟他一切都挺好的。”

“……”一贯能说会道的左衡娇也词穷了，“我总觉得，你这是一个很错的决定。”

周尽欢又想起宋演离开时，眼底明显熄灭的火苗。

“以前被宋演打击了，总想着要是能报复回来一定很爽，要是有机会一定要打击打击他。”周尽欢鼻子有点酸了，“可是今天看他那样，感觉真的觉得有点微妙。我还是习惯了他高高在上的样子。”

“哎，你就是个M。”左衡娇说，“走一步看一步吧，既然答应了霍期，就别再三心二意了。”

“我知道。”

左衡娇原本还想说什么，最终什么都没有说，只是深深地叹了一口气。

不知是不是老天故意整她，第二天上班的时候，周尽欢刚进公司大门，还没刷卡上楼，就遇到也在等电梯的宋演。周尽欢觉得有点尴尬，正犹豫要不要打招呼，霍期就从后面走过来了，一脸和煦笑容，轻轻拍了一下周尽欢的肩膀。

周尽欢一回头看见是霍期，有点尴尬地笑了笑。霍期对此毫无察觉，只是温文尔雅地站在周尽欢身边。

“吃早饭了吗？”

“吃了面包。”周尽欢声音已经很小了，可她还是觉得宋演可以听见。她也没办法让霍期别再问了，毕竟是男朋友，问这些话也是关心，但周尽欢总觉得，这话要是让宋演听去，就有点秀恩爱的性质了。

等电梯的人有几个，大家都分散在电梯门附近。宋演和霍期是久盛目前职位最高的两个人，大家对他们的讨论更是不绝于耳。

曾几何时，她也和大家一样，是对他们犯花痴的角色。而如今这种“霸道总裁争先恐后爱上我”的奇葩剧情让周尽欢都有点吃不消了。

“叮——”一声，电梯来了。大家有序地进了电梯，周尽欢硬着头皮跟在宋演后面。

周尽欢进去以后，转了个身，背朝宋演。她能感觉到背后的压迫感，只觉整个后背都是凉的，头皮也有些发麻。

霍期是以呵护者的姿态站在她身边的，大约是怕别人挤到了周尽欢。这么贴心也算得上是二十四孝好男友了。

电梯上下人，有一个年轻的女同事被人挤了一下，大约是不小心踩到了宋演。她吓了一跳，立刻惊呼一声，之后连声说着“对不起”。

大家都被这突发状况吸引了目光。周尽欢也偷偷回头。

宋演表情很是寻常，也不见尴尬，只是随和地看了那女孩一眼，带着几分安抚。他清了清嗓，但声音还是有些沙哑，“没关系。”

那女孩没想到一贯风评不好被人认为刻薄的宋演竟然这么温和，脸瞬间就红了，也忘了做出反应。

电梯门在这时候开了，她的同事提醒她到了，她红着脸又说了两声“谢谢”，低着头冲了出去。

电梯门再次关上，宋演忍不住咳嗽了两声，周尽欢几乎是本能地问了一句：“感冒了？”

周尽欢刚一问完就自觉失言，赶紧抬头看了霍期一眼。他脸色如常，也回过头看了宋演一眼，“宋总要是不舒服，今天就回去休息吧。”

宋演单手握成拳，挡在嘴前，仔细看看，确实有几分病容。

“没事。”宋演说。

电梯门再次打开，到了办公室的楼层，周尽欢和霍期一起出去，宋演最后。周尽欢原本想回头看看他，但她最后还是忍住了。

那之后的几天，周尽欢每次碰到宋演都觉得有点尴尬，为了避免这种尴尬，周尽欢刻意减少去会碰见宋演的场合。

相比宋演，霍期就完全是另一种画风了。作为朋友的霍期和作为男朋友的霍期完全不一样。霍期心思细腻，体贴到周尽欢都觉得有点梦幻了。

这么好的男人到底喜欢她什么呢？她至今都在疑惑。

公司最近业绩稳定，周尽欢他们也没有之前那么忙了。马上要到来的是教师节和中秋节。教师节基本上就是为了中秋做铺垫，大头还是中秋。在百货业每个月都有各种名目的促销和打折，所有的公共假期都必须好好利用。为了接下来的大战，最近周尽欢一直忙于工作，和徐杏开会开得都快厌恶对方了。

下班的时候，霍期过来等周尽欢被徐杏看到了。徐杏别有深意地看了周尽欢一眼，周尽欢略微有点心虚。

“宋总来了这么久谁也没裁，其实是要发大招了你知道吗？”

周尽欢有点错愕，“什么大招？”

“其实也算是总公司一直以来都有的政策，只是稍微改良了一下。”徐杏对于宋演的动向总是十分了解，“总公司那边高层每年都是要互评的。在互评里拿最低分的会被认为团队协作能力不够，所以要服从调动且扣奖金。宋总为了开源节流现在给四户通路这边也弄了一个裁员互评制度。大家互相评分，分数最低的会被裁员，每裁一个人大家的工资涨百分之一。”

“这么血腥？”大概是宋演后来对周尽欢实在太好了，以至于周尽欢忘记了宋演在职场上一直是这么心狠手辣的人。他本就是 HR 出身，还能饶谁？

周尽欢听她这么一说，立刻开始担心起来，而徐杏却是一脸自信的样子，她向周尽欢打趣道：“你啊，可别被别人知道你和霍期在一起了，不然女同事们的怒气估计就会让你负分了。”徐杏哈哈笑了两声，“不过你都有饭票了，估计也不怕。”

徐杏本来只是随口一提，却让周尽欢无限担心起来。见周尽欢这么担心，徐杏安慰地拍了拍她的肩膀，“别怕，不会是你的。”

“你怎么知道？”

徐杏眼底有许多周尽欢看不懂的东西，她意味深长地一笑，“有人并不希望你走呗。”

……

晚上，周尽欢和霍期一起吃饭，提起这件事，霍期对这个新制度很是淡定，一点儿都没有吃惊。

“开会的时候宋演就提出来了。”霍期微笑着说，“大家都通过了。”

周尽欢无意识地用叉子一直卷着意面，眉头都打成结了，“你怎么没……阻止呢……这制度……太不人道了……多伤同事间……的感情。”

霍期深深地看了周尽欢一眼，他轻轻把餐具放在桌上，很郑重地对她说：“有件事你一定要记住。”霍期一字一顿，“职场就是战场，感情原本就很脆弱。对别人仁慈，就是对自己残忍。在战场上，你可以不杀人，可你不能不会自保。”

这是霍期第一次这么郑重其事地和周尽欢讲职场之道。周尽欢知道霍期说的都是对的，可她还是没办法像他说的那样做人。

见周尽欢的表情有些失落，霍期摸了摸她的手，安抚道：“别担心，你不会是被裁的那一个。”霍期笑了笑，“总公司没我的份，四户通路我还是能做点主。”

周尽欢一笑，“你这是……以权谋私。”

霍期深情缱绻地看着她，“为了你，我乐意。”

霍期的笑容如画，每次面对他，周尽欢都有一种看偶像剧的不真实感。抑或是说，和他在一起至今，她都没有脚踏实地的感觉。

也许真的是霍期太优秀了，周尽欢完全配不上他的原因吧，她老有点患得患失的。

面对霍期的凝视，周尽欢最后只是低下了头。

不管别人给周尽欢讲多少道理，周尽欢都没有办法去伤害任何一个人。评测表发下来三天才交。大家都是匿名的，只需投进指定的信箱就可以了，最后开箱以后也看不出是谁。

即便如此，周尽欢还是交了一张空白的评测表。她不希望任何人因为她的排名受影响，也许这就是传说中的圣母思想吧。

评测结果过了近三天才出来。因为是第一次评测，大家对此都十分关注。公司最后只公布了评分最高的十个人。其中居然有周尽欢，虽然只在第十名，但还是令她十分惊喜。

前十名有奖励，每人当月工资涨百分之十。倒数十名就没那么幸运了。最后一名被警告了，因为是第一次评测，所以多给了一次机会。其余九个人都被扣工资了。

虽然没能涨成工资，但大家还是很高兴，毕竟都是同事，虽然平时也有矛盾，可谁要是走了，那也是不愿意的。

这个裁员评测在公司里引起了很广泛的讨论，宋演这个人在公司里的风评又变得更差了一些。大家都在背后偷偷骂他，不过听说也有人帮他说话。就是那天在电梯里踩了宋演脚的那一个。

事情过了两天，周尽欢在食堂吃饭的时候遇到了宋演。当时周尽欢端着餐盘正在找桌子，好不容易看到一个空位，刚把餐盘放下，就发现坐在旁边的居然是宋演。怪不得别处挤得吃饭都没地儿，他旁边却是空空如也。

周尽欢有点尴尬，蹑手蹑脚正准备端着餐盘换位置，就听见宋演用沙哑的声音说：“坐吧，别处没地儿了。”

“呵呵。”周尽欢干笑两声，“正准备坐呢。”

周尽欢无奈只能就座了，这种情况下在宋演旁边吃饭完全是如坐针毡。周尽欢努力只专注于米饭，可眼角余光还是会不自觉地看到宋演。他脸色不是很好，似乎是生病了。

“你感冒还没好？”

“嗯。”宋演不想继续这个话题，抿着唇笑了笑，“评测你第十名，人缘不错，拉票了吗？”

“没有。”周尽欢老实说，“本来以为我应该在倒数十名之内。”

宋演笑了笑，“你啊，就是太不自信了，老是唯唯诺诺。其实你做得很好，大家都是有目共睹的。”

“嗯。”周尽欢说，“这次结果出来以后我知道了。以后会更努力的，争取下次第一。”

宋演咳了两声，咳得脸有点红，“也不能盲目自信。你这水平，离第一还很远。”

周尽欢原本准备顶撞，话还没出口，就想起上次生日时候发生的事，脸也跟着有点红了。她最后什么也没说，只是笑笑。

周尽欢挑着餐盘里的米粒，有点心不在焉。宋演已经吃完，收好了餐盘。

临走前，他看了周尽欢一眼，说：“我希望我们还能正常相处。”他顿了顿，“但我不会让你当作一切都没有发生。我的心意都是真的，我不希望你忘记。我现在这么说，只是希望你别再躲着我。”

“不管你喜不喜欢我，和谁在一起，我还是希望每天都能见到你。”

周尽欢的筷子在餐盘里狠狠地划了一道，这一下好像划在她心上一样。

节日越近，百货公司的人就越紧张，也越忙碌。大战前夕，霍期抽了一个周末带周尽欢去看电影。

他们看的是一部正火的好莱坞大片，特效很酷炫，是周尽欢喜欢的类型。霍期倒是真的细心，连她有点英雄情结都记得清清楚楚。

进去的时候爆米花汽水都是霍期拿的，出来的时候空盒空杯也是霍期拿在手里。

周围一对小情侣一直盯着霍期，那女孩说：“你看看人家男朋友，那么帅也没让女朋友抱爆米花。”

周尽欢经她的提醒才发现自己刚才只顾着吃，居然全程都是被伺候的那一个。她忍不住抬头看霍期，而霍期也正好低头在看她，两人视线相交，温暖又暧昧，周尽欢忍不住有点脸红，赶紧移开了视线。

送周尽欢回家的路上，霍期一边开车一边和周尽欢聊着天。几乎都是些呵护的问话，周尽欢只用回答就好。

“月底有没有时间？”霍期问。

“月底？有事么？”

“想带你去医院见见老头子。”霍期抿着唇说，“他说希望死前能看到我的女朋友。”

周尽欢愣了一会儿才反应过来霍期说的老头子是谁。霍期在霍家过得并不算多好，和霍建刚关系也没多好，但血缘上总归是父子，这层关系剪不断的。

两个人谈恋爱，见对方父母本来是挺正常的一件事，可霍期这么一提，周尽欢还是觉得压力很大。她也不知道自己在害怕什么，可隐隐地总有些忐忑。

“他要是……不喜欢我……怎么办？”

霍期笑眯眯地看了她一眼，眼底有宠溺，他说：“要是他不喜欢你，我就带着你远走高飞。”

“去哪里呢？”

“不是有首歌唱过么，私奔到月球。”

周尽欢在约会的同时，宋演刚刚下班没多久。

生病的人总是比较脆弱，一想到要回那冷冷清清的家，宋演就觉得有些空落落的。

一个人加完班，下班的时候已经八点多了，错过了饭点。明明这座不夜城的夜生活才刚开始，几个热闹的路段甚至还在堵车，宋演却觉得好像一切都已经落幕。在这拥挤的人群中，长长的车河里，宋演觉得自己是热闹以外的一抹落寞。

他以前从来没有觉得一个人下班一个人吃饭有什么不对，可如今，他却觉得自己像行尸走肉，外表光鲜，内里空虚。

毕业近十年，这是宋演第一次有孤独的感觉。

在重逢周尽欢之前，宋演一直孤身一人在这座城市里奋斗。他从来不觉得孤单，除了感情，这世界上还有许多事情能让他兴奋。他从前总是很瞧不起那些为情所伤的人，因为以他化繁为简、不断做减法的人生原则来说，感情和女人都不是必需品，甚至会带来许多麻烦。

这么多年他也不曾对谁动过心，更没有为谁做过傻事。这次在周尽欢身上栽跟头也算栽得够彻底了。

因为周尽欢，宋演才真的相信了妈妈说的那句话。

“你可以不结婚，但你不能不谈恋爱，没人爱、没爱过人的人生是空虚的。”

想想当时是怎么回复妈妈的？

“少看点没营养的电视剧，多吃点饭。”

宋演想来，突然意识到自己还真的有点刻薄。其实妈妈说得挺对的。他如今才真的认识到，自己引以为傲的人生，其实只有“空虚”两字。

半路改了主意，他把车开回了家。

还没进家门，就正好遇到来家里吃饭的徐杏要回家。宋妈妈一看宋演回来了，先是一愣，然后笑眯眯地说：“正好你回来了，你就送送徐杏。”

徐杏看了一眼宋演，立刻说：“好啊。”

宋演也没有违抗妈妈，跟着徐杏一起下楼。

“叔叔马上要出国出差了，你这个做儿子的真的一点儿不关心。”徐杏的高跟鞋在走廊里发出嗒嗒的声音，她还是一贯的利落，连脚步也是。

“从我记事起他就总是在出国，我已经习惯了。”

徐杏瞪了他一眼，“你习惯了，阿姨没有习惯，有时间多回来看看。”

“嗯。”也明白徐杏是好意，但宋演还是说，“我自己会来看的，你以后别老来了，我不想我妈误会。”

“切。”徐杏说，“我是来看阿姨，关你什么事？不要以为我喜欢你，你就能随便踩我。”

宋演沉默了一会儿，对徐杏说：“你别再喜欢我了，这么多年我都没有喜欢你，以后也不可能。我不想因为我耽误你。”

宋演说得这么不留余地，徐杏却一点儿都没有不高兴，反而笑了笑说：“我倒并不这样觉得。”她慧黠地眨了眨眼睛，“当年你也不喜欢她，可你现在不也一样改变心意了吗？宋演，我为什么不可以是第二个周尽欢？”

听到周尽欢的名字，宋演脸色变了变。

“这个世界上只有一个周尽欢。”宋演严肃地回答。

这次轮到徐杏脸色不好看了。可徐杏毕竟是徐杏，她愣了一会儿就恢复了常态，最后狠狠一击，“那你知道吗，世界上只有一个周尽欢，现在已经是别人的女朋友了。”

“知道又如何？不知道又如何？”宋演的口气已经有些冷了。

“我并不是要刺痛你。”徐杏说，“事实上我说这些的时候都会觉得心痛。可我还是要说，因为我希望你明白，她有男朋友了，你该放弃。”

“宋演，我希望有一天你可以回头看看我，这么多年，我的心意难道你还不明白？”

习惯了徐杏俏皮的表情，宋演有些不习惯徐杏脸上略带哀伤。虽然从来没有给过徐杏希望，但这么多年来，他这么冷酷，她还是不折不挠，多少对她也有了几分同情。尤其是如今被周尽欢拒绝了，才知道被拒绝原来是这么难受。

宋演叹了口气，“找个好男人嫁了吧，不要再围着我打转了。”

徐杏听他这么说，眸中有了点点水光，可徐杏也倔，硬生生地都给逼回去。

“其实这么多年来，有一点儿你一直都忘记了。我马上就要二十七岁了，其实我和周尽欢一样，都步入剩女行列了。”徐杏吸了一口气，又恢复了往常的笑意，她说，“二十七岁之前，让我任性一下，我就喜欢你到二十七岁，好不好？”

看着徐杏那一脸认真的样子，宋演实在狠不下心再说什么，只是沉默地将她送去了停车场。

徐杏是很独立的女人，其实她比周尽欢还小一岁，可宋演总觉得周尽欢像个小孩，而徐杏是个大人。就像别人觉得他不会伤心一样，他也理所当然地觉得徐杏不会伤心。即使伤心也能很快地自我调节。

本质上说他和徐杏是一类人，大约是照镜子的感觉让他觉得自己很丑恶，才更不想和她在一起吧。

中秋节前，大家都忙得焦头烂额，一贯加班加到死的宋演却在节骨眼上请了假，据说是病了。

其实之前周尽欢也发现宋演病了，好像在她生日之后宋演就感冒了，一直咳咳咳的，好几天都没见好。她估摸着他是终于扛不住了，就请了假。

宋演不来才凸显出了宋演在这个公司的重要性。百货公司里大事小事最后都需要宋演拍板，他不来，大部分的事都交由霍期做主。可有些霍期也无法做主的事情，还是只能留给宋演。

原本以为宋演休一天就回来了，却不想他居然一连请了三天的假。公司上上下下简直要乱套了。

这天下午，霍期提前下了班要去总公司，周尽欢很久没有一个人下班了，倒是稍微有点不习惯了。

出公司大门的时候，周尽欢正好遇到一脸焦急的总秘。

还不等周尽欢打招呼呢，总秘已经风风火火地向她走来，一把将三个袋子堆到周尽欢身上，然后又塞给她一部手机。

“我现在急着去捉奸，我男朋友这个贱货，居然和别的女人在逛街！”

周尽欢全身都被她堆满了东西，还没弄明白什么事儿呢，就眼见着她要走了。

“怎么回事啊……你怎么就要走了……哎！哎！”

“帮我送到宋总家里去！专线手机已经给你了！”

总秘的声音已经越来越远，周尽欢从三个高高的袋子里钻出脑袋，正看见总秘风风火火的背影。她也不交代交代就这么走了。怎么能这么随意？难道是宋演生病了两三天她也造反了吗？

抱着手上的几个袋子，她低头一看，里面全是文件。想想宋演也是可怜，都生病了，不想工作吧，工作还是会主动找他。

总秘给她的手机是和宋演联系的专线，以前周尽欢就见过。周尽欢无可奈何地解了锁，发现没有密码，一解锁就自动进入备忘录，里面写着一个地址。

周尽欢想着，这大约就是宋演家的地址了。一看路段，一看名字，城中很出名的土豪公寓，寸土寸金的地方，宋演倒是会享受。

虽然为难，但周尽欢还是拎着东西去了宋演家，一方面是帮总秘，另一方面她也有点内疚，宋演会感冒，八成和那天在冷风里等了几个小时有点关系。虽说只是去送文件，但怎么也算是探病人，周尽欢不好空手去，就在宋演家附近的超市买了个进口水果的礼盒。

按门铃的时候，周尽欢本来还有点紧张，结果她什么都没说呢，宋演就直接给她开了门。周尽欢一手的汗都白流了。

她拎着东西吭哧吭哧地上楼。宋演家是那种高级公寓，一层楼就一户，据说有三百平方米，进门安检严格，电梯也要住户给你开你才能按到楼层。周尽欢这才深刻地感觉到资本家和贫农的不同。

想来宋演一年也就百万收益，凭啥买这么牛的房子？估摸着家里赞助了不少。嗯，也就是个啃老族，没那么了不起。

周尽欢用这种方式安慰着自己。

从电梯出来，宋演家的门直接就是开着的。周尽欢蹑手蹑脚地走了进去。

这不进还好，一进简直被宋演家的装潢给吓到了。

啥叫家徒四壁？说的就是宋演家啊。虽然很大，但是啥都没有。除了卧室，别的连墙都没有。客厅里就一张沙发，饭厅就一桌一椅，唯一烦琐一点儿的就是他的书房，大约长期在里面工作，还能看到一点儿东西。

太空旷了，简直说话都有回音。整个风格都非常之诡异。

要不是确定没走错，周尽欢都以为自己走进了一个刚刷完白色墙面的工地。

这能住人吗？这是周尽欢看到宋演家的第一反应。

“把东西放在门口的鞋柜上吧，我晚点会看。”宋演无力地睡在沙发上，说话的声音已经有点变了，很明显已经病得有点厉害了。

周尽欢听话地把三个袋子都放在门口的鞋柜上，然后又轻手轻脚地把水果礼盒放在了地上。

“买了点儿水果，送给你吃的。”

周尽欢的声音很小，却一下子让宋演坐了起来。

他努力地睁开眼看了周尽欢一眼，随后又躺了回去，自言自语地说：“都病糊涂了，有幻觉了。”

他这么说着，周尽欢竟觉得有些心酸。

原来不管什么人都有脆弱的时候，哪怕是宋演。想到他生病，又一个人住在这么空的房子里，周尽欢稍微也有点不放心。

她轻轻关上门，往里走了几步，站在沙发前，看到宋演睡在沙发上，睡姿随意，他一只手搭着眼睛，除了呼吸声没有一点点声音。

周尽欢用一根手指碰了碰宋演的额头，正烫得吓人，她一时也有点慌了，“你发烧了！”周尽欢推了推宋演，“还是去医院吧，这样扛不住的，脑子得烧坏了。”

宋演有些烦躁地拨开周尽欢的手，像个任性的孩子，“不去医院。”

“哎，”周尽欢又推了推他，“不能啊，你发烧了。”

宋演不耐烦地一把抓住周尽欢的手，他紧皱着眉头，缓缓睁开了眼睛。

他大约是真的病了，眼神有些空蒙，半天才对上焦。

他的手还抓着周尽欢。没想到他都病成这样了，力气倒是还大得很，周尽欢抽了几次都没抽出来。

“放开我。”周尽欢有点不好意思了，瓮声瓮气地说。

“噢。”宋演呆呆地放开了她。

他一只手又盖回眼睛上，过了一会儿，他又突然睁开。

“周尽欢？”像是不敢相信一样，他又揉了揉自己的眼睛，“我是不是没睡醒？”

那个倨傲到目空一切的人脸上不该有一丝一毫的软弱表情。周尽欢曾经那么怨恨过他，却还是忍不住想要维护他的骄傲。他是那么飞扬的男人，即使不是她的，他也该一直飞扬下去才对。

一个生病的人窝在这么个不像家的房子里，想想都觉得有点可怜。周尽欢原本准备走的，想想又一时心软。

她拍了拍宋演的手，叫着他：“走了，去医院，你正发着烧呢。”

“不去。”宋演像是和谁赌气一样，就是不去医院。

周尽欢想起很久以前看过一篇报道，说男人不爱上医院，有病第一反应是扛。这会儿看到宋演，倒是真的信了。都病成这狗样了，还要死撑。

“你想烧死啊？把你烧成傻子就好了。”

宋演还是用手盖着眼睛，明明已经很虚弱了，还是装着无所谓的样子，“睡一会儿就好了。”

周尽欢也有点生气了，不再管他，“随便你了。”说着就准备走。

周尽欢把自己的包拿上，刚准备出门，就听见宋演呢喃一般的声音：“周尽欢……”

他用有点含糊的声音喊着她的名字。她再回头看，才发现他已经迷迷糊糊睡了过去，睡过去了还在喊着她的名字。

周尽欢看着睡在沙发上就不动的男人，到底还是心软了。她钻进宋演的卧室里，给宋演拿了条被子。他的沙发是那种很长很大的，倒也可以睡人，她移不动他这大块头，干脆就随他去了。

在他家翻箱倒柜了一阵，发现除了咖啡啥都没有。想想真不知道他平时到底是怎么过生活的。看他病成这样，想必也没有吃饭，周尽欢拿了他桌上的钥匙出了门。

在附近的超市买了点菜和米，又从药房买了点药，周尽欢便拎着大包小包地回来。宋演还在睡，额上已有明显的汗，大约是被子捂出来的。他睡得太沉了，周尽欢回来了他也不知道。

周尽欢也不是很擅于厨艺，但基本的小菜什么的还是会做。她以最快的速度给宋演煮了一碗粥，然后把他叫了起来。

“起来了，喝点粥。”

宋演被她推醒了，半睁着眼睛，像个乖巧的孩子一样揉着眼睛坐了起来。

“给你买了点药，但是不能空腹吃，先喝碗粥吧。”

宋演还有点蒙，呆呆地看了周尽欢一眼，“噢。”

“要不去洗个脸？”

“好。”

周尽欢把粥盛好放在桌上，把药和开水放在一边。她刚做好这些，宋演就出来了。他洗了个脸清醒了很多，虽还有些病容，但已经不是刚来的时候那个样子。

他安静地坐在餐桌旁边，先看了一眼桌上的蔬菜肉末粥，又看了一眼周尽欢，脸上突然就有了一丝满足的笑意。

“谢谢。”

周尽欢被他这一声“谢谢”说得有点不好意思了，只推了推他，“赶紧吃吧。”

“嗯。”

宋演一勺一勺地慢慢舀着粥，吃得慢条斯理的。周尽欢能感觉到他正在慢慢恢复能量，心底也有了小小的一点儿成就感。

“吃完粥把药吃了。”

“好。”

这样听话的宋演还真有点让周尽欢不习惯了，一时手脚都不知道往哪儿放。

宋演用勺子搅了搅粥，问道：“你是不是等我吃完就要走了？”

周尽欢看了一眼时间，“嗯，不然一会儿没车。”

宋演听完，突然就扔了勺子，“那我不吃了。”

周尽欢没想到他会做出这个孩子气的举动，看着他赌气地坐在位置上的样子，周尽欢都觉得自己是不是出现0幻觉了。

“你不吃我现在就走了。”周尽欢也不是省油的灯，怎么可能受他威胁？

宋演见她不是开玩笑，只好妥协。他一脸不满地又拿起勺子把粥吃完了。吃完了粥，他又听话地把药吃了。周尽欢要他回房睡，他也都乖乖听了。

他去休息了，周尽欢总算是松了一口气，捋起袖子开始收拾现场。把桌子擦干净，又把碗都拿到了水池，开了水仔细地把家里的锅碗瓢盆都给洗了。

做好这一切，她擦了擦手去宋演房里转了一下，没想到他竟然一直没睡，还在等着她。

“怎么不睡？”周尽欢有点诧异。

“怕一睡，再醒来发现只是一场梦。”宋演用寻常的语气说着这话，却让周尽欢觉得更内疚了。

“睡吧睡吧，我暂时还不走。”

周尽欢寻了软凳坐在他床边，随手拿起他床头柜的一本杂志。居然是全英文的，周尽欢随手翻着，也就看看图吧，大学考级背的那么点单词根本不够用。

宋演闭上了眼睛，一分钟后又睁开，“你是不是觉得我是个很冷酷的人，所以一直很讨厌我？”

周尽欢正在翻杂志的手停在半空中，半晌她才回答：“其实现在想来，你在感情上并不算冷酷，你只是诚实地表达你的内心。”

宋演苦笑着扯了扯嘴角，“有时候太诚实了并不一定是好事。”

“这几年我才发现我还是很欣赏你对感情的态度，黑就是黑白就是白，被你拒绝的人会觉得你很冷酷，可是被你爱的人却会很有安全感。”也不等宋演说话，周尽欢就转了话题，“但你在工作上真的太没有人性了。尤其是最近的裁员评测，这样的制度真的没有意义，离间了同事之间的感情不说，也让公司里人心惶惶，这也会影响大家的工作效率。”

宋演没想到周尽欢会突然说起这些，先是沉默了一会儿，最后才说：“你以为大家都有感情，却不知道很多人借这个机会拉帮结派打压自己不喜欢的人。”宋演抿了抿唇，有点严肃地说，“其实我并不想裁掉谁，只是希望公司里的人能警惕起来。职场不会因为同情就白养不会干活的人。”

周尽欢合上杂志，轻叹了一口气，“也许吧。”

“你所有的毛病里，最致命的，就是心软。”宋演这样说。

“对。”周尽欢笑笑，“就因为心软，所以再见你，我没有抽死你，还容了你。”

宋演见她还能开玩笑，也见缝插针地说：“那要不你再心软一下，和霍期分手，到我身边来吧？”

周尽欢狠狠瞪了他一眼。宋演知道逆鳞不可触，便努努嘴，不再说话。

“赶紧睡，你睡了我好回家。”

宋演也明白人不能太贪心。今天能得到这些，他已经很感激了，不该再奢求更多，毕竟她已经是别人的女朋友。

也许他可以不顾一切地把她掠夺到身边，可他不想让她不快乐。她有一双会笑的眼睛，他不希望那眼睛里有一天会盛满眼泪。

宋演躺在床上，周尽欢坐在床边，一只手撑着下巴，心不在焉地看着别处。她的几绺头发落下来，正遮住了她白皙饱满的脸颊，宋演只能看见她长长的睫毛像蝴蝶的翅膀一样上下翕动。也不知道她在想什么。

也许是在想霍期。这样想的宋演感觉自己像一团炽热燃烧的火团突然被人泼了一盆冷水，瞬间就熄灭了，只蔫蔫地发出嗤嗤的声音，最后挣扎。

他闭上了眼睛，催眠着让自己快点睡。这场好梦放在心里就好了，明天醒来一切又会回到从前，不是他的就不是他的。

周尽欢趴在宋演床边就这么睡着了，本来只是太累了准备眯一下而已，却不想这一眯就眯了近两个小时。

等她再次醒来，再看宋演，却是大惊失色。

不过就两个小时而已，宋演怎么就完全变了一个人？全身发红不说，脸还全肿了。他一动不动，一点儿声息都没有，把周尽欢吓得整个人都颓了。

“我的妈呀！”这是把宋演送医院之前，周尽欢发出的最后一声惊呼。

……

医生给宋演检查了一大通，又问了一大通。

“这是过敏了。”医生冷静地写着病例，“吃了什么？如果不知道的话，可能需要查个过敏源。”

宋演现在整个人肿得和头猪一样，眼睛都要睁不开了，却还是很冷静。

“我吃西芹过敏。”宋演有条有理地说，“晚上喝了一碗西芹肉末粥。”

“你知道过敏还吃？自杀吗？”医生错愕地看着宋演，一边给宋演写着病例，一边又忍不住教训周尽欢，“你怎么当人女朋友的？男朋友过敏不知道吗？怎么还让他吃？”

周尽欢没想到自己随手选的菜居然引起了这么大的问题，一时也忘了去纠正医生的误会，只是不住地给医生道歉：“对不起对不起，是我疏忽了。”

离开诊室，周尽欢一通忙活，划价，付费，搞定一切又把宋演领到输液室。能干的护士扎好针以后很快就离开了。因为是夜里的急诊，输液室里没几个人。周尽欢一脸郁闷地坐在宋演旁边。

肿成一头猪的宋演正在输液。

"你明知过敏还吃？是不是疯了？"周尽欢知道过敏严重起来是挺吓人的事，想起来更加心有余悸，"你知不知道你要是死了，我就是杀人犯了？"

"你做都做好了，不吃多浪费？"

周尽欢没想到他还会狡辩，更加气愤了，"我可以重新煮！"

见周尽欢是真的生气了，肿得眼睛都睁不开的宋演扯着膨胀的猪头脸对她傻笑，那样子，真是要多丑有多丑。他一脸认真，一字一顿地说：

"当时觉得太幸福了，就忘了。"

周尽欢原本有一肚子的气，可面对宋演那傻样，却什么都说不出来了。

她紧抿着嘴唇，脸上渐渐有了为难的表情。周尽欢这么多年都没有谈过恋爱，她自觉并不是一个坏女孩，可现在她却感觉自己好坏。

如今这样的状况，到底怎样面对宋演才是对的呢？

从小到大没有同时被几个人追，也没有遇到过宋演这样又是上司又死不放弃的追求者。她感到十分为难，觉得做什么都不对。

大约是看出了周尽欢的纠结，挂着水的宋演突然轻叹了一口气，将视线移走，缓解了周尽欢的尴尬。

"有时候我也在想，如果我狠狠心，也在你面前装得自己更可怜一点儿，也许今天就不会是霍期，而是我了。"

周尽欢听他这么说，觉得有点讽刺，极力反驳："装的和真的能一样吗？"

"也是。"宋演笑了笑，"真傻和装傻还有区别呢，真可怜和装可怜肯定也有区别。"

"你是什么意思？"周尽欢立刻警惕了起来。

"没什么意思，你是真傻，我一直都知道的。"

周尽欢气愤地把手上一摞单子丢在宋演身上，她倏然站起来，正准备回击，包里的手机就聒噪地响了起来。

都已经快十二点了，也不知道是谁打来的，周尽欢有点诧异。

手机一拿出来，屏幕上赫然写着霍期的名字。由于周尽欢毫无防备，那名字也被宋演看了个正着。

周尽欢有点尴尬地看了一眼宋演，宋演用猪头脸对着她点了点头，示意她接。她划开手机，接起了电话，一边接一边往输液室外面走。

望着周尽欢越走越远的背影，宋演脸上强作欢笑的表情终于敛去。

他吃西芹过敏，这么多年他从来不曾忘记过，他是那样严谨的人。可周尽欢把粥端上来的那一刻，他好像连自己姓甚名谁都给忘了，傻乎乎地就把粥吃了下去。此刻，他全身上下都有一种焦灼感，感觉身上像和入了发酵粉一样通通发了起来，连嗓子里都似乎肿得粘在一起。他眼睛睁不开，说话的时候嗓子也有点疼，可他还是想和周尽欢说话，哪怕只是几句也是好的。

因为他明白，不管此刻他觉得多么幸福，这幸福都是偷来的。

周尽欢最终选择了霍期，这是他无法逃避的事实。

很多年前，他们还在读大学的时候，有一次寝室熄灯后，整个寝室的人都没睡。柴松对于追周尽欢毫无办法，大家都是看热闹不嫌事大，纷纷开始出谋划策。

宋演对于这种话题一贯没什么兴趣参与，他也没什么追女孩的经验，没把握的事他也不爱传播，只是看柴松那么认真地询问每一个给他支招儿的人，宋演开始感到无比好奇。

他问："周尽欢到底哪里好？你喜欢她什么？"

当时柴松还只是个纯情的大学青年，他睡在床上笑呵呵地捂着被子，一大老爷们还一副娇羞样子地说："喜欢就是一种磁场感应，无关她是不是优秀。"他说完又补了一句，"何况她那么善良。"

那时候宋演对此嗤之以鼻，善良这个评价实在太表面，如果只有这么一个优点，那也就和没优点差不多了。

那之后，宋演确实领教到了周尽欢的"善良"，不管在哪里遇到乞讨的都会给钱。要是孩子她说，"也许是被拐卖来的，我多给一块他可能就少挨一次打，我能帮他们的，也就是试着拖到他们的父母找到他们"；如果是老人，她会说，"老人家也没有能力工作了，能帮一个是一个"；不管是说丢了钱包的、筹钱治病的还是别的理由，她都深信不疑。哪怕知道自己被骗了，她也会认为，一定是别人真的吃不上饭了，不然也不会选择这样的方式。

她说："我不怀疑，是相信这个世界原本是向善的。"

她是善良，善良到有点蠢。

他万万没想到，有一天他会为这样一个女孩心动，甚至心伤。

如今再回味柴松的话，只觉这世界万物都存在一个因果和轮回。

周尽欢接完电话再进来，表情果然如宋演想象的开始为难起来。她有些手足无措地在宋演面前走了两圈，脸憋得通红，有话想说却又犹豫不决，最后是宋演主动开口，给了她一个解脱。

"是不是有急事要走？"

周尽欢被他这么一问，脸更红了，嗫嚅了半天才支支吾吾地说："是有一点事，可能需要去处理一下。"

宋演虽然觉得有些不甘心，可他明白他能做的也只有这些而已。他勉强动了动自己的嘴角，安慰周尽欢："没关系，我输完液自己回家，没事。"

"……不好意思。"周尽欢沉默了半天，只憋出了这一句。

周尽欢一个人坐的士走的时候，心里很是纠结，尤其最后宋演那个极力掩饰的失望眼神，让她实在有些记忆犹新。

晚上快十二点了还会接到霍期的电话，这本身也让周尽欢感到有些意外。

她握着手机犹豫了一会儿，走到走廊的尽头才敢开口说话。

电话那头的霍期加班加到刚刚离开公司，因为知道周尽欢习惯晚睡，原本只是试试电话还能不能通，结果没想到就通了。

“你睡了吗？”霍期的声音温和又小心翼翼。

“还没。”周尽欢犹豫了一会儿。

“我刚加完班。”霍期的声音有些疲惫，却还是带着满满的关心，“今天你下班的时候我太忙了，没来得及好好看看你。”还不等周尽欢回答，他又轻柔地说，“好奇怪，居然有点想你了。”

周尽欢听他突然这么温存地说这些，便问他：“是不是……遇到什么事了？”

霍期笑了笑说：“没有，只是突然觉得，你是我的女朋友，我真的很幸运。”

霍期的话说得很真诚，可是周尽欢却不知道该接什么，最后只是羞涩地“嗯”了一声。

“我想见你。”霍期说，“我能来找你吗？看你一眼就够。”

“我现在……人在医院。”周尽欢说完又赶紧补充了一句，“陪一个……”她想了想怎么定义宋演，最后说，“朋友。他……生病没人照顾……”

霍期听完周尽欢的话，没有丝毫的怀疑，还打趣说：“男的还是女的啊？这么抢手，我危机感大大的啊！”

“一个……普通朋友……”周尽欢解释了两句。

霍期见她认真了，赶紧说：“逗你的，哪个医院？我来接你吧。”

周尽欢一听他要来接，有点心虚了，赶紧说：“我正准备走……在我家……附近见吧……”

霍期对周尽欢的话毫不怀疑，挂电话前又是一阵嘘寒问暖，怕她受了夜里的凉风。这让周尽欢感到更加自责。霍期要见她，作为女朋友的周尽欢没有任何理由拒绝，她现在这种三心二意心不在焉的状态对不起霍期，也对不起宋演。周尽欢纠结极了。

周尽欢从出租车上下来的时候，正好一眼看见了等在她家楼下的霍期。夜空寂寂，小区里的路灯被茂盛生长的树木挡住了一些光线，看上去有些昏黄斑驳，落在霍期身上成为一小片阴影。他的侧脸隐在阴影里。周尽欢一眼看去，能看见他手上还捧着一盆植物，居然是一棵仙人球。

霍期正来回慢慢踱步，听见声响一转身，正好看见周尽欢。他温和地对周尽欢招了招手。

那一刻，周尽欢觉得霍期不再是高高在上的男神，那个高大的身影不再那么遥不可及。他真正成了她的男朋友，那种飘飘然的感觉不再有了。

大晚上的，又是孤男寡女，周尽欢有点两难，不知道该不该请霍期进屋坐。倒是霍期先开口免去了周尽欢的尴尬。他拉着周尽欢在小区里散步，两人累了，就坐在小区的长椅上说话。

霍期把那盆仙人球送给了周尽欢，“你平时老对着电脑，防防辐射。你这次评测拿了第十，这是我个人给你的奖励。”

周尽欢接过了那盆仙人球，虽然觉得这奖励有点奇怪，但她还是收下了，霍期的心意还是暖暖的。

“是不是有点奇怪？我本来想买花，后来看见了它，就买了。”

“为什么？”

霍期望着远方，“我觉得它很像我。在很恶劣的环境下艰难地长大，也因此有更强大的生命力。”霍期笑了笑，“但同时，我骄傲得有点尖锐，谁靠近我我就伤谁，已经习惯了这种自保方式了。”

周尽欢抱着仙人球花盆，抬起头看着霍期，他的侧脸在昏暗的环境下越发显得棱角分明。

“周尽欢，”霍期突然看向周尽欢，抿着唇笑意如风，“我真的很感激，感激你愿意到我身边来。谢谢你包容我这棵‘仙人球’。”

“是我该谢谢你……毕竟你那么优秀。”

霍期笑了笑，视线渐渐落向地上。

“我的前女友最近离婚了。”霍期苦笑，“就是之前和你说过，放弃了我选择了豪门的那一位。”

周尽欢终于有了一点儿奇怪的感觉，她眨了眨眼，想问什么最终却什么都没有问。

“她说还是爱我，为了我愿意放弃一切，只要我要的，她都能给我。”霍期眼神渐渐冷下去，最后冷冷地嗤了一声，“为什么什么人都能说爱？爱到底是什么？我都快要不能分辨了。”

周尽欢心疼地看了霍期一眼，想到霍期一直以来的经历，觉得他确实命途多舛。从前周尽欢一直对霍期前女友的行为嗤之以鼻，可想到近来自己做的事，觉得自己真的太不应该了。她抱着花盆的手忍不住握得更紧，许久，她下定了决心说：“一切都会好的……我不一样……”

“你是不一样。”霍期微微笑道，“我知道你是因为觉得我可怜才选择我。”

“不……”

霍期打断了周尽欢，“我知道，你对宋演的感觉超过我。你会答应我是因为同情我，但我不介意，我甚至很感激，感激我身世坎坷，因为正因为我身世坎坷，你才会选择我。”

霍期深情地看着周尽欢，眼中有庆幸也有珍惜，“我承认这事我耍了点心机，我从来不曾后悔。周尽欢，谢谢你让我觉得自己并不是一无所有。”

“至少我还有你。”

“……”

那天晚上的风有些冷，月光却皎洁依旧，树影婆娑，让人沉醉其中。

霍期俯身吻了周尽欢。这是他们恋爱以来第一次真正意义上的接吻。温柔而绵长，如同他的告白一样深情，彻底打消了她近来所有的犹豫和不定。

他的手温柔得如同春风，轻轻捧住了周尽欢的脸庞。周尽欢紧紧闭着眼睛，只觉那一刻连呼吸都是霍期度给她的。

那天之后，周尽欢终于下定了决心，彻底斩断和宋演的可能，这是对霍期的交代，也是对宋演的尊重。

Chapter 7 •

第七章 私奔到月球

因为你讨厌我，所以你不会懂，
我把你的心意当作我的心意，
那种可悲的感觉。

宋演是个工作狂，输完液也就休息了半天就开始上班了。他的病还没痊愈，虽然强打精神，但还时不时会咳嗽两声。

那天之后周尽欢对他的态度就开始泾渭分明了。虽然不会刻意逃避，但两人之间只是正常的工作关系，这让宋演觉得还不如被她躲着，被躲着至少证明她还无法坦然面对他们的关系，至少代表他在她心里多少还有点重量。而如今，他觉得自己已经被她彻底放下了。

这天下午，周尽欢汇报完工作就要回她的部门了。宋演原本想叫住她，却又不知道能和她说什么，只能看着她走远。

她在要出去的那一刻又停了下来，回过头问他："宋总，你一会儿是不是要去总公司？"

宋演愣了一下如实回答："去和霍总开个会。"

周尽欢手上抱着刚签好的文件，犹豫了一会儿问他："我可以问一个私人的问题吗？"

"嗯。"

"霍总和他妻子，真的离婚了吗？"

宋演没想到周尽欢也会对公司里传得沸沸扬扬的豪门八卦感兴趣，他想了想最后回答："据说是这样。"

周尽欢若有所思，过了一会儿又说："那你能帮我告诉霍总一句话吗？"

"什么话？"

"别把娇娇卷进他那些豪门狗血里。"

……

霍一霆没有和宋演在公司开会。公司里耳目众多，有些话不方便说。霍一霆定了个包厢，两人边吃边聊。

"公司高层评测马上就要来了，你应该没忘吧？"

宋演点了点头。

霍一霆还是神色如常，"我和林豫文已经签字离婚了，她现在握有我一半的股权。"

“为什么？”宋演这个“为什么”针对的是一半的股权。

“我以为我对不起她在先。”说完他又冷冷一笑，“我猜她应该是会把股权给霍期。”

“……”宋演知道林豫文和霍期有过一段情，但毕竟是别人的家事，也不好多问。

“他一直心甘情愿待在四户通路久盛，我以为他沉寂了，原来不管怎么沉寂，都还是一条蛇。”

说起霍期，宋演的心情有些复杂。他思索了一会儿，说：“董事长已经明确了由你接掌霍氏，他也没法改变了。正式的股份目前还没有分割，你那一半是来自你母亲，应该还不能造成很严重的影响。”

“他现在已经开始慢慢有所动作，但董事会都是我的人，为了以防万一，这次测评会让他垫底。按照规定，他必须服从调动，董事会可能会把他调到马来西亚分公司去开拓海外市场。”

霍一霆说到正经事，表情渐渐严肃了起来，放下银箸，金属碰到骨瓷餐具发出叮的一声，略微绵长。

“宋演，我一直视你为左膀右臂。霍氏我不能拱手让人，这里面有太多我妈妈的心血。我做不到公平分给他。”

“我明白。”

“老头子近来抢救了两三次，可能坚持不了多久了。宋演，马上就要有一场大战了。你千万要小心，他们应该会有所动作，针对我最得力的帮手。我不想有任何差错，你要知道如果真的到了那种地步，我要保全自己，就谁也保不了了。”

“我会注意的。”宋演还是冷静自持。对于工作上的事，他一直小心翼翼，这么多年从来没有出过纰漏。

两人谈完工作的事就没话说了，毕竟两个大老爷们，也就股票可以谈一谈了。

这顿饭快结束的时候，宋演想起周尽欢的话，想了想还是问出了口：“你和左衡娇是怎么回事？”

宋演冷不防提及左衡娇的名字，只见霍一霆原本正常的表情突然降到冰点。

他眼神渐渐黯下去，竟是带着几分愤怒，“林豫文毕竟是大家族的女儿，倒是聪明，懂得下套，那个女人么，他们花钱找来的诱饵而已。”

“玩了一辈子鹰，最后却被鹰啄了眼睛。”霍一霆自嘲一笑，“宋演，女人没有一个是简单的。”

霍一霆在江北乃至全国都是很出名的人物，人称“江北第一少”，因为出身豪门，履历完美，经常被女明星拉来炒作，哪怕他随便和女人说句话，第二天新闻都会写他又换女伴。人们都道霍一霆是花心大少，其实作为朋友的宋演明白，因为常年被女人包围，霍一霆对女人实际上兴趣缺缺。

能让这样的他说出这样的话来，真不知道到底是发生了什么事。宋演只是觉得似乎并不是好事。

“你今后有什么打算？”宋演补充道，“我是说对于左衡娇。”

毕竟是周尽欢的朋友，也接触过几次，多少还是想问个清楚。

霍一霆冷冷一笑，语带嘲讽：“你应该问问她们打算怎么办。我和那个女人吃过几次饭，她们通通都握有照片。”

见霍一霆如此反感，宋演选择了不再问下去。他轻轻蹙眉，只觉这其中似有点误会。从他接触左衡娇的经验来看，似乎并不是霍一霆想象的那样。不过想来这两个人身份地位都悬殊，想必也不会再有交集，也无须多担心。

霍一霆不愿再谈私事，又把话题拉回工作，“关于四户通路百货，你怎么看？”

宋演为人谨慎，听到霍一霆这样问起，没有直接回答，而是反问：“公司是不是有什么决定？”

“公司现在也没有确定的决定。保守派建议关闭。一直亏损下去也不行。我这边在等你的评估。”霍一霆顿了顿说，“现在这个情况我不能继续把你放在四户通路，下个月评估报告出来了，你就回总公司吧。”

宋演正握着水杯的手略微僵了一下。霍一霆这会儿正是用人之际，他作为下属作为朋友都义不容辞，可离开四户通路久盛意味着离开周尽欢，原本两人就交集不多，这次走了，也许以后都再没有机会见面。

宋演这么想着，心里竟觉得有几分不舍。

“我知道了。”宋演说，“下个月我会出详细报告。”

霍一霆瞅了宋演一眼，郑重其事地说：“我一直相信你的专业。你要知道你的报告关乎着四户通路久盛的命运。”

“我知道。”

“你的工作能力不需我提醒，这是我对你的信任。”

“谢谢。”

霍一霆说完工作，想起宋演那点事，又说：“你那个小女友，调到总公司来吧。”

宋演听到“小女友”三个字，稍微哽了一下，也不好解释什么，最后只说：“不用了，谢谢。她自尊心很强，要是知道这内幕会把我撕了。”

宋演话音一落，霍一霆就哈哈大笑了起来，“想不到这世界上还有人能让宋演变得善解人意，这姑娘还真是厉害。”

被霍一霆这么揶揄了，宋演自是不甘落后，也说：“这世界上不也有让霍一霆烦恼的女人？彼此彼此。”

“何必呢？”霍一霆被回将一军，一时也泄了气，“都是朋友。”

两个在女人身上栽了跟头的男人尴尬地对视笑笑，大哥不说二哥，就这样也就算完了。

关于霍一霆签字离婚的事，左衡娇是从娱乐小报上看到的。当然，这只是小道消息，并没有得到双方当事人的确认。

左衡娇自己也不知道到底为什么要关注这个消息，当初在米特错维接受洗礼，说好了不再沉陷于这畸恋旋涡。可如今看到报纸上他冷冷的侧面相，她还是忍不住悸动。

对周尽欢来说，左衡娇这个名字就等于“爱情专家”，她看破了世事，也看破了男人，属于世外仙人那种级别。其实只有左衡娇自己明白，她就是一臭皮匠，说别人很行，到自己头上就傻了眼。

经历了霍一霆之后，左衡娇决定换份工作重新开始，她不想再继续做“渣男杀手”了，她控制不住自己，不想把自己搭进去。如果再出现第二个霍一霆，她真的无力招架。

左衡娇出身不俗，虽比不上霍一霆那么显赫，却也是当公主那么养大的。她本科学的是艺术管理，当初家里原本是安排她毕业后直接去拍卖行。父母身边都是成功的企业家，对她的工作有很大的帮助。

谁知后来她那么叛逆，为了一个男人硬是和家里闹翻了。

如今重新回到这个行业，也只是进了江北的一家小画廊，为了卖画每天去骚扰一些潜在客户。

其实左衡娇从来没有想过还会和霍一霆再见，且是以那么狼狈的形象。

那天，她和同事一起去了一家格调很高的餐厅谈事。餐厅的老板是附庸风雅的人，之前曾为了餐厅的装修咨询过买画的事，后来看过之后嫌画廊里都是青年画家的画，没有下手买。

他的餐厅一次性会采购十幅，算是很不错的大单。老板不甘心丢了这么个大单，又派了左衡娇和同事去纠缠。

他们前后也蹲了几天了，才在餐厅里蹲到了那个老板。还没来得及惊喜呢，就被那个老板臭骂了一顿。

原来那个老板那天之所以会出现在餐厅，是因为有贵客莅临，他亲自到现场接待，是为了确保万无一失。

左衡娇虽然觉得又尴尬又难受，却不能发脾气，一直被训还得赔着小心。她一直低着头，只觉得那一刻，她把自己一直以来小心呵护的自尊心也跟着工作一同奉上了。

老板喋喋不休的训斥随着一阵脚步声戛然而止。那人突然变了脸，声音缓和且谄媚地喊了一声：“霍总，这就走了？不好意思，招待不周啊。”

“嗯。”

熟悉而冷漠的声音在左衡娇头顶响起，左衡娇几乎是本能地瞬间抬起头。

她带着期许的目光和那道冷漠到让人害怕的目光在空中相交。那人冷冷地看了她一眼，仿佛不认识一样又转了回去。

在老板低头哈腰的陪伴下，霍一霆越过左衡娇出了餐厅。左衡娇看着他宽阔的背影，觉得陌生而熟悉。

这是她要的不是吗？为什么还会觉得心痛呢？

那老板送完霍一霆，回来又不解气地骂了两句也就算完了。左衡娇和同事灰溜溜地离开了餐厅，当然是一事无成。两人都有点泄气，也不知道怎么和老板交代。

同事坐地铁回家了，左衡娇有点心事，从餐厅出来后一个人在街上漫无目的地走着。

“叭叭——”两声突如其来的喇叭声打断了左衡娇的思绪。她一抬头，正看见霍一霆的侧脸从车窗里露出来。

左衡娇自己也不知道为什么要上霍一霆的车，也许是心底还有几分奢望，也许是小报上未经证实的消息又让她不能平静。

霍一霆专注地开着车，他叫左衡娇上车，却又不和左衡娇说话。这让左衡娇有点忐忑不安。

他开了一会儿，开到了一处四下无人的老工业区，才靠边停下。

左衡娇对于他的用意有点吃不准，也不敢说话。

霍一霆按下车窗，夜风冷冷地灌进来，吹得左衡娇脸上麻麻的。许久，霍一霆才转过脸来看她，那目光让左衡娇发怵。

那是怎样的目光？愤怒、不屑、鄙夷，总之，不带丝毫的感情。这完全出乎左衡娇的意料。

“你这次又是演的什么角色？”霍一霆冷冷地扯了扯嘴角，“画廊卖画女？”

“我没有演，我只是换了工作。”

“工作？”霍一霆冷嗤一声，“原来真的是工作。”

“什么？”

“林豫文给了你多少钱？”

左衡娇终于弄明白霍一霆的愤怒从何而来。她想要解释，却又不知道从哪里开始解释。

她确实是收了钱才接近霍一霆的，还有什么好说的呢？像她这样的开头，要说她有真心，谁信？

她自嘲一笑，轻轻转过头，让自己对着另一边的车窗，不让霍一霆发现她眼眶里已经泪光闪烁。

“挺多钱的，怎么，要我还你吗？”

左衡娇豁出去一样说出了这句话，却不想这句话彻底惹恼了霍一霆。他粗鲁地一把抓住了左衡娇的衬衫领扣，强迫她转过头来看着他。

“你……”霍一霆狠话还没说出口，左衡娇眼睛里的水汽已经先满溢。

她狼狈地伸手抹掉了自己脸上的水渍，别扭地转过头，固执地不肯看他。

“我知道你不爽，你想怎么样就怎么样吧。”左衡娇无畏地说，“我就烂命一条，你要吗？”

……

霍一霆毕竟是有风度的绅士，即使生了很大的气，也不会欺负一个在哭的女人。最终他什么都没有再说，只是开着车把她送回了家。

那天晚上左衡娇痛哭了一场，也不知道她到底在哭什么。

也许是这缘分来得虎头蛇尾，给了她希望，却又草草收回。

第二天去画廊上班，原本以为会被骂，却不想一大早迎接她的是老板灿烂如花的笑脸。左衡娇到的时候，老板正在指挥工人小心翼翼地把画廊里的画一幅一幅往外搬。

“这是送去哪儿？”

老板回她一个和煦的大笑脸，“我的小福星哪，真能干。画廊里目前已有的画都卖光了，你这是哪里找来的财主？”

“什么？”

老板看她一脸茫然，拿出一张订单，上面是一笔大额的转账，“怎么你跟不知道似的？这不走的你的名字么？”老板又仔细看了两眼，“买家叫……霍一霆？”

……

周尽欢和霍期在一起的消息渐渐在公司里有了一些风声。有一些找周尽欢证实，周尽欢都笑而不答。

对于这件事，总秘是最吃惊的那个人。她吃惊倒不是因为喜欢霍期，而是之前一直从旁观察，发现自己的大 boss 分明是对周尽欢有意思啊。却不想，周尽欢居然选择了别人。

宋演的淫威也有人敢挑战，总秘因此对周尽欢真是充满了佩服。

这个消息传开以后，徐杏算是那个最开心的人了。至于原因嘛，不言而喻了。

中秋节庆临近，公司目前已经出了好几个版本的策划，虽然都很完善，但不论是徐杏还是周尽欢，都还不满意。但目前也没有好的 idea，也就只能照着策划先准备。

这天周尽欢忙了一早上，中午和徐杏一块儿吃的午饭。两人坐在食堂里，一边吃饭一边还在聊着工作。这两人现在在公司里被并称为“拼命双娘”。对于这个称号，两人都是一笑置之，该干吗干吗。

徐杏吃着饭，表情平和，“你最近天天加班，霍总没说你？”

“他也一样加班，都习惯了。”

“我总觉得你们俩谈恋爱跟没谈似的。”

周尽欢笑了笑，“我们一有时间也会约会的，只是最近太忙了抽不出时间而已。”

“嗯。”徐杏塞了一口饭，似是想到了什么，犹豫了一会儿才问出来，“高层要互评的事，你知道吗？”

“上次你不是和我说了么？”周尽欢心不在焉，也没有意识到这个问题是什么意思。

徐杏眨了眨眼，最后视线落在米饭上，半天才缓缓说道：“我听说，这次互评最后一名的管理层，会被调去马来西亚开拓海外市场。”

“什么？”周尽欢听徐杏这么一说，才突然意识到不对劲。

她突然想起昨天晚上霍期送她回家的时候，突然问她：“如果我被调走了，我们还能继续在一起吗？”

周尽欢被他问得莫名其妙的，当下根本没考虑，只开玩笑道：“那要看你调去哪里了，不是天涯海角，我都不跟你走。”

……

最近周尽欢真的太忙了，脑子里只有中秋节的活动策划，对霍期和她自己都十分疏忽。连她自己的年底内部考核，都是前几天别人提醒她她才想起来。

“多少人参加啊？”周尽欢问徐杏，“你有互评资格吗？”

徐杏笑笑，“我倒是想。可惜了，管理层有互评资格的一共只有十五个人。”她顿了顿，“噢，宋演倒是有资格，不过他是霍一霆的人。我收到小道消息，说这次最可能垫底的就是霍期了。”

她轻叹一口气，对着周尽欢摇了摇头，“你也是挺可怜的，刚得偿所愿，他就要走了。”

“你怎么就知道霍期会垫底？”

大约是今天食堂的菜不合胃口，徐杏在餐盘里挑了挑，最后撇撇嘴放下了筷子。她看了周尽欢一眼，无奈地耸了耸肩，“你啊，就是双耳不闻窗外事。”

徐杏如数家珍地开始介绍霍氏，“霍氏算是霍家的祖业，几代下来的大产业。只是你也知道的，过去动荡，经历过那么多事，每一代守业的都不容易。我们现在的董事长，也就是霍一霆和霍期的老爸，当年是靠着霍一霆妈妈家里的支撑才把祖业延续了下来，发展成了如今这样规模的商业帝国。”

“真厉害。”周尽欢由衷地感叹。

“厉害吧。”徐杏趁机反问，“所以你猜，霍一霆会不会留下霍期这个隐患，给自己添堵呢？”

徐杏一语惊醒梦中人，周尽欢一下子就分析出了这其中的利害关系，说到底还是豪门争产那些事。周尽欢从九十年代的香港电视剧里看过不少。

“可是据我所知，霍期并没有要争霍氏。”

“是吗？”徐杏挑了挑眉，对于周尽欢的话不置可否。

“其实我挺希望霍期能不垫底，我怕你们一异国恋就分手了。”徐杏扯了扯嘴角，“如果这次霍期真的垫底要去马来西亚，你愿不愿意跟他走？”

“我有办法能让你跟他走。”徐杏直直盯着周尽欢，眼神笃定，她说，“你考虑考虑答复我，我好安排。”

……

那天下午，周尽欢上班一直有点心不在焉，甚至签错了好几个文件，给手下的同事带来了更大的工作量。

由于她状态太差，知道她情况的徐杏提前让她下了班。周尽欢抱歉地收了包，提前离开了公司。

霍期不知道周尽欢这些情况，她也没说。她不知道该怎么和霍期说这些事，就如同她无法回答徐杏那个问题一样。

她愿意跟霍期走吗？马来西亚，去旅游的话真的不叫远，听说那里很多人都会说普通话，只要会最简单的英语就可以生存。那里是旅游胜地，很多人购物，百货业确实发达，经济也发展得相当快，确实是值得开拓的海外市场之一。

去好像也不需要多大的决心。都是外地，和江北比比，区别也没有那么大。甚至，如果真的开拓出来了，她能算是海外市场的元老，未来回霍氏，也许能进入总公司，从事业的角度看也是很不错的选择。

周尽欢在心里头头是道地分析着这些，内心里的第一反应却是——她不想去。

她喜欢霍期，也觉得霍期很好，也想过如果没有变数，也许会一直和他在一起。可那种喜欢还不足以让她为了霍期背井离乡。

可她不敢面对这个答案。因为她害怕霍期会失望，会发现她不够爱他，会发现在这段感情里，她也是三心二意的那个人。

她一个人拎着包，漫无目的地在马路上走着。她一直想着自己的事，走得很慢，眼睛也一直盯着地面，导致身边多了一个人都没有发现。

“想什么这么入神？”宋演跟在周尽欢身边，打趣道，“别说包了，我看你人被偷走了估计都发现不了。”

周尽欢抬头看了宋演一眼，也没力气和他斗嘴，只有气无力地说：“这么大个人，怎么可能偷得走？”

宋演意识到周尽欢情绪不对劲，马上变了表情，“怎么了？”他想了想又说，“难道是大姨妈来了？”听说女人来了大姨妈都会变得不对劲。

周尽欢白眼对着他，“就你知道得多。”

宋演以为自己猜对了，立刻换上一副专家姿态，“这种特殊时期就要多休息，喝点糖水。”

“神经。”

宋演低头看了一眼手表，说：“你不舒服就别乱逛了，我送你回家吧。”

周尽欢抬头看他，发现他还夹着公文包，大约是有事要做，“不用管我，你去忙吧。”

“没事，我只是去总公司交个评测报告。明天去也行。”

“评测报告？”这四个字像钟的下摆一样来回在周尽欢脑子里左碰右撞，一下子让她混沌的脑子清醒过来。她吞了吞口水，试探性地问：“什么评测报告？”

宋演对周尽欢毫无防备，随口就回答：“一个内部评测报告。怎么了？”

周尽欢心里咯噔一下。她故作镇定地对宋演说：“既然如此，那你就送送我吧。”说着，她捂着肚子假装不舒服地揉了揉，“我觉得好像是有点疼了。”

……

周尽欢家离公司也没有多远，开车不一会儿就到了。周尽欢看了一眼时间，居然才六点出头。

宋演对她交代了几句，也不好多留。周尽欢眼见着他要走，马上拦住了他的去路，说道：“你送了我，我不能这么不知感恩。”顿了顿，“要不你到我家里吃个便饭再走？”

宋演整个人都有点呆傻地看着周尽欢，简直觉得自己听力出了问题。

最近周尽欢对宋演简直不要太生疏。包括今天，她愿意让他送，他已经觉得受宠若惊了。到她家里吃饭？这是以前他们没有把话挑明的时候都不敢想的事。

“真……真的？”宋演一激动，居然也结巴了起来。他话一说完，都觉得自己有点丢人了。

周尽欢临时邀请宋演到家里吃饭，自然是完全没有准备。她近来总是加班，家里也没有存粮。把人骗进来了，她才感觉到尴尬，这啥都没有，怎么做饭？

周尽欢打开冰箱，最后只找到一袋速冻饺子。老天，宋演那么挑剔的人，该不会一会儿就拍桌走人了吧？

周尽欢硬着头皮把饺子给煮了，端上桌的时候，她表情有点尴尬：“不好意思，最近一直加班，忘了买菜了。”

宋演看了一眼热腾腾的饺子，只觉得那热气此刻是在他心里的。明明是他从前最鄙夷的超市速冻食品，从周尽欢手上过了，却觉得好像意义都不一样了。

“没关系，本来只是‘便饭’。”宋演这样安慰周尽欢。周尽欢听了却更觉得羞愧了。

宋演大快朵颐地吃着速冻饺子，大约是有点烫，他额上冒了几颗汗珠。他一边吃，一边还看着周尽欢傻笑。

周尽欢感觉宋演情绪似乎还算稳定，自然也不能忘了自己的目的。她循序渐进地开始打听：“我们公司，高层是不是每年都有内部互评？”

宋演点了点头，把口中的饺子咽下去以后才说：“每年都有。”

“那个……”周尽欢斟酌了一下用词，“今年被评为最后一名的，是不是会被调去马来西亚？”

周尽欢说话的声音不大，口气也很温和，但她一说完，宋演还是变了脸。

他有点受伤地看着周尽欢，脸上一丝喜悦的表情也无，“你是为了这件事请我到家里来？”

“不是……”周尽欢立刻开始辩驳，“我就随口问问。”

宋演眼中的火苗渐渐冷却下去，他直直盯着周尽欢，沉默了一会儿，无情地说道：“不出意外，霍期这次会垫底，会被调去马来西亚。”

“凭什么？”周尽欢被宋演笃定的语气哽到了，也有点负气了，“还没评呢，凭什么就说他是最后了？”

“周尽欢，这是游戏规则。”

周尽欢也敛去了笑容，“如果是不公平的规则，就应该被打破。”

宋演就这么面无表情地看着周尽欢，看见她眉头渐渐紧蹙，许久，他终于觉得原本暖着的心脏渐渐冷了下去。就如同端上来的饺子，那热气也就只有一会儿而已。

他沉默了许久，最后一字一顿地问周尽欢：“你希望他留下来吗？”

周尽欢看着宋演，只觉他眼底的受伤让她有些愧疚和自责。可她还是无法违背自己的意志。她坚定地回答：“是。”

宋演苦涩一笑，最后只说了一个字：“好。”

宋演囫囵地吃完了剩下的两个饺子，最后默默放下了筷子，虽然他什么都没有再说，周尽欢却能感觉到他对情绪那种有意的克制。作为一个骄傲的男人，这大约已经是他的极限了。

“凉掉的饺子果然没有热的好吃。”宋演笑笑，说完，起身拿了自己的包，“我还要去公司，先走了。”

看着他头也不回，一步一步向门口走去，周尽欢一直紧紧攥着自己的手。

她想叫住他，想解释几句，可脑子转了很久，也想了很多，却不知自己能说什么。她一直咬着嘴唇，咬得下唇都疼得发麻了，却只能不发一言。

宋演站在周尽欢家狭窄的玄关处，他停在那里，没有回头。他头顶是玄关处那盏有些昏暗的灯，把他的背影勾勒得越发寂寥。

“我今天要交的只是很普通的评测报告，评测的是几个热销品牌。是徐杏那边交上来的，你应该也有参与。”

他用低哑的声音这么解释着，周尽欢越听越觉得哽得慌。

宋演还是没有回头，周尽欢一直盯着他肩膀的棱角，发现他微微颤抖了一下。

他说：“周尽欢，你想要的，我都会尽力去实现。”

他伸手打开了周尽欢家的门。周尽欢听见门锁发出咔嗒的声音，觉得那声音像一道意味深长的宣告。潜意识里有一道声音提醒着周尽欢，她几乎脱口而出。

“宋演，我并不需要你为我实现什么。”周尽欢觉得自己此刻突然思路明晰起来，“我并没有想要利用你去做什么。”

周尽欢咬了咬下唇，想了想说：“我承认，我想要从你这里打听一点儿消息，但我并没有希望你为我做什么。我生气，只是因为我讨厌那种规则。这种规则让人觉得职场很无情，人是利益的群体，我讨厌，却无力改变。”

“可是宋演，我并不希望你因为我改变原本的决定。”

宋演的手停在把手上，始终没有动，也没有回头。

周尽欢知道他还是会走，可她还是希望能为自己解释两句：“也许如同你对我说过的，职场里没有童话，而我一直固执地觉得有。就像当初你对我一样，你没有炒掉我，而是给了我机会让我发挥，我留了下来。我只是想，能不能也有一个机会是给霍期的。可是我从来没有想过，这个机会是你给他的。

“他和你一样，都是很骄傲的人，他也不会希望是你帮助他留了下来。如果你真的这样做了，他知道了这一切，反而会更恨我。”

宋演稍微侧了侧头，周尽欢只能看见他的侧脸，他脸上的表情很是复杂，或者说没什么明显的表情。他自嘲一笑，淡淡道：“我只是在想，你的聪明劲儿，为什么只用来对付我，而不能只是为了我？”

“周尽欢，别再让我更嫉妒他了。”

……

那天宋演走得十分落寞，他走后许久，周尽欢都还站在原地，反复思考着宋演的话，也反思着自己的行为。

也说不上有多么爱霍期，只是女人都有一种归属感，当认可了霍期为男朋友的时候，她也是以女朋友这个角色要求自己。她做的这一切，都只是作为女朋友这个角色该做的本分。而她忘记了，她如此利用宋演，宋演会如何看待。

周尽欢那天失眠到很晚。她并不想成为一个这样的女人。这么多年她一直没有谈恋爱，对于男女关系的处理总是出现问题，她自己也很懊恼。她很怕宋演误会了她，真的为了她去改变决定，这不是她想要的结果。宋演是个原则性很强的人，她不想宋演为了她破坏原则，因为她知道，这对宋演来说，比杀了他更让他难受。

周尽欢不想宋演破坏原则，而实际上，宋演已经为了她打破了许多这么多年来一直坚持的原则。

人会因为爱而改变。这是从前宋演最嗤之以鼻的一句话。

一个人开车回来，因为睡不着甚至开了一瓶红酒助眠。在睡觉之前，宋演拿出了公司的评测表。

他已经收到这张评测表很久，也知道这张评测表的意义有多么重大，明明结果是事先安排好的，他却迟迟没有填。

也许就像周尽欢说的，他也讨厌职场里的这种残酷的游戏规则，有一天他宋演也需要拉帮结派，这份原本给了他很多发挥余地的工作，最后却把他变成了豪门争产的爪牙。这不是他要的，可他也和周尽欢一样，无力去改变什么。

他深深地吸了一口气，最后做出了决定。一个完全颠覆的决定。

拿出抽屉里的钢笔，他快速地填完了评测表。他思索再三，把霍期排在了第六名，而那个原本应该垫底的名字栏里，他写下了他自己的名字。

即使无力去改变什么，他也希望尽点微薄之力，让周尽欢能开心一些。

这是他爱她的方式，即使真的有点傻。

评测结果出来以后，霍期还是毫无意外地垫了底，成为内部互评里的最后一名。

公司管理层开大会的时候，每个人的互评结果，都被系统地写成了一份报告，其中对于每个人都有很详细的分析。

原本最后一名应该会被调去马来西亚开拓新市场，但最后霍一霆却改变了主意，只是给了霍期一个警告，扣罚工资，算是不痛不痒的处理。

这却是让一派霍一霆党大跌眼镜。

反观霍期，倒是淡定得很，好像对这个结局早有预料，一直一副成竹在胸的样子。

会议结束后，霍一霆一脸铁青地叫住了宋演。

开完会后，所有人都回到自己的位置上，霍一霆和宋演隔着开会的大桌，面对面坐着。

“宋演，我只想知道为什么。”甚至没有前因后果，但宋演知道他在说什么。

“只是如实填写了一下。”

霍一霆被他坦然的态度气笑了，笑过以后却是让人不寒而栗的冷漠，“你一直是我最信任的人。”

霍一霆抓了抓自己的头发，撇过脸去说：“林豫文有我一半的股权，她行使的第一项股东权益，是让霍期留下。”

一直有些麻木的宋演终于诧异地抬起了头，“她怎么……”

“怎么会这么明目张胆对吗？”霍一霆冷冷一笑，“宋演，从来不是我多心，不是我容不下他，而是他一直想把我挤走。”

“我并没有要帮他，也没有被他策反，这一点你完全不用担心。”宋演说，“我有一些私人的原因。”

“我听说了，那个周尽欢，和霍期在一起了，是吧？”霍一霆越看他越觉得头疼，“她求你了，是吗？”

宋演沉默不语，只是低着头。

霍一霆恨铁不成钢，气得恨不得要上来打他，“宋演，我一直以来器重你，是因为你够冷酷够无情。谁知道你感情用事起来，竟然会这么可怕。”

“对不起。”宋演对于自己的失误造成的结果一力承担，“是我的问题。”

“行了，我不想再说什么了。”霍一霆眉头皱成一个“川”字，“既然是别人的女朋友，你就离她远一点儿。”他看了一眼手机时间，说道，“中秋节前一天有公司大会，你在那天提交四户通路久盛的评估报告。中秋节假期之后回总公司，调任令近期就会下来。”

“总公司是不是准备关闭四户通路久盛？”

霍一霆终于忍不住对宋演大喊道：“宋演，你再怎么喜欢她她也是别人的女朋友！”

“……”

夹着一堆文件，宋演第一次觉得从公司走出来的时候，有种很浑噩的感觉。抬起头看看有些阴的天空，他只觉得世界都好像变得混沌一片。

当初接到调令去四户通路久盛的时候，他是以那样志在必得意气风发的样子去的，如今不得已要离开了，却让人觉得这样狼狈。

他要走了。

不知道周尽欢会不会感到意外，会不会感到可惜？

公司这次内部评测，之前传得沸沸扬扬的事情都没有发生。作为四户通路久盛的招牌人物，霍期却在管理层评测里垫了底。这事让同事们都是好一顿议论。

对于霍氏内部争产那点破事，大家也是越传越离奇，到最后，版本已经编到快和康熙九子夺嫡的戏码差不多复杂了。对于这一切传言，周尽欢都只是一笑置之。

霍期没有走，之前徐杏说的那些事都没有发生，她害怕的事情也没有发生。这对她来说，已经是天大的好消息了。

原本是准备下班了等霍期一起庆祝，而没有受到调走惩罚的霍期却没有那么高兴。

晚十点，所有人都走光了，周尽欢还留在办公室里陪着霍期加班。霍期一脸疲惫地从办公室里出来的时候，周尽欢一脸笑容地迎上去。这明显的差异让周尽欢有点尴尬。

两人一路无话，一起走到了停车场。

周尽欢心情还不错，一边扣着安全带，一边还哼着歌。而霍期表情却没那么轻松。他从坐上驾驶座开始，就一直欲言又止。许久，他才努力克制情绪，低声问周尽欢："这次内部评测，你是不是去找过宋演？"

周尽欢没想到霍期会突然说起这件事，她本能地想要否认，却无从否认，"是。可是……"

她还没开始解释，霍期的表情已经变了。那种又气愤又受伤的表情，让周尽欢看得有些心虚。

"为什么要去找他？他让我留下来，我会开心吗？"霍期懊恼地大力捋着头发，"你去找他，你又把我放在哪里？"

霍期脸色铁青地回过头来看着周尽欢，表情肃然，"周尽欢，你是我的女朋友。"

"我并没有……求他……留下你……我……"

"别人告诉我这件事的时候，我还不相信。"霍期从车里拿出刚放进去的一份报告，递给周尽欢，"他是什么人，何曾对谁手软？为了你，他真够忍辱负重的，居然给我写了个第六。"

霍期冷嘲地一笑，目光咄咄地盯着周尽欢，第一次，周尽欢对"温柔"的霍期产生了一丝恐惧。

他掷地有声地问："比起我，你更信任他，是吗？"

……

宋演没那么忙的时候才会天天跑步，最近因为思虑重，很多事情无法解决，失眠严重，不得已，他开始了夜跑，只有这样才能让他快速睡着。

晚上十一点多，他一身跑步装，听着歌，披星戴月地下楼跑步。一下楼熟门熟路，开始顺着林荫小路慢跑。

他出来的那一刻，一道披着一身露水和夜里寒气的狼狈身影吸引了他的注意。

那人隐在夜的黑暗里，弓着背坐在他家楼下的长椅上，一动不动，似一尊雕像一样。看他跑过来，那人才愤愤地站起了身。站起来的那一刻，她甚至脚下虚浮地晃了晃。

“你怎么这么晚了会在这里？”

宋演越看她的样子越觉得不对劲，赶紧抬手摸了摸她的额头。他的手还没碰到她，已经被她狠狠甩开。

“怎么了？”宋演有点错愕，“这么晚过来，是不是出了什么事？”

虽然是高档小区，却没办法让夜里如同白日一般明亮，就如同宋演是那样厉害的人物，却怎么都不能拿捏住周尽欢一样。就着不甚明亮的光线，宋演仔细观察着周尽欢的表情。

那是他第一次看到她露出那样的表情，冷静得让他觉得有点害怕。那并不是周尽欢惯常会有的表情。

她冷冷地递了一份评测报告给他，宋演刚刚接过，就听见周尽欢说：“你是故意的，对吗？”

“什么？”

“让霍期知道我求你，让霍期知道我把他的自尊踩在脚下。”周尽欢怒极反笑，“第六名，没想到你对他的印象有这么好。你是不是以为你这样做，我和霍期就会因为这些嫌隙分手？”周尽欢一开口，就像机关枪一样没个停，每一句话都带着刺。

“可惜了，宋演。”周尽欢冷冷一笑，“就算我和他分手，我也不会喜欢你。我讨厌你耍心机，讨厌你搞这些小动作。”

宋演手上捏着那份报告，不用打开他也知道是什么内容，那是互评结果的报告。他也有一份。

周尽欢冷冷瞧了他一眼，随后一把把报告夺了过来。

横一下竖一下，瞬间就把报告撕得粉碎。

黑暗里，“刺啦刺啦”的声音显得格外惊心，一下一下都像撕在宋演的心上。

“宋演，其实你真的没有那么喜欢我，你这些小动作，不过是为了成全你自己。因为你从来不会失败，所以你不能忍受在我身上失败。

“你以为的简单，不过是因为你寂寞。你不能忍受繁杂和热闹，是因为那会衬托得你更加可怜。你的毒舌不过是粉饰你内心的脆弱。说到底，其实你不过就是个没人爱的可怜虫，强迫症。”

一直不发一言的宋演低头看了一眼周尽欢的眼睛，那里面充满了对他的厌恶，那真是让人又心痛又难过的眼神。

“我把我的世界保持得很简单，是为了有一天当你进来了，能完全按照你的心意去装饰。”宋演自嘲地笑了笑，“我确实寂寞，可我从来不害怕寂寞，因为我知道，总有一天我会遇到那个不再让我寂寞的人。而我一直以为那个人是你。”

宋演毫无畏惧地看着周尽欢，那一眼仿佛要看到周尽欢心里去一样，许久，他郑重其事地说：“周尽欢，我知道你讨厌我，可我爱你。”

“因为你讨厌我，所以你不会懂，我把你的心意当作我的心意，那种可悲的感觉。”

周尽欢许久沉默地看着宋演，只觉心底感慨万千。其实她完全可以理解宋演，可这份理解却让她觉得无比心酸。

把他的心意当作自己的心意，曾几何时她不也是这样过来的吗？

因为太喜欢他了，为了追求他甚至去蹭他们的课，认识了一个和他同班的男生。那个男生恶作剧地逗她，说和宋演关系特别好，还告诉她宋演喜欢吃榴莲。

当时他们学校附近的超市没有榴莲卖，她特意坐半小时公交车去大型的连锁超市提了一个榴莲回来。又重又臭，沿路被人嫌弃，她还傻乎乎地一路笑着回来。她觉得做到这个地步了，宋演多少会有点感动吧。

最后她拎着榴莲到了宋演的宿舍楼下，宋演不在，她又不敢走，等了两个小时，宋演才回寝室。看到她那个狼狈的样子，他只冷冷瞧了她一眼，问她：“你是不是脑子有问题？别人要是说我喜欢吃屎，你是不是也要去弄？还有什么是你不信的？”

那天周尽欢把榴莲拎回了寝室，分给全寝室的人吃。大家对她这种“二逼”举动笑到腰都直不起来，甚至连她自己也在笑。

可是也只有她自己才知道，那天晚上她到底哭得有多么惨。

宋演说得对，没有她不相信的话。她相信，是因为她在乎宋演，喜欢宋演。因为喜欢才会让人盲目、让人傻、让人智商低下到所有的人都唾弃。

如今宋演变了，甚至他在周尽欢面前小心翼翼到有点卑微，可周尽欢一点儿也不觉得解气，这么多年来，她始终无法在宋演面前抬起头来，永远觉得自己低宋演一等。他知道过去那个周尽欢曾多么卑微地喜欢过他，所以就算他们在一起，周尽欢也觉得他们之间无法求得一种平衡。因为受过伤，她对宋演的感觉才比对霍期的更多一层。

答应霍期的那一天，周尽欢的内心反而归于平静，也觉得松了一口气，不管霍期的过去如何，他在她面前的时候，表现出来的都是好的一面。周尽欢愿意简单地把这段关系看作遇到王子的灰姑娘的故事。这种不费力气天上掉好运的故事，总好过王宝钏苦守寒窑十八年，最后团聚十八天就死去的故事。薛平贵真的爱王宝钏吗？如果爱，为什么要她那么孤单地等待十八年呢？

付出的人，总是比被动接受的人更容易受伤，而她只是不想再受伤。

霍期再好，对周尽欢来说也只是一个普通的男人，周尽欢可以把他看作一个交往的对象。而不似宋演，她无法单纯地把宋演看作一个追求者。说她胆小也好，多心也罢，她只是累了而已。

“宋演，你不可悲。”周尽欢眼眶里渐渐涌蓄起难忍的水汽，“可悲的是我。可悲的是，不管你做什么都能牵动我的情绪，而我却不知该怎么面对那些情绪。”

周尽欢的声音越来越哽咽，“这么多年，我从来没有谈过恋爱。因为我害怕，害怕如果又像喜欢你一样喜欢一个男人，他却不会珍惜我。我又蠢又笨，没有什么值得人喜欢的，我没有资格谈恋爱。”

周尽欢的眼泪终于掉下来，她抬手囫囵抹去，她想要表现得更坚强一些，可情绪的爆发却让她无法自控，“其实我不讨厌你，我讨厌的是我自己。”

“再次遇到你，我即使说得再怎么理直气壮，再怎么趾高气扬，在你面前，其实我还一直是以前那个周尽欢。”

“宋演，是你让我变成这样，连我自己都讨厌。”她抬起头，泪眼婆娑地看着宋演，“宋演，你说我们俩，到底是谁可悲？”

原本周尽欢一来就发了一通脾气，说了那么多带刺的话，宋演觉得又气愤又受伤，如今她突然情绪爆发，说出了一直以来憋在心里的话，反而让宋演心底那些郁闷渐渐消散。

好像一片阳光突然穿透了乌云密布的天空，宋演竟然觉得有种奇特的豁然开朗之感。

周尽欢噼里啪啦说完一大堆，大约自己也觉得自己有点丢脸，不想再面对宋演，转身就要逃。宋演眼疾手快地抓住了她。

“放开我。”

“你和霍期在一起，到底是因为喜欢他，还是因为想要逃避我？”

周尽欢想要挣开宋演的手，挣了半天却挣不开，甚至被迫面对着他那张势在必得咄咄逼人的脸。

“这很重要吗？”周尽欢说，“不管如何，我已经和他在一起了。”

“很重要。”宋演言辞郑重，“对我来说，很重要。”

“可对我来说已经不重要了，我只想当作我遇到了一个童话一样的故事，而我不想这个故事破灭。”周尽欢说，“不要再在我身上耍心机了。我很笨，永远都是你的手下败将，我永远都玩不过你。”

周尽欢一根一根地掰开宋演的手指头，一边掰一边流着眼泪。

最后一根手指掰开的时候，宋演低声说了一句：“可我从来没有玩过。”

宋演不再逼迫她，默默地往后退了一步，缓缓说道：“其实我真的希望你还是以前的周尽欢。”他顿了顿，自嘲一笑，“因为以前的那个周尽欢，喜欢的人是我。”

“……”

“周尽欢，中秋过后，我们将不再共事，如果我不再出现，你会不会好过一些？”

……

那天之后，周尽欢请了三天的假，在姨妈家住，吃了睡，睡了吃。她不知道该如何面对宋演，也不知道如何面对自己。对于周尽欢这种反常的举动，姨妈没问什么，只是如常地照顾她，仿佛她只是在姨妈家过小长假一样。

这几天霍期给周尽欢打了几十个电话，宋演夹杂其中也打了四五通。周尽欢都没接。

三天后，周尽欢收拾心情回家，姨妈给她弄的吃的喝的她拿了好几大包。

她走的时候，姨妈一副过来人的样子对她说："失恋其实没什么可怕的，上次你说的那个领导，后来没带回来我就猜到了应该是成不了。毕竟你们俩相差也太悬殊了。"

原本还有几分愁绪的周尽欢彻底被姨妈逗笑，周尽欢说："确实太悬殊了，所以我想过了，还是别嫁人了。"

姨妈懒得和她贫，说道："中秋小长假你回家吗？你爸妈想你了，说你老不接电话，总打到我这里来。"

"我考虑考虑。"

"他们说了，不逼你结婚了。只想要你回去，想看看你。"

周尽欢被这话说得鼻子一酸，这么多年来一直在江北打拼，豪言壮语说了一箩筐，结果什么成就也没有。有时候过年，别人父母要么炫耀自己孩子的事业多成功，要么炫耀自己的孙子、外孙多可爱。只有周尽欢的爸妈，那么爱吹牛的两个人，却只能黑着脸听别人吹牛。

其实周尽欢心里也清楚，她真的不想结婚，父母再怎么急也不会真的逼她，反观她，嫌父母唠叨，十个电话接一半就不错了，总找理由说自己工作忙，其实真有那么忙吗？她自己心里最清楚。

因为这段特殊的经历，周尽欢突然对中秋节的活动有了全新的策划。中秋团圆，这是中国一直以来的传统，而现在有很多在外打拼的人，三天的法定假期根本不足以让他们回家团圆。因为这样那样的客观理由，他们一年到头和自己亲人见一面都很艰难。如果做一个关注这个问题的慈善活动，估计能引起很多人的共鸣。

周尽欢用了三个小时就下笔如有神地写完了她的最新策划，并且取了一个有点俗气却又很能表达主题的名字——让爱回家。

她带着全新的策划回公司上班，兴致勃勃地奔到了徐杏办公室，初步和徐杏提了一下整个活动的策划。徐杏虽然嘴上没有说什么，但明显眼前一亮。

周尽欢见她有兴趣，立刻开始解释起来："我们可以先发起这个活动，帮助那些因为各种各样原因没有回过家的人回一次家。让大家讲出自己的故事报名，要视频的那种，然后我们内部审核以后，做出一个合集，发在我们的官方网站和各种媒体平台上，让大家去看。中秋节那一天，所有消费者可以凭发票进行投票。我们从中秋总营业额里拿出百分之五，给那些得票高的人圆梦。后续我们还可以继续跟进，这种慈善型的活动既能捆绑营销又能塑造我们的品牌形象。”

徐杏没有抬头，认真看完了周尽欢的策划，最后笑了笑说：“挺好的，比之前的那种送月饼的活动有意思多了。那些参与投票的人，也会有帮人的参与感。如果造势造得好，是双赢的方式。”

“原本应该要等开会以后才能决定会不会通过你的方案。”徐杏笑了笑说，“但是这次我想任性一次，直接给你通过。”

“真的吗？！”周尽欢也有点兴奋了。

徐杏看向周尽欢，眼神竟有点失落，“也许这会是四户通路久盛的最后一个活动了。”

周尽欢敏锐地听出了徐杏话里的关键词，立刻皱了眉头，“最后一个？”

徐杏轻叹了一口气，起身走到办公室的窗边，拉开了百叶窗，阳光投射进办公室里，笼罩着徐杏有点忧郁的侧脸。

“宋演过来，本来就是为了整顿四户通路久盛的。”徐杏垂了垂眼睫，又叹了一口气说，“他是专业的，我支持他的判断，只是觉得稍微有点可惜。再给我们一点儿时间，四户通路久盛也许会活过来。”

“宋演决定关闭四户通路久盛吗？”

“以他的性格，应该是不会留了。四户通路久盛的营业额虽然在上升，但始终还是在亏损，扭亏为盈至少还要两三年。”

周尽欢想起宋演那天说的，中秋以后就不再共事。原来真的不再共事了。

听说四户通路久盛会被关闭，周尽欢第一个想到的并不是她会失业，而是她是真的对这个百货公司有感情，也真的在这个岗位上做出了成就感，证明了自己。

她爱四户通路久盛百货，这是她毕业这么多年，第一次有这样的感觉。

“公司总不能因为宋演一个人就关闭四户通路分店吧？”

徐杏笑笑，“看来你真的不了解宋演，他给别的公司做一次整合分析，都是七位数报酬的。在这一领域，他算是数一数二的。你说公司听不听他的？”

“不可以和他商量一下吗？”周尽欢还不死心，“现在我们营业额已经在上升了。再给我们一点儿时间，可以吗？”

徐杏盯着周尽欢看了好几眼，最后说：“我会调回南波万分店。你要是愿意，我可以带你走。”徐杏笑了笑，“虽然不那么喜欢你，但不得不说，和你一起工作的感觉还不错。”

周尽欢低下头去，沉默许久她才抬起头来，一字一顿地说：“其实我已经决定中秋节活动以后就辞职了。这次‘让爱回家’活动，其实是我从自己身上想到的活动。我十八岁出来读大学，已经很多年了。”

徐杏听完，整个人都有点错愕，她始终有点难以置信，“你这个决定，他们知道吗？”

“他们？”

“霍期和宋演。”

周尽欢笑了笑，说道：“霍期我会找机会告诉他，至于宋演，你希望我告诉他吗？”

徐杏诚实回答：“不希望。”

“那就替我保密，好吗？”

中秋节的活动进行得很顺利，所有参与投票的人都是周尽欢亲自挑选的。视频剪出来以后在开会的时候播放的，在场的每一个人都哭了。

这种在外打拼不能回家的心酸太多人有共鸣，再加上所有参与者都是真情实感，朴实的语言反而更加打动人。

那条视频一发上网就被网友转发了三十几万条，拥有十几万评论，因为爆发的话题度影响太大，之后上遍了全国各大媒体。这对于四户通路久盛来说，绝对是绝佳的宣传。

这个结果是非常振奋人心的。因为这个活动前期的带动作用，大家都对中秋的营业额充满了期待。整个公司对于四户通路久盛的命运都一无所知，大家都带着最大的热忱为了这个百货公司在努力。

不管以前这里的每一个职员是什么心态，但自从宋演和徐杏来了以后，四户通路久盛的风气就变得很不一样了。大家都前所未有地团结了起来。

这是一家始终在亏钱的百货公司，可所有人都爱着这里，愿意为了业绩努力，不仅仅是为了钱，还因为在这里工作所得到的自豪感和满足感。

活动顺利进行，作为策划和负责人的周尽欢忙得焦头烂额不可开交。因为工作分散了注意力，最近对于那些情感上的问题她渐渐没有那么困扰了。

这天周尽欢很晚才下班，加完班以后公司仅剩几个人，霍期为了等周尽欢也一直留着。周尽欢下班了以后才知道霍期一直在等她，看他那疲惫的样子，周尽欢有点内疚。

两人一起在公司附近的小餐馆里吃晚饭。上菜以后，饥肠辘辘的霍期先拿起了筷子。这在两人相处这么久的时间里，实属第一次。

“四户通路久盛……就要关闭了，是吗？”周尽欢问。

霍期举在半空的筷子僵了一下，随即又恢复正常，“听谁说的？”

“我只想问问，四户通路久盛……关闭以后，你会回……总公司吗？”

霍期笑笑，“总公司哪里有我的位置？”

“那你打算……怎么办？”周尽欢始终说不出要回家乡的话。

“我不会让四户通路久盛关闭。”

“怎么才能……不让四户通路……久盛关闭？”周尽欢问。

“做到最好。”霍期说，“把营业额提上来，以最快的速度扭亏为盈。你知道吗，你真的做得很好，如果不是你，我真的没有信心把四户通路分店做活。”

霍期说完，又冷冷一笑，嘲讽道：“可惜了，有人坚持无视四户通路不断在改善提高的事实，放大了我们的亏损。”

“我觉得……也许可以去……找找宋演，他的评估报告……也许可以……帮助四户通路……分店。”

听到宋演的名字，霍期眼底闪过一丝阴鸷，他脸上有了一点儿不高兴的表情，这让周尽欢意识到自己可能又说错话了。

毕竟上一次霍期就是为了宋演有点吃醋。

“宋演那么铁面无私的人，求他要是有用，多少人会去求他。不要那么天真。”

“那怎么办？”

霍期抿了抿唇，放下手上的筷子，压低声音慢慢道：“你想留下四户通路久盛吗？”

周尽欢看了他一眼，毫不犹豫地点了点头。

“我倒是有个办法，只是这个办法只有你才能实施。”

听到只能自己才能做的事，周尽欢稍微有点犹豫，也有点不自信。

“我能做什么？”

“中秋节前总公司有季度股东大会，四户通路久盛的问题会在董事会上讨论，宋演也会在会上宣读他的评估报告。”霍期目光坚定地对周尽欢说，“我们可以把四户通路分店今年营业额的上升也做成报告，放在宋演的报告里，让股东们看到对我们有利的东西。”

周尽欢皱了皱眉头，直接摇头拒绝，“这怎么……可能实现？宋演不可能……同意让我们……在他的报告里……夹我们的报告。听说他要……关闭四户通路，这不是……打他脸么？”

“所以我才说，这是只有你才做得到的事。”霍期说，“宋演能因为你为我求情给我写第六名，也许也可以为了你留下四户通路久盛。”

……

霍期的话让周尽欢忍不住重新审视这个男人。他面上还是寻常的表情，好像他说的话只是例行交代，抑或是随口的一提。

可周尽欢就算再傻也能听出他这话的不对劲。她去求宋演这种事情，是置他于何地呢？

“这对我、对宋演……都不公平。”周尽欢垂了垂眼，轻吸了一口气说，“对不起，虽然我……也很希望……四户通路久盛……留下，但我……实在没办法……做这样的事。”

霍期听周尽欢突然这么严肃地拒绝了他，也放下了筷子。他从公文包里拿出了一个U盘，一只手将U盘推到周尽欢面前，淡淡道：“这是四户通路分店这半年的财务报表，里面有最真实的数据。这不是我写的，是财务部这么多年熬夜的成果。”

“也许对你、对宋演，这都只是一个普通的百货公司，可对我、对四户通路分店的老员工来说，四户通路分店就像第二个家一样。”霍期沉默了一会儿，眼中涌起一丝一闪而过的悲伤，“四户通路分店没了，我可能会去马来西亚分公司开拓海外市场。对我来说也算是一个大舞台。”

周尽欢皱了皱眉，想到霍期的处境，也对他产生了一些同情。

“霍董事长还在，就算他们不让……你进总公司，也可以调你……去别的分公司。”

霍期苦笑着摇了摇头，“如果不是四户通路，去哪里又有什么分别？”

霍期拿起纸巾擦了擦嘴。桌上点了很多东西都没吃，周尽欢低头看着那些精美诱人的食物，却觉得一丝胃口也无。

“我知道我的要求很过分。我希望能留下四户通路分店。”霍期低垂着头，有点丧气，“作为一个男人让自己的女朋友去求别人，这其实对我来说也和杀了我差不多的。”

……

周尽欢虽然不赞成霍期的主意，但还是把U盘收下了，随手放在了包里。

此事周尽欢考虑了好几天，始终没有过心理这一关。一方面，她不希望霍期被调到马来西亚，他已经那么孤单，还要他背井离乡去那么远，对他实在太过残忍；另一方面，她也不希望因为她影响宋演的决定，这么大的报告，关乎宋演的专业问题，就算她再讨厌宋演也不希望宋演名声有损，更何况她并不讨厌宋演。

随手把U盘放进了办公桌的抽屉里，她转头又到自己的工作里去奋战了。

如果四户通路久盛真的留不下来，那她更应该做好中秋的活动。这是四户通路久盛的绝响，一定要唱得旷古绝今所做的一切才值得。

虽然宋演要调回总公司了，但四户通路目前所有的工作还是由宋演全权负责。

中秋节还有一天就要来了。原本是法定假日的前一天，别的公司都可以提前下班，他们这种公司却比往常还要累。中秋活动已经正式启动一段时间了，媒体宣传和网络影响力都很足够，周尽欢要把目前已有的数据交给宋演。

宋演下午要去总公司开会，听说是季度股东大会，会要开到很晚，宋演从早上就开始做准备。周尽欢到他办公室的时候他不在，给他打电话，他叫周尽欢直接把文件拷到他电脑里。

周尽欢从来没动过宋演的私人电脑。其实也只是拷个数据，大约是前几天拿了霍期的U盘，这会儿看着宋演的电脑，她都觉得有点心虚了。

宋演用的是苹果比较常见的Pro，一打开电脑，开机需要密码，周尽欢先试了宋演的生日、电话号码都不成功，后来又试了他的名字缩写，还是不对。

她不得已又拨通了宋演的电话，电话接通时，周尽欢随便输入了三个字母"zjh"，她的名字缩写。

叮铃一声，电脑屏幕解开了。宋演用周尽欢的名字缩写做了电脑的密码，周尽欢内心不是不震惊。

宋演桌面上用的是最普通的图片，文件夹归档分类得非常简单，画面也很干净。完全符合他化繁为简的强迫症。

周尽欢把要交的文档拖到了桌面上，原本拷完了文件就应该直接关闭电脑了，可是她看到桌面上那个命名为"四户通路久盛百货评估报告"的文档时候，她还是经不住好奇把那个文档给点开了。

报告很长，有近三十页，周尽欢随便一浏览，大部分都是数据和图标，她也看得不是很懂，但是那些收入数字都是带着括号的。周尽欢学金融的时候学过一点儿会计内容，她知道正规的财务报表里负数都是用括号括起来的。

四户通路久盛数据确实太差了，不管他们怎么找理由，亏损就是亏损，这种事实是无法掩盖的。周尽欢越看越失望，最后忍不住直接关闭了文档。

这样一个百货公司，即使宋演想要把它留下来，股东们也不会同意吧？

周尽欢这么想着，竟然眼眶红了红。她想，她大约是真的对这份工作认真了。

宋演要去总公司开会，他把存好了文档和数据的U盘交给了秘书。下午一场恶战，需要分发很多材料给各位股东，需要提前打印和装订。

由于报告他直到昨夜还在修改，所以临去总公司之前才交给了秘书。

秘书也跟着他忙活着，赶紧打印，用文件夹一份份地装订好。

宋演现在的秘书是四户通路久盛总经理以前的秘书，虽然没有和宋演一起工作很久，但工作能力一直让宋演很满意，属于那种胆大心细不死板的人。

这场恶战，宋演带了秘书一起，全程给他辅助，两人对于这次股东大会都感到十分紧张。但大家都是职场上混过许久的人，越是紧张，越是艰难，就越是斗志满满。

进会议室之前，宋演和秘书一直等着一位位股东进去。会议室很大，圆弧形的会议桌真的和香港电视剧里的那样，庄严肃穆又十分有压迫感。大家都面无表情，也有人在低声说话。秘书已经紧张得大气都不敢出了，而宋演站在门口，始终淡定自若。

最后进去的是霍一霆，他微笑着拍了拍宋演的肩膀，低声鼓励："我知道你想留下四户通路久盛。我答应了某个人，会尽力帮你们。听说留下四户通路是周尽欢的梦想。既然你们都爱她，就为她努力一次吧。"

宋演没想到一直态度暧昧的霍一霆会这么公开地表示支持他，一时也有些发愣，随即被那种踏实感填满，愈发信心满满了起来。

"我一定会留下四户通路久盛。"这是宋演的保证，也是他笃定的宣告。

那天宋演和秘书去总公司开会的消息小范围在公司里传开，宋演的狠绝无情是公司里无人不知无人不晓的。若是别人，大家还会期待有奇迹，但是宋演，大家都明白，大约是凶多吉少。

霍期也去开股东大会了，他是霍氏总裁的私生子，也有资格去参会。也算是四户通路久盛员工们的精神支柱了。

下午，公司整个氛围已经不好，对于第二天中秋的活动，虽然也有在参加，但明显不如之前有热情。

周尽欢看到大家这样，耐着性子一个一个地和他们谈话。

虽然大家表面上听了她的，但她知道其实他们心里还是很消极，为了给他们加油鼓劲，周尽欢把大家召集在一起，很情真意切地说："当我被调到市场部做经理的时候，整个公司都在等着我被炒鱿鱼。宋总来了，他是'裁员专家'，却给了我机会，让我争取到了今天的职位。"

周尽欢深吸了一口气，渐渐觉得这并不只是为了鼓励大家好好干活说的空话，而是她内心的真实想法。

"宋总并不是传说中那种绝情没人性的人，其实他也和我们一样爱四户通路分店。今天他去开会，其实也像上战场一样。要为一家一直亏损的百货公司说话，他一定也很为难。"周尽欢双手交叠，放在胸前，在安慰大家，也在安慰自己，"不管最后结果如何，我们都无愧于为四户通路分店做出的努力，这才是今天站在这里的原因。"

"做好中秋节的活动，这才是我们最应该做的。"

……

听了周尽欢一番话后，有好几个年轻的入职没多久还对工作充满热忱的职员都忍不住掉了眼泪。虽然煽情有点肉麻，但确实让大家都为之一振。大家各就各位以后，工作效率明显提高，一边营业一边为明天的活动做最后的调试。

晚上十一点周尽欢和徐杏才下班。一整天徐杏都有点心不在焉，她也担心宋演，毕竟喜欢宋演那么多年，徐杏对于宋演的每一个动向都十分关注。

反观周尽欢，一直做着自己的事，双耳不闻窗外事的样子，显得有些绝情。

下班的时候，徐杏对周尽欢打趣说：“两个喜欢你的男人都去战斗了，你居然还这么冷静在这里指挥工作。”

周尽欢沉默了许久说：“我能做的只有这些了，别的我无法控制的事情，着急也没用。”

回到家，周尽欢在床上翻来覆去睡不着一直忍不住刷手机，想着开完会的宋演或者霍期应该会给她来个电话。但电话始终没有响，她越等越着急。为了尽快入睡，她狠下心把手机给关了，放在床边。

这下终于可以睡觉了吧，周尽欢这样想着。

周尽欢在四户通路分店忙碌的时候，宋演和霍期正在开股东大会。

一开始是常规的各种汇报。宋演的报告被排在了最后，算作公司最后一个季度的重大决定。冗长而枯燥的汇报让很多股东昏昏欲睡，但宋演一直精神高度集中。他是那种越是难越是兴趣很大并且一定要做得很好的人。从小到大，他从来没有允许过自己有失误，所以一直以来大家都喊他“学神”，其实他并不“神”，为了做到最好，他也一样付出了别人无法想象的汗水。

宋演报告之前，秘书把资料挨个分发给各位股东，现场气氛太过肃杀，只是分发一个资料而已，竟然有点腿软。在做报告之前，宋演留了几分钟让大家大概阅读了一下他的报告提要，然后他打开了自己的 slides 和已经整理完毕的客观报告。

会议室两个投影仪上是宋演做好的报告，他有条不紊地开始陈述。

那真是一场精妙绝伦的报告。原本昏昏欲睡的各位股东就这么听着宋演以独特的方式报告了四户通路久盛的业绩以及他对这家百货公司未来的分析和规划，那么枯燥的数据报告让他硬生生地讲出了几分有趣，那种幽默并不低级，只是稍微调节气氛，大家很快又能跟着他的指引回到正轨。

报告到最后，现场几乎所有的人都要被宋演说服了。离宋演最近的霍一霆低头对自己身边的亲信——一个副总说：“这家伙幸好没去做传销，不然不知道多少人要遭殃。”

副总笑眯眯地看着宋演，最后只感慨地说：“还是霍总眼光好，这种年轻有为的人才，早早就识出来放在身边。”

对此，霍一霆微微一笑，不无得意。

宋演说完最后一个字，停顿了几秒，然后向大家微微鞠了一躬，感谢大家给他的耐心。他报告完毕，原本是来开会的股东们都忍不住鼓起掌来。

虽然四户通路久盛是一个一直在亏损的百货公司，但是按照宋演的分析，这个百货公司在一年内就会开始盈利。看宋演如此诚恳，一些股东都已经在心里决定给这家百货公司一次机会了。

就在宋演以为万事顺利，胸有成竹的时候，一个不和谐的声音响了起来。

一个坐在霍期身边，非常不起眼的股东突然提出了质疑，他严肃地看了宋演一眼，问道：“你分发给我们的报告，确定是你写的吗？”

宋演手上还握有一份自己演讲用的报告，他点点头，“全部是我完成，数据也是我亲自在四户通路久盛的财务报表里提取。”

“是吗？”

那个股东拿出前面别人汇报用过的报表，翻开来，说道：“总报表第三十二页，有四户通路久盛近三年的财务状况分析，也提供了数据，为什么和你提取的数字不一样？”他冷冷地瞅了宋演一眼说，“一个营业额平均上升百分之三，总亏损百分之二十八；一个上升百分之十五，总亏损百分之十一。”

“你倒是说说，到底谁报告的才是真的？”

一句话将会议的平静完全打破。那个提出质疑的股东话音刚落，会议室里已经出现了小声议论的声音。但宋演是霍一霆的得意爱将是许多人都知道的事，没有人跳出来指责，只是宋演明显能感觉到现场的气氛已经不一样了。

宋演也不是遇到点什么就乱了阵脚的人。他没有说话，只是拿起了之前的财务报告看了一眼，再打开自己分发下去的报告看了一眼。

这一看，心都凉了。他的陈述是精简了的，很多数据都没有提及，而这个数据总趋势都是不好的，为了保住四户通路，他避重就轻没有陈述这一块的数据。

这份报告是他花了几个月的时间写的。最开始来四户通路久盛，他根本不准备留下这家百货公司，这样的业绩就是公司的毒瘤，所以一开始几乎都调查的是亏损，也非常可观地都记录下来了。之后他渐渐意识到，四户通路久盛其实就像周尽欢一样，一眼看去没什么可取之处，越接触却越让人觉得惊喜。

最后的最后，私心让他想要留下四户通路久盛。那是周尽欢的舞台，她只有在这里才能绽放出自己的光彩。

但即使是写出了对四户通路有力的报告，数据依旧都是照实登录的，这份数据有问题的报告根本不是他的。

宋演微笑着说：“我想应该是分发出了问题，我陈述的并不是这一份报告。”

他正准备走出去找秘书的时候，一直没有说话的霍期却突然站了起来。

他把宋演的报告啪的一声扔在桌上。

“不管哪里出了问题，这样一句话就可以撇清吗？”霍期冷冷看了他一眼，“如果不是你要陈述的，为什么你的秘书会发这样一份报告给股东？”

宋演听他这么一说，远远一眼瞥向总秘，她一脸茫然，整个人已经蒙了，眼中全是毫不掩饰的恐惧。宋演手掌攥握成拳，眉头微微皱着，但没有说话，只是静静地等着霍期下一步的举动。

“宋总下一步要说什么呢？秘书的问题吗？”霍期眼神里尽是阴狠，那是一种置人于死地的眼神，哪里还有平时一点点温和的影子？看来霍一霆的评价挺准确的，他是一条毒蛇。

宋演虽然一时也想不通是哪里出了问题，但他也不是那种毫无证据就推给秘书的人，“具体问题出在哪里还需要调查，如果真是秘书出了问题，责任也有我一半，是我管理不善。”

啪！啪！啪！霍期冷笑着鼓起掌来，“真是有责任心的上司，危机转嫁倒是很娴熟。”

“你把四户通路久盛的业绩报得这么高，是为了留下四户通路久盛吧？”霍期笑笑，“其实你是好心，作为副总经理我很感谢你为我保住饭碗，但我真的不认可你这种行为。”

“噢，至于目的，我想你大概就是因为周尽欢吧？”

本来所有的人已经安静下来，这会儿霍期提到这么一个陌生的名字，大家又都重新陷入更深的疑惑之中。

在场两个人彻底变了脸色，霍一霆脸色瞬间冷下来，而宋演，只觉有一团火噌一下在他脑子里点燃了，整个人瞬间都烧成了灰烬。

周尽欢到他办公室里给他拷过文件，是最后一个接触他电脑的人。他把U盘给秘书的时候，报告是直接从他电脑里拷贝的，他并没有打开check。

是周尽欢。

原本镇定自若的宋演觉得自己在一瞬间就好像被击垮了。他抬起头，看见霍期用那种势在必得早有准备的眼神看着他，一瞬间就想通了一切。

在职场上打拼这么多年的宋演第一次有了无能为力的感觉。

霍期对他的指控还在继续，而他却一句话都不能辩驳。

“宋演因为自己的私人感情，在报告中作假，夸大四户通路久盛百货的业绩。这一切都是因为他喜欢周尽欢，也就是四户通路久盛的营运经理。留下四户通路久盛，是为了保全她。”

会议室里顿时一片哗然。这种丑闻和内情都不是在职场和霍氏这样的商业帝国里该出现的。一时大家的表情都严肃了起来。

害怕事态扩大，霍一霆身边的亲信站了起来，有条有理地说：“这事一定是哪里出了问题，公司会详细调查，严肃处理。目前没有证据的揣测都没有意义。这事就算是这个原因，也可能是那个什么……周尽欢弄的，我对宋演的人品非常相信，他绝对不是这种人。”

霍一霆的亲信对宋演的感情生活并不了解，他的一句话原本是想给宋演解围，可他这么一说，周尽欢怎么可能全身而退？

她会这么做，也是为了四户通路久盛百货，为了霍期。

宋演看着霍期那有备而来的样子，心里明白周尽欢十有八九也是被他利用了。这事真要调查到她身上，她知道了一切真相，不知道会有多伤心。

他提醒过她那么多次，霍期没有表面上那么简单，可她却还是信了他。她原本就是这样的人啊，他不也是因为她的单纯善良一股子冲劲才深陷其中的吗？

“我建议把那位周尽欢请到总公司来，这事比较严重，最好是彻查。”

“虽然宋演这次失误，但他一直以来的工作能力都是有目共睹的。这次应该不是他的问题。”

“宋演，你的报告经了哪些人的手？”

“……”

越来越多的人站出来为宋演说话，而苗头也越来越指向周尽欢。霍期这一招实在太狠，即便不是真心的，周尽欢也是他的女朋友，他难道不知道他把周尽欢这么抛出来会有多么严重的后果吗？

众人的议论和求情并没有让霍期有多慌乱，他只是冷冷地瞧了宋演一眼，抿着唇笑了笑说：“所以宋总，他们说的是真的吗？是周尽欢换了你的报告？”

他的话就像压死骆驼的最后一根稻草。

“砰——”一声巨响响起，是霍一霆把杯子重重砸在会议桌上的声音。大理石的会议桌被砸得嗡嗡直响。

眼看着霍一霆就要发作，宋演抢先一步阻止了他。

“是我写的。”宋演看了一眼四周，在一片死一般的沉寂声中说，“报告是我写的。我因为喜欢周尽欢，私自谎报了四户通路久盛的营业数据，目的是为了留下四户通路久盛。”

“一切都是我的私心，和周尽欢无关，她根本对此毫不知情。”宋演深吸了一口气，最后一字一顿地说，“对不起各位股东，对不起霍总，我的个人行为为公司造成了损失，也浪费了大家宝贵的时间。”

“我会为这次的事故负全责，请霍总批准我引咎辞职。”

……

这世界上最可怕的事，是当有巨大的不幸将要发生的时候，你却一无所知，也无能为力，连被动接受都显得有气无力。

因为睡得太晚了，周尽欢早上被闹钟闹醒的时候已经迟到了。中秋节本来就忙，下午还有活动要开幕，她作为营运经理迟到简直罪该万死。

虽然周尽欢决定要辞职了，却还是对这份工作充满留恋，也把中秋节的活动看得很重。为了顾好活动，她特意打车去了公司。也因为匆匆忙忙的，手机都忘带了。

虽然有时她在公司会被指指点点，可今天办公室里的气氛实在太不寻常了。她一踏进公司就感觉到所有人看她的目光都有点不对劲。她一头雾水地抹了把脸，确定没有眼屎才进了自己的办公室。

这一进办公室可没把她给吓死。她的办公桌抽屉被撬了，而撬她办公桌抽屉的竟然是徐杏和总秘。

她们两个用简直要吃人的表情看着周尽欢。周尽欢忍不住皱了眉头。

“不就迟个到吗？这才十几分钟呢，我要是不来肯定会告诉你们的，都安排好的东西，也不用撬我办公桌啊，也没什么要紧的材料了。”

“这是什么？”徐杏完全无视她，突然拿出一个 USB，重重拍在桌上。

周尽欢顺着她的手看过去，脸色一下子也沉了下去。

那个 USB 不是别的，正是霍期当时给她的报告，但她最后并没有交给宋演。

“与你们无关。”周尽欢走上去想要收走 USB，却不想被徐杏强势地挡开。

周尽欢想要去抢，却不想徐杏想也没想，“啪——”一声，重重一巴掌甩在了周尽欢脸上。

“你什么意思？！”周尽欢莫名其妙被打，也有点急了，整个人都要上去和她拼命，“一大早的这是来兴的什么师问的什么罪？！怪我没有为四户通路久盛百货做贡献？！”

徐杏冷冷一笑，“你这贡献还不够大？”

“你什么意思？”

“宋演引咎辞职了，三年内不得踏入同类行业。”

“什么？！”

徐杏双手抱胸，冷冷地抬眼瞧她，“这难道不是你想要的结果？周尽欢，我真没想到，原来最狠的人是你。

“你不会知道他是怎么爬到今天的位置，也不会知道他到底有多爱这个行业，多爱这份工作。

“周尽欢，你毁了宋演。”

徐杏走的时候，一直没有说话的总秘用怨毒的眼神一直瞪着周尽欢。她把 USB 丢在周尽欢身上，恨恨地说：“你说要给宋总拷文件，拷的就是这种文件？你和霍期造假造得简直弱智！也就只有宋总才心甘情愿被你陷害！”

周尽欢看着她们离开的背影，想到她们说的那些话，捂着被打得发烫的脸走出了办公室，随便找了一个营运部的同事问：“今天到底发生了什么事情？”

那个同事是个刚入职没多久的小女孩，正在用上班的时间看公司的论坛，一看到周尽欢吓得鼠标都给丢了。

也正是因为她周尽欢才看到公司论坛上今天最热的帖子——股东大会上宋演引

咎辞职的视频。

他表情严肃而受伤，声音有点沉重但还始终保持着风度。

“报告是我写的。我因为喜欢周尽欢，私自谎报了四户通路久盛的营业数据，目的是为了留下四户通路久盛。”

“一切都是我的私心，和周尽欢无关，她根本对此毫不知情。”

“对不起各位股东，对不起霍总，我的个人行为为公司造成了损失，也浪费了大家宝贵的时间。”

“我会为这次的事故负全责，请霍总批准我引咎辞职。”

……

周尽欢终于明白过来今天一进公司大家对她那份异样的讨论来自哪里，也明白了徐杏和总秘的愤怒。

想到她们提到的“陷害”“造假”“拷文件”，周尽欢还始终有点迷惑。她回到办公室，随手捡起了被总秘扔在地上的 USB，将 USB 插进电脑里。

霍期很久以前就把这个 USB 给了她，但她从来没有打开看过。而当她第一次打开 USB 的时候，她被里面的数据惊呆了。

霍期说要她给宋演的是公司的真实数据，而 USB 里静静躺着的分明是虚报的数据。因为昨天看过宋演的报告，所以她对这些数据印象都很深刻，和霍期写的分明都不一样。

霍期胆子也太大了。

她想也没想就要冲出去找霍期，还没走出公司就被组里的人给拉了回来。下午还有中秋节的大型活动需要她主持。

出于对工作的责任心，周尽欢握紧了拳头，又回到了工作岗位，拿上对讲机去了搭建好的舞台。

“让爱回家”活动的票选结果已经出来了，为了造出更大的噱头，公司把几个会获得资助的人想要见的人都给找来了。现场想必会场面感人，作为慈善活动，这也利于后面的宣传。

周尽欢脑子里还在想着宋演的事，也想着霍期的话，越想越觉得脑子里乱极了。

活动如预期一般顺利开始了，各部门都已经就位。主持人上台以后，舞台的大屏幕上开始播放当初参选的各个选手拍摄的视频。

到场的嘉宾一个个上台，每个人一上台就播放他们的单个影片，然后他们想见的人会从后面慢慢走出来。其实环节和安排都很老套，但那种真情实感不是装的，不管多么老套的故事，所有能感动人的都是好故事，正因为此，现场的高潮一个接一个。

虽然活动进行得很顺利，周尽欢却一直心不在焉。现场聚集的人越来越多了，她始终丢了魂一样站在后面，举着对讲机，却一句话都不说。

直到音响里传来那熟悉又陌生的声音——那竟然是她自己的声音。

拍视频的是测试那天一直举着摄像机到处乱拍的组内同事，她用活泼的声音问："作为我们的总策划，请问如果你也参加'让爱回家'，你最想见的人是谁？"

周尽欢当时正在忙自己的事，只抬头看了她一眼，想了想说："父母吧。"她腼腆一笑，"我有近十年没有好好陪陪我爸妈了。老害怕回去，一回去就被催婚。以前不懂，现在才想明白，他们催我结婚，大概是害怕他们要是不在了，我一个人会很孤单。"

她说得极其随意，可在场的人却有不少都哭了。

周尽欢在毫无准备的情况下被组里的同事推上了台，又在毫无准备的情况下，一回头，看见了自己很久没有见到的父母。

周爸还是那副倔强老头子的样子，明明知道要上台也只是穿一件穿了几十年的旧外套，周妈就是典型的妇女形象，微胖，穿什么都变形，还是要把自己的身体塞在紧紧的衣服里。

周妈烫了新的发型，明明没有多好看，周尽欢却觉得美极了。

一回头看见他们上来的时候，周尽欢的眼睛瞬间就红了。

她泣不成声地上前拥抱自己的父母。周爸是典型的中国式父母，不擅表达情绪，连被拥抱都显得有点尴尬。

主持人适时地递了话筒给周尽欢，一直以来都会结巴的她十分胆怯地拿起了话筒，还没开口，喉咙已经哽咽了。

"谢谢……我真没想到……这个活动……还有我的份。"周尽欢的眼泪一直掉，太多情绪积压在心里，好像就在等这个契机一样，"我十八岁……来江北读大学……十年了……我想回家了……"

"工作可以换……钱可以赚，可陪伴……父母的时光……过一天，少一天。常回家看看……不管在哪里……"

把话筒递还给主持人，在他们的安排下，周尽欢和别的人一起走下舞台。一下舞台，周尽欢忍不住抱住了周爸周妈。

她自己也不知道为什么会有那么多委屈，所以"说父母是孩子永远的避风港"。

她直到今天才明白这句话。

看周尽欢哭得停不下来，不擅表达情绪的周爸拍了拍周尽欢的后背，酷酷地说："别哭了，搞得这么煽情，前天不还打了电话吗？"

周尽欢擦了擦眼泪，抱怨道："你们俩现在连我都耍了，为什么不提前和我说？今天谁接你们来的？"

“要不是一个姓宋的小子包机票，我们才不会来呢。”周爸说，“这小子是不是想追你？”

周爸撇了撇嘴，很不屑地说：“跟你说，别理这小子，他说话不算话，一点儿诚意都没有。说今天来接我们，结果没人来，我们自己打的过来的。”

周尽欢一听到“宋”这个字，立刻清醒过来，她一把抓过周爸的手，“你说谁叫你们来的？”

周爸一脸嫌弃，撒开周尽欢的手，“姓宋，好像叫宋岩？”

“宋演？”

“对对对！”周爸激动地说，“就是这个臭小子。说要给你惊喜，结果半途而废。”

“……”

宋演，宋演，宋演。

他到底要周尽欢欠他多少才甘心？

周尽欢只觉心绪实在难平。

她想都没想，转身冲出了人群，她一边跑一边回头对自己爸妈说：“你们给姨妈打电话自己安排，我有点事，晚上回。”

……

周尽欢回办公室拿了钱包，急匆匆地出公司就要去打车。她无法就这样让事情不了了之，也无法让宋演就这样引咎辞职。她要去问清楚，前因后果都要问得清清楚楚。

她坐电梯，从 20 楼一路下来。

“叮——”一声，电梯门应声而开。

周尽欢一抬眼，正看见站在电梯门口，双手插着口袋，一脸陌生表情的霍期。

“你这是要去哪里？”霍期眯了眯眼，口吻中带着嘲讽地问她，“这是去找宋演？”

周尽欢看见他，再听他这语气，只觉心底越来越愤怒。她两步从电梯里踏出来，与霍期面对面站着，眼神没有一丝回避和躲闪。

“为什么要这么做？”

“事情已经发生了，何苦还执着于一个答案？很重要吗？结果已经出来了。”霍期笑笑，脸上表情还是淡淡的。只是周尽欢此刻看来，感觉却是完全不同。

“为什么？”周尽欢还是一样执拗。

霍期终于还是败给了她，他挑挑眉，很云淡风轻地说：“很久以前，我给你讲过一个故事。一个私生子和他的妈妈相依为命，后来他妈妈得了重病，需要三十万做手术。那个私生子被逼得没办法了，从公司账面挪了三十万。后来有一个很正义的 HR 发现了并且阻止了这件事。他说只要这个私生子把钱还回去，就不报警，私生子没办法，只好把钱还了回去。之后私生子的妈妈因为没钱手术去世了，而那个 HR 被更大的公司挖走，送去英国深造了。

“听到这里你应该听懂了吧？那个正义的 HR，叫宋演。”

“听到这里，我只觉得心寒。”周尽欢第一次感觉到自己思路如此清晰，面对霍期，没有一丝一毫紧张，也不再有一丁点儿忐忑不安。

面前这个男人，曾经是她奉若神祇的人物。他就像古代那种温润如玉的翩翩公子，在她面前的任何时候都完美得滴水不漏。

她一直自卑，也觉得能被他看上真像一场梦。如今看来，也确实是一场梦，一场让人害怕的噩梦。周尽欢藏了一肚子要骂人的话，最后却都冷静地咽了下去。倒不是她不想骂，而是觉得这样的骂并没有什么意义，所有发生的一切都无法挽回，骂了也不觉得解气。

“所以从一开始都是假的，对吗？”周尽欢就这么静静看着他，心里已经慢慢明白了这一切。

“宋演来公司第一天就主动和你说话，”霍期笑了笑说，“他不是这样的人。”

听他这么坦荡地说着这一切，周尽欢连惊讶的表情都免了。

“一开始他似乎对你没什么兴趣，后来却突然有了。”霍期说，“宋演也是有弱点的，他喜欢上了你，你就是他的弱点。

“事实证明，我的所有推测都是对的。”霍期脸上的表情越来越严肃，也越来越冷漠，“所以我得到了我想要的。”

“你难道没有想过问题到底出在谁身上吗？他没有报警，没有抓你，只是让你把钱还回去。你这样做不是恩将仇报吗？”

“不！”霍期听周尽欢这么说着，情绪渐渐激动起来，“如果我妈还活着，今天我不需要来霍氏，我不需要霍氏的股权，不用霍氏的钱，这一切都和我无关！”

霍期瞪着周尽欢，脸上有阴狠的表情，“我失去了一切，也就只能抢点钱来让我心里舒畅一点儿了。”霍期冷冷地嗤了一声，“既然他们都那么在乎霍氏，那我就要得到霍氏，让他们每个人都尝尝一无所有的感觉。”

“我和宋演，新仇旧恨。如今这样，已经是我善待他了。”霍期说完，竟然轻轻扯着嘴角，笑了笑，又道，“人真的好奇怪，不管是多大的不幸，只要有人陪就都可以承受。现在看到宋演倒霉，霍一霆焦头烂额，我觉得开心多了。”

周尽欢仔仔细细地盯着他，不错过他的每一个表情，甚至是每一个眼神闪烁。他那种冷血到有点麻木的表情让她彻底感觉到心灰意冷，连愤怒都觉得很多余。面对这样的人，周尽欢真的不知道该用什么表情，只觉得自己之前对他的同情都显得十分可笑。

“霍氏不是宋演的，那是你们父亲你们家族的，你这样做是在毁霍氏，你得到一个毁掉的霍氏，对你而言又有什么好处？你考虑过这个问题吗？”

霍期笑着耸了耸肩，说：“霍氏变成什么样子又有什么关系？只要他们都得不到就够了。”

“卑鄙！”周尽欢紧紧握着拳头，忍不住骂他，“你这个疯子！”

“哈哈哈。”霍期突然哈哈大笑起来，笑声还如魔音一样回荡在周尽欢耳边的时候，他却又突然戛然而止，“周尽欢，我一开始觉得你真的好蠢，随便勾一勾手指就上钩的人。骗你我都没有愧疚感，像你这样的人，活该被人骗。”

“可你知道吗……”霍期突然抬手撩起一绺周尽欢落下的鬓发，还没替她别在耳后，已经被周尽欢嫌恶地躲开。霍期被这样抗拒，也不生气，反而笑了笑说：“后来我竟然觉得你和我想象中很不一样，我留不住你，你虽然人在我这里，心却不在，这让我对你产生了很大的兴趣。”

“周尽欢，你喜欢宋演，是吗？”

“……”

宋演这个名字在周尽欢心里像一块又臭又硬的石头，有着强大的存在感，会疼，会涩，却又不能取出来，取出来心上就好像会缺一个大洞。一直以来她都刻意去面对心里那奇怪的感觉，对于过去受的伤也是心有余悸。

可就是有人不断提醒着她让她去思考这个问题，她逃都逃不开。

周尽欢自嘲一笑，“我很感激你，感激你让我认清你的真面目，也认清自己的心。不确定是不是喜欢他，但我现在很清醒地知道了，我一丁点儿都不喜欢你。”

霍期的表情有短暂的一瞬怔忡，他始终阴鸷的眼神更加黯淡了几分。霍期停顿了几秒，然后意味深长地一笑，淡淡道：“宋演喜欢你，为了你能把这么大的事情都一力扛下来。

“就是不知道他会用什么样的表情再面对你。你说，这世界上有真正的爱情吗？”霍期脸上有迷茫的表情。换作以前，她一定会有点心疼，而如今，周尽欢只觉得反胃。

“你这样真可怜。”周尽欢说，“不管你得到什么，你的心都一样贫瘠。”

周尽欢微微向后退了一步，拉开了与霍期的距离，她的表情如此冷静，甚至一丝愤怒也无，只有对霍期的无限同情。

“我很同情你，这次是真正的同情。你放弃了做人最重要的东西，那就是良心。”

被她这样说着，霍期却一点儿都不生气，他只是意味深长地看了周尽欢一眼，幽幽地说着：“周尽欢，你对他是特别的。你那么早就可以正常和他说话，而我，直到今天，你才能说出完整的话。”

“有些事情从一开始就注定是晚了的。”霍期感慨道，“如果十年前我遇到你，今天也许我就不会这个样子了。”

“可我却庆幸，十年前遇到的是宋演，而不是你。”

“是吗？”霍期眼神悠悠，看向远方，明明是疑问句，却似乎根本不需要答案……

虽然周尽欢努力在霍期面前表现出不在乎不受伤的样子，但当远离霍期，坐上出租车的那一刻，周尽欢还是忍不住哭了。刻意的压抑让发泄的时候情绪愈发不能自控。她觉得心里难受极了。

不管对霍期是同情是陪伴是自以为是的拯救的心理还是其他，最初她答应做霍期女朋友的时候，她是真的决定了要放下一切好好去爱他，也是真心想要陪伴霍期那寂寞的灵魂。

可如今被他亲口证实，这一切从头到尾都只是阴谋，所有的一切都是她一厢情愿，他接近她只是为了利用她。这种打击几乎是致命的，将她这么多年建立起的信念全数击溃了。这一次，她是真的伤了感情也伤了心了。

从小到大，父母也好姨妈也好都告诉她人性本善。这么多年不管遇到多么恶劣的事，她受到多么大的伤害，家人总是要她学会原谅，要她学会宽恕。

以至于后来认识了左衡娇，左衡娇总是吐槽她是圣母白莲花娘娘。虽然现在这都是骂人的词，但她每次听到都只是笑一笑。不做坏事的人心安，吃亏也是一种另类的福气。这是她多年以来对自己的心理暗示。

直到今天，她才真的开始怀疑自己一直以来所信奉的一切。好人真的有好报吗？宽恕了那些坏人，他们真的会感恩吗？

也许宋演和她说过的那些话才是真的吧。

“人的善意是有限的，当这种善意要打破他们生活的平衡使他们陷入囹圄，他们会放弃行善；而人的恶意却是没有底线的，哪怕是反省也只是一瞬间而已，当他们得到了原谅，他们会侥幸，会更加觉得作恶没有成本。”

当时周尽欢还对这个论调嗤之以鼻，觉得宋演在职场上、在这个社会里浸淫多年后失去了本真，变成了一个不纯粹的人。而如今想来，他才是对的，周尽欢的这种纯粹在别人看来，只是蠢而已。

周尽欢自己蠢，没法翻身了，她内疚的是她害了宋演。他原本是一颗璀璨的星，在业内闪耀升起，是众人讨论的对象，如今却因为她而陨落。

她心急火燎地离开会场要去找宋演，胸口满胀极了，似乎有满腔的话想要对他说，想要和他道歉，想要向他解释，可她真的到了宋演家楼下却又举步不前。

她该以怎样的面目面对他？她该对他说些什么？

又或者，他还会不会见她？

她怀揣着复杂的心情按下了宋演家的门铃，许久都没有人回应，只听见酒店式公寓的门铃叮铃铃地响着。

突然，咔嗒一声，摄像头的红灯亮了起来。周尽欢有些紧张地看着镜头，她知道，此刻宋演可以从摄像头里看到她的样子。

周尽欢顶着有点红的眼睛，哽着嗓子说："宋演，是我。"

"上来吧。"喇叭里传来宋演有些沙哑的声音，三个字，不带任何情绪。

……

到了宋演家的楼层，还是和上次一样，宋演家的门是直接开着的。还是家徒四壁的"装修"风格，周尽欢站在玄关换鞋，抬起头看看周围的一切，只觉得一切都明明没有变，却又觉得好像什么都物是人非了。

客厅里突兀地多了一台电视机，很大很大的电视机，摆在客厅里使客厅像一个小型的电影院一样。此刻，电视里正在播放着很泛滥的明星真人秀节目，分明不合宋演的口味，但宋演还是坐在沙发上津津有味地看着，一派闲适的样子。

见周尽欢进来了，宋演只是回头看了她一眼，那眼神中没有什么特殊的情绪，过了一会儿，他才说："有事吗？"

周尽欢有些尴尬，看了他一眼，又看了电视一眼，没话找话地说："电视不错，新买的吗？"

宋演百无聊赖地"嗯"了一声，"商场里的样机，看划得来就买了，导购看我爽快，直接给我安排了配送。刚买就能看上，也挺幸运的。"宋演自嘲地笑了笑说，"太久没有看过电视了，都快忘记电视是什么东西了。"

虽然他用很轻松的口吻形容着一切，但周尽欢听着却觉得很心酸。

宋演是什么样的人？原本这时候他应该在做什么？而今天他在做什么？

这一切都是她害的。如果不是她，宋演根本不会把这件事扛下来。

"你昨天一夜都在总公司，是吗？"周尽欢问，"他们为难你了吗？"

宋演往后仰了仰头，闭上眼睛，轻轻伸了个懒腰，"都是一些例行的问话，我只是配合着回答了一些问题，又不是送公安局，有什么为难的。"

周尽欢越是听他这么说，越是觉得鼻子酸酸的，"我爸妈是你安排过来的，是吗？"

宋演表情有些僵硬，他抿了抿唇，过了一会儿才勉强着笑了笑说："本来是答应了去接他们的，没接成。"

"宋演，你是不是傻？"像斜飞的雨丝逐渐激烈，最后在玻璃窗上倾泻一样，周尽欢眼前渐渐模糊了。

电视里始终传来热闹的声音，而房间里却似乎无比空寂。宋演没有动，周尽欢也没有。两人只是这么不远不近地对着，谁也没有先迈出那一步。

“我其实也不是什么好人。”宋演说，“把你爸妈接过来，也是指望给你个惊喜，在你面前加加分。呵呵，好像没什么用。”

“你回去吧。”许久，宋演沉重叹息，“你不爱我，这我怎么能怪你呢？”

“宋演……”周尽欢往前走了两步，她眉头紧皱，许久，她才缓慢地说道，“今天早上整个公司都在看公司论坛上别人上传的一段视频。”

“那段视频的男主角在视频里承认了根本不是他做的事情。为了保护一个蠢到无可救药的女人，他放弃奋斗了很多年的工作。”周尽欢的眼泪一滴一滴地掉下来，“宋演，这根本不值得。”

宋演坐在沙发上没有动。他用后脑勺对着周尽欢，此刻周尽欢看不到他的表情，可她还是执拗地看着他。

许久许久，宋演突然笑了笑，他从沙发上站了起来，一步步走向周尽欢。

“记得很久很久以前，我问你，为什么你总是做一堆蠢事去帮一些没什么关系的人，你能得到什么？这值得吗？”宋演轻轻眯了眯眼睛，慢慢道，“当时你告诉我，如果做一件事先去想值不值得，那就不用做了。因为你做任何事都是出于本能。”

“我也是出于本能。”不管你爱谁，为了谁，出于什么目的，我的本能永远都只是保护你。

后面的一句，宋演没有说出口。

周尽欢看着宋演的表情。发生了那么大的事，一夜之间，他的生活发生了翻天覆地的变化，他却仍是处变不惊的样子。他是那样优秀的人，有那么好的风度，为什么一直以来她都忽略了他身上这些闪光点？

“对不起。”周尽欢说，“也许我现在说什么你都不会相信，但我还是想告诉你……”

周尽欢的话还没说出口，宋演家的门铃在这时候突然叮铃铃地响了起来。

宋演没有动，还在等周尽欢说下去。周尽欢看了宋演一眼，门铃又叮铃铃地响了一遍，周尽欢往后退了退说：“你先接吧。”

宋演沉默地看了周尽欢一眼，脸上有些微失落。

他接起了墙上的电话机，机身上的屏幕里出现了楼下的画面，来人是徐杏。

“开门。”徐杏言简意赅。

宋演也没有多说什么，直接按了开门键。

电话挂上，房子里突然又陷入一片死寂。电视里传来的声音让周尽欢感觉更加尴尬。

“一直站着做什么？”宋演打破沉默对她说，“坐吧。”

坐在宋演家的沙发上，周尽欢觉得有点如坐针毡。宋演给她倒了一杯水，她随手放在了沙发前的茶几上。

“你刚才想说什么？”宋演问。

周尽欢原本组织好的语言，在被打断之后却又不知该如何说起。憋了许久，周尽欢只憋出了一句：“不是我。”

“什么不是你？”

宋演刚要过来，门外就传来了窸窣的声音。徐杏一派自然地拎着大包小包进了屋。

“猜到你现在肯定死在家里，活动完了提前下班就过来了。”徐杏换完拖鞋，熟稔地将超市里买来的大包小包往屋里拿。

“吃过了没有？想吃什么我来……”徐杏一抬头，正看见一脸尴尬的周尽欢，“……做。”最后一个字，语调明显冷了下去。

“你来这里做什么？”徐杏看着周尽欢的目光明显淬了毒，“来告状？”

“我……我没有告什么。”周尽欢有口难言，她实在无法解释她来这里到底想干什么，“我来看看宋演……怎么样了……”

“你这个女人到底要不要脸？你还假惺惺地来看什么玩意儿？”徐杏被她一句话彻底惹怒了，三两步过来，一把抓起桌上的水杯。

“哗——”一声，一杯温水全数泼到了宋演身上。顺着他的衣服，水滴滴答答地都落到了地毯上。

宋演突然过来为周尽欢挡了水，这一举动让徐杏瞪大了眼睛，“宋演，你是不是猪油蒙了心？你知不知道她做了什么？我们在她抽屉里找到了存着那份造假报告的U盘。她昨天早上还碰过你的电脑，是唯一一个碰过你电脑的人！报告就是她换的，你还护着她？你到底知不知道是怎么回事啊你！”

宋演深吸了一口气，用手抹掉了脸上的水滴，最后只冷静地说了一句：“我知道。”

“你知道你还这样？”徐杏难以置信，“宋演，她一直都在利用你，对他们而言，你就是霍期用来打击霍一霆的工具。”

“别说了。”宋演说，“你先回去吧。”

“你要我先回去？”徐杏目不转睛地看着宋演，仿佛听不见一样，“我刚向上面递了辞呈，不管你去哪里，我都跟着去。你要我先回去？”

徐杏脸色越来越白，眼神中的悲伤也越来越浓，“宋演，没多久我就要二十七岁了。”

徐杏仰起头，看了一会儿天花板，再回过神来，又恢复了平时坚强的样子。她将超市里买来的食物都放在饭厅的桌上，走之前她嘱咐说：“你一个人在家要按时吃饭。”

“我走了。”

……

徐杏永远都是这样张弛有度，不管对待宋演是什么样的感情，她在宋演面前始终保持着一定的风度。虽然工作上被她压着，又刚被她打过，可周尽欢从来没有讨厌过徐杏。

宋演去英国，徐杏也跟去英国；宋演进霍氏，她也进霍氏；如今宋演离开霍氏，她也毫不犹豫地离开霍氏。

徐杏就像《致橡树》里的木棉，坚定勇敢地陪伴着宋演，而她周尽欢，只是那可耻攀附的凌霄花。

不管从哪一方面看她都比不上徐杏。甚至因为她，宋演还经历了这么糟心的事，她还有什么脸出现在这里?

徐杏走后，宋演在门口站了一会儿才回过身来，他看了周尽欢一眼，思前想后才说：“你有什么事你就说吧，她在也不方便。”

原本想要解释的话，周尽欢最终都全数吞了下去。

解释也好，不解释也罢，无非是改变宋演对她的看法而已，求得宋演的原谅，然后呢？到宋演身边去吗?

就像徐杏说的，她也太不要脸了。不管这件事是不是她做的，都和她脱不了干系，当初她收下那个U盘就应该告诉宋演，哪怕是她打开看一眼，也许就不会有之后的事了。

一切都是她的错，被霍期算计了也是她活该。宋演原谅她又有什么用呢？还不如让他恨下去。远离她这个蠢货，宋演才能开始新的生活，才能得到他真正该得到的一切。

徐杏很好，应该会对宋演很好很好，比她好。

周尽欢重重地吸了一口气，抬起头与宋演对视，一字一顿地说：“其实我是想来和你道歉的。做了这一切我真的很抱歉，你要恨我我也认了。我只是太想留住四户通路久盛了。”

宋演没想到周尽欢会突然转了口风，他直勾勾地盯着她，嘴角动了动，却什么都没说。过了许久许久，他才十分受伤地说：“周尽欢，你想要的，我都会拼了命为你得到，你想留下四户通路久盛，那你知不知道，我原本也是想留下四户通路久盛？”

“以前不知道。”周尽欢自嘲一笑，“看了视频以后才知道的。说到底还是我不够信任你。”

“是。”宋演也自嘲一笑，“在你心里，我到底是有多不堪？我做人也是挺失败的。”

“对不起。”

“行了。”宋演有点难受地别开脸去，“你也走吧，既然你想说的不是我想听的，那再说下去也没什么意义了。”

“对不起。”

周尽欢明白，有些话怕是再也没有机会说了。

最后的最后，周尽欢带着几分留恋用眼神描摹着宋演的轮廓，只想在心里狠狠记住他的样子。

十年了，这个男人好的坏的，她都见识过了。这十年她做过太多蠢事，唯一不后悔的，是十年前向他表白。

她曾爱过这个男人，不枉青春痴狂一场；她曾被这个男人爱过，不枉此生岁月沧桑。

Chapter 8

第八章 不想长大

我不想在很多年后回忆起来，
后悔年轻的时候，没有为了
和喜欢的人共度一生而努力。

周尽欢下楼的时候，宋演没有送。

她站在电梯门口，按下向下键的那一刻，她脑中像时空瞬时变幻一样，突然想到了很多以前的事情。一帧一帧的，画面不断切换。

酒店式公寓电梯外墙贴面是黑色的反光墙砖，周尽欢能看见身后的宋演。他双手环胸，斜靠着门框，面朝着周尽欢的方向，却始终没有走出家门。周尽欢偷偷看向他的时候，他并没有看她，只是一直低着头，也不知道在想什么。

电梯门叮一声开了，周尽欢按下一楼，喇叭里传来一声女声“电梯下行”，中文过后，英文又播报，“going down”响起的时候，门才开始缓缓关上，这时候宋演才抬起头，两人隔着不远的距离两两相望，仿佛隔着千山万水一样。

周尽欢抿着唇，渐渐露出一个浅浅的笑意，在电梯门还剩一条缝的时候，她抬起手对宋演挥了挥。那是很用力的一个告别。

周尽欢站在路边拦车，没一会儿，一辆白色的小轿车在她面前停下——那是徐杏的车。周尽欢坐过，所以有印象。

对于徐杏的突然出现，她并没有感觉到意外，事实上，徐杏离开的时候周尽欢就猜到她大约没有走，只是以退为进而已。

不管在工作上还是感情上，徐杏都比她更聪明。她也曾想要变成徐杏这样的人，但人和人始终是不一样的，她自己都无法想象自己戴着面具对人的样子，又让她如何做到？

宋演和她表白的时候曾说过，她是近几年他唯一接触到的清流，因为她太真实了，甚至真实得有点蠢。最初她觉得这话是夸奖，如今再回味，其实这句更像是一种提醒，被她错过的提醒。

上了徐杏的车，徐杏问了她家的地址，就开始往她家的方向开。

“谢谢你送我回家。”周尽欢说。

“你知道我在等你？”

“嗯……”周尽欢说，“我想你应该是有话要对我说。”

徐杏握着方向盘的手顿了一下，她一直目不斜视地看着前方，良久，她突然说：“四年前，我放弃了做了一年的工作，去了伦敦，因为宋演去了伦敦。我一直习惯了跟着宋演打转，他去哪里我就去哪里。这么多年一直如此。”

徐杏淡淡地阐述，那是属于她和宋演的部分，周尽欢没有参与过，所以她选择了静静聆听。

“那时候我觉得我脑子都是空的。大约是我跟去了那么远，他也稍微有点感动了。去伦敦的第一个中国年我们没有回国，当时很多留学生一起包饺子，吃完饺子又一起喝酒，玩得不亦乐乎。宋演输了游戏要受惩罚，大家知道我喜欢宋演，就起哄让他抱我。”

回忆起从前，徐杏嘴角边泛起一丝苦涩的笑意。她回味许久，才继续说道：“那天他喝了不少啤酒，就抱了。之后他又输了，大家又起哄，说既然是大冒险就冒险到底，要他亲我。”

周尽欢听到这些细节，觉得有点揪心，但她还是没有说话，只是安静地听了下去。

“宋演笑着说，他只会亲女朋友，然后他突然抱了我准备亲下去。当时他身上有很重的酒味，很玩世不恭的样子，那不是平时严肃的他。其实那时候他在英国是很迷茫的，对未来对他自己都很质疑，这一切我都知道。如果那时候他亲了我，也许就算是接受我这个女朋友了。”徐杏顿了顿，“但我推开了他。我做梦都想当他的女朋友，可我不能接受他在半醉半醒的时候麻木地接受我成为他的女朋友。”徐杏说完，有点自嘲地笑了笑，“那时候我还很骄傲，一心想要拿下他的真心。这么多年他从未对谁动心，如果我都不成也没别人了，我一直这样以为。

“直到你出现。”

等红灯的时候，徐杏回过头瞥了周尽欢一眼，是徐杏第一次认真正视周尽欢。

“宋演说我是他的翻版。如果我是他的翻版，你就是和我们完全不一样的人吧。的确，你在这个社会上显得太异类了，说好听点你是单纯善良，说难听点就是蠢钝好骗。”徐杏撇过头去，又看向前方，过了几秒才又说，“我曾想过，如果宋演真的爱你，那就成全宋演。可如今，我做不到。

“宋演注定不是一个平凡的人，你这样的人在他身边只会拖他后腿。我不能容忍你成为他的弱点，也不能容忍他为了你自折翅膀。如果可以，请你离他远些。上次你说的辞职，我希望你说到做到。离开江北吧，你想要什么，我给你。或者你想要钱？”

要是旁人说了这样的话，周尽欢老早就翻脸了，可徐杏说这些，周尽欢只觉得无力反驳。像她这样一无是处的人在宋演身边也不过是害了宋演，今天是霍期，明天也可能是张期李期王期，只要和她有关，她就无法保证自己不会害他身陷囹圄。

最初答应霍期的时候，周尽欢想着自己一个二十八岁的剩女，一穷二白，要钱没有要命一条，和一个优质单身汉在一块儿，怎么都吃不着亏。结果她万万没想到，霍期的目标从来就不是她，而是宋演。她更想不到的，是宋演对她竟然是认真的，为了她，他竟然可以背下那么大的黑锅。

“不用给我钱，我会远离宋演的。”周尽欢揪心地握着手指，说这些话的时候都觉得屈辱。

“我说这些话也许伤到了你的自尊，可是真的很对不起，宋演原谅了你，但我不能。”

“不管你信不信，我只想告诉你这件事不是我做的。”周尽欢说，“但我还是逃不了责任，那份报告霍期确实给过我，他让我交给宋演，向宋演求情。我没有给宋演，我以为我不说不影响宋演的决定，就不会有事。”

“这些话你不用向我解释，你应该向宋演解释。他原本就护着你，你这么一说，他也许还会内疚，觉得冤枉了你。”说完，徐杏冷冷地嗤笑了一声。

“我并没有想要辩解。我只是想告诉你，这件事我会弥补的，我一定会给宋演平反的。”

“呵，你能怎么给他平反？”

“我会向董事会揭穿霍期。”

在听完周尽欢的话以后，徐杏只是轻轻一笑，她摇了摇头问她：“为什么每一件事在你脑子里都能这么简单？”

……

虽然被徐杏揶揄了，周尽欢还是没有放弃。她带着霍期给她的U盘找到了总公司。大约是看在左衡娇的面子上，霍一霆抽时间见了她。

霍一霆原本是那种扑克脸大总裁，对周尽欢的态度已经算不错了。

周尽欢不想浪费他的时间，直接把U盘递给他，道：“这个U盘是霍期给我的。当时我没有打开，后来我才知道这个U盘里的报告是他改过数据的。他想借我的手陷害宋演。”

霍一霆左右腿优雅地上下交叠，一只手靠在沙发上，一只手放在膝盖上。他微微蹙眉，沉默地看了周尽欢一眼，良久才说：“你是想说数据的事不是你捣的鬼？”

周尽欢语气坚定道：“虽然我不知道是哪里出了错，但我很确定不是我。我能站出来指证霍期，向董事会揭穿他。”

“所以？”

“我见不到董事会的股东，我希望您能帮我。”周尽欢握紧了拳头，“无论如何，我要还宋演一个清白。”

霍一霆轻叹了一口气，将U盘推了回去。他说：“宋演临走之前拜托我好好照顾你，我会把你调到总公司来，以后你就在霍氏好好干吧。”

周尽欢没想到他完全无视了她的请求，她瞪大了眼睛，一下子也有点激动了，

“霍总是不肯帮我？我今天到这里来，就没打算保全这份工作了。宋演是被冤枉的，是因为我被冤枉的，我就算是失去一切，也会还他清白的。”

霍一霆耐人寻味地看了周尽欢一眼，轻启嘴唇，“你今天来找我，说了这些话，我挺欣慰的，替宋演觉得值得了。至少他放弃了一切保全的人不是纯黑心的坏人。”霍一霆笑了笑，“但我不得不告诉你，我不可能带你去见股东。”

“为什么？”

“你要如何指证霍期？霍期给你U盘的时候你录音了，还是他换报告的时候你在现场拍了照？凡事讲证据，别说你也没几分口才，就算你浑身是嘴，在股东们面前，你也没法全凭嘴说。”

“我说的都是事实，U盘也可以作为证据。他们为什么不相信我？”

“那天在场的股东九成九都知道不是宋演做的。宋演心气多高谁不知道？但宋演还是被处理了。霍氏的问题远比你想象的要复杂。没有谁对谁错，只有站队的人多人少。他们的目的是砍掉我的左膀右臂，他们需要是宋演做的，那就是他做的了。”霍一霆拿起U盘看了两眼，轻笑了两声，“这U盘怎么证明是霍期给的，光这一点儿我就要想破脑袋了。”

周尽欢咬着嘴唇，半晌才说：“可以验指纹，他亲手给我的，一定……”

“行了，”霍一霆打断了周尽欢，“别再给我说笑话了，我没心情听。”

“我……”

“你准备准备，到总公司来上班吧。”

霍一霆说完，起身就准备走，周尽欢拦住了他，“霍总，来之前，我已经递辞呈了。”

周尽欢说得不紧不慢，但每一句都发自内心，十足笃定，“如果董事会那边是这样，那我就把这件事告知媒体，让舆论去压倒霍期。我不相信坏人没有人收。”

霍一霆准备离开的脚步停了下来。他回过头来看了周尽欢一眼，最后才说：“这样的新闻我们不会让曝出来。霍氏是一家上市公司，每一个负面消息曝出来都可能会影响股价。公司在股市每缩一次水，我们就可能要被迫关掉一个分店。多少人会失业？请你替那些拿着工资活命的人想一想。

“你能想到的，我们更能想到。但这个世界上的事情不是非黑即白，有太多灰色地带了。”

周尽欢真的没有想那么多，以她的阅历也没法想到这么多。

霍建刚两个儿子原本势力差得很远，这也是霍建刚放心把霍期放在霍氏的原因，他认为霍期影响不到霍一霆。而事实是，霍期得到了林豫文和林家的支持，他们在背后笼络了很多股东，如今宋演这边出了问题，一部分股东都对霍一霆的能力产生了质疑，更容易被他们收买。

在这个关键时期，如果再出什么差错，霍氏会更加乱得不可收拾。

“你想辞职，我这边可以受理，我只是希望你再考虑一下到底要不要辞职。你如果真的想还宋演清白，就更应该在霍氏待着，做垮霍期。这才是最有力的反击。”

“做垮了霍期又有什么用？宋演三年不得踏入同类行业。”

“瓦解了他的势力，霍氏是我的一言堂，我要给宋演平反不就是一句话的事？”

“……”

宋演的事之后，徐杏也跟着递了辞呈，但公司没有那么快批下来。听说周尽欢也递了辞呈，但公司暂时没有受理，而是给她放了一个星期的假。

霍期因为举报宋演，及时挽回了公司的损失，被董事会特别批准去了总公司。四户通路久盛目前的命运处于悬而未决的状态。在最后的结果下来之前，所有人都只能等待。

宋演的帖子原本在公司论坛也火过几个小时，但很快就被删除了。有人把宋演的视频爆料给媒体，公司怕丑闻引起经济上的损失，花钱进行了镇压。这件事之后公司自上而下进行了一次内部谈话，为了公司的长远发展，每个人都必须三缄其口。

徐杏责任心强，辞呈批下来之前她都按时上班。尤其四户通路久盛现在没有总经理和副总经理，她就算是最大的决策人了，所有的一切都必须操心，但她并没有因为动荡就出现工作失误，一切她都管理得井井有条。

周五上班前，她停好了车，刚准备从停车场坐电梯上楼，就碰到了已经等候多时的总秘。

总秘一脸欲言又止地将徐杏拉到一旁，反复确认四下无人才敢开口说话：“徐总，有件事我突然想起来，想要告诉你。”

“什么事？”

“那天之后，我重新检查了宋总给我的文档。发现所有的报告都是对的。那天的报告是我打印的，我一直以为是宋总那边出了问题，是他给了我有问题的报告。如今看来，似乎不是。

“那天我去打印报告的时候，正好遇到了 Linda，Linda 是我们总秘室的助理。因为要跟去总公司，我赶着印好了去补妆，Linda 当时正在打印，她看我赶时间，不仅让出了打印机，还帮我打印了报告。”总秘仔细回忆起那天发生的一切，“Linda 叫我去补妆，她替我看着。只打了两份我就走了，等我回来的时候，报告已经全部印好了。我没有看过报告，拿了就直接走了。”

徐杏皱着眉头听着，越听越觉得不对劲，“你确定是她吗？”

“我本来不确定的，但她突然辞了职，还没等批下来就直接毁约不来了，我就有点确定了。”总秘说，“之前她一直打听宋总的报告，但公司当时谈论打听这事的人多，我就没多想，只以为她是怕四户通路没了她会失业。如今想想，她怕是早就不是我们的人了。”

“你现在还能找到这个人吗？”

“她留给公司的地址都是她很久以前租的房子的地址，怕是早就做好了准备。”总秘想到这些，突然有些为难地吸了一口气，“我在想，我们可能冤枉了周尽欢，问题是在我这里出的。”

总秘虽不是那么看得上周尽欢，但她本质却是个善良的人，不忍心看着周尽欢被冤枉，“我想去和宋总解释一下。如果不是周尽欢做的，他没必要背这个黑锅，我们只要把 Linda 找出来，查清楚一切就可以给宋总平反了。”

徐杏紧抿着双唇，站在停车场空旷的防火通道里，防火通道里光线有点暗，将徐杏沉思的表情全部吞噬下去。

“你也并不能肯定就是 Linda 做的，也不敢确定这真是她辞职的原因，这一切都是你的想象和猜测，并没有证据。我们贸然就公开这个消息，如果最后并不是，不是更麻烦？”

总秘想想徐杏说得也对，一时更加愁眉苦脸。她思忖了一下，又说：“可是既然有这个可能，应该还是要向宋总报告一下吧？”

徐杏看了她一眼，良久，才一字一顿地说：“这事我来说吧。”

徐杏和宋演关系比较亲密，父母也都认识，算是青梅竹马了。这一点儿总秘也略知一二，对她自然是放心。

但她万万没想到的是，徐杏并没有将此事告诉宋演，而是私下找了侦探开始调查 Linda。宋演的清白徐杏看得比什么都重要，既然有线索，哪怕是错的她都不会错过，无论如何，她一定会替宋演找回清白。

但周尽欢的清白，她并没有告知宋演的义务。她不愿，也不想。

这么多年过去，她最后悔的就是当年推开宋演。当初年轻气盛，对感情的洁癖让她不能接受那种半推半就。她心高气傲，要先得到宋演的心，要他拜倒在自己的石榴裙下，弥补自己这么多年以来一直顺遂无阻的自信。

如今自信被宋演打击得快没有了，她也变成了那些普通又偏执的女人。放弃太不甘心，得不到他的心，得到人也是好的。

比起周尽欢，她无疑是更适合宋演的人。

周尽欢的父母在江北待了一个多星期，周妈妈把周尽欢那蚕豆点儿大的地方收拾得温馨又舒适。每天周尽欢回家，父母唯一唠叨的就是要她跟着一起回家乡。为了宋演的事，周尽欢一连往总公司跑了好多趟，霍一霆后来都避而不见。在她最难的时候，要不是父母在身边，她怕是早就要崩溃了。

宋演这件事过后，唯一收获的，是周尽欢的结巴彻底被治愈了。她自己都没想到，最后会是在这样的事件后治愈了心理障碍。

宋演在会议上说那番话的视频一直在周尽欢脑子里反复播放，他那失落又无力的一段表白是她近日的梦魇。原来她的心理障碍是当年被宋演踩在脚下的自尊。

而如今她结巴痊愈了，是因为宋演的自尊被她无意踩在了脚下。

这是一种交换，却不是周尽欢真正想要得到的。原来她并不想报复宋演，宋演走下神坛的那一刻，她不觉得痛快，只觉得痛苦。

周末，周尽欢和父母一起去了姨妈家里。姨妈和周妈妈一起下厨房。这样的机会自两人出嫁以后就很少有了，两个老姐妹竟然都有点眼角湿润。

姨父为了给周尽欢和周爸爸解闷，把家里珍藏许久的相册给拿了出来。三人挤在一起看那些岁月的记录。

周尽欢对这种环节原本是兴致勃勃的，但最近她心情不佳心事重重，也没法集中精神去看这些。

周爸爸看着那些被姨妈珍藏的周尽欢小时候的照片，满眼都是疼爱。

周爸爸感慨："一转眼你已经这么大了，要是你早点结婚，估计我已经当外公了。"

"其实我真的挺不想长大的。"

周爸爸听她这么说，一时百感交集，"当年我也特别不希望你长大，可你还是长大了。"说着，他把相册又翻了一页。

他这一翻页，把周尽欢原本有些涣散的心都给收复了回来。

周尽欢瞪大眼睛，一把抢过了周爸爸手上的那本相册，拿出了一张很是老旧的照片反复端详了起来。

照片里，四五岁的周尽欢和一个比她高不了多少的同龄小男孩站在一起。两个孩子都显得有些拘谨，但还是咧着嘴在笑，虽然并没有笑得多好看。

那个小男孩穿着一条蓝色的背带裤，是当年比较常见的小孩子装束。唯一不常见的，是他身上那仿佛与生俱来的疏离。

小小年纪稚气未脱，却始终皱着眉头，好像在思考人生一样，这表情在那样年纪的孩子脸上，实在显得有些滑稽。

见她一直盯着这张照片，刚从厨房走出来的姨妈也凑了过来。

"姨妈，"周尽欢指着照片问，"你还记得这是谁吗？"

姨妈看了两眼，回忆了一会儿说："这小孩是宋教授的儿子。当年住在院子里，后来搬走了。听说宋教授后来当了院长，家里条件挺好的。"

周尽欢越听越屏住了呼吸，心里的猜测越来越肯定了起来，她问："那这个男孩叫什么，你还记得吗？"

姨妈皱了皱眉，想了许久才有点不肯定地说："好像是宋彦？"

“宋演？”

“对对对，好像就是叫这个名字。”

周尽欢脑袋嗡嗡地乱了起来，耳边突然响起那人当时激动的声音。

……

“你记不记得你小时候，大概五岁的时候，在老万里小区救过一个小男孩，从树上掉下来的？”

“周尽欢，你知道吗，这是命中注定。”

回想当初自己对宋演的回应，周尽欢只觉得感慨万千，右手情不自禁地触摸上那张照片，指尖落在那个小男孩脸上，仿佛有温度一样。

姨妈见周尽欢一直紧盯着那张照片，有点疑惑地问她：“怎么了？”

周尽欢摇了摇头说：“最近见过这个人，只是没想到我们居然小时候就认识。”

周妈一听周尽欢这样说，立刻两眼放光起来，“这人现在在干吗？”

周爸若有所思，暗自嘀咕，“这名字怎么这么熟悉？”

姨妈跟着周妈也激动起来，“宋教授的儿子，现在应该混得很好吧？结婚了吗？”

周尽欢对于他们的问题都避而不答，只是很认真地问他们：“人对五岁前的事会有记忆吗？”

周爸爸看了一眼周尽欢，话题很不经意就被她带走了，他想了想说：“我奶奶也就是你太奶奶，是在我四岁的时候去世的。四岁前我都是你太奶奶带的，对她的事能记很多，她去世时的场面记得尤其清楚。”周爸爸想了想，很郑重地回答，“重要的事总会记得吧，人是有感情的动物。”

“是吗？”她对于宋演来说是重要的人吗？他记得她，而她已经忘得一干二净了。

所以这才是老天爷的安排吗？这样的安排到底有怎样的深意呢？

周尽欢以前工作的时候天天都盼着有假期，这次突然就有了假期，便带着爸妈在江北玩了几天。爸妈不知道周尽欢发生了什么，只以为她请了假，因为担心她的工作问题，没多久就动身回老家了。

周尽欢在高铁站送爸妈，爸妈舍不得她，一直叮嘱个不停。周爸爸进站之前把周尽欢拉到一旁，语重心长地对她说：“我想了好久才想起来，那个接我们来江北的小伙子，是不是就是那个宋演？”

周尽欢没想到爸爸会突然说起宋演，怔忡了几秒后老实回答：“嗯。”

“男朋友？”

“不是。”

周爸见周尽欢不想多聊，也没有再问下去，他轻叹了一口气说：“江北是个好地方，你在这里待了好多年了，要你回家你估计也不习惯。我和你妈决定了，你如果想在江北安家，我们准备卖了房子跟过来。”

“没有。”周尽欢说，“还有一点儿事情，我处理好了就回家了。”

见周爸还在猜测，周尽欢赶紧打哈哈说：“江北的房价多贵啊，在老家买联排别墅的钱在这儿就买个小三室，划不来。”

虽然周尽欢嬉皮笑脸，周爸却笑不起来，他担心地看着自己的女儿，半晌才憋出一句：“爸妈不是要逼你结婚，爸妈只是怕你一个人太辛苦。”

一句话把周尽欢忍了许久的眼泪逼得在眼眶里直打转。她仰了仰头，把眼泪给憋了回去，最后吸了吸鼻子说：“等我把事情安顿好了我就辞职了。这次我是真的想回家了，金窝银窝都比不上自家狗窝。”

“这话说的。”周爸一巴掌拍在周尽欢的后背上，“家里装修得好好的房子怎么就狗窝了？”

“哈哈。”

“反正你有决定了，爸妈都支持你，你上哪儿爸妈就上哪儿。”

“好。”

“在江北好好照顾自己。”

“好。”

“那个姓宋的小伙子昨天给我打电话了。”临走前，周爸爸思前想后还是把憋着的话说了出来，“他希望我们能劝劝你，别辞职。”

“……”周尽欢瞬间陷入沉默，只静静地看着爸爸。

“他说，江北总有放晴的时候。”

“……”

爸妈在的时候生活还算充实不容她胡思乱想，他们一走，周尽欢心里仿佛跟空了一样。公司原本给了一周假期，假期结束后，她很执拗没有去上班。她想，这下不用她辞职，公司应该会主动辞退她了吧？

其实应该回家的，但宋演的事情没查个明白，她总归是不甘心。宋演借她父母之口对她说的那句话时时闪现在她脑海里。

江北总有放晴的时候，那是什么时候呢？

在温室里待了二十八年，没什么追求没什么大志没什么成就的周尽欢，第一次感觉到了外面世界风吹雨打到底有多么可怕。

左衡娇换了工作以后日渐忙碌，最近看她和霍一霆又有了来往，周尽欢虽不赞成，但霍一霆既然已经离了婚，她也没什么立场阻止他们。

最近心情不好，原本想要找左衡娇出来吃个饭说说话，谁知她出差了，要两三周才回。周尽欢在家里颓废了两天，最后是总秘的电话将她从这种黑暗的生活里唤醒。

这是私下周尽欢第一次和总秘见面，两人约在了周尽欢家附近的一个披萨店，这家披萨店提供下午茶，两人随便点了点东西，也没怎么吃。

在公司大家都喊英文名，也就周尽欢和宋演这种异类一直用真名。周尽欢第一次知道总秘的名字，原来她叫卓言，挺好听的名字。

摸不准总秘找她是什么事，但她这么诚恳地自报家门，周尽欢倒是感到有些意外。

“你这次是真辞职了？”总秘有点犹豫地问她。

“嗯。”周尽欢笑笑，“也没脸做下去了，把宋总害得那么惨。”

总秘听她这么说，沉默了一会儿，“对不起，上次不分青红皂白就骂了你，我知道事情不是你做的。”

周尽欢眉头微微皱了皱，也没说话，只是平静地等着她继续说下去。

“徐总这么久没有给我消息，我实在忍不住就来找你。”总秘有太多话想说，又有点犯愁，“宋总虽然严格但确实是个好领导，我也很想给他讨回公道。Linda的事我查出了一点儿头绪，但宋总那边一直没有消息，我去了他家一趟，没碰到，暂时也联系不上他。”

“Linda？”这个名字让周尽欢觉得十分耳熟，她在脑子里搜寻了半天才想起这么个人，“原来秘书室的助理？”

总秘紧皱着眉头犹豫了半天才说：“我知道事情不是你做的，是Linda做的，她背后一定是有人指使。之前她一直向我打听宋总报告的事，汇报那天，我交给宋总的报告都是她打印好以后给我的。”

“这些事情你告诉宋演了吗？”

“徐总说她会告诉宋总，但我怀疑……”总秘顿了顿说，“徐总没有告诉宋总。”

“……为什么？”周尽欢觉得不可能，“徐杏喜欢宋演，不可能不给他讨回清白。”

总秘低头抿了抿唇，半晌才说道：“大概是因为这事要是告诉了宋总，宋总就会知道冤枉了你。”总秘轻轻喟叹，“都是女人，这种心思也能理解。”

周尽欢听完总秘的分析，沉默了一会儿，“你想要我怎么做？”

“我想要你把这些交给宋总，是你的话，宋总应该会见。”总秘递上一沓资料，“这是我通过公司几个和她稍微熟一点儿的同事打探来的消息，只有这些了。”

收下了桌上用黑色文件夹装起来的资料，周尽欢只觉得内心五味杂陈。

人人都道宋演做人失败，人缘极差，谁能想到他出了事之后大家都争先恐后地帮他。在四户通路久盛，他就是最大的领导，不需看任何人的脸色，所以他从来不曾对谁逢迎过。但周尽欢没想到的是，宋演出事以后，公司里的同事们并没有觉得松一口气，也没有庆幸，反而大家都陷入一种群龙无首的恐慌状态，整个公司比之前盛传宋演要谏言关闭四户通路久盛的时候还要飘摇。

现在想想，宋演的严格和无情主要是针对违反原则的行为。他一直都奖惩分明，他来以后，加班费都尽可能给了，虽然没有很多，但大家还是觉得安慰。

考虑了一整晚，周尽欢没有给宋演打电话。虽然她有宋演的私人手机号，也知道他家的地址，甚至因为之前找他爸爸帮过忙有他爸爸的电话，但她还是没有找他。她也说不出原因，只是不知道该以怎样的面目去面对他。

仔细研究了总秘给的资料以后，周尽欢决定亲自出马寻找 Linda，只要她还在江北，她掘地三尺也要把人给找出来。

大家都觉得她笨，她在职场上嫩得如同新人，可笨的人总还有一点儿别的缺点，比如倔。她就是要大海捞针，就是要死不放弃，只要她活着，她就一定要还宋演一个公道。

Linda 入职的资料后来都被人给替换了，等总秘发现问题去查的时候已经全都成了假的。公司里人人都用英文名，虽然显得洋气，但也让人觉得生疏。即使是认识很久的人，也可能连叫什么都不知道。

总秘费了很大的劲打听，也就打听出 Linda 真名叫余慧，同事们只记得她曾说过要参加江北三中的同学会，推测她应该是江北三中的学生。

周尽欢带着 Linda 的照片找到了江北三中。她假装是记者，说余慧是很有名的志愿者，做了很多善事，她来是要采访她的老师。学校领导对于这样的事也是与有荣焉，很欣然地接受了采访。

领导带来了一个资历很老的教师，那个教师外号“备忘录”，只要他教过的学生，哪一届哪个班他都说得出来。他对余慧的评价很高，说了很多好话，周尽欢装得很像，全数记录了下来。

临走前，那个老师给周尽欢复印了当年余慧的学生卡登记页。周尽欢趁老师没注意，偷偷拍下了余慧的资料。

周尽欢临走的时候，那个老师很感慨地说：“余慧那个孩子真是不容易，学习好用功，当年要不是家里出事，应该就在北都大学了。”

周尽欢原本要走了，因为老师的一句话又折了回来。她想问下去，老师却不肯再说了。后来周尽欢再三保证不会乱写，老师才松了口。

“余慧高三那年，她妈卷了她爸厂里所有的资金还借了不少钱和副厂长跑去了国外。家里欠了太多钱，她当时来学校说要退学，后来是她爸又把她给押了回来。后来她只考上江北师范大学，虽然也是一本，但我们都知道，那不是她的实力。”

“……”

周尽欢循着当年余慧登记的地址找去，原本只是想碰碰运气，却不想还真就给周尽欢找到了人。

那是一栋很破旧的六层楼宿舍。是二十世纪九十年代很常见的那种厂房宿舍。周尽欢徒步爬上六楼，本来没有抱希望，却不想一敲门，来开门的人正是Linda。

周尽欢很难把这个粉黛未施灰头土脸的姑娘和公司里那个都市丽人Linda联系到一起，就像她无法把做过那些坏事的Linda和老师说的那个硬气坚强的小姑娘联想到一起一样。

Linda一见来人是周尽欢，立刻要关门，被周尽欢抢先一步抵住了门。Linda见关不上门，低声乞求："我们出去谈，我爸要休息。"

两人坐在厂房楼下的花坛上。周尽欢说明来意，Linda沉默了许久，最后拒绝了周尽欢的请求。

"我真的不知道你在说什么。"Linda对于周尽欢的一切指控都矢口否认，"我辞职是因为家人生病了，不是你说的原因。虽然我辞职了，但不代表可以让你们随便泼脏水。"她说完，转身就要走。

"你爸得了重病，很需要钱，是吗？"

"你也要给我钱吗？"已经要走的Linda又停了下来，"徐经理已经来找过我，说要给我钱，你能给我多少？比徐经理多吗？"

"徐经理？"周尽欢皱了皱眉，"徐杏？她来找过你？"

"噢，看来你们不是一伙的。"Linda笑了笑，"不过我给你们的答案还是一样。不是我。"

看着Linda越走越远的背影，周尽欢用不高不低的声音喊了一声："余慧。"

听见这个名字，Linda停下了脚步，后背僵了一下。

"当年你爸爸把你押回学校，费尽心思供你读大学，含辛茹苦养大你等着你进社会，是为了让你把良心丢在社会上的吗？"

Linda站在原地没动，过了一会儿，她缓缓转过身来，只轻轻讥笑道："你懂什么是良心？"

"宋总待你不薄。"

Linda抬起头看了看天，许久后，她慢慢说："别来找我了，我什么也不会说。有的人是我得罪不起的。"

"你爸爸得了重病，是吗？"周尽欢说，"你需要钱给你爸爸治病。"

"我要回家了。"

"你爸爸知道你的钱是怎么赚来的吗？他要是知道了，会安心吗？"

Linda听了周尽欢的话，半晌只淡淡地回应："活着才有安心不安心一说，命要是没了，再安心又有什么用？我在这个世界上只有这么一个亲人，我不救他谁救他？”

“周经理，既然你知道我是什么情况就不要再来为难我了。宋总那么有才又有钱，换一份工作一样会风生水起。金字塔顶层的人总是有很多选择，”她说着，突然自嘲一笑，“而金字塔底层的人，连活着都要出卖灵魂。”

……

在Linda那里碰了钉子的周尽欢没想到自己那么快又会再见到Linda，并且还是在姨妈家里。

姨父是江北医院肿瘤科的专家，也正是因为高知身份，最初他们才会和宋演家是邻居。江北医院的肿瘤科比不上江北肿瘤医院那么出名，但江北医院肿瘤科是整个江北出了名儿的胆大科。有些被判了死刑无处肯收的病人，都是江北医院肿瘤科收治。

姨父是麻辣教授，做事雷厉风行，胆大心细，是江北出了名的专家。周尽欢从小到大经常在姨妈家里过暑假，对于姨妈家里时常有人来送礼下跪求人的场面已经很是熟悉，也很会打太极替他们打发。

她怎么也想不到Linda会送上门来。周尽欢给Linda开门的时候，两个人都愣了一下。

姨父还没下班，姨妈在厨房给周尽欢做饭。周尽欢给Linda倒了一杯茶放在桌上。Linda手上大包小包的礼物没处放也没人接，表情有点尴尬。

厨房抽油烟机的声音掩盖了两人的小声谈话，周尽欢冷静地看了Linda一眼，问她：“你来是有事？”

“我来找苏教授。”Linda小心翼翼地说。

“苏教授是我姨父。”

Linda沉默了一会儿，“我爸的手术没人敢接，都叫我放弃，我想着整个江北，可能也只有苏教授能救我爸爸了。”

“苏教授是我姨父。”周尽欢又重复了一遍。

Linda苦笑，“我知道。”

周尽欢舔了舔嘴唇，想了一会儿，一字一顿地说：“我们来做个交换怎么样？我替你说情救你爸爸，你替我去公司说情，救救宋演。”

周尽欢说完这话的时候，内心其实很挣扎。从小到大她一直光明磊落从来不会捏别人短处威胁别人，甚至她从前一直鄙视这样的人，而如今，她也成了这样的人，在做这样的事。她不知道这该称为一种成长，还是一种染黑。

余慧的手攥成一团，整张脸都很紧绷。周尽欢看得出来她的挣扎，她屏住呼吸等待余慧的回应。

厨房里传来姨妈做饭有条不紊的洗刷声音，余慧的声音压得很低，若不是周尽欢专注在听，恐怕都会错过。

“对不起，我没法做这个交换。我要是承认了就得负责，不知道会被怎么处理，这时候我爸爸不能没有我，因为再没有人照顾他。”

周尽欢被拒绝了，这结果出乎意料又在情理之中。她沉默了一会儿，微微笑着说：“没关系，交换本来就是你情我愿的。买卖不成仁义在，相信一切都会顺利的。”

两人相对坐了一会儿，姨妈出来了，见余慧还在，便瞪了周尽欢一眼，“你没和人家说清楚呢？”

周尽欢觍着脸笑了笑。

姨妈直来直去，对余慧说：“你请回吧，有什么事情去医院找，我们家老苏在家里不上班。医院的事情我们也管不着，像你这样求的一天来几个，我们没办法就是没办法。”说着，把余慧拎来的礼物又都塞回她手上。姨妈这么强硬的态度，余慧也没办法，只好拎着东西走了。

余慧走后没多久姨父就回家了。姨妈时间赶得刚刚好，饭菜正好上桌。

吃饭的时候，姨妈和周尽欢聊得好好的，周尽欢却心不在焉。

她思前想后，还是向姨父开了口。

“姨父，今天家里来了个病人的家属，是癌症的，想要你接诊。她说整个江北只有你能给她爸做手术。”周尽欢顿了顿又说，“您能不能帮帮她？”

姨父见她这么说，微微笑道：“是你朋友的爸爸？家里来过那么多病人和家属，倒是没见你为谁说过话。”

“不算朋友吧。”周尽欢说，“只是觉得人活着都不容易。”

“这个病人叫什么？”姨父放下筷子，推了推眼镜，许久才一本正经地和周尽欢说，“欢欢，医院是个很严肃的地方，作为医生我们一定不会无缘无故把病人拒之门外，这和我们做医生的信念相悖。如果是我们拒绝的病人，一定是我们真的救不了的。这是人命关天的大事，我们如果救不了，就不能随便接诊给病人希望。

“如今医患关系那么紧张，院里对我们的规定也很严格，我们也是无计可施，黔驴技穷。”

“……”周尽欢埋下了头，想来她还和余慧夸下海口，自以为可以干涉姨父工作，现在冷静下来想想，这也确实是她做不到的事情。

“对不起，我什么都不懂。”

“……”

那之后，余慧又三顾茅庐，一直找周尽欢的姨父帮忙。姨父一直拒绝但她还是不放弃。他无可奈何地看了余慧爸爸的片子，最后一直摇头。

“这个片子，他体内的癌细胞已经全身扩散了，你看这些点，像女孩脸上的雀斑一样。肿瘤在肺部，这么大，我知道他很痛苦，但这个手术已经没有做的意义，只会让他更加遭罪。”

听他这么说，余慧虽然坚强还是忍不住哭了，“苏教授你救救我爸吧，他太痛苦了，每天都没法睡。”

“现在唯一的治疗办法就是止痛，至少让他觉得舒服一些，无法治愈，至少可以缓解。”

姨父的拒绝让余慧陷入了彻底的绝望。父亲的生命就像进入秋天的梧桐树，除了看着他凋零，她什么都做不了。

得知余慧彻底被姨父拒绝后，周尽欢又去看了余慧一次。这次她什么都没有说，只是带了些礼物给她，安慰了她几句。

临走前，她把上次去余慧母校“采访”的稿子交给了余慧，鼓励她：“你的老师这么多年都记得你，说你是和松柏一样坚强勇敢傲骨铮铮的人。”说完，周尽欢抿着唇勾起一个自嘲的笑意，“你帮不了我，我也帮不了你，这也算是一种交换吧。”

周尽欢没想到余慧最后会站出来承认一切。前后不到一周的时间，余慧的爸爸病情加重，突然去世了。

处理完爸爸的葬礼，余慧第一时间回到了四户通路久盛，把一切罪责都承担了下来。

这些周尽欢都是从总秘嘴里听说的。总秘不知道周尽欢去找过余慧，只以为一切都是徐杏的功劳。

周尽欢没有去深究余慧改变主意的原因，她只是感慨。

人活着都很不易，谁是好人，谁是坏人，有时候真的没法看清。

宋演终于被证明是清白的。公司因为余慧，对那件事进行了彻查。本以为能扯出霍期，却不想最终只查到一个很小的部门经理。这个部门经理和宋演在工作上有点过节，花钱找了总秘室当时的助理余慧陷害宋演。

公司查到了他们私下交易的流水账，开除了那个部门经理，并表示霍氏旗下所有公司企业都永不录用。

周尽欢对于这个结果非常不满意。得知这个消息以后，她立刻就跑到总公司去找霍一霆。霍一霆碍于多人面子，虽然烦了周尽欢，还是抽空见了她。

周尽欢一见霍一霆就忍不住竹筒倒豆子一样质问了起来：“为什么只有一个部门经理？这事就是霍期做的，我手上的U盘也是证据，为什么不往下查了？你不是宋演的朋友吗？你不是也被霍期阴了吗？为什么不查下去？”

霍一霆连着加了几天的班，也有些疲惫了，他紧皱着眉头，英俊的脸上有了不耐烦的表情，“我以为这件事以后你会成熟一些，没想到你还是这么咋呼。如果查得出来我们会不查吗？能证明宋演的清白已经是万幸了。我早就和你说过，职场如战场，没有人会给别人留下把柄，那都是能让你死在战场上的东西。”

“做坏事就这么没有成本吗？坏人就没人能治了吗？”

“周尽欢，职场上没有真正意义上的好人和坏人，只有不同的利益。”霍一霆叹了一口气，“今天是我在执掌霍氏，霍期成了坏人，今后若是霍期执掌了霍氏，我做的一切就是坏事了。”

“霍期凭什么执掌霍氏？”说到霍期，周尽欢还是压不住心底的愤怒和不甘，“邪不胜正，我一直都坚信这一点儿。”

霍一霆笑了笑，眼底有疲惫也有无奈，“希望吧。”他看了周尽欢一眼，“公司发了公告，还了宋演清白，虽然没明说，但也算是还了你清白吧。

“你到霍氏总部来吧，这是宋演走的时候嘱咐我的。我答应了宋演，不能不做到。”

“走的时候？”周尽欢握了握拳头，“还他清白了，他还要走去哪里？”

“宋演有自己的想法。”

周尽欢紧抿着双唇，有很多话想问，最后只说：“那他会去哪里？”

“不知道。”霍一霆说，“我倒是希望可以留下他，我真的很需要他这样的人才。”

“……”

虽然周尽欢已经决定了离开宋演的世界，不见不念就不会给宋演带来麻烦，可听完霍一霆的话，她还是忍不住去找了宋演。

站在宋演家楼下，周尽欢却不敢按响他家的门铃。犹豫许久，她只敢拨通宋演的手机。

周尽欢怎么都没想到，宋演的手机铃声是在她身后响起的。

周尽欢回过头的时候，宋演正好抬起头看见了她。

已经拨通的电话发出“嘟——嘟——”的声音。周尽欢握着手机怔忡地站在原地。

宋演看了她一眼，把手机接通。

两人隔着十几米的距离，举着手机傻傻对望。小区里绿化优良，入眼尽是茂盛葳蕤的翠绿，绿中带着五彩斑斓色彩的花朵，都是周尽欢叫不上名字的植物。

空气中飘着让人迷醉的甜香，周尽欢觉得脚下有些虚浮。听筒里传来宋演均匀沉稳的呼吸声，周尽欢只觉思绪好像飞去了外太空。

“吃饭了吗？”宋演打破了沉默，他的第一句话就把周尽欢勾得眼眶有点红。

“吃过了。”周尽欢吸了一口气，“你呢？”

“也吃过了，都这么晚了。”

“……”沉默，死寂一样的沉默。

“你来找我，有事吗？”宋演小心翼翼地问。

“你不回霍氏了，”周尽欢目不转睛地盯着他，“是吗？”

宋演没想到周尽欢会问这个问题，愣了一下，最后淡笑着回答：“是。”

“为什么？”

“这么多年一直做这份工作，也觉得腻了。”宋演笑笑，“我想重新开始。”

不知道为什么，周尽欢觉得宋演的这个回答让她莫名地有些心酸。

“你要重新开始的是什么？”周尽欢问，“工作，还是……”

“我”字还没说出口，一道不和谐的女音已经打断了她。

“姓宋的，你是不是太过分了，让我一个人拿这么多东西？”

徐杏拎着大包小包姗姗来迟，一见到宋演，直接把东西全塞到了宋演身上。

“伯父伯母说了，今晚过来吃饭，你真不孝顺，什么都不准备。”徐杏疑惑地看着宋演，“干吗呢？”

顺着宋演目光，徐杏终于看见了十几米开外的周尽欢。

“周尽欢？”

周尽欢收回了手机，默默挂断了正在通话中的电话。

周尽欢蓦然回首，恍惚中只觉得，这十几米的距离，居然有这么远。

“你来……有什么事吗？”徐杏脸上勉强奉上一个笑容，但她眼神里分明写着“你怎么还敢来”。

“我……”周尽欢握着手机，嗫嚅半天才说，“我来问问宋演工作的事，公司把之前的事彻查了……所以……”

“我们都已经知道了。”徐杏说，“Linda 承认了一切，还了宋演清白。”

“哦……对……”

周尽欢原本有满肚子的话想要对宋演说，可此刻看着远处的宋演，再看看一直紧盯着她的徐杏，她又将那些话咽了回去。

此刻她站在原地没动，只觉得手足无措。

“原来你们都知道了。”周尽欢干笑两声，“那就不用我通知什么了，我……”周尽欢勉强地扯动嘴角，“我先回去了……”

“要不要上去坐会儿？”宋演突然开口，声音还是那么醇厚而熟悉。

周尽欢抬起头就与他四目相对，宋演目光深沉。

“对啊对啊。”徐杏立刻附和，“来都来了，上去坐会儿，喝口水。”

徐杏原本是热情相邀的话，可周尽欢却听出她语气里的不情愿。周尽欢也不是不识时务的人，忙尴尬地摆摆手，“不用了，我一会儿还有事。”

周尽欢刚走出两步，徐杏又过来说：“我送你吧，这个点也不好打车。”

“不用了，你们回去吧。”

……

周尽欢话已至此，徐杏也没有再坚持。

周尽欢每走一步，都在想背后的宋演和徐杏是用怎样的目光看着她。她越这么想着，就越觉得如芒在背。

她明明不想就这么走了，也明明觉得不甘心，却还是这么走了。比起徐杏，她做的那点事顶多就算弥补过失而已，她又有什么资格不甘心呢？

周尽欢走后，宋演什么也没说，拎着徐杏递给他的那些袋子直接往楼里走了。

“你没有什么要和我说吗？”徐杏却叫住了他。

“说什么？我要说的不是都被你说了吗？”

“如果我不说要送她，你是不是就要去送了？”徐杏眼底掠过一丝丝失望，她是受过良好教育思想开化的先进女性，不管做什么都优于别人的人，现在却说着她自己都瞧不起的话。爱而不得的总是卑微又可耻。她自己都觉得自己这样很可怜。

“伯父伯母晚上要来，我下班后第一时间赶过来送东西，还没和你说到两句话，你就急匆匆地下车往外冲。”徐杏一边说，一边克制着自己强烈的哭意，“我以为出什么事了，原来是你看到她来了。”

“我并没有要你来。”

“是，是我生得贱。”徐杏自嘲一笑，“你冤大头一样把一切都承担下来，还是为了别人承担一切。你帅到了，而我呢，因为贱，所以找人调查，为了你去求人。

“我把你的清白看得比什么都重要。而你呢，从头到尾都只关注周尽欢开不开心。”徐杏越讲越激动，她的手紧紧握成了拳，极力隐忍，却还是忍不住流露出软弱，“这么多年，我以为就算是块石头，也该被我焐化了。”

从前的徐杏总是俏皮的、自信的，即便是追求宋演，也是进退得宜，这样的她是宋演欣赏的。也正因为这份欣赏，宋演虽然没有给她希望，但还是认可了她这个朋友。而宋演忘记了，感情这个东西会让人改变，徐杏也会想不通，也会偏执。

宋演沉默地听着徐杏的叙说。良久，他才缓缓道：“你是一个要什么有什么的人，所以你耿耿于怀的是我的拒绝。如果我们在一起了，你会发现我这个人无聊无趣，根本没有什么值得你喜欢。”

“你这么说我，你自己又何尝不是？”徐杏还是咄咄逼人，“你敢说你对周尽欢没有耿耿于怀吗？”

风阵阵袭来，吹动小区内的植物发出沙沙的声音。徐杏目不转睛地盯着宋演。宋演自知有些话不能不说，最后轻叹一口气，“我是耿耿于怀，可我与你的耿耿于怀却很不同。”谈及周尽欢，宋演眼中带着几分时光的暖意，他说，“我从来不曾怪过她，不喜欢一个人，并不是错。只要是她想要的，哪怕是让我离开，我也会去做。因为我爱她，我想要她开心。

“我只是后悔，后悔当年没有好好待她。”

宋演一番话硬生生地把徐杏的眼泪给说了下来。对于一个骄傲的女人来说，有什么比自己喜欢的人对另一个人深情表白更伤自尊呢？

“宋演，我真的不甘心。”不论宋演说什么，徐杏始终觉得不甘心。所有人都无法打动的宋演喜欢上了周尽欢，甚至他用了“爱”这个字眼。这么短的时间，为什么？凭什么？

“得不到就拼了命要得到，这不是因为感情。你不甘心的是我对你自信的打击，是输给周尽欢的难以置信。”宋演垂眼几秒，复而又说，“我们在一起了你就能甘心吗？如果能让你彻底放下，我可以和你在一起。你要么，徐杏？”

“宋演，我有时候真的觉得你很残忍。”

被这样评价，宋演却笑了，“如果对每个人都很慈悲，又如何能体现出对喜欢的人的不同？”

徐杏擦掉了眼泪，明明很难过，却还故作坚强地微笑，“宋演，你总说我喜欢你是因为求而不得，其实你自己最明白，你这么想这么说，不过是为了减轻愧疚感。你这么多年没有接受我，那么多人都知道我是感情上的失败者，在你面前我有什么自尊有什么自信？我比周尽欢可怜多了。”徐杏喉头哽咽，“可我不会放弃，因为我不想对不起自己。我不想在很多年后回忆起来，后悔年轻的时候，没有为了和喜欢的人共度一生而努力。”

“……”

晚上，宋演父母如约而来。宋妈对自己的儿子很了解，知道他不会准备晚饭，买了大包小包的菜来的。刚拎进厨房，就看见厨房里已经有一堆食材了。

宋妈四处张望了一下，回头问宋演：“徐杏买的？”

宋演坐在沙发上，没有动，只“嗯”了一声。

“怎么没等到我们来？”

宋演沉默不语。宋妈脸色沉了几分，“你是不是又对她说了什么？”

宋妈见宋演没什么反应，立刻明白了。她皱了皱眉头说：“唉，徐杏也是欠了你了，这么好的姑娘等了你多少年了。我有时候也觉得奇怪，你怎么能这么死心眼儿？先交往看看又不会死，又没对象干吗那么抗拒她？”

宋演思忖了一会儿，很郑重其事地回答：“在学校里她是我的学妹，在生活里她是我的朋友，在工作上是搭档，除了爱人，她还可以在我生命中扮演其他的角色。我从来没有抗拒她，正因为我重视她这个人，才不会随便一试。”

“我随口一说，你这么严肃做什么？”宋妈也知道自己这个想法有点不负责任，她这个儿子古怪得很，又龟毛又难搞，有时候连她这个亲妈都搞不定。

见母子二人气氛有些不对了，宋爸赶紧转了话题。

“你说要给我跑项目是不是真的？”宋爸赶紧抓过了宋演，“我们目前研发的这个项目学院几个教授都参与了，除了技术，我们这群老家伙也不能给你什么支持了。”

“我知道。”宋演脸色还是很严肃，“之前你和我提的我都有关注，去德国这件事情我也一直在考虑。目前国家有针对节能技术研发的专项基金，如果我们能申请下来，到时候申请了专利，和江北地方企业合作，政府扶持，最后做成是机会很大的。”

宋爸看了一眼宋演，还是有点不放心，“你下定决心了吗？”

宋演见宋爸一副不信任的样子，咧着嘴笑说：“不下定决心能干么？”

“臭小子！”宋爸看着年轻又意气风发的儿子，回想起当年的自己，感慨万千，“不疯狂，不年轻。”

不疯狂，不年轻。也许吧。

对宋演来说，年近而立了，人生该是趋于稳定的时候，他却突然遭逢大的变故，把他重新带回起点，一切都要重新开始。

今天周尽欢在电话里问他，要重新开始的是工作还是她。

宋演现在想来，连他自己都没有想好，又如何回答她？

当初闹得沸沸扬扬的，公司里传了那么多流言，最后事情解决了，却仿佛什么都没有发生一样。

四户通路久盛被留下来继续观察。徐杳辞职了，想必是跟着宋演走了。而宋演的去向，周尽欢不敢问，也问不到。公司调来了新的总经理。听以前的同事们说人也很严格，延续了很多宋演的作风。大家虽然吐槽，却还是因为重新有了头头而感到开心。

周尽欢在家里待了几天，也试着在网上投了简历。

虽然也有公司回复她，但基本上都是些小公司。没有姨妈的帮助，她连一份像样点的工作都找不到。毕业至今也有七年了，一事无成，周尽欢想想自己也真是很失败。

在家里憋了一天，晚上左衡娇来找她吃饭。左衡娇出差一段时间了，回来第一时间就是来找周尽欢。发生了那么大的事，左衡娇很为自己不在她身边而自责。

“霍期这个人渣神经病吃潲水长大吞猪肉绦虫的混蛋煤球，怎么能这么陷害你？我早说这人看着就不对劲，你瞧瞧你就是单纯容易相信人，怎么就信了他了！”

一说起霍期，左衡娇停都停不下来。

“是我自己蠢，也怪不得别人。我活该，只是连累别人，太该死了。”

见周尽欢又郁闷起来，左衡娇自知失言，赶紧说：“主要是敌人太强大，他装得太像了。”

“当初你和宋演都提醒过我，是我一门心思做着灰姑娘的美梦。”

左衡娇有点手足无措，只能抓着周尽欢的手臂，“也不能这么说……唉，总之都是坏人的错。”

想到这一切，周尽欢始终觉得很沮丧，“最后坏人也没有得到制裁，反而是好人……宋演彻底辞职了，不会再回霍氏了。”

左衡娇沉默了一会儿，难得严肃道：“我听说了，但是这事也就这个结果了。宋演在会上亲口承认了一切，那么多人都知道了，即使不是他做的，他也确实感情用事了。他继续留下，也很难再树立威信管理别人了。”

“是我害了他。”

“话也不能这么说。像宋演这样的人，到哪里都是人才，你也不用太自责。也许这对他来说会成为一个机遇也说不定呢？”说完宋演，左衡娇又忍不住开始唠叨周尽欢，“宋演那么厉害有什么值得担心的？你还是担心你自己吧。听一霆说你执意要辞职，你这是找到新工作了？”

“我打算回家去。”周尽欢说，“我年纪大了，回家乡找个差不多的工作，相亲嫁人。这剧本早好多年就写好了。”

“你这么回去，你甘心吗？”

“我不甘心又能如何？”周尽欢自嘲一笑，“我什么都改变不了。大玩家制定规则，我这个蝼蚁又能做什么呢？只能被玩死而已。”

见周尽欢这么消极，左衡娇觉得又心急又心痛。她一脸愁容，许久，她才说：“很久以前，在你答应霍期以前，宋演多次来找我，美其名曰‘谈心’，其实就是想打听你的事吧。”

冷不防提及宋演的名字，周尽欢刚喝了一口冰镇啤酒，一下子从嗓子眼冰到了心里。

左衡娇的话还在继续，周尽欢一直没有说话，只静静听着。

“当时我对他很不信任，我问他：‘你喜欢欢欢什么？’”说起这些事，左衡娇忍不住笑了起来，“他当时好像猜到我会这么问一样，特别得意地回答我‘因为周尽欢身上有股蛮劲，让人觉得一切都还有希望’。他说这就是正能量。我当时真的觉得这个词很土，可是我后来想了许久，这么多年我作为你的朋友，贪婪地从你身上得到了很多正能量，我今天能好好站在这里，没有变坏，没有被绝望打倒，都是因为你。

“欢欢，即使你是蝼蚁，你也是能撼动大象的那种。”左衡娇紧紧握住周尽欢的手，坚定地说，“留在江北吧，既然宋演能重新开始，你也一定可以。”

……

和左衡娇一起吃了很多烤串，又喝了不少啤酒，周尽欢回家后在阳台上坐了许久，吹着风唱着歌，想着满腹的心事。

中秋节后，天气就开始越来越冷了。江北的秋天很短，前后大约也不过一个月。周尽欢身上穿着衬衫，觉得有些冷。

秋天总是干冷，夜里云层很厚，遮住了漫天璀璨的繁星。看着灰蒙蒙又很暗沉的天空，周尽欢只觉得自己的人生也如同这天空，虽然极力想要拨开这些云雾，却始终还是一团糟。

想起左衡娇说起宋演的那些话，借着酒意，她拨通了宋演的电话。

不管过去多少天，她还是觉得憋着许多话，她想和宋演说点什么，虽然电话接通的那一刻，她其实根本没想好要说什么。

“喂。”电话接通，听筒里传来宋演低沉而醇厚的声音。电波里不时传来空港广播里各种航班信息的中英文播报。

“你在机场？”周尽欢震惊地问。

“嗯。”宋演还是冷静而自持，他温和地说，“坐在候机室，正想着要不要给你打个电话。”

“想的结果呢？”

“正想着，你就打来了。”宋演笑，“还算有点缘分吧。”

“你要飞去哪里？”

宋演沉默了几秒，回答：“德国。”

周尽欢只觉得有几分不好的预感，不知道该说什么，也不知道该问什么，一时竟然词穷了起来。

就在两人握着电话沉默的时候，宋演那边突然传来声音，一个低沉的男声喊着：“宋演，登机了。”

一直没说话的宋演握着手机，气息平匀，他似乎动了动，半晌才说：“平时去哪里飞机都晚点，今天倒是很准时。”

“你要去多久？”周尽欢终于忍不住问了出来。

“不知道。”

“还会回来吗？”

面对周尽欢的提问，宋演没有直面回答，他停顿了一会儿，缓缓说道：“那天你问我，要重新开始的是工作还是你。其实我没有答案，生活重新洗牌了。有很多事情，我不想，却还是必须接受，不管是工作还是感情。”

“……”

“周尽欢，”宋演一字一顿地说，“如果有一天，我们还会再见，我们能不能当作什么都没有发生过，重新认识一次？”

四个月后

阳光穿过玻璃洒进办公室，温暖而灿烂，在冬日显得格外珍贵。然而这阳光却被彻底辜负，没有一个人为它驻足。忙碌的脚步声不绝于耳，电话铃声此起彼伏，这是一个争分夺秒的职业战场，所有的人在自己的岗位上高度戒备，优胜劣汰，适者生存。

周尽欢提前半小时就来了公司，打完卡以后就没有闲过。虽然所有的工作都是之前就已经做好的，她仍然谨慎地又 check 了一遍。

董事长秘书室一共四个人。一个秘书三个助理，周尽欢是助理之一，主管会议记录，整理资料和记录归档，也是其中年龄最大的助理，刚过实习期两个月。

每天的交任务是秘书室最大的危机，秘书室的领导——董事长秘书是一名优秀的留学硕士，今年三十三岁，大龄未婚，是霍建刚的得力秘书，之后霍一霆接手公司，她又竭诚辅佐霍一霆。

“Helen，这是霍总今天的行程安排，今天会有三位访客，其中一位我已经想办法拒绝了，但是他还是执意来了，已经在公司等候了……”

“Helen，昨天一共有三十六通留言，我已经解决了三十四通，有两通我实在不知道怎么解决……”

穿着优雅、举止大方的 Helen 虽然笑着，但大家都明白，她最擅长的就是笑里藏刀。果不其然，周尽欢还没说话，Helen 看着助理多多和 Ivy 的眼神已经彻底冷掉。

“多多，我不是告诉过你么？没有预约的不是访客，不用等候，直接叫保安。”

“可是……”

“没有可是。”Helen 一贯杀伐果决，“你要是同情别人，可以一起走。”

多多虽然有点不情不愿，但还是嘟着嘴退了一步。

“Ivy，你是我招进来的唯一一个应届毕业生，我招你是因为你胆大心细，你既然能处理百分之九十九了，为什么还要给我留下百分之一？”

解决了前两个，最后 Helen 的目光才落在一直没说话的周尽欢身上。

“我昨天要你整理的会议记录呢？”

周尽欢虽然也有点紧张，但还是不卑不亢地把整理好的会议记录交给 Helen：“一份已经放在你的办公桌上了，这一份里我多做了一份内容提要。”

Helen 意味深长地瞥了周尽欢一眼，也没说什么，直接打开了会议记录的文档。她用了三四分钟大概浏览了一次，对周尽欢点点头，“做得不错。”

Helen这个评价让一直胆战心惊的多多和Ivy都惊到了。Helen这是表扬人了？

作为被表扬的对象，周尽欢也是难以置信。她忍不住眨了眨眼睛，强压住内心的激动，谦卑地低头，“谢谢Helen。”

Helen没有继续这个话题，只是拍了拍手，“去干活，别再给我找麻烦。”

Helen一走，多多和Ivy立刻把周尽欢围了起来，两人都十分羡慕，被Helen表扬，想想都觉得不真实。周尽欢年近二十九，未婚没有男朋友，履历一般，还和刚出社会没多久的小姑娘一起工作。光这些就让人觉得挺可怜了。人总是不会对比自己更差的人有敌意，所以周尽欢在秘书室和大家相处还算融洽。

从四户通路久盛百货辞职，霍一霆曾多次表示要周尽欢进总部，这是宋演离开霍氏的时候唯一拜托霍一霆的事，不想却被周尽欢彻底拒绝了。

宋演去德国的那天，他问周尽欢，下次再见能不能重新认识。

那一刻，周尽欢紧握着手机，眼眶湿润，只觉眼前一切都变得水汽朦胧。

还不等她回答，她就听见电话那端传来催促声：“宋演，登机了，快点。”

周尽欢只来得及握着手机，急切地问宋演：“你会回来吧？你会的，对吧？”

宋演离开后，周尽欢在家里闭关了四五天，彻底反思了自己一直以来的一切。

自小没什么上进心，做什么都得过且过，毕业后对自己的人生完全没有规划，前几年一事无成，后来还是姨妈看不下去了通过关系将她塞进了四户通路久盛。

离开了别人的帮助，她只能从头开始，艰难又疲惫。

选择重新站起来，周尽欢做了一个自己至今都觉得勇敢的决定——重回霍氏。在哪里跌倒就在哪里爬起来。这是周尽欢思考了很久，唯一想要做的事情。

没有通过霍一霆，她在霍氏网站上看到了招聘信息，就直接向霍氏人力资源部递了简历。霍氏公司人多复杂，之前宋演的事虽然闹得大，但周尽欢作为蝼蚁，名字却没有被人记清楚，阴差阳错得到了面试资格。

因为是给秘书室招助理，那天Helen也是在场的。

虽然紧张，但周尽欢还是非常认真谨慎地回答了面试官所有的问题。最后轮到Helen的时候，Helen问她：“你对工资的期待是多少？”

周尽欢回答：“三千五到正无穷大。”

周尽欢的回答让所有的面试官都笑了，这种笑里也带着嘲讽，而Helen却没笑。

一周后，Helen做主将周尽欢留了下来。她通过自己的能力，正式进入了霍氏总部。虽然是一名月入三千五的实习秘书室助理，她还是觉得生命的机遇真的很奇妙。

周尽欢入职的时候，Helen曾经和周尽欢谈过一次话。

她说：“每一个来应聘的人我都会问他们期待的工资水平。公司给了我一个标准，凡是说出数字高于这个标准的我都不会录用，因为这样的人就算最后因为种种原因降低了期待进入我们公司，也不会做太久，所以我不想耽误他人，也不想白白地劳神费力。”

“因为我开的数字正好是公司标准吗？”周尽欢想到三千五那个数字，比她在四户通路久盛当部门小经理的时候少了一倍。当时她确实是破釜沉舟，只开出了一个刚好够基本开销的工资，就为争取到这份工作。

“不是。”Helen说，“真的在霍氏秘书室工作，工资是不止这个数字的，但我喜欢你给的弹性空间。三千五到正无穷大，能屈能伸，有点野心。一个二十九岁的女人没有选择相亲嫁人而是想要在职场上重新开始，我想有这份决心的人，即使未来不在我手下久干，我还是愿意带一带。”

当时Helen对周尽欢说的一番话让周尽欢对Helen充满了崇拜，也因此误认为Helen是那种善良包容的领导。谁知工作以后才见识到Helen的真面目。

严格到有点刻薄，对工作上的事情吹毛求疵且不留情面，因为她，周尽欢总是会想起宋演。嘴巴坏的人心都不坏。不知道为什么，周尽欢就是有这种奇怪的想法。

实习期第一个月的时候，周尽欢几乎每天都会被骂，但这一次周尽欢没有打退堂鼓，而是把Helen的吩咐和教育事无巨细都记下来，光是记事本都写了整整四本。

四个月过去，周尽欢成为助理里唯一一个能不叫Helen怎么操心的人。虽然也不是什么大成就，但周尽欢还是觉得受到了鼓舞。努力会有回报，这也算是正能量的一种吧。

周尽欢转正以后工资涨了两千，到了五千五。要是在老家这个工资在女孩里算不错的，可在江北，交完房租水电网费，扣除生活费交通费，减去置装费和身边避无可避的份子钱，每个月都只是勉强够用。

按照一般的剧本，被陷害了的人应该能转身遇到爱，发财致富走上人生巅峰，而周尽欢毕竟拿的是二般的剧本，在人生走入低谷的时候没有柳暗花明，只能自己一步步爬起来。虽然很累很艰难，但周尽欢却觉得这样的人生很充实。虽然她从小到大都很期待好运，但靠实力得到的东西总是更能让她觉得踏实。

在霍氏工作，遇到霍一霆和霍期都是在所难免的。周尽欢出现在秘书室的时候，霍一霆虽感意外却还是觉得欣慰。而霍期的反应却截然不同，周尽欢看向他的时候虽然竭力忍耐却还是无法完全掩盖心里的愤怒和鄙夷，面对她的不敬态度，霍期不怒反笑，耐人寻味。

霍建刚病危，霍一霆身为副董事长一直在执掌霍氏。霍期到了总公司以后一连三级跳，已经到了管理层的核心地位。上月末，上任令下来，在几个大股东投票之下，霍期顺利成为公司执行总经理。这个职位可大可小，在管理层里可谓震荡。

霍期虽然为人阴暗，在工作上口碑却很好，对下属和善对上司尊敬，工作上面很上进负责，一如以前在四户通路久盛的时候。也许正如同霍一霆所说的，在这里没有谁好谁坏，只有利益的不同。周尽欢可以理解，但她决不能认同。

霍期明面上对于霍一霆十分信服，他的任何决策都是大力支持贯彻执行，但私下总会有一些和他有关的小动作出现。霍一霆党对于霍期党越来越深入董事会虽时刻防备却无法从根本上制止。人在暗，他们在明，只能走一步算一步，兵来将挡水来土掩。

霍一霆近几个月因为新公司新业务经常出差，每次都是几天，在江北停留的时间和在飞的时间几乎差不多。Helen 作为秘书一直是四处跟随。这次在江北也没待几天呢，就又要飞了。

Helen 一走，秘书室里的气氛就轻松了。两个年轻的小助理忙完了工作就开始聊八卦。周尽欢不参与，偶尔被问到什么只回答寥寥几句。

Helen 不在，工作做完了的周尽欢抽了空就看英语。倒不是她期待能做成什么，只是行走江湖，技多不压身。

中午吃饭，两个小姑娘一贯喜欢结伴，周尽欢就先等她们去，自己在办公室里守着。

她倒是没想到霍期会在这个时间来交文件。

“霍总说直接交过来。”霍期落落大方，仿佛什么都没发生过一样，自然地和周尽欢说话。

周尽欢连一个笑容都欠奉，只是冷冷地把文件接过。

见整个秘书室只有周尽欢一个人，霍期倒是没有急着走，“吃饭了吗？”他看了一眼手表，“已经下午一点了。”

周尽欢想到霍期过去的种种卑劣行为和那些大言不惭的话，只觉得震惊，人为什么可以这么没有底线？那样伤害过别人真的可以当作什么都没有发生吗？

“文件霍总回来我会给他。”

见周尽欢还是这么抗拒，霍期却是一点儿都不着急，他笑了笑道：“你是决定一辈子都不和我说话了？”

周尽欢微笑着抬头，眼底却是难以掩饰的冷意，“霍先生，我和您能有什么一辈子的事？你是说仇吗？”

听到周尽欢咬牙切齿地这么说，霍期只是沉默。过了一会儿，他说：“其实你会到霍氏总部来，我真的觉得挺意外的。

“我一直以为你只是个单纯没脑子好煽动的人。”

“你……”

“没想到你不仅单纯没脑子好煽动，还很百折不挠。”霍期勾着嘴角，竟是一副对周尽欢有点兴趣的表情，“你倒是让我挺惊喜的，和我想象的很不一样。”

“很抱歉，离开你以后我就找回了一点儿我丢掉的智商。”周尽欢极尽讽刺，“学会了分清人和鬼。”

“是吗？”霍期意味深长地看着周尽欢，“那你觉得我是人还是鬼？”

“你说呢？”

霍期看了一眼别处，似是思索，过了一会儿才回答：“鬼吧。”

周尽欢冷冷看了他一眼，没想到这人还很有自知之明，还是说所有坏到骨子里的人都已经厚颜到不以坏为耻了？

“不过我还是想提醒你一句。”霍期说，“我现在是霍氏的总经理，而你只是个秘书助理。”

“你什么意思？”

“我的意思是，如果我需要一个秘书，霍一霆一定不会拒绝，他也没什么理由拒绝。”

“……”

霍期说到做到，没多久周尽欢就接到了通知。

接到调令的时候，周尽欢自己都有点想不通霍期到底为什么要把自己调到他身边，难道他不知道自己对他到底有多厌恶吗？他不知道她重回霍氏是为了什么吗？

他做了那么多坏事，还把她放在身边，这不是给她机会吗？

他疯了吗？

周尽欢原本不想去总经理办公室，虽然她只是被分到文秘科，秘书还另有其人，但她一想到今后总是要面对霍期的脸就觉得很烦。

Helen 让她考虑，倒也没有说什么。她经过一天的考虑，最终还是去。不管是深潭还是虎穴，只有亲探方知凶险。想要真正打倒霍期，就要真正了解他，抓住他的弱点。

周尽欢到总经理办公室报到的时候，是霍期亲自带她去的工位。别的员工会觉得他真的很好很有包容心，被带领的人会觉得自己走了大运遇到了好人。这种假模假样的态度让周尽欢实在太过熟悉，可这一次，周尽欢再也不会上当了。

周尽欢坐下后才发现她的工位附近四下无人，紧挨着会议室和文件柜，霍期给她寻了一处“绝对安静”的办公区域。

周尽欢发现自己被安置到这样一个位置，内心也有点愤怒，但她知道这时候要是表现出生气愤怒就是输了。她将自己的东西一点点往桌子上摆，好像完全不在乎一样。

周围一个人都没有了，霍期双手撑着周尽欢身前的桌子，抿着唇，淡笑着看着她，“你是不是觉得你现在就是卧底来到我的部门，要是能抓住我的小辫子你就赢了？”

周尽欢紧握着双手没有说话，只是不卑不亢地看着他。

霍期呵呵冷笑一声，随后双手环胸站直了身子。他居高临下睨视着周尽欢说：“你觉得我能不防你吗？”

“既然如此，为什么还要让我进你的部门？”

“我自然有我的原因。不过霍一霆能让你到我这里来，打着什么主意你难道看不出来吗？这不一样是利用么？和我又有什么不同？”霍期笑笑，“周尽欢，别傻了，你现在在总办，要是总办有什么问题，你脱得了干系吗？”

“你就算自伤一千，也不能保证能伤我八百，何必呢？”

霍期倨傲又自负，在周尽欢面前他已经彻底卸掉了伪装，撕掉了那层温柔伪善的皮，露出自私又阴暗的内在。

“其实我倒是没想到要怎么伤你，我也没脸大到觉得自己有这么大的能力。”周尽欢镇定自若地笑着，“我只是想着，我离你近一点儿，当你落魄的时候，可以第一时间踩你一脚。”

周尽欢进了新的部门以后四处受打压，经常被挑刺。她很感激曾在 Helen 手下干活，因为和 Helen 比起来，她现在受的那些挑剔几乎都不算什么，而她也都可以比较轻松地应对。

霍期平时工作很忙，周尽欢的活大多是总经理办公室别的人给的，全是一些鸡毛蒜皮打杂的活。周尽欢对此倒是也有了心理准备，霍期不会给她真的能接触到核心的工作，那都是他的命脉。

到总经理办公室以后唯一觉得舒服的就是能按时下班和放假。根本轮不到她加班，这倒也好，先歇着呗，没有耐心的人都办不成事，周尽欢倒是有时间和他们耗。

周末放假，一直忙着的 Helen 跟着霍一霆出差回来，难得认真地放了个假，没在家休息，却约了周尽欢出来见面，这倒让周尽欢感到有些意外。

两人约在南波万路久盛楼下的一家广式餐厅吃饭。吃到一半，Helen 突然接到一个电话，只见她很淡定地报出了餐厅的地址，只和别人说：“就这里吧，我已经在这儿吃饭了。”

周尽欢一头雾水，“谁啊？”

Helen 看了她一眼，“你介意我先在这里相个亲吗？”

周尽欢摇了摇头。周尽欢这一摇头，就看着 Helen 一连相了三个人。

两人边吃边聊，没一会儿，第一个要和 Helen 相亲的男人就来了。

虽然周尽欢没对相亲的男人抱有什么期待，但是不得不说，这个男人还是长得有些磕碜。虽然穿了一身价格不菲的西装，仍旧掩盖不住他身上扑面而来的一股子酸腐气息。一双绿豆眼让他看上去很小家子气。还没入座，他看着周尽欢和 Helen

两个女人坐在那儿，就已经先笑了。

“这是一对二？”

周尽欢被这男的吓到了，赶紧否认，“我只是来作陪的！”

男人色眯眯地看了二人一眼，笑着坐了下来。

一个年近四十有点小钱的暴发户，从入座开始吹牛，从头吹到尾，把他创业发家那点投机倒把的事说得跟什么丰功伟绩一样。周尽欢全程憋笑，而Helen却应对自如，一边吃饭一边还笑着说：“是吗？太厉害啊！”

两人谈了半小时，那个男人就走了。也不需要什么告别，成年人卖白菜一样的相亲约会就结束了。

还没来得及让周尽欢总结呢，第二个男人就紧接着来了。

服务员也很聪明，在那个人来之前已经快速收了之前那个男人留下的痕迹，让来人很舒服地坐下。

第二个人的存在和说辞都乏善可陈。唯一让周尽欢记忆深刻的，是他一坐下的时候就说：“这家店很火，经常要排队，你们还挺厉害，能订到位。”

这话说完后服务员就过来了，他大爷一样对服务员说：“给我一个电话。”

那服务员误会了他的意思，看了一眼Helen和周尽欢，有点为难地说：“我们领导规定，不可以私下给客人电话。”

服务员这话一出，那男的立刻像受了多大的侮辱一样奓了毛，“我是说要你们店里的订位电话，你想到哪里去了？我犯得着找一个服务员要电话吗？你也不想想我是什么层次，你是什么层次！”

……第三个男人来的时候，前后大约都没有一个小时，可周尽欢已经觉得自己吃不下了，被这些男人倒尽胃口。

第三个男人是一个中学老师，好像是江北一个重点高中的王牌教师，年纪和Helen差不多，但是收入比Helen差得很远。

Helen保养得宜，看上去年轻又时尚，而这个男人已经谢了顶，两人看起来实在不相配。他算是比较正常地和Helen聊了一下兴趣爱好，之后交代了一下自己的收入，对于自己已经买了房子且是全额付完这件事很是得意，特意强调了一下。但Helen对此毫无反应。和前两个人比，这个男人还算可以忍受了，除了有点自负和莫名其妙的大男子主义以外，倒也没有特别让人不能忍受的地方。

虽然听他讲话不会反胃，但是也绝对不会让女人觉得悸动。这个相亲自然也是没什么水花就结束了。

三个相亲，前后不到两小时就搞定了。周尽欢正好吃完了一顿饭，从前菜到甜品，全部结束。

“还有要相的吗？”周尽欢小心翼翼地问。

Helen看了一眼手机备忘录，甜甜一笑，“没了，刑已经受完了。”收了手机，她问周尽欢，“你觉得哪一个能交往试试？”

周尽欢没想到Helen会这么问，一时也愣住了，半天都想不出答案。看她那么为难，Helen也不是不会察言观色的人，笑着说：“行了，明白，都是极品，实在选不出是吧？”

周尽欢低头喝水，逃避回答。

“二十五岁开始，已经相了一百多个了。如今我都三十三岁了，也没什么资格挑剔，这些人在别人看来也算不错了，都是业界精英。”

周尽欢虽然年纪大了，也相过很多次亲见过一些极品，但一百多个还是让她有些吓到。这相完还会想结婚吗？

“越相越绝望，如果要和这些男人过一生，想想还不如一个人生活。一个人也没什么不好。”

“嗯。”周尽欢对此很有共鸣，“也许别人和我在一起也是将就，但不论如何，我不愿意将就任何人。我还是希望可以嫁给自己喜欢的人。”

“挺好的，你还会喜欢人。”Helen笑笑。

“你只是还没遇到合适的。”

“这个合适的人来得真的好慢，也不知道这辈子还会不会来。”

周尽欢不想继续这个话题，生硬地转了一下，问Helen：“今天就是来相亲的？”

Helen放下手中的勺子，端起杯子，晃了晃说：“当然不是，只是想找你聊一聊。”

“聊什么？”

“聊聊你进霍氏的原因，你对霍氏的看法。”

周尽欢眉头微微皱了皱，“我的看法很重要吗？”

“二十九岁，未婚，辞掉四户通路久盛的营销经理的职务，进入总公司从助理开始做起。我承认因为宋演的关系我对你有些好奇把你留在身边，想见识一下能让宋演做出那么没脑子的事情的人到底是个怎么样的人。但霍期把你要走以后，我一直在思考这个决定到底做得对不对。”Helen放下茶杯，“女人都是感情动物，听说你和霍期在一起过，只是他利用了你？”

周尽欢一直觉得自己是全凭实力和运气进了霍氏，没想到Helen居然还是因为宋演招了她。这让她觉得无比受打击。

“你是因为宋演招了我吗？”周尽欢说，“你之前说是因为我在面试的时候……”

“都有吧，就是对你这个人感兴趣了。”Helen直截了当地道，“所以你到底是哪边的人？”

周尽欢握紧了手上的杯子，只觉得那凉意从手心直接传到了心脏。

“我是我自己这一边的人。”周尽欢想了想说，“我只是跟着我的心做选择。”

Helen 似乎对周尽欢这个答案很是满意，脸上耐人寻味的表情渐渐散去。

“很抱歉我说得这样直接。我把青春都献给了霍氏，实在不希望霍氏落入别人之手，所以我只能尽可能地为霍总多拉拢一些人。”Helen 笑了笑，“其实我今天找你，是希望能把你拉入我们的阵营。老霍总快不行了，霍氏马上可能会有一场硬仗。”

“我进不进入你们的阵营都不会有什么影响，我根本做不了什么。”

“不，霍期把你要过去，这已经够了。”

“可霍期只是为了打压我，他们根本不让我接触他们的核心。”

Helen 笑了笑，“姑娘，有点耐心。”

“嗯？”

“霍期进入霍氏两年多，也没听说过他为了利用谁而和谁谈恋爱的。他对你总是有几分不同。”Helen 说，“他能为了达成目的让你爱上他，你有没有想过，如果他爱上了你，一切都会不一样？”

“怎么可能！”霍期那种人爱上她？那都是周尽欢以前乱做的梦。

“我只是提出一个假设，怎么做是你自己做决定。”

“你为什么这么帮霍一霆？”周尽欢想起公司里的一些八卦，“你是不是……”

对于周尽欢的质疑，Helen 似乎了然于胸，她说：“我父亲也在霍家干活，以前跟着老霍总干活，给他开车。”Helen 说完停顿了一会儿，“后来霍氏做大了，有人动了老霍总的心思，要劫他，我父亲临危不惧，自称霍总顶替老霍总被人劫了，真正的老霍总得以逃脱。劫匪知道我父亲只是司机，他们被耍了，一气之下把我父亲痛打了一顿。之后我父亲虽然人找到了，但伤得太重，没能救回来。”

周尽欢没想到 Helen 有这样的故事，一时惊得话都说不出了。

“老霍总对我很好。父亲去世后，霍氏承担了我家里的一切开销，还送我出国。留完学回来我就在老霍总身边当秘书，直到今天。我给自己取名叫 Helen，这个名字是‘光亮’‘火把’的意思，一直以来，我希望自己就做这样的角色。我和我的父亲，是为了守护霍氏而生。”

“根本没有必要……你是为你自己而生的……”

Helen 听周尽欢这么说，笑了笑，“还有一个很重要的原因，我爱一霆。”

说到霍一霆的名字，Helen 的表情变得柔软了一些，“每一个一直不恋爱的人，心里都住着一个不可能的人。我知道不可能，没有奢求在一起，只希望能维持他的一切，最重要的，是维持他的骄傲。”

……

和 Helen 分开，周尽欢一直在回忆今天发生的一切。Helen 从二十五岁开始至今，八年，相了一百多次亲却一直未婚。她爱着霍一霆，而霍一霆在这么多年里结婚、离婚，如今又和左衡娇在一起。经历了这一切，Helen 还是无怨无悔地在他身边。

爱一个人是这样的吗？不求得到，只求陪伴。像徐杏对宋演，像 Helen 对霍一霆。

这么比比，周尽欢确实没有为了喜欢的人做过什么轰轰烈烈的事。

快二十九了，周尽欢也没有结婚。她突然想起了一直没有消息的宋演。

也许他已经开始了全新的生活，不再期待和她重新认识了。这么久没有任何消息，这已经足够说明问题。

她没有资格怪宋演，可她还是觉得失落。也许有一天她会和 Helen 一样走上没完没了的相亲之路，然后被迫从那些人里选一个结婚。

选哪一个其实并没有什么区别，都是不爱的人。这么想一想，周尽欢都觉得背脊发凉。

周尽欢一个人从南波万路久盛走出来，慢慢走到南京路，又穿过北京路，最后走入铜锣巷，一路都在思考今天发生的一切。感情问题无解，工作的问题也让她很迷茫。

Helen 说的阵营的问题是周尽欢从来没有想过的，她进入霍氏，就把自己定位在和霍期对立的面，但她也并没有自觉地把自己划入霍一霆的阵营。霍氏争产是太大的事，她总觉得去掺和有点瘆人。

而且霍期对她防备成那样，之前也是毫不留情地利用。要让霍期喜欢上她，怎么可能？

周尽欢正想得入神，不觉走入了一条岔路，还没走几步就被围成一团的人群堵住了去路。

她努力想要穿过人群，但奈何人实在太多了，根本穿不进去。

一个刚过来围观的人拍了拍周尽欢，一脸的兴致勃勃，“这是怎么了？前面发生什么了？”

“不知道。”周尽欢正准备走，又被那人挤了挤，一下子挤进了人群内圈。

前后的人都推推搡搡，正让出一条缝，周尽欢本来准备走的，却不想一抬头看到了熟人。

一个骑自行车的中年妇女摔倒在地哎哟哎哟地叫唤个不停，旁边停着一辆黑色的轿车，那个银光闪闪的标志已经说明了车主是个有身份的人。

周尽欢仔细看了看，那个妇女身上虽有些伤痕，可那辆车上却一点儿擦痕都没有。很明显就是职业”碰瓷“的，这都没刮上呢，人已经演上了。

车主此刻正在打电话，他被那个妇女抱住了脚，动弹不得，不论他怎么说，那个女人都死不放手。

这个车主不是别人，正是和周尽欢百般作对的霍期。

真是恶人自有恶人磨，霍期耍那些阴招在公司里对付人，在这里却连一个”碰瓷“的都搞不定。

周尽欢看笑话一样站在一旁看着霍期焦头烂额，莫名地觉得全身都很通畅。

霍期见围观的人越来越多，已经皱了眉头，他对那个抱着他腿的妇女说：“我真的没带钱出来，但是你别担心，我一定会给你钱，我秘书等会儿过来给你钱，我现在有急事要走。”

那个妇女听他这么说，哭天喊地地又号上了，不仅不放还抱得更紧了。

不明真相的围观群众纷纷议论起来，有议论那个妇女的，也有议论霍期的。这场面要多混乱有多混乱。

霍期拿这种无赖也是没有办法，出来得太急正好没有带钱包，路不熟，开错了地方，本来已经够倒霉了，谁知道调个头的工夫，就遇上了这样的事。

这会儿急也没用，不给钱走不了。他抬起头往四周看了一眼，不想正好与看热闹的周尽欢四目相对。

周尽欢脸上那种看热闹的表情实在太明显了，也不知道她什么时候在这儿的，摆明了也没有要走的意思。原本遇到熟人在这种情况下是一件挺幸运的事，但偏偏这个人是周尽欢。她现在恨他入骨，巴不得他早死，又怎么会愿意帮他?

霍期电话打了半天，秘书不知道在干吗，十几分钟过去了都没来，反倒是把那妇女的人都等来了。五大三粗的几个流氓壮汉三两下就挤入了人群，挺着胸膛一副找事儿的表情拽着霍期的衣领子。

不管来几个人，中心思想都只有一个——赔钱。

眼看着人越来越多，那几个流氓见霍期没钱，已经忍不住推了他几下。霍期人虽然长得高，但和这些肥头大耳的流氓比简直是弱鸡，寡不敌众。周尽欢原本转身准备走了，突然又折了回来。

她推开人群，站在几个壮汉和霍期之间，大声说着：“干吗呢，这是？”

“走开！少管闲事！”几个壮汉说着就要上手推周尽欢，霍期本能地把周尽欢往怀里拽，大约也是一个保护动作。但周尽欢觉得恶心，赶紧钻了出来。

面对那些流氓，周尽欢倒也没有发怵，她从包里拿出钱包，把里面仅有的三百元现金给了那个妇女。

“就这些了，赶紧走吧。”

那妇女一看只有三百元，怎么都不依，毕竟霍期开了那么好的车，可是大买卖。

“三百块？你打发乞丐呢？”周尽欢一来，立刻惹火了那些流氓。

“打发乞丐能给三百？哪有那么阔绰？”周尽欢从霍期手上拿了钥匙，对那几个人说，“我告诉你们，你们要“碰瓷”也碰不着，我们老板是斯文人，懒得和你们闹。但我可不是斯文人。”周尽欢拿起手机，直接按了“110”，“我们老板车上一点儿痕迹都没有，不知道是哪个地方把这个大妈撞倒了。不过没关系，我们老板的车贵，三百六十度连车底下都装了行车记录仪，等警察来了查录像一定能找到是哪里撞到了大妈。”周尽欢笑里藏刀地对那个大妈说，“放心吧大妈，我们老板很有钱，一定给您好好治。不过呢，这要是查出来，不是我们老板的事，您这儿弄这么多人来，又恐吓又敲诈，不知道得怎么判，这个您也不用担心，我们老板有的是钱，一定找个律师把您告到赔得裤子都没得穿。这个您也懂的吧，有钱人嘛，被人这么弄一遭，这口气哪里咽得下？”周尽欢说着，就要上车，“几位大哥，要不一起来看看录像？看看这三百块钱够不够。”

周尽欢这么唬着，一下子就把那大妈给吓到了，毕竟是“碰瓷”的也不敢真等警察来了。

嗖一下粗鲁地抢过周尽欢手上的三百块钱，几个人风一样地跑得没影了。

围观群众见事情就这么解决了，也纷纷散去，最后只剩下霍期和周尽欢两个人。周尽欢蔑视地看了霍期一眼，把车钥匙丢给他，转身就准备走人。

霍期身上昂贵的西装被蹭出一腿的灰，这会儿也顾不得拍，上去就拽住了周尽欢。

“你去哪儿？我送你。”

“不用，让你送，我就只想去西天。”

霍期也不理会周尽欢的揶揄，态度还算诚恳地说：“谢谢你。”顿了顿又道，“钱我会还你的。”

“一百倍吗？”周尽欢笑了笑，“毕竟你那么有钱。”

霍期看了她一眼，点了点头，“好。”

周尽欢也懒得和他说下去，帮了他以后又有点后悔，觉得自己太圣母又多事。走都走了干吗又折回来？

这种神经病一样见义勇为习惯了的病到底什么时候才会治好？

“你不要以为我帮你是对你这个人还有什么想法，”周尽欢说，“我只是看不下去这种“碰瓷”的人。”

霍期笑了笑，“我没有那么自恋，以为你还在喜欢我。”

周尽欢瞪了他一眼，“什么喜欢不喜欢，恶不恶心？”

大约人总还是有几分残存的人性，虽然百分之八十是人渣，也总有百分之二十的善良。周尽欢给霍期解围让霍期内心里还是涌起几分感激。

可能人就是如此吧，败于细节，也成于细节。不管男人还是女人，都容易被细节感动。

“其实我调你到我部门来，是想补偿补偿你。”霍期说。

“得了吧，补偿我让我一个人在那犄角旮旯里办公？”

“那是因为你来我身边的心思不单纯。我想磨你一段时间，就调到我身边来。”霍期低垂眼睫沉默了一会儿才说，“事情到了今天也没什么好解释的，发生的都无法避免了，但还没发生的事情都是由着我们去书写的。周尽欢，我只想问问你，我们可不可以当作以前的事情都没有发生过，重新认识一次？”

……周尽欢听到这句话的时候，内心还是觉得很震撼。可这种震撼和宋演说这话的时候她的感受完全不同。

到了今天，到了这一步，他们都说想要和她重新认识。如何重新认识？

人是有记忆的动物，不管好的坏的都会记得，不论她如何承诺，她都无法做到真的和一个人重新认识。这个问题抑或这个答案，都只是两个人想要旧梦重温、破镜重圆的一个烂借口而已。

周尽欢抬头看了一眼霍期。此时此刻霍期脸上并没有以往的阴鸷，也没有虚伪的温暖，只是真实的表情，真实的反应。他在等待周尽欢的答案，似乎也做了很多的准备，可周尽欢还是看到他眼神里带着几分缥缈的期待。

她抿着唇，勾着嘴角笑了笑，斩钉截铁地对霍期说了两个字。

“不能。”

年近三十，周尽欢自认算不得温和，也不算非常嫉恶如仇，只是一直以来闷头闷脑的爱憎分明。怎么叫闷头闷脑呢？就是喜欢一个人都写在脸上，讨厌一个人，即使不说，也是默默远离，做不来阳奉阴违那一套。

她说不上当初有多喜欢霍期，大约就是女孩子的公主梦吧，觉得自己好像拯救了一个落魄的王子，对他暗生了几分情愫，周尽欢也说不清那是一种什么感情。

当她得知霍期从头到尾对她都是利用的时候，她确实觉得很受伤，对霍期从欣赏变成憎恨，但因为对宋演的内疚，她并没有去关注这种憎恨。

曾经她以为这辈子应该是和霍期这个人誓不两立，也曾想象过千万种报复的方法，甚至曾经幼稚地想过，见他一次扇他一次巴掌。

但是如今，她想象的一切都没有发生，成年人的世界没有那么多直接的行为。不管是爱还是恨都是拐弯抹角的。因为仿佛只有这样做，才能证明自己是成熟的。

周尽欢想，自己也许是真的成熟了一些，在霍期的部门工作，每天都有机会面对霍期，却不会把内心那点想法全数表达出来。用霍期的话讲，她也学会了笑里藏刀，喜怒不形于色。她不知道这种变化是好还是坏。

“碰瓷”事件之后，霍期将周尽欢的办公位转移到了正常的格子间。总办的人虽然没有给她太多好脸色，但总算是可以正常工作了。

即便不接触霍期的核心工作，总办的工作量依然把周尽欢累得内分泌都变得不正常。霍期的秘书似乎看周尽欢有点不顺眼，根本不管工作性质，所有杂七杂八的活都留给她干。周尽欢这个人在工作上一直有几分逆来顺受的贱命，越是感觉自己被整了，越是要做得完美，她自认为这是绝佳的打脸方式。

周尽欢最近每天都打起一百二十分的精神干活，因为最近总办的秘书心情很差，这差主要是因为最近霍氏遇到了一点儿问题。

霍氏旗下的阳光久盛一直是除了南波万久盛以外的第二明星店，结果前不久出现中央空调大量滴水的问题，一开始维修好了两天，之后又滴了起来，很多人都拍到了滴水的画面，并且上传到网上。而阳光久盛的负责人认为这只是一件小事，没有放在心上，对前来采访的社会版记者出言不逊。该记者因此记了仇把问题里里外外都查了一遍，写了一篇阳光久盛内部腐败的文章，这文章在网上引起了很大的舆论旋涡，导致霍氏内部不得不就问题进行盘查，却不想这不查不知道，一查吓一跳，阳光久盛居然真的像那位记者写的一样存在内部管理腐败。因为阳光久盛负责人和总公司管理层的关系，霍氏旗下在江北的百货公司所用的中央空调供应系统都出自阳光久盛负责人小舅子的公司。这原本也不是一件很可怕的事，可阳光久盛这事一出，这问题却成了一个大问题。

霍一霆亲自去处理的阳光久盛，直面舆论，也做出了雷霆处理，将负责人开除，并且向记者和网友们承诺更换和维修有问题的中央空调。除此之外，公司内部派人每个店进行现场视察，带技术人员对问题空调进行记录。

由于今年霍氏将要开一个全新的购物广场，这中央空调合作的厂家临时改变，霍期的事也因此多了起来。公司高层因为这事，都不怎么放心下面的人，所以这次新的厂家全是由霍期亲自接触，亲自审核。

霍期这一周一连四天都不在公司，霍期不在，秘书就有大半的时间不在，周尽欢倒是难得清闲。周五，霍期却又突然出现在公司，和他同来的，还有霍一霆的前妻——林豫文。

周尽欢从霍一霆和左衡娇那边也听说了一些林豫文和霍期的故事。霍期当初和周尽欢说的那个大学的初恋，毕业后抛弃他嫁入豪门的人正是林豫文。

林豫文和霍一霆签署了离婚协议一事也有不少人知道，但林豫文对外还是很尊重霍一霆，并不曾做出什么不得体的事情。林豫文到公司来找霍期，也是因为工作。林豫文本身也是霍氏的股东。

林豫文坐在会议室里等霍期，周尽欢被秘书派去斟茶倒水，随时伺候。周尽欢觉得尴尬极了，简直觉得秘书就是故意的。

周尽欢也不是第一次见到林豫文，但她总觉得林豫文和霍期说的那个拜金娇娇女有些不一样。她看霍期的眼光和看霍一霆是完全不一样的，对霍一霆，她的态度就如同对陌生人，而对霍期，总是含情脉脉，歉疚中有深爱，放肆却又克制。

周尽欢正在倒茶，霍期就进来了，周尽欢一抬头看到他，吓得把茶都倒到杯子外面去了。周尽欢吓坏了，赶紧拿了纸巾在那儿擦。最后林豫文看了她一眼，眼神意味深长，“你出去吧。”

得了大赦，周尽欢赶紧出去，谁知她刚走到门口，却被霍期叫住：“你就坐在门口吧，有事我叫你。”

周尽欢觉得很尴尬，他们没有锁会议室的门，别处可能听不见，可她坐在门口可以听得清清楚楚。这种被迫的偷听也是挺无奈的。

霍期坐定后，林豫文压低声音问他：“这女的怎么还在霍氏？”

“她应聘到总裁办去了，我从霍一霆手上要过来的。”

“你要她做什么？你这是什么意思？”

“总办缺人。”霍期用简单的四个字就回答了。

林豫文不在这个话题上多做纠缠，大约是周尽欢在门口的缘故。她沉默了一会儿才说：“你下周是不是要出差？听说你对本地的空调厂家都不是很满意。”

“嗯。”

“我只是来告诉你，我也要去。”

“随你。”

见霍期态度冷淡，林豫文也有点沮丧了，“这几年我最想得到的就是时间，如果可以，其实我很希望能回到大学那时候，把所有的决定都重新来一次。”

霍期轻笑，“我也一样。”

“你每次这么云淡风轻地对我笑，我都很恐慌，当年你也是这样笑着和我说没关系。”林豫文声音有点哽咽地说，“不管你怎么想怎么做，我永远还是我。你要的你想的，只要我有的，我都能给你。”

霍期看了一眼手表说：“时间不早了，你没吃饭吧？去食堂吃可以吗？午饭时间不长。”

……

两人从会议室走出来，霍期走在前面，他在周尽欢面前停下，看了她一眼说：“你也没吃饭吧？一起吧，今天是周五，有你最爱的排骨。”

林豫文紧跟在霍期身后出来，看了一眼霍期，又瞪了一眼周尽欢，气呼呼地说：“我不吃你们的食堂，难吃死了。”

霍期笑眯眯地看了一眼林豫文，耐心十足的样子，“那我陪你出去吃吧，一个小时也应该足够了。”

见霍期这么迁就，林豫文脸上的气愤表情马上烟消云散。她以胜利者的姿态高昂着脖子，很傲慢地从周尽欢身边走过。周尽欢看着她的背影，再看看霍期离开的样子，忍不住摇了摇头。

不管现实中每个人如何提醒，女人总还是喜欢贴心又温柔的男人，也容易沉溺于这种温柔攻势。因为比起去思考这些温柔举动背后的深层意义，女人更愿意享受眼下的，这是很多女人的通病。

很容易就看得出霍期对林豫文早没了真心，他给予的那种廉价温柔就如同当初他给周尽欢的，几乎没有付出什么成本就俘获了女孩子的心。周尽欢如今旁观，只觉得这种居心简直毫不掩饰，可是当初她怎么就看不出来呢？当真是当局者迷，旁观者清吗？

一小时后，霍期回来，周尽欢正在吃从食堂里买来的包子和炒粉。霍期一回公司，秘书就开始布置工作，周尽欢也不得不争分夺秒地干活。

霍期见她吃的东西，眉头皱了皱，问："你怎么不去吃排骨？"

"忙。"

霍期低头看了一眼手表，"时间还够，你去吧，回头就说是我准的。"

周尽欢不明白他的用意，看了他一眼，没有说话。

"还有，"霍期说，"上次你替我解围的钱，我打到你卡里了，说好的一百倍。"

周尽欢听他一说，吓了一跳，赶紧查账，果然卡里多了三万。

"我只是开玩笑的。"又不是高利贷，哪有人真这么还钱？

"可是我没有当作玩笑，也没有要开玩笑。"霍期笑了笑，转身准备回办公室。

"你这样累吗？"周尽欢几乎是脱口而出，"对每个女人都用这种态度，愿者上钩，加以利用？"

"能让我利用的人很多，不是每一个我都愿意利用。"霍期说，"不要去猜测我的想法，这不是你的能力能完成的事。"

"霍期，常在河边走，哪有不湿鞋？"周尽欢见他一脸倨傲表情，忍不住这样说。

霍期听罢，无所谓地挑了挑眉，"可你别忘了，我一直是光着脚的。"

……

周尽欢还没来得及好好思索霍期的话，就被秘书派遣了新的任务——到苏和电器给她拿手机。

秘书把保修卡和发票给她的时候，说实话，周尽欢内心充满了不服气。毕竟到霍氏总部来是为了学东西，真正从职场小虾米修炼成一个"白骨精"——白领、骨干、精英。

谁知自从进了总办，就彻底沦为打杂小妹，别提学东西了，每天忙这些琐碎的事忙得脚不沾地，连骂人的力气都快没有了。

虽然不服气，周尽欢还是坐上地铁到了指定的那家苏和电器的门市。周五逛电器卖场的人并不算很多，大约是忠于职业本能，一进卖场，周尽欢就开始观察，从装饰摆设到导购的反应再到人流量。

总办提前给手机专柜的人打了电话，周尽欢只需要去取维修好的手机就可以。拿完了手机，周尽欢原本是要立刻回公司的，但她突然生出了一点儿叛逆心思，就在卖场里多转了一会儿。躲懒偷闲，算是对秘书的一点儿无声反抗。

因为还没有到下班的点，人流高峰期还没有到来，卖场里人并不多，却有一个区围满了人。这让周尽欢好奇不已，忍不住挤了过去。

其实早在几年前，宋演的爸爸已经和工学院几个教授和国内一家生产中央空调的厂家一起研发了我国第一台板式制冰蓄冷空调，制冰蓄冷系统在国外一些国家已经得到了推广，是在夜里电力负荷低的优惠电价时期，采用电制冷空调主机制冰，并且贮存在蓄冰系统里，在白天电力负荷高的时候，停止或间歇运行电制冷空调主机，把蓄冰系统储存的冷量释放出来，以达到建筑供应空调的效果。

这项技术在国内得了不少奖，也受到相关部门的表彰，有效节能这个话题是现在全球都很关注的。

但要改装空调系统，有的甚至要全换，这笔费用并不低，所以这项技术并没有得到很好的普及。这也是宋演爸爸一直犯愁的原因。

这几年，宋演爸爸和几个教授一直致力于这方面的专项研究，将当初的成果又进行了升华和改进，将改建成本降低，但大量普及仍然是一个问题。

宋演和爸爸去了德国两个月，前后去了十几个厂家参观学习，也凭着惊人的毅力和厚脸皮从别人那儿挖了不少技术人员。

在专项基金和地方政府的支持下，工学院和江北的一家工厂合作开始将技术成功投产，主要生产制冰蓄冷系统的中央空调和一种利用他们研究结果的节能家庭空调。

就和生孩子一样，怀胎十月，产品是生产出来了，销路却成了问题。一群搞技术的教授，别提推销了，叫他们夸几句他们的成果都是对他们能力和研究成果的侮辱。

于是乎，打开销路的问题就成了宋演一个人的问题。

从毕业至今，宋演虽然也经历过最辛苦的那几年，却不想时至今天，又要重新经历当初经历过的一切。

为了销售工厂生产的空调，他到苏和电器每个门市谈，只希望找个经理能给引荐到总部去。

宋演以前是做百货业的，在业内也算小有名气，但在这种落魄的时候，越有名气越是别人的笑柄。人群看他背着公文包一叠一叠地给人看资料，讲得唾沫横飞，内心都充满了恶意的耍弄。

宋演诚恳地给人介绍完公司的技术成果，又推荐了自己公司的产品，求的也就是苏和电器能给个展位卖卖东西。那画面，旁人看了真挺心酸的，但宋演倒是浑然不觉，他原本就是个做事一丝不苟、对事业严谨又认真的人。

听完他的介绍，苏和电器卖场的总经理没有表示要，也没有表示不要，甚至没有搪塞一句“我考虑一下向公司汇报”，而是玩味地说：“以前挺高傲的宋演，今天能做到这个份上，我很佩服，也很愿意帮你。”他指了指空调区的某品牌说，“这样吧，我这个展区一共有四十三台空调，你要是能今天都卖出去，我就把你这国产节能空调替换上去。”

别提现在是大冬天，空调难卖，就算是好卖的时候，也没有哪个营业员敢说自己能卖四十三台空调。他不答应就不答应，说出这种话，本身就有一定侮辱性的看笑话意味。

然而，宋演却并没有生气。他把所有资料都收回了包里，笑了笑走到那经理跟前，又问了一次：“这个展区，你能做这个主吗？”

“能。”

“好。”就这样，宋演轻飘飘地就接受了别人的条件，夹着自己的公文包，去了总经理指向的展区。

大冬天的，却有很多人挤在卖空调的区域，周尽欢原本只是看热闹挤过去，却不想会在那里看到宋演。

曾经高高在上的宋演，谁都不放在眼里的宋演，此刻却穿着空调厂家绿油油的工作服，一脸笑容地站在那里向那些买空调的阿姨伯伯们介绍空调性能。

周尽欢站在人群里，左右不停有人在动，把她推搡得左摇右摆，可她的眼睛却一刻都没有离开过人群中间，那一抹绿油油的高大身影。

周尽欢曾经想象过和宋演重逢的画面，这是他们第二次分开，也是第二次重逢，却不想，这一次又出乎她的意料。

宋演从小到大都超乎常人地优秀，不管是做 HR，做管理，还是做销售，他好像是个无所不能的人。也正是这样一个人，能在大冬天没什么人的周五下午，把卖空调的区弄得和表演场一样热闹。

可不管多热闹，周尽欢都无法接受宋演在卖空调。

离开霍氏，重新开始，这就是他的选择吗？周尽欢始终难以接受。

周尽欢突然发了疯一样挤入人群，一步步走近他，就在她接近那抹绿色身影时，她却怯了场。

站在他面前，她几乎一动不动。许久，宋演接待完一个客人扭过头才看见了站在身边的周尽欢。

“周尽欢？怎么在这儿？”宋演皱了皱眉头，见不断有人在推挤周尽欢，他本能地把她拉得更近，一只手环在她脑后，将她护在怀里。

宋演的声音在嘈杂的人声中隐没许多，已经不够清晰，却还是让周尽欢眼眶微红。

她控制不住哭腔，讷讷问他：“你怎么在做这个？”

宋演还在微笑着对待那些不断来咨询的顾客，淡淡地回答：“为了吃饭嘛。”

不知道宋演用的什么营销策略，围观的人越来越多，也越来越挤，宋演要应付顾客，渐渐护不住周尽欢。一个不留神，她就被人给挤了出来。

周尽欢抖了抖被人挤得有点皱的衣服，黯然退出了人群，站在外圈，看着一堆中年大婶对着宋演指指点点，有些甚至毫不客气上手揩油。而一贯易怒的宋演却不怒不恼，始终保持着笑容。

回想起周尽欢曾经对宋演的指责，她说他一生下来就比别人好，又聪明又顺利，不知道那些生活在最底层一无所有的人是怎么过活的，也不懂得那些没他聪明的人是怎么艰难地往上爬。

而如今看到宋演这样，她才明白自己的无知。正因为宋演聪明有能力，他承受的是比别人更多的压力和责任。从前他付出了多少努力才成为高管，她不曾见过，就不应大放厥词。如今他从高位跌下，依然能不卑不亢地重新站起来，已经用现实打了她一记响亮耳光。

这才是真正的宋演，是她所不了解的宋演。

周尽欢在旁边等了一会儿，没等到宋演闲下来，却等来了秘书室打来的电话，让她拿了手机赶紧回公司，并且在电话里毫不客气地把她教训了一顿。

周尽欢虽然心里不服气，也有点舍不得离开，但她还是不得不拎着修好的手机离开了卖场。

那天晚上，周尽欢加完班后又到了那家电器卖场，但那时已经太晚了，卖场早已关门。

回到家，周尽欢想要给宋演打个电话，握着手机却许久没有按下去。不知道他换手机号没有，或者他没换手机号，看到是她，会不会不接？就算接了，她应该和他说什么？

为什么高高在上的宋演会从卖空调重新开始？

她对他在卖空调耿耿于怀，因为她心疼。在她心里，宋演这样闪耀的人怎么会做这种事呢？哪怕是从头开始，他也应该像小说的男主一样，轻描淡写就又能成功，这才是她能接受的剧情。

周尽欢带着满腹的心事躺在床上，辗转反侧，始终没有困意，拿着手机刚准备刷刷微博，姨妈就打电话过来了。

通知她周末到家里吃饭，三餐一样准时准点地问她谈恋爱的问题，并且又模式化地“拐弯抹角”要给她张罗相亲。

周尽欢打着哈哈就准备混过去，姨妈也习惯了她这敷衍的姿态，末了只说：“你爸妈可能又要过来。”

周尽欢感到有些意外，从床上一跃而起，“为什么？”该不会是容不下她不结婚，要把她押回家了吧？

姨妈欲言又止，最后说：“听说是准备卖了老家的房子，来江北生活了。”

“为啥啊？”

“你说为啥？”姨妈的声音拔高了一度，“不是想在女儿身边么？”

“我以后还是会回去的。”

“你总这样说。从大学说到如今，别说你父母，连我都不相信了。”姨妈顿了顿说，“让他们来吧，就在江北挺好的，我们两家人能照应着。”

“……”周尽欢眼睛有点酸。十八岁的时候来江北读大学，初来的时候全是不适应，隔三差五就要打电话向爸妈哭诉。后来就慢慢习惯了这里，不管是饮食还是气候，最后甚至爱上了这里的人。再后来，她就不想走了，毕业后虽然和那人失去了联系，却总是默默幻想有一天会重逢。就像那句话说的：世人谓我恋长安，其实我恋长安某。

在漫长的时光里，她渐渐忘却了那场年少的暗恋，却渐渐爱上了这座城市。虽然总是说要回家乡，却从来没有真正放弃，没有放弃来这座城市的初衷，没有忘记最初的梦想。

“他们怎么不和我说？”周尽欢喉头有点哽咽。

“怕你反对吧，叫我不和你说呢，你就当不知道。”姨妈正说着话，突然就冒出不和谐的声音，是姨父在抱怨姨妈不开空调，家里太冷。姨妈这人也是炮仗脾气，也不捂着话筒就嚷开了：“怎么就没开了？你看不到空调绿灯亮着吗？多少年的老空调了，就和你似的，老早就不行了。”

周尽欢渐渐有点听不下去，正准备挂电话呢，突然想起件事，又精神起来了，“姨妈——”

周尽欢突然对着手机就是一嗓子，把姨妈吓了一跳，姨妈立刻教训起她来：“要死啊！突然嚎一句，喊我干吗啊！”

周尽欢自知反应过度，赶紧赔着小心，“我这不是怕您没听见么？”

“我还没老到耳背。”

“嘿嘿嘿……”周尽欢痞笑连连，赶紧切入正题，“家里空调坏啦？”

“不知道是不是无氟了，搞不清楚，又不能制冷又不能制热的。”

“哎呀，那就是要换新的啊！”周尽欢赶紧趁热打铁，“这周末我陪您去买吧，我送一台新的给您。”

姨妈听了以后却沉默了，良久才说：“你是不是干了什么坏事啊？”

“哪儿能啊！”不过是想再找个合理的理由去一次那个卖场，照顾照顾宋演的生意罢了。

周尽欢说到做到，周末果然就拉着姨妈来买空调了。

这家电器卖场平时客人还好，一到周末人就挺多的，大概是因为他们总是打折，且和网络电商打对台，闹得比较火热。

姨妈不知道周尽欢的目的，从进了卖场就开始慢悠悠地逛着。家里好多电器需要换代，姨妈是在认真选购。但周尽欢很显然醉翁之意不在酒，好几次拉着姨妈要直奔空调区，被姨妈嫌弃。

好不容易走到空调区，却根本没看到宋演，空调区有一部分被泡沫板围了起来，上面写着一个陌生的品牌，后面跟着英文“coming soon”，应该是有新的品牌进驻，正在装修。

姨妈扎进一个国内比较知名的空调专柜选购，周尽欢在上次宋演站的地方打转，半晌凑到一个导购身边问：“前几天，你们这边是不是空调搞过活动？围了好多人。”

那导购小姐很疑惑地问了一句：“哪一天？”

“大概是周四。”

“哦！”那导购小姐笑眯眯地说，“那天不是我的班，但是我听说过盛况。”

周尽欢嗫嚅了一会儿，说：“那之前那个男导购呢？就是那天活动的那个男导购。”

“这里导购很多，可能是厂家那边的，不常在卖场；也可能是我们之前的几个男导购，不过他们都没做了，也不知道你说的是谁。”那导购小姐十分热情地说，“有什么问题问我是一样的。”

“噢。”周尽欢很失望地低了低头。

宋演这样的人，大概在这样的地方也做不长吧？也许是辞职了也说不定。

为什么要辞职呢？是因为被她看见了那一幕吗？周尽欢这么想着，有点懊恼于当时没礼貌的问话了。也许是她的话刺激到了宋演的自尊心。工作不应该分贵贱，她为自己有那样的想法而感到羞愧。

没有碰到宋演，周尽欢之后都很心不在焉。姨妈选中了一款节能空调，周尽欢信守诺言刷了卡，也没看多少钱，把姨妈哄得非常高兴。

原本以为不会再遇见宋演，却不想，遍寻不着，却很无意就碰到了。

一天下午三点，一直在忙的周尽欢终于闲下来，没有在公司食堂吃饭，而是去了商业区附近一家面馆换换口味。周尽欢在霍期的部门也没有什么朋友，一直都独来独往，也已经习惯了一个人吃饭。那家面馆装修不精致但是口味很好，一般午晚饭时间都要大排长龙，下午三点过了饭点，不用排队，周尽欢就钻进去了。

她刚坐下，正准备点餐，服务员正在传菜，没有很快过来，周尽欢也没有急，而是百无聊赖地左顾右盼。突然，她目光被一个身影吸引了，斜前面背对着她坐着的人，不论身形还是发型，甚至是他端坐的姿态都让她觉得熟悉，她仰着脖子看了一眼，居然是好久不见的宋演。

一贯讲究的宋演，此刻正一边吃面，一边翻看着什么材料，专心致志的，根本没有看周围。看上去又让人心酸又辛苦。这是忙成什么样了才能这样吃饭？周尽欢不敢想。

周尽欢看他那专注的样子，猜测他可能是正在找工作。他身上还穿着正装，吃的东西却不是那么高级，可能是失业以后生活质量也下降了。这么想着，周尽欢觉得有些心疼。

周尽欢没有打扰宋演，只是默默地叫来服务员，自己点完餐以后，顺便把宋演的钱也付了。

她特意嘱咐服务员不要供出是她，只告诉宋演是店里的活动，给吃第一百碗面的顾客免单。

吩咐完后，周尽欢就低下头吃自己的了。

这家面馆的汤头都是真材实料熬制的，味道是真的不错，周尽欢低头闷着吃自己的面，过了一会儿，她突然感觉到一道阴影挡在自己面前。

愕然抬头，恰巧与居高临下的宋演四目相对，吓得她一口汤呛到了气管里，忍不住一阵咳嗽，整张脸都呛红了。

宋演什么话都没说，只沉默地递给她一杯水。她赶紧撇过身子喝水，平息了一会儿才回过神来。

她不敢抬头，只偷偷打量他几眼。宋演见她贼眉鼠眼一副做贼心虚的样子，轻笑了两声，拉开她对面的凳子，将手上的资料随手放在桌上，很轻松地往后一靠，“你干吗替我付钱？”

周尽欢一听，眼睛一瞪，想到宋演也是自尊心很强的男人，赶紧否认：“不是……我……”

“饭点都过了，还一百碗？就这家店的人流量，一天多少碗估不出来吗？”宋演一脸了然，“干吗替我付钱？”

周尽欢低着头，小心翼翼地说：“我以为你找工作的时候，手头会比较紧。”说完又补充道，“你房子那么大，是不是还有房贷？”

宋演没想到周尽欢会说出这样的话，先是愣了两秒，随后脸色沉了沉，“你是可怜我才替我付钱？”

“没有……我……”周尽欢整个人都紧张了，手紧紧抓着纸巾，“我只是觉得你去卖空调，也有我的责任。其实我觉得你不用辞职，就算你去卖空调，也是顶级销售。”

宋演意味深长地看了她一眼，幽幽道：“顶级销售有什么用？连自己都推销不出去。”

周尽欢被他一句话说得又悸动又心痒，连耳根子都跟着红了。她瞅了一眼宋演放在桌上的材料，见是一家空调公司的资料，再回想到卖场那个正在装修的品牌，一下子想了起来，“你是在这家空调公司上班？你没失业？”

“嗯。”

周尽欢脸上一下子就有了笑容，“太好了，我还以为你失业了，我以为是因为我说错了话你才……”没有再说下去，周尽欢和宋演说话的语气明显活泼了一些，“你怎么会来这边？”

宋演还是一贯寡言的样子，少了最初的几分刻薄，此刻的宋演看上去就像小说里的男主，眼神温和，举止沉稳。

“我表妹要过来，给我送点东西。”

“咦，”周尽欢问，“你什么时候有的表妹？”

“二十几年前就有了。”

周尽欢这才发现问句多有歧义，差点咬了舌头，“我不是这个意思……只是以前没听你提起过。”

“我还有好多事情没有和你提起过。”宋演微笑着扯了扯嘴角，“你想听吗？”

“我……”

“宋演！”一道犀利女声响起，打断了两人的对话。一个高挑漂亮的女孩一边扯着围巾一边往宋演这边走来，嘴里喋喋不休全是抱怨，“要你接我一下不肯，我坐出租车坐错了，绕了三个圈！气死我了！”

宋演看她一眼，“不是你非要吃这家的面？迟到一个小时，还咋咋呼呼的。”

那女孩瞪了宋演一眼，极其自然地在宋演身旁坐下，坐下以后才注意到坐在对面的周尽欢，挑了挑眉问宋演：“认识的？”

“嗯。”

女孩一下子就炸了，一脸惊讶，“难道是女朋友？”

周尽欢听到“女朋友”三个字，一下子就炸了，脸红成了猪肝，正准备解释呢，就听到宋演冷静自持的声音。

“不是。”

“嗯？”

“不是女朋友。”宋演看了周尽欢一眼说，“是大学同学。”

其实就算宋演不说，周尽欢也会解释，可是不知道为什么，这解释从宋演嘴巴里说出来，她居然觉得有点失落。

可他说的明明是事实不是吗？怎么就突然这么矫情了？

周尽欢整理了一会儿心情，片刻后，她有点尴尬地冲那女孩笑了笑，说：“你好，我是宋演的大学同学，我叫周尽欢。”

那女孩眼珠子转了转，先看了看宋演，又看了看周尽欢，最后笑笑说：“我是宋演他妹，我是楼嘉嘉。”

介绍完以后，三人都尴尬了一阵，不知道能说什么，楼嘉嘉看着宋演一直诡异地笑着。最后是周尽欢憋不住了，看了一眼手机说：“我还要上班，只能吃四十分钟饭，那……我就先走了。”

周尽欢走后，一直憋着没笑的楼嘉嘉捧腹大笑起来，一脸嘲笑地看着宋演，“哎哟我的妈呀，宋演你也有今天？还大学同学呢，一看就是喜欢别人，别装了。”

宋演好整以暇地看她一眼，“喜欢又怎么了？”

“别人看不上你啊？”楼嘉嘉啧啧感叹，“也对，就你这样，是女孩就不愿意和你在一块儿，尖酸刻薄，蔫儿坏。”

“少废话。”宋演把资料都递给她，“我爸也不知道怎么想的，居然放心你来公司，你别给我添乱。”

说起工作，楼嘉嘉表情也严肃起来，“霍氏的新购物中心，你真的不去竞标？他们公司内部出了问题，要重新选择中央空调的公司。”楼嘉嘉说，“其实你可以和霍一霆说说，我觉得……”

“不必了，一步一步脚踏实地来吧。”

“就没见过你这样的人，直肠子驴脑袋，怪不得你一直没有女朋友！”楼嘉嘉鄙夷地看了宋演一眼，“徐杏姐姐周五就回国了，姨妈说要你去接机。”

“我周五有事。”

说起徐杏，楼嘉嘉很认真地说：“说真话，我觉得徐杏姐姐比刚才那个周啥啥的要好。人漂亮，学历高，家世好，关键是对我们都特别好，她要是嫁进咱家，估计什么矛盾都没有。那个周啥啥的，太普通了，要不是她和你坐一桌，我看都不会多看她一眼。更何况她还瞧不上你，不像徐杏姐姐，对你简直痴心一片。”

“不是啥啥。”

“什么？”

“是周尽欢。”宋演一本正经地纠正道。

Chapter 9

第九章 你不知道的事

这么多年了，
我一直一个人。

周尽欢之后也曾想过找理由和宋演见一面什么的，但她想破了脑袋也想不出理由。

这几天周尽欢一直有心事，这种心情不可避免代入了工作中，导致她不小心做错了好几次事。在霍期这边工作，周尽欢一直表现得小心翼翼，这种错误简直是她自己都不能忍受的。

不知是不是霍期现在对底下的人有交代，大家对她倒是没有以前那么苛刻，但依然冷漠。周尽欢因为自己的工作失误，挨个向大家道歉，大家也没有明说怪她，但也不太搭理就是了。

周尽欢如今年纪已经不小了，如果说以前她还期待遇到一个好男人嫁了，回家当全职太太享福，如今这种想法已经被磨得差不多了。倒不是她不想享福了，只是她如今才稍微有点醒悟，女人的幸福只能来自自己，所有要依赖别人的幸福，都是如履薄冰的。不管是以前对霍期，还是现在对宋演。

如果没有爱情，至少应该有事业。周尽欢这么想着，就更加用心工作。不管在哪个办公室，在谁手下干活，做好自己，是周尽欢唯一能做的事。

好不容易做完了上午的工作，周尽欢一个人拿了饭卡正准备去食堂，就看见了一个有些熟悉的身影。

那人目不斜视地站在电梯门前等电梯，周尽欢蹑手蹑脚走了过去，确认了半天才轻轻喊了一声："请问，你是不是，那个，宋演的妹妹？"

"咦，"楼嘉嘉还是和上次遇到时那样一惊一乍的，她一回头看见是周尽欢，声音都高了好几度，"周尽欢？！"

周尽欢没想到她还记得自己的名字，一时也有点没反应过来，只是尴尬地笑了笑。

"你……你怎么到我们公司来了？"周尽欢看了一眼她手上拎的公文包，上面印有公司LOGO，是宋演供职的那一家。她试探性地问了一句："你一个人来的吗？"

楼嘉嘉笑眯眯的，很开朗的样子，"你们公司招标，我也来凑凑热闹。"

周尽欢思索了一会儿，"宋演知道吗？"

楼嘉嘉吐了吐舌头，"他不知道。"

说实话，楼嘉嘉也不想背着宋演做这些事情，主要是宋演对这事的态度太坚决。楼嘉嘉不禁想起前两天在他办公室里和他差点吵起来的一幕……

她实在搞不懂，宋演为了能推销公司的产品，连电器商城的导购都愿意去干，为什么这么好的项目就是不愿意去试一试？

“你真的不参加霍氏招标？那可是大项目。”楼嘉嘉还是难以置信。

宋演忙着看文件，惜字如金，“不。”

楼嘉嘉被他的态度气坏了，“你怎么就那么倔呢？霍一霆绝对会帮你的。”

“不必，我靠自己也能成功。”宋演仍旧头也不抬。

“自负，自大，自恋。”这是楼嘉嘉对自家表哥最后的评价。

她压低声音对周尽欢说：“我是偷偷来送的。这么大的项目，实在不想错过。”

周尽欢还想再问话的，电梯就来了。楼嘉嘉回过头说：“我先走了，还要跑别的公司呢。”

周尽欢欲言又止，最后只扯着嘴角对她说：“路上小心。”

周尽欢在总办没什么地位，平时也就做做校对、接接电话和送送文件。对于高层的决定，别说无从干涉，连提前知道都不可能。

这事过了三天，周尽欢始终关心着结果，却又无能为力。

下午，周尽欢在打印室里，正看到总办的总秘在碎文件。周尽欢看见准备碎的文件里，竟然有宋演公司送来的那份。

“为什么这份文件要碎掉？他们也是要参加招标的。”周尽欢虽然有点激动，但还是努力克制。

总秘不屑地睨了她一眼，口气有些刻薄，“你是真不知道，还是装不知道？”她冷哼了一声，“这个公司现在主事的人是宋演。霍总会希望看见他的公司来招标吗？宋演这脸皮也是够厚的，估摸着是真的走投无路了吧。”总秘也懒得和周尽欢说下去，看了一眼时间说，“我先去工作，你把这里处理一下，该碎的碎。”

周尽欢看了一眼宋演公司的文件，点了点头。

快下班的时候，霍期把周尽欢叫到办公室里来，递了两份文件给她，“这次招标，这两家公司在选吧。把这文件送到总裁办，让霍一霆去做决定。”

“为什么是我？”

霍期抬头意味深长地看了她一眼，“你也正好去汇报汇报情况。”

“我……”

“行了，不用解释了，去吧。”

周尽欢在下班前给 Helen 打了一个电话，确定她会在公司加班后就开始收拾东西准备下班了。

周尽欢看了一眼包里那两份公司的资料，偷偷把藏在柜子深处的宋演公司的资料也放了进去。宋演不肯参加招标，多半是因为不想走后门，霍一霆要是知道这公司是宋演的，多半会选他。

宋演是个骄傲的人，他不喜欢这种方式。这一点周尽欢是知道的。

可周尽欢还是把宋演的资料放了进去。创业初期，她实在不忍宋演再那样辛苦。她也说不清自己这种心情是什么，也许是愧疚吧。如果不是她，宋演不必从头开始，不必风吹日晒到处求人。

明明以前那么痛恨宋演那副高高在上颐指气使的样子，可如今她却这么小心翼翼维持着他那副“讨厌”的样子。周尽欢想，自己可能是得斯德哥尔摩综合征了吧？

周尽欢没想到下班出去会这么冷不防遇到霍期。

他还是以往的模样，一身熨帖西装，连表情都一丝不苟，叫人挑不出错处。看到周尽欢，他先是温和一笑，分明是不带任何温度的啊。这就是霍期，对任何人都是一副虚伪的样子。认清他这样的面目，周尽欢可谓付出了惨重的代价。

以往遇到霍期，周尽欢总是一副不卑不亢的样子，可这会儿碰到他，周尽欢忍不住有点心虚，眼神也忍不住闪烁了起来。

霍期上下打量了一眼周尽欢，倒是难得地有这闲情逸致，“你穿白色挺好看的。”

周尽欢没有说话。

“现在这是要去总公司？”

“嗯，您不是让我送文件么？”

“叮——”一声，电梯门开了，周尽欢如获大赦，“霍总，我先走了。”

周尽欢蹬着高跟鞋的脚还没踏进电梯呢，霍期就开口叫住了她。

“等等。”

“霍总？”周尽欢扯了扯嘴角，“还有什么吩咐？”

“把文件再给我看看。”霍期还是微笑的表情，“我好像忘了签字了。”

周尽欢一听这话，只觉得后背像被人丢了一块冰块，冷得嘶嘶出着冷气。

“您签过了。”周尽欢强作镇定，“我检查过了。”

“是吗？”霍期不再和她啰唆，直接从她手上拿过了装文件的夹子。

霍期打开了夹子，将里面的文件都拿了出来，一页页地翻看。翻到最后一份的时候，霍期看到了宋演公司的资料。

周尽欢双手紧紧地握成拳，整个人屏住了呼吸，头皮一阵阵发麻，大脑好像都处于宕机状态，一时什么都想不起了。

霍期还是一言不发地看着宋演公司的资料，嘴角有若有似无的笑意。他似乎是漫不经心地抬头看了一眼周尽欢，那眼神让周尽欢有些看不懂。

看完文件，霍期从西服胸前口袋里拿出了他用惯的圆珠笔，轻轻一转，还冒着微微油色的笔头就滑了出来。

他十分果断地在宋演公司的那份资料后面签上了名字，然后十分果断地把另外两个招标的公司文件随手扔进了最近的垃圾桶。

最后，霍期将宋演公司的资料大大方方地递给了周尽欢，嘴角还是那让人看不懂的笑意，“就送这一家。”周尽欢还在发愣，就听见霍期一字一顿地说，“这样，够不够如你心意？”

周尽欢一把夺过宋演公司的资料，一时也是气愤之极，“你什么意思？”

霍期脸上的笑容终于渐渐散去，自从那次“碰瓷”事件之后，霍期在她面前真实了许多，但这真实多半是冷冰和阴郁。

“你敢私下做主改变我的主意，怎么，如了你的意反而不高兴了？”霍期冷冷瞥了她一眼，“这里是公司，你是我的下属，不要把你的私人感情带到工作中来。”

周尽欢死死握着自己的手，指甲刺入手心，微微有点疼痛感。

“有本事你就炒了我，我本来也没有想当你的下属。”

周尽欢不想再和霍期对峙下去，又按下了电梯，这一次电梯一会儿就到了。

“叮——”的一声，周尽欢的脚刚踏进去，就感觉到后面一股突如其来的力量将她带了进去，那人如一阵风般将她按在电梯冰凉的铁壁之上。

霍期眸子里有周尽欢无法理解的愤怒，此刻，他温热的呼吸拂扫在周尽欢脸上，与她的距离近到周尽欢都开始有点犯恶心了。

“你放开我！”周尽欢想要推开霍期，却怎么都敌不过他霸道的力道。

“你要干吗！”

霍期还是一副要吃人的目光。他一只手固定着周尽欢的下巴，强迫周尽欢与他对视，“你喜欢宋演。”

一个陈述句。

“关你什么事？”

霍期冷冷一笑，“你喜欢他，当初为什么要和我在一起？周尽欢，你心里到底住着谁？”

周尽欢敌不过他的力气，只能用更加凶狠的眼神瞪着他。

此刻的霍期像一个嗜血的魔鬼。他死死控制着周尽欢，那样近的距离，又愤怒，又绝望。

“你恨我？”霍期不等周尽欢回答，又说，“你应该恨我，我骗了你。”

“我以为你是那个不相干的人，我不会疼。”霍期突然苦涩一笑，“真是蠢透了。我居然曾经因为被你喜欢着，而感到有点庆幸。”霍期死死盯着她的眼睛，“这么多年了，我一直一个人。周尽欢，你要不要到我身边来？”

……

霍期的手死死握着方向盘，脚下不断踩着油门。他甚至没有低头看一眼仪表盘里代表车速的数字。

霓虹闪烁的城市熟悉而陌生，眼前的马路如同一条车灯的河，川流不息，忙碌而疲惫。这座城市说起来无比包容，实际上却极度排斥，以至于霍期这么多年从来没有过归属感。

第一次感觉到这么累，在这个世界上和每个人用伪装的面目说话，与每个另有心思的人玩弄手段，他曾乐此不疲，曾从这种黑暗的胜利里得到过点滴的快感。可这快感背后，是足以将他淹没的空虚。

他到底想要什么？除了嘴角丝丝的疼痛，内心几乎没有任何回答。

他用力抓着周尽欢的时候，他不敢相信，自己内心竟然在期待她能有一丝回应。他像一个地狱里的魔鬼，满手沾满鲜血，却还是卑微地渴望着能得到最纯洁的救赎。

他曾那样伤害她，说她蠢，说不曾爱过她，看着她流下眼泪，内心却没有一丝快乐。

当初为了骗她上钩，和她讲他的身世，带她去看望他的母亲。他自认自己是世上最高明的演员，因为他连自己都骗了啊。他告诉自己，他这样的人，早就不该相信什么爱。可他还是忍不住，忍不住要被她那愚蠢的感情牵绊。

他对她说自己这么多年都是一个人，他问她要不要到他身边来。

那一刻他觉得自己像一个乞丐，卑微地跪在地上期待着她的施舍。然而等来的，只有她一句充满着恨意的回答：“你做梦！”

他不记得自己是怎么愤怒地吻下去的，也不记得自己是怎么狠狠地扯着她的衣服咬在她的脖子上。明明是泄愤的举动，却偏偏让他有点分不清自己的心情了。

若不是她狠狠咬了他的嘴唇，若不是她满带羞辱地甩了他一巴掌，他恐怕就要在那虚无缥缈的梦境里沉沦至死了。

想到这里，霍期终于苦涩地笑出了声。

吧嗒、吧嗒……皮鞋踏在大理石地板上发出规律的声音，在幽静的私家医院里显得很是突兀。

推开病房门的那一刻，病床上的人循声抬起了头。

“这么晚，你怎么过来了？”病床上一脸病容的老头眼中有一丝讶异，也有点点惊喜。

“你不是也还没睡？”霍期冷冷地说，“大概是亏心事做多了，睡不着吧？”

对于这个儿子，霍建刚始终有些愧疚之情。面对他的揶揄，他什么都没有回应。

“是不是有什么事？”

霍期满不在乎地找了凳子坐下，面朝着窗外，郊外的私家医院，坐落在度假村里，一抬起头，漫天都是星星。

“你当年，为什么会和我妈在一起？”没有问他为什么抛弃他们母子，他问的是另外一个问题，一个从来不敢问的问题。

霍建刚沉默了许久，最后回答：“一时糊涂。”顿了顿又说，“犯了一个男人都会犯的错。”

霍期冷冷地嗤了一声，“确实是个错，一切都是错，就和我的出生一样。”

“霍期，不管我和你母亲之前如何，你的到来，从来都不是错误，没有一个生命是不该到来的。当年你母亲为你取名‘期’字，难道不是代表着期待你的到来吗？”

霍期自嘲一笑，许久才回过头来对他说：“这次你真的错了。”

“我生下来的时候，随我妈姓，叫吴期。我想，我妈的意思，大约是等你回来，遥遥无期吧。”

霍建刚查过霍期的资料，但从未发现他有过这样一个曾用名。当初将这个儿子认回来，内心又愧疚又隐隐骄傲。除了一霆，他还有一个如此优秀的儿子。所以即使他恨他，他还是毅然决然地将他认了回来。

“我以前从来不相信什么血缘牵扯，可是后来我信了。”霍期说，“我母亲去世的时候，听说她曾给你打过电话，你连见一面都不肯。”

“……我当时并不知道她得了病。”

“后来，你让你的儿子，娶了我的初恋女朋友。”

“……我并不知道文文是你的女朋友。”当年林家只是说，林豫文有个穷小子男友，不成气候。

“你什么都不知道，却能处处伤我。这大约就是血缘的牵扯吧，没有善缘，那就有孽缘。”

“以前的事，都是我的错。”霍建刚布满皱纹的苍老面容早没了当年的意气风发，此刻，他只是一个病入膏肓、心怀意愿的老人家而已，“你想要什么，在我死之前，我会尽可能满足你。”

霍期半晌没有说话，最后抿了抿结了血痂的嘴唇，淡淡道：“如果我说，我要霍氏呢？”

面对霍建刚长久的沉默，霍期终于还是笑了出来。

“别和我演什么父慈子孝的戏码了。这才是你，连补偿都讲着各种各样的条件。”霍期心里最后一丝温热终于彻底凉透，“你的心里只有你自己，只有你的宝贝儿子霍一霆。对我，你不是想要补偿，只是临死前想要多洗一洗你的罪孽，好安心上路。”

“霍期……”霍建刚刚要说话，就觉胸口一阵窒闷，忍不住开始剧烈地咳嗽。

霍期无声地倒了一杯水，放在他的床头柜上。

“你洗清不了你的罪孽。”霍期站了起来，不再理会霍建刚因为咳嗽引起的震颤，“就像你无法阻止我得到霍氏一样。”临出门前，霍期按下了护士铃，还是那么冷漠的表情，“别那么快死，你那份精彩的遗嘱，不是还没有公布么？”

这个季节的江北已经极少下雨了，可这一晚却下了一场突如其来的雨。

雨淅淅沥沥地落下来，不大，却足以让周尽欢从头到脚都淋个透湿。周尽欢一路都在哭，抱着自己的手臂，一直在瑟瑟发抖。

第一次，她觉得自己明明身在江北，却有一种无家可归的感觉。

周尽欢从小到大都生活在一个很单纯的环境里。在家父母宠着，在外上大学，姨妈姨父当亲生女儿一样照顾。她一直不觉得这个社会有多险恶，小时候去哪儿都是父母送，读高中的时候，走读上学，每天不管多晚爸爸都会来接。

周尽欢从来不觉得自己寂寞，因为被爱的人永远不会觉得孤单。

在江北的这几年，就算再失意，到姨妈家里吃个饭，痛哭一场，好像多大的事都能过去了。就像之前被霍期骗的时候一样。

但是今天却完全不一样，周尽欢第一次觉得那样失意。她好不容易积攒的勇气都被这份工作渐渐磨到没有。霍期在毁了她的工作以后，又企图来毁了她。

她不懂为什么有人能在伤害过别人以后那么轻描淡写地说出在一起的话。因为她好欺负，还是因为她太愚蠢？

也许她曾经对霍期有过好感，但这好感早就被他毁得一干二净了。

被那样对待，却没有一个人可以倾诉，她不敢告诉朋友，更不敢告诉亲人，这种只能自己咽下去的感觉真的让她觉得难受。

排山倒海的委屈将她彻底湮灭。她一个人在雨中飘荡，从六点一直到晚上十点。她不知道自己是凭借着怎样的毅力，徒步四小时后，居然走到了宋演家里。

她不知道自己为什么会走到宋演家里来，甚至当她走到宋演家来的时候，她才恍然意识到，原来她一路想要到达的终点竟然是宋演的家。

一个人坐在宋演家楼下的长椅上，凳子都被雨淋湿了，她全身都湿了，自然也没什么讲究了。

她拿出手机来，好几次想要给宋演打电话，最后都忍住了。

这时候打给他算什么呢？她又把宋演当成什么人呢？

哪怕是落魄的宋演，那也是高高在上的钻石王老五，怎么也轮不到被她周尽欢呼之则来，挥之则去。

正在她怔愣之际，手机却响了，屏幕上闪烁着“家里”两个字。这两个字左边被周尽欢放了一个牛头，右边是一只老鼠，是她父母的生肖。

周尽欢只觉得负面情绪一下子全部都倾倒了出来。她努力吸了一口气，努力忍住眼泪接了电话。

“喂。”

电话那端还是一直以来的氛围，父母开着免提抢着说话。周妈亲昵地说着：“欢欢啊，你吃了没有啊？”

一句最简单的问话，却硬生生地逼出了周尽欢的眼泪。

周爸在那边嫌弃，“都十点多了，还在问吃了没。”说完又顿了顿，“你那边什么声音啊？还在外面？”

周尽欢吸了好几口气才说：“在外面吃消夜呢。”

周妈一听不乐意了，“少吃烧烤啊，都是老鼠肉啊，新闻都曝光啦。海鲜也别吃啊，江北也不是产这些的地方，不新鲜啊！”

“嗯。”

“欢欢啊，我和你爸已经决定了，你不愿意回来，那我们就跟你去吧，到江北买个房子。”周妈还在絮絮叨叨，“上次去看你，你脸色好差，妈妈心疼。”

周爸爸拿过了电话，嘴里还在埋怨周妈妈，“浪费电话费呢。”他对周尽欢说，“我们过来不打扰你工作，和你姨妈说好了，你姨妈带我们去看房子。”

周尽欢眼泪流得更汹涌了，她吸了吸鼻子说：“江北房子好贵的。”

“反正我们也退休了，大不了买个小点儿的嘛。”周爸爸乐观地说，“你姨妈说了，我们家房子卖了，在江北能买个小两室两厅，够住就行了嘛。”

周尽欢越听越觉得心酸。在老家的时候，父母住着很宽敞的三室两厅，到江北来，只够买个两室两厅。如果不是为了她，老两口又何必？

“爸……妈……”周尽欢已经抑制不住哭声。

父母一下子听出了不对劲，“怎么了？这是工作受委屈了？”

周尽欢吸着鼻子，“没，感动得，还是爸妈好。”顿了半晌，又说，“你们打算什么时候过来？”

“你姨妈给我们买好票了，说是只要到火车站拿身份证一扫就能直接取票。网络真是方便。”

“都这样好几年了，一早让你们学着上网的。”

周爸爸笑笑，“我们老土嘛。”

周尽欢电话还没讲完，一个人影已经越走越近，待在微弱光线下可以看清的时候，周尽欢手一滑，手机啪一声，掉到了地上。

“你在这儿干吗？”宋演的声音清清凉凉的，在这样的雨夜显得格外动人。

宋演一身黑色西装，庄重得体的样子，一只手的手臂夹着一个文件夹，另一只手握着车钥匙。雨丝落在他身上，西装领口处露出的白色衬衫被淋湿，贴合在身上，隐隐露出紧实的肌肉轮廓，饱满而有力。

勾得周尽欢整个人都傻乎乎的。她瞪大了眼睛，张着嘴，雨水都跑到她嘴里了，也浑然不觉。

宋演皱了皱眉蹲下身，把地上被雨淋了半天的手机捡了起来，随手擦掉了上面的水渍。一翻过来，手机屏裂了。

黑掉的屏幕上，玻璃裂成了蛛网的形状，一丝一缕，每一处裂纹都显出一条白线，从蛛网的中心，蔓延到屏幕的最边缘。

“你在这儿干吗？”宋演又问了一次。

周尽欢看到自己手机屏裂成这样，一时也傻眼了，讷讷地接过手机，傻傻地回答：“和我爸妈打电话。”

宋演嗤地笑了一声，“跑这么远来打电话？”

周尽欢一瞬间脸就烧了起来，咧着嘴，一扯，嘴角微微有些痛。她下意识地捂着自己有伤的嘴。也不知怎么的，她突然就忘记了自己来这儿的目的，只是抬起头看着宋演，良久才傻傻地说：“我路过的。”她欲言又止，最后只痴痴看了宋演一眼，挪动脚步，“我走了。”

宋演就这么看着周尽欢浑身湿透，孤魂野鬼一样，湿漉漉地转身要走。她嘴角有伤，衣服也有点撕裂的痕迹，一看就是遇到什么事情了。宋演又担心又无奈，轻叹了一口气，跟抓小鸡崽一样，一把勾住了她的皮包带子。

“我家小区进门还得问询，哪有路过还不嫌麻烦进来的？”他把周尽欢拉近，声音无奈中带着几分温柔，“等多久了？”

雨还在下着，大量的雨滴落地，破碎出哗哗的声音，风一来，全数扫在周尽欢和宋演身上。这一刻，两人交错的眼神显得格外温存。

宋演就这么眼睁睁看着周尽欢突然就红了眼，还不等他反应呢，她整个人已经一下子扑了过来。

宋演只来得及紧紧抱住她。

人生像一个不规则有缺口的半圆，只有遇到对的那个人才能修得圆满。从前宋演觉得这话也就骗骗那些看言情的小女孩了。

可如今，这一刻，他突然觉得自己的人生好像就圆满了。

他默默收了收手臂，将她收得更紧了一些。

周尽欢的眼泪就这么被他给逼了出来，这不抱还好，一抱就是淹没长城的节奏。宋演也不好动，两人就这么淋了好一会儿雨。

直到周尽欢一个喷嚏打出来，宋演才把她拎进了家门。

宋演的家还是和以前一样，什么东西都没有。看来他的化繁为简强迫症并没有好。

宋演拿了一条毛巾和一套干净的衣服给她，“去洗澡吧，别感冒了。”

周尽欢像个提线木偶一样，乖乖地拿了衣服进去。

等她洗完澡穿上了宋演的大 T 恤和大短裤，才一下子意识到情况有点不对劲。

她扭捏了半天才从浴室出来，一脸窘迫，看着宋演就开始嗫嚅。倒是宋演大方得很，拿了毛巾过来对着周尽欢的长发就是一顿搓。

他像个精心照顾女儿的爸爸，拉着周尽欢到吹风机旁边。温热的风吹在周尽欢的头上、脸上，温柔得像情人的抚摸。

吹风机发出低低的嗡嗡声，倒也省去了两人沉默的尴尬。

吹好头发，宋演也不给周尽欢乱想的机会，直接把周尽欢推进房间，“去睡觉吧，我明天送你回家，今天太晚了。”

周尽欢脑子已经有点迷糊了，她听见宋演的拖鞋声越来越远。他似乎在客厅，过了一会儿，她听见他打电话的声音，似乎是在对谁报平安。又过了一会儿，他又进来了。

“我给你爸妈打过电话了，说你手机摔坏了。”

“噢。”

“赶紧睡吧。”

“噢。”

“晚安。”

“嗯……”

宋演的房间灯光不算太亮，光线落在宋演的五官上，将棱角分明的五官映照得格外柔和。他的床上有沐浴乳的清香味道，又像是有阳光的味道，让周尽欢觉得无比心安。她也不知道自己是怎么了，一沾床就困了。再看宋演，眼前都是重影。

迷迷糊糊地，她好像感觉到有一只温柔的手摸了摸她的头发。蒙昽间，那人无奈地喟叹道：“怎么会有这么不防人的丫头？”

……

周尽欢一觉睡到自然醒，整个人傻傻地坐起来，身上穿着的还是宋演的衣服。三魂七魄正常意识都渐渐回归身体，周尽欢这一刻才开始懊恼起来。

昨天洗完澡，很习惯就直接套了宋演的 T 恤，连内衣都没穿。

God，小 B Cup 不穿内衣……那就是灾难啊……

周尽欢捂着头蹑手蹑脚地正准备出房间门去找自己的衣服，就看见自己的衣服已经被折叠整齐放在床头柜上了。她的内衣被夹在上衣和下装中间，简直欲盖弥彰。

周尽欢崩溃了。

周尽欢穿着已经干了的衣服轻手轻脚地从房间出来，宋演已经坐在饭桌上，桌上有刚烤好的面包。

“先随便吃一点儿吧。”宋演说，“商场还得过一个小时才开门，我带你去买身衣服。”

周尽欢不自然地捂了捂衣领附近被霍期扯破的地方，小声说：“不用了，我回家换。”

“嗯。”宋演上下看了周尽欢一眼，试探性地问，“昨天是不是遇到什么不顺心的事了？”

周尽欢脸有些烧，“撞到了墙。”

“把衣领子撞裂了？”

“墙上有个钉子鉤的。”

“噢。”宋演对于周尽欢这种弱智说辞不置可否，她不想说，他也不再追问。宋演一贯是这样的人，他想知道的事情，从来不会靠逼问。

周尽欢心不在焉地啃着面包，正准备说话，玄关的门突然被人打开了。

循着声音，两人一起抬起了头，然后，整个屋内的气氛陷入无限微妙的尴尬。

宋演先皱了皱眉，“我妈怎么又给你钥匙了？”

来人拎着一堆文件，脸上有不怀好意的笑容，“我就来送点资料。”

“送完就可以走了。”

楼嘉嘉一脸坏笑，“这就走，这就走。”楼嘉嘉意味深长地看了一眼周尽欢嘴角的伤口，和撕破的领口，“啧啧，激烈。”

“快滚！”

……

楼嘉嘉哈哈大笑着离开，周尽欢在门关上后才怯怯地开口：“她好像误会了。”

“嗯。”宋演瞥了周尽欢一眼，“要不把误会给坐实了？”

周尽欢吓得赶紧摇手，“我不是这个意思，我是说，应该解释一下的。”

“这要是我姘头，解释解释倒是应该，和我表妹有什么可解释的？”宋演抿了抿唇，“怎么，你这么怕和我扯上关系？”

“不是这个意思……我……”

“那你什么意思？昨天你一下子冲进我怀里，我还以为……”宋演眼含怨气地看了周尽欢一眼，一脸“你居然敢不负责”的表情。

周尽欢被他窘得满脸通红，再也不敢说话了，低着头啃面包。

宋演知道周尽欢胆子小，也不再逗弄她。既然她都送上门了，宋演自然不会放她走，别的事儿嘛，来日方长。

他低头看了一眼手表说：“也不早了，走吧。”

周尽欢至今都觉得和宋演之间的发展实在有些诡异，明明之前闹得那么僵了，居然过了一晚就莫名地有破冰迹象。

怪不得人总说，男女之间没有什么大矛盾，睡一觉就好了，还真是“睡”一觉就好了。

早上宋演把周尽欢送回家换衣服，又贴心地把她送去上班。这过程简直熟稔到周尽欢都有点纳闷了，难不成她失忆了，之前的每一天他们都是如此吗？为什么会这么自然而然？

周尽欢拿着茶杯到茶水间去冲咖啡，脑子里想了许久，只想到一种可能。

所有注定已久的姻缘，都是水到渠成的。

也许她和宋演就是命中注定的，所以没有虚礼，不需再试探，只要确定了心意，就能牵手同行。

这么想着，周尽欢就立刻觉得甜蜜不已。

昨夜淋了雨，周尽欢有点感冒迹象，一早打了好几个喷嚏，握着热咖啡，正准备出去，就正好遇到找上门来的霍期。

她没去找他算账就不错了，他居然还有脸找上门来！

周尽欢义愤填膺，但碍于在公司，也不好表现得太明显，只是拿了自己的杯子，头也不回地就要离开。

“对不起。”背后传来霍期低沉而有些疲惫的声音。

周尽欢的脚步顿了一下，却没有停下来，她不想和这个人在同一个空间相处，她觉得恶心，也觉得窒息。

“昨天我心情不好。”

周尽欢终于忍无可忍，回过头来，深呼吸，用有些刻薄的语气说：“没关系，我只当被狗咬了，总归不能咬回去。”

霍期知道她心里有气，也不去激怒她。他脸色看上去不算太好，眼睛里全是红血丝，一看就是没有睡好的样子。

他说话的声音不大，“老爷子公布了新的遗嘱，我和霍一霆，谁能谁上。”

周尽欢冷冷地嗤了一声，鄙夷道：“恭喜你，你终于可以用你那些肮脏的手段得到霍氏了。”她冷笑，“需要和林豫文睡觉吗？那女人那么瞎，一直喜欢你的吧？”

“周尽欢。”

“霍期，我真瞧不起你。”周尽欢轻蔑地看着他，目光没有一丝闪烁，“不管你想达成什么目的，永远都是靠利用女人。你安得下这个心吗？”

“……”

霍期第一次有种输给了周尽欢的感觉。

从前那个和他说话都会脸红的女孩，如今却能如此坦然地面对他，甚至是鄙视他。这感觉并不好过。

“如果我不要霍氏，如果我离开林豫文，你愿意跟我走吗？”

“跟你走？”周尽欢认真地看着他，问道，“去哪里？”

“换一个城市，重新开始。”

“呵呵，”周尽欢冷笑连连，“对我来说，有你的地方都跟地狱差不多，比如现在，我只能当自己是在修行。”

周尽欢懒得和他说下去，只想赶紧离开和他独处的空间。这里面真是连空气都让她觉得压抑。

周尽欢刚一动，霍期就上来紧紧抓住了她的手腕。周尽欢的茶杯嘭一声摔到了地上，里面的咖啡全数飞溅到她和霍期身上。霍期却是全无感觉的样子。

幸亏周尽欢已经冲了好一会儿了，不然可不得把她给烫死？

她回头狠狠瞪着霍期，“你疯了？”

霍期冷冷一笑，“对。如你所说，我想得到什么，都是不择手段的。”

“这世界上并不是你想要什么，就真的全都可以得到。”周尽欢怒极反笑，反而渐渐冷静了下来，“比如人心。每一个被你骗、被你利用的人，从一定程度来说，都是心甘情愿的。就像当初的我，和一直以来的林豫文。”

霍期眉头紧蹙，紧抿嘴唇没有说话。周尽欢继续说着：“霍期，你把你身边每一个对你好的人，都伤害个遍，你觉得到最后，你还能得到什么呢？”

“得到你。”

周尽欢扫了他一眼，“不可能。”她深吸了一口气，很认真地对他说，“昨天晚上，我已经下定决心，哪怕是倒追到天涯海角，我也要把宋演追回来。我欠他的，我用这一辈子还。”

周尽欢的信誓旦旦，霍期听了只是不屑地嗤笑。

“别随便说一辈子，一辈子那么长。”

周尽欢内心无比的平静，她坦荡地抬头，“对你来说，也许一辈子很长，不幸福的日子总是难熬的。”周尽欢说完这句，突然低头笑了笑，那一笑有着许久沉淀的释然，“可对我来说，这一辈子真的好短暂，那么多的爱，我要一个个报答。”周尽欢一字一顿地说，“宋演曾对我说，人一辈子真的很短，所以要花有限的时间，去好好对待值得的人。说出这句话，已经值得我爱他。”

狭窄的空间，流淌的空气有些压抑，周尽欢见霍期许久没有说话，也不愿多做纠缠。

如果说最开始到霍期的部门还抱有恨意，想要报复，那么现在的周尽欢已经彻底想开了，何苦让不快乐的事一直跟随着她呢？每天处心积虑关注霍期，抓他的把柄，别说不一定能打倒他，就算打倒了，他毕竟是霍氏总裁的儿子，又能真的把他置于死地吗？并不能不是吗？

就这件事，她突然意识到了宋演的与众不同。他离职以后，没有在同类行业里做纠缠，甚至连为自己洗刷清白都显得兴趣缺缺。宋演一贯是那么我行我素的人，他选择了一个全新的行业，重新开始了。

大约是他很早就明白了这个道理，在这个世界上，恶人不一定会有恶报，那种一比一报复的爽点，只能在小说电视剧里看一看而已。生活还在继续，当自身能力不足以营造那个爽点的时候，人们能做的，只是向前看。

她轻叹了一口气，刚要离开，霍期却又在她身后开口，声音低得如同地狱里冒出来的，“不知道为什么，我有种预感，你会有求我的那一天。但我不确定，等你求我的时候，我还会不会心动了。”

“不会有这一天的。”这是周尽欢唯一笃定的事。

早上送周尽欢上班，宋演当时赶着回公司，也没注意到周尽欢掉了一份文件在他车上。等他发现的时候，已经是下午他要出去办事的时间了。

想到中间还有一小时，他开着车到了霍氏。早上送周尽欢的时候，只是把车停在路面，远远看了一眼，现下亲自走进来，感触还是很不同。

自离职以后，宋演再也没有进入过霍氏。

近半年的时间，霍氏并没有大的变化，只是门口的装饰换了。主做百货业的公司，总会跟着不同的节日进行更替。熟悉的环境，熟悉的人，甚至熟悉的空气，唯一不熟悉的，大约只有他了。曾经他以为那个职位缺他不可，离了他就要乱套，可如今看来，他也并没有那么不可替代。

宋演毕业后除了做了两年 HR，之后就一直扎根在霍氏，在领导层里，他是非空降兵里最年轻的，曾经不是不意气风发。

当他倒台的时候，并没有多少人可怜他。商场如战场，成王败寇，只有能力差别、手段高低，没有同情和怜悯。所有的联盟、站队都基于一定的目的和利益。这是宋演很久以前就知道的道理。

宋演在这个公司里除了霍一霆就没有朋友，一些所谓的伙伴，利益共同的时候是伙伴，不同的时候就是插刀的敌人。这一点，这么多年他也是明白的。

离开了霍氏，没有想象中那么难受，反而觉得有些开心。一种彻底放松的感觉。

宋演的父亲曾经对他说，年少得志不一定是好事，爬得高的人总是跌得惨。宋演一直将这话放在心里。所以当他从高位上跌下来的时候，并没有觉得太受打击。

现在的工作虽然辛苦，但万事开头难，也是不可避免的。别人看来，也许现在的他是落魄的，但宋演却不以为然，他喜欢这种万丈高楼平地起的感觉。

人总是要向前看，宋演觉得，这是上天在给他第二次机会证明自己。

宋演在接待处留了名字，接待的两个年轻女孩对宋演的样貌有印象，底层员工对于高层发生的事并不太清楚，很轻易就放行了。宋演进入电梯，不需任何咨询就直接到了霍期部门的楼层。霍氏他太过熟悉，什么都不需要再问。

会遇到霍期，宋演倒没有感到太意外，只是没想到两人在电梯里就遇到。

电梯一路上升，两人一人站在电梯的一侧。宋演一身上班穿的西装，看上去有些风尘仆仆，他没有主动说话，只是低头看了一眼时间。

倒是霍期，并没有打算饶了他，“来找霍一霆？为了招标？”

宋演对于他的挑衅完全不放在眼里，只是很寻常地看他一眼。

“来给周尽欢送份文件。”说完又补了一句，仿佛宣示主权，“她早上掉我车里的。”

一句话就如同在火苗上浇了热油，嘭的一下就烧了起来。霍期虽然愤怒，但表面还是平静的样子，他看了一眼宋演手上有些眼熟的文件夹，轻蔑一笑，“想靠女人得到招标，你觉得可能吗？”

他低头盯着宋演手上的文件，不紧不慢地说：“周尽欢偷偷把你公司的资料夹在招标的公司里，你就是用这种方式创业？靠女人？”

宋演并没有打开周尽欢落在他车上的文件夹看，也没有想到周尽欢会这样做。宋演的大脑飞快地转了起来。

周尽欢不可能有他公司的资料，回想起那天楼嘉嘉在办公室和他说的那些话，想来这罪魁祸首就是楼嘉嘉无疑了。

宋演之所以不愿意参加霍氏的招标，自是已经知道此事由霍期做主，他不想折损自己的骄傲，因为实在没有必要，霍氏的项目拿不拿并没有多影响公司的发展。周尽欢这实心眼也是够傻的，怎么能做出这样的事？作为周尽欢曾经的上司，宋演忍不住皱了皱眉。可作为被周尽欢默默关照的人，他又觉得心里无限舒爽。

这感觉既矛盾又美好，宋演觉得真是一点儿气都没有了。他笑了笑说：“我喜欢的女人愿意帮我，想来想去，我也只能以身相许了。”

“呵呵，你这样的人，真的不配做我的对手。”

“别啊，”宋演笑笑，“这方面的事别人不懂，您还不懂吗？为了一点儿利益，和不喜欢的女人虚与委蛇，这方面您才是始祖。我这儿还算好的，周尽欢是我喜欢的女人，我可是一点儿都不委屈。”

话说到这份上，霍期要是听不出宋演的嘲讽那可就真成了笑话了。他自知打嘴仗没有意义，抬头看了一眼电梯不断变动的数字，冷冷道：“希望你们能笑到最后。”

宋演好整以暇，“我们结婚的时候，一定给你发请帖。”

……

对于电梯里发生的一切，周尽欢自然是不知道的，下午宋演给她送来文件的时候，她也是有点心虚，也吓了一跳。

但看宋演完全一无所知的样子，她又暗忖是自己多心。

其实那份文件送来也没什么意义了，都被霍期那么大发雷霆地训斥了，她又怎么做得出把宋演公司上报？倒不是照顾霍期面子，而是不想因为她，牵连到宋演，他是那么骄傲的人，要是知道她做了这么愚蠢的事，一定会觉得难过。

下班后，周尽欢把宋演公司的资料收进了自己的背包里。离开公司的时候，她稍微有些失落。

把宋演害得那么惨，却什么都不能帮助宋演，想想真是有点沮丧。

周尽欢走出公司，忙了一天人几乎是飘着去的车站。呆呆地坐在车站的长椅上，下班的人群越来越多，她被挤到角落里坐着，来来去去不停地有人上下，而她一直没有动。

周尽欢拿出手机，把玩许久，点进电话本，翻到那个名字，却怎么也按不下通话键，不知道能说什么，也不知道以什么理由约见。在霍期面前大放厥词，结果真要做的时候又不敢。

反反复复几次，周尽欢自己都有点鄙视自己了。

轻叹了一口气，她刚准备收起手机，手机就响了起来。

周尽欢低头看了一眼手机屏幕上显示的那个名字，先是愣了一下，随即开始忍不住兴奋得手舞足蹈，引得等车的人都用看神经病的眼神看着她。

她兴奋完了，赶紧收敛了情绪，接起电话，却是另一副做作的样子。

“喂。”周尽欢努力压制兴奋和颤抖，让自己的声音听起来比较正常。

“在哪里？”

“刚下班。”

“吃饭了吗？”

“没。”周尽欢内心叫嚣着“快点约我吃饭，约我吃饭”。

“一起？”

“啊？好。”周尽欢顿了顿，小心翼翼地问，“你在哪儿？”

“抬头。”

“嗯？”

“看马路对面。”

周尽欢觉得那一刻，时间过得十分缓慢，以至于她记住了自己抬起头那么零点零几秒里看到的所有风景。

马路上车水马龙，下班的人群熙来攘往，好像是电影里的镜头，在不断移动的人群车流缝隙里，周尽欢看到了站在马路对面的，那一抹坚定的身影。

宋演身姿挺拔，站在那里似一棵温柔沉默的树，迎风而动，润物无声，却让人觉得安心。

他对着周尽欢温柔地笑了笑，然后挥了挥手机，周尽欢这才想起把手机举到耳边。

“你到了多久了？”周尽欢想起自己一连串丢人的举动。

宋演的声音听上去醇厚又悦耳，他似乎心情很好，声音里都似乎含着笑意，“从你坐在那里玩手机。”

“……”

“接到我的电话很高兴？”

“……”

周尽欢觉得有一团火噌一下从脚底一直燃到了头顶。她啪的一下就直接挂掉了电话，想都没想拎着包就开始往前跑。

太丢人了，她实在想不到用什么脸面去面对宋演。

“周尽欢！”

马路对面宋演的声音也急了。那是周尽欢第一次见到宋演在公共场合这样大声喧哗，又是叫的她的名字。周围的人都看着他们，她自觉丢死人了，赶紧示意他别喊了。

“别动。”宋演又喊了一声。

他在大声喧哗之后，又做了第二件他平日绝不可能做的事情——横穿马路。

他迈着那样坚定的脚步，一步步走向周尽欢。周尽欢觉得他像一团火，越靠得近越觉得烧得嗓子眼儿里都是干的。

宋演靠近她的时候，似乎还带着风。周尽欢在他面前总是硬气不起来，只得低着头，像个等待训斥的孩子。

“跑什么？”宋演问。

“锻炼……身体……”

“蠢爆了。”宋演这么说着，口气里却全是笑意。

他伸手抬起周尽欢的下巴，强迫她与他对视，“你把我公司的资料放在招标文件里了？”

“你怎么……”

原本以为宋演会骂她，周尽欢有点害怕宋演发火，紧张得缩了缩身子。

却不想，宋演压根儿没有生气，他定定地盯着周尽欢，丝毫不允许她逃避，直截了当地问她：“都为我做到这个份上了，你今儿不把你内心想法给我捋顺了，不会放你走。”

“捋什么？”

“感情。”

周尽欢吞了口口水，看着他坦荡的表情、洞察的双眼，觉得这厮实在是坏，在他面前，她根本藏不住一丁点儿的心思，他分明都明白了，为什么还要她说？分明要让她下不了台。

“只可意会不可言传。”

“呵，倒是贼了。”宋演也不纠缠，笑着问，“怕我吗？”

周尽欢摇摇头。到现在她要是还不知道宋演就是刀子嘴豆腐心，她也就算白活一场了。

宋演却说：“我却怕了自己了。怕又做错事，你又跑了。”

“我不跑。你没有做错，以前都是我做错。”不知是不是被宋演那认真的表情感染了，周尽欢赶紧剖白心迹，“我从来都不敢相信，你真的会喜欢我，我真的很差劲，也没有优点，不停地做错事。”

“嗯。”

“那件事之后，我就没指望过得到你的原谅。我想如果徐杳更适合你，那我就成全你们。”

“嗯？”

“可我发现我还是不能，我是个自私的人。我喜欢你，我还是想要和你在一起。”

“好。”

嗯，怎么和一般的剧情不一样？一般来说，这个时候男主不是应该说几句煽情的话解开之前的误会吗？

“好什么？”

“我答应和你在一起。”

“……”他这么直接就答应了，周尽欢倒是无话可说了。

“我就喜欢自私的人。”宋演笑眯眯地将周尽欢搂进怀里，“正好和我一对。”

周尽欢埋在宋演怀里，只觉那怀抱竟然比阳光还要暖。这么多年，她像一只无家可归的鸟，只能不停地飞，生活渐渐就没有了希望。是宋演让她重新认识了这个世界的颜色，不论是斑斓缤纷，还是黯淡灰败。

她如一团死水一样的生活渐渐又恢复了往日的生机。这让她觉得，活着似乎又有了更深的意义。

周尽欢感觉到此刻宋演正温存地用下巴摩挲着她的头顶，并且渐渐有低下来的趋势。

她赶紧紧紧地抱住了宋演，把脸埋得更深了，最后瓮声瓮气地说：“不能亲。”

宋演温柔的声音低低传来，“为什么？”

“我不好意思。”

“可是我好意思。”

……

Chapter 10

第十章 遇爱则强

你要等，最好的那个，
总是来得比较迟。

两个大龄男女太过纯情真的不是好事，从来都没什么约会经验的两个人谈恋爱简直就是灾难。

周尽欢年纪一把了，却还有浪漫的灵魂，谈恋爱就希望能体验所有恋爱中的人会有的疯狂。然宋演是什么人？每次周尽欢提出的行程，他都用“幼稚”两个字评价。

但不论多么幼稚，他还是会陪周尽欢去完成。只要她要，只要他有。这就是他的爱情观。

这天两人看完电影，一路散步回家。周尽欢问了一些关于宋演公司的问题，宋演都耐心地回答了。

最后宋演笑着问她：“怎么这么关心我的事业？怎么，怕我穷到娶不了你？”

周尽欢气鼓鼓地白他一眼，想了想，认真地说：“荷西曾问三毛想嫁个什么样的人，三毛说：‘看顺眼的，千万富翁也嫁，看不顺眼的亿万富翁也嫁。’荷西说，‘还是想嫁个有钱人。’三毛说：‘也有例外。’荷西问：‘什么样的例外？’三毛叹了口气：‘要是你的话，只要够吃饭的钱就行了。’‘那你吃得多么？’荷西问。三毛说：‘不多不多，以后还可以少吃点。’”周尽欢抬起头看着宋演，郑重其事地说，“以前你风光的时候，我不曾想过借你的光，如今你落魄了，我也不会离你而去。”

宋演原本只是逗弄她，却不想她那样认真地回答，一时内心也十分感慨。

周尽欢就是个怪人，时而胆怯，时而又十分大胆，内心善良，专干蠢事，一腔孤勇，头破血流。宋演有时候也觉得十分头痛，但转念一想，正因为她不按常理出牌，他才会喜欢上她吧？

“别怕。”宋演搂着她的肩膀，两人一起看着挂着一轮弯月的天空，宋演笑着，“放开了吃，我养得起。”

周尽欢嘴里骂着他跑火车，心里却是一阵甜。

两人一路就这么边聊边走。

聊到周尽欢的工作，周尽欢思忖了许久，斟酌再三才说起公司最近的情况，“上次霍期和我说，老霍总公开了遗嘱。说是他们兄弟各凭本事，老霍总准备按照他们的能力分割股权。我看霍期明明是看中了这个机会，却一直没什么举动。”周尽欢撇了撇嘴说，“上周，霍总通过上次的融资案，一口气拉了十几亿的融资，一下子就把霍期培养的几个爪牙打下去了。因为融资，公司的股价一下子就涨起来了。听说霍总在融资成功之前，上次公司股价跌下去的时候趁低吸纳了不少股份。这下子赚了不少。老霍总一高兴，将手上的股权转让了一半给霍总。这一下对霍期来说，简直是重击，但总办里面气氛完全如常，霍期一副没事人的样子。”

宋演摸了摸周尽欢的脑袋，安慰说：“高层之间的争斗，你明哲保身就好了。”

周尽欢皱了皱眉，“我总觉得他有什么阴谋，我怕霍总被他阴了。”

“霍总比你能力强，你能看出来的事他自然能看出来。这点防范意识没有，他也就没什么资格执掌霍氏了。”

周尽欢经宋演这么一说，也觉得是这个理。

“也对，你们都是精英，肯定比我懂。”

宋演笑，“你能泡上精英，岂不比精英还厉害？”

虽然宋演恋爱零经验，但他好学聪明，很会抓重点，很轻易就能摸到如何讨女孩欢心的门道。

自此，周尽欢才发现，这个世界上没有真正情商低的男人，只有不肯用心的男人。

宋演的公司处于起步阶段，由于宋演引进了节能技术，又是和江北的几所大学一起做了研究项目，还拿了政府的专项基金，在江北发展还算顺利。

近期宋演还是挺忙的，有几个产品汇报会要参加。其实他已经在尽可能地避免离开周尽欢，所有要离开江北的活动，宋演都尽量让别人去，但有的活动还是得他本人到场，也就推托不得了。

两个人刚开始谈恋爱，大有难分难舍的势头。其实周尽欢也有点舍不得宋演出差，但她还算是个懂事的姑娘，嘴巴上还是挺深明大义。

周三，宋演要出差，晚上六点多的飞机，早上明明还有会，他却起得很早特意来接周尽欢，只为送她上班。

周尽欢坐在宋演车上，情绪稍微显得有点低落。其实也就出四天差，两个人却都有点舍不得。尤其宋演，从周尽欢上车开始就一直在叮嘱她，像个小老头，弄得周尽欢都有点哭笑不得了。

周尽欢拿手机看了一眼时间。宋演这时候正瞟了一眼过来，一看到周尽欢的手机，眉头皱了起来，问周尽欢：“手机屏怎么还是裂的？前天不是说去修吗？”

“这不是没时间修么？要预约，一问时间要到下周三。”周尽欢偷偷吐了吐舌头，“嘻嘻，其实是准备等着发了奖金买新款，反正也该换了。”

宋演看了一眼周尽欢的手机，屏幕上是她的一张自拍照，大约是生日的时候拍的，一脸的奶油还能笑得无比开朗。

晚上宋演要离开江北之前，又赶着来见了一次周尽欢。

周尽欢在加班，一身职业装，脖子上还挂着工牌，长发绾成一个利落的发髻，一脸精明相，倒是有几分都市白领的样子了。

“我说我去买胃药才能出来的，就十五分钟，你有什么事赶紧说啊。”周尽欢一边看着时间，一边看着宋演，也不知道宋演是怎么了这么赶还要来一次。

宋演双手都背在身后，周尽欢看他觉得很不对劲。

“怎么了？”

宋演腾出一只手，在周尽欢额头上弹了一下。周尽欢捂着额头，还没说话呢，宋演另一只手就伸了过来。

他的手上挂着一个包装袋，袋子上有某手机的品牌LOGO。周尽欢眼睛瞪了瞪。

“最新款啊，该不会是送我的吧？”

“不送你，送别人行吗？”

周尽欢已经笑嘻嘻地接过了那纸袋。她也不是什么矫情的人，宋演这么赶着送过来的，这心意已经无价了。

“送别人也行，送客户、送朋友、送爹妈，反正不能送别的女人。”

宋演见她表情俏皮，眼神更是温柔了几分，“倒是个醋坛子。”

周尽欢喜滋滋地把手机拿了出来，白色的机身，大小合适的屏幕，还细心地充上了电。周尽欢刚拿到手上就觉得爱不释手。

“大‘土豪’。”周尽欢笑着问宋演，“怎么会想到送我手机？”

宋演将周尽欢手上的手机拿了过来，解开屏幕的密码，四个数字，他们俩在一起的纪念日。

周尽欢看到他输入那四个数字的时候，心头像有一阵温柔的风刮过，又好像有一场雨细密下着，又似一场雪无声降临，也如一场突如其来的火熊熊燃烧。一时间心里五味杂陈，十分复杂。

宋演的声音温柔又平和，他一字一顿地说：“我不想看到你的照片上有裂纹。”

话音刚落，屏保的图案就出现在周尽欢眼前。

那是很多很多年以前，毕业舞会的一张照片。

周尽欢孤单地站在人群里，像一只迷了路的鹿，用无辜的眼神张望着远处。

一看到那张照片，周尽欢的眼眶就红了。

“这是在哪儿找的照片呢？多少年了……”

“有一次，我们回忆起那场舞会，我回家的时候就去翻照片了。当年别人发给我一个文件包，我一直没有看过。”

周尽欢用手捂了捂眼睛，“丢脸死了……”

“你当时是不是在找我？”宋演问。

“不记得了。”多半是吧，那场舞会在周尽欢记忆中并不算多好。她全程几乎都是用很忧伤的眼神追踪着宋演的身影，而彼时的宋演对她并没有什么兴趣。

宋演摸了摸周尽欢的脸庞，手指的温度像一条温热的毛巾，让人觉得酥软而放松。

“我这辈子都习惯了掌控。我一直觉得我的人生就像一场游戏一样，只要我愿意，我就可以满级通关。

“后来我爱上了你，我发现，原来我并不是大神，这世界上也有我走不出去的副本。我想了想，走不出去那就不要挣扎了，就在这个副本里走几千遍吧。

“我等了太多年了，实在没有耐心谈太久的恋爱。”宋演停了停，一字一顿地说，“周尽欢，等我回来就嫁给我吧。”

周尽欢没想到宋演会说这些话，也完全没有心理准备。等她反应过来的时候，眼泪已经先于她的意识流了下来。

“你好狡猾。”周尽欢哭得稀里哗啦的，“太狡猾了……”

“人生只有短短那么几十年，要爱值得爱的人。”温柔絮语，言犹在耳。

“……”

宋演出差的第二天，周尽欢就感觉到了寂寞。

这感觉真是奇怪，她一个人在这个城市这么多年了，一个人吃过饭、一个人看过电影、一个人听过演唱会、一个人去过医院。

最孤单的时候反倒没觉得多孤单，只是在这种孤单里变得更加坚强和独立。可是这一刻，宋演不过离开了两天而已，她就觉得孤单了。

心里空落落的，好像缺了点什么。

虽说在热恋期，其实两个人也不是每天都能见面，毕竟工作都很忙。可是彼此在同一个城市，那种踏实感让她没有感觉到分别是什么痛苦的事。

然而此刻，她清晰地感觉到他不在这座城市了，就开始无法自控地患得患失了。通电话、视频都无法缓解这种患得患失。

晚上实在忍不住约了左衡娇，两人已经许久没有见面了。她近来一直到处参加拍卖会，他们公司不少作品都通过拍卖行卖到了不错的价钱，她也抽了不错的佣金。

两人一块儿在周尽欢家附近吃烧烤。周尽欢一个人大快朵颐，左衡娇却是一副不舒服的样子。

光是看一看那些堆成小山的烤串她就已经皱眉了。

见她一脸反胃的样子，周尽欢开玩笑说：“干吗这个脸？整得跟怀孕害喜似的。”

左衡娇吞了一口口水，拿起桌上的矿泉水喝了一口，半晌才说：“我可能真的怀孕了。”

这下轮到周尽欢傻眼了。她一手还撸着串，眼睛瞪得大大的，嘴巴也张得大大的。

“谁……谁的？”问完以后周尽欢赶紧拍了拍自己的脑袋，“我这脑子……霍总……霍总知道吗？”

左衡娇脸上的表情有点纠结，“我还没有去医院检查，我也不敢确定。”

周尽欢放下了烤串，想了想说：“先去医院查一查吧，确定了就告诉霍总。”

“你不懂。”左衡娇轻叹了一口气，“醉酒误事。”

“霍总绝对对你有意思好吗！你以为我傻啊！他分明就是喜欢你。”

左衡娇脸上渐渐有了忧愁的神色。

“他要我再等一等。”左衡娇说，“我不知道他到底还要我等什么，也许他并不喜欢我吧……”

“怎么可能呢？”周尽欢想到霍一霆对左衡娇做的一切，那就是教科书一般的言情追女大全啊，那要不算喜欢，言情就要死了。

“你别想那些乱七八糟的，先去医院吧。”周尽欢说，“宋演的朋友，没有坏人。”

左衡娇盯着周尽欢看了许久，最后感慨道：“你怎么这么好命？就喜欢这么一个人，最后就和这个人成了。”说完又很懊恼地说，“我怎么这么倒霉？就没有一次恋爱能正常的。”

……

左衡娇这事周尽欢之后倒是挺放在心上，连着两天都给左衡娇打电话，催她去做检查。左衡娇一直犹豫不决，不断推托。

宋演回江北了，这一打断，倒让周尽欢有点顾不上左衡娇的事了。

这几天周尽欢工作也挺忙的。公司里气氛怪怪的，虽然说不上哪里怪，但她总觉得似乎有事发生的样子。

周尽欢万万没想到的是，左衡娇怀孕的确定消息，是从霍期口中得知。

这天周尽欢赶着下班和宋演去吃饭，在电梯里遇到了霍期。

她自然是不屑于和霍期多说话。霍期知道她的嫌恶，却还是不紧不慢。

“去约会吗？”

周尽欢睨了他一眼，没说话。

霍期倒是不着急的样子，嘴角勾着淡淡的笑意，那笑意是那么意味深长，“你那个朋友，左衡娇，怀孕了，你知道吗？”

周尽欢听到左衡娇的名字，忍不住抬头看着霍期，“你想干吗？”

周尽欢脑子里想的是，左衡娇怀的是霍一霆的孩子，霍一霆和霍期有利益冲突，她怕霍期会不择手段，伤害左衡娇的孩子。

“你连孕妇都不放过吗？”

霍期对于她的话似乎完全不放在心上，只笑笑说：“那是霍家的长孙，我猜想要是老爷子知道了，应该会很高兴吧。”

霍期那耐人寻味的一句话让周尽欢有点抓不准他到底要干什么，只本能地想着，该提醒提醒左衡娇了。

周尽欢没想到的是，她还没找左衡娇呢，左衡娇倒是先来找她了。

和宋演吃完晚饭回家，一上楼就看到左衡娇坐在她家门口，整个人蜷缩成一团，像只被人遗弃的流浪狗。

周尽欢被她那憔悴的样子吓了一跳，赶紧将她扶了起来。

她整个人沉默得像个提线木偶，眼神空洞地看着远处。

“这是怎么了？”周尽欢被她那个样子吓到了。

周尽欢不断地和左衡娇说话，但她始终面无表情，不发一言。

周尽欢怕她出事，拿出手机准备给霍一霆打电话。左衡娇看出了她的意图，终于有了反应。

她一把夺过周尽欢的手机，用绝望到有些嘶哑的声音说：“不用打给他。”

周尽欢皱着眉头问：“到底发生什么事了？”

“霍一霆和林豫文只是签了离婚协议，一直没正式办理离婚手续。”左衡娇冷冷地嗤了一声，“他说他一直在约，林豫文一直有事没有出席。”

“我这一辈子摆脱不了‘小三’这个名称了。”左衡娇终于忍不住，热泪从眼眶中流了出来，“我这辈子算是完了。”

“欢欢，我这辈子都完蛋了。”左衡娇伤心极了，“我怀孕了。”

一贯能说会道、情感老师一般的存在的左衡娇在处理自己感情的时候也一样是一塌糊涂。此刻她已经彻底崩溃了，周尽欢也有点乱，不知道该怎么办。

“他有没有说什么时候离婚？”

左衡娇眼泪还是在不停地流着，却是答非所问，“我去做检查，碰到了霍期。”

“什么意思？”

“林豫文撕毁了离婚协议，现在她在请律师重新核实霍一霆的财产。她要分走霍氏的股权。”左衡娇指了指自己的肚子，“这个孩子一旦被曝光，霍一霆就完了。”

“都什么时候了，你还管霍一霆完不完？”周尽欢恨不得要跳脚了，“现在的重点是你肚子里的孩子必须要有一个名分！”

左衡娇摇了摇头，“霍氏是霍一霆的命。因为我和肚子里的孩子，要了他的命，我做不到。”

“你什么意思？”

左衡娇痛苦地握了握拳，挣扎了许久，她说：“霍期说，他要见你。”

“你什么意思？”说实话，周尽欢对于左衡娇说出这话，还是有点无力承受。

左衡娇是周尽欢这么多年来最好的朋友。毕业后，她在江北活得怎么样，左衡娇是最清楚的。在她人生最失意的时候，她一个人喝得酩酊大醉，在烧烤摊子上哭得人家老板来赶她走。

她醉得不省人事，吐得秽物里都带了血。

左衡娇背着她一路疯跑，鞋都掉了也没捡，就怕她出了什么事。

周尽欢醒来的时候，左衡娇的脚被包得像个包子一样。她一看到周尽欢睁开眼睛，眼眶就红了。

她说：“周小姐，请你爱惜自己的身体好吗？我希望你能陪我更久一点儿。”

这么多年过来，煽情的话根本就不用说，回想起那些相依为命的日子，周尽欢的眼泪就已经要掉下来了。

大约不仅仅是周尽欢难受吧，还不等周尽欢反应，左衡娇已经彻底崩溃了，她当着周尽欢的面，狠狠扇了自己一巴掌。

“我怎么能说出这种话？我还是个人吗？”

她痛苦地靠着墙，一点点滑落，像是在对周尽欢说话，可更多的是在自言自语：“一霆不能认这个孩子，认了他就完了。”她眼眶里全是泪，“可你是无辜的，和你一点儿关系都没有。宋演已经离开这个圈子，你们好不容易能在一起，我怎么能……我还是个人吗？”

……

左衡娇痛苦的样子，像一团打了结的毛线球，在周尽欢心里越缠越紧。周尽欢眉头皱成一团，沉默地看着左衡娇。

许久，周尽欢终于冷静了下来。

“他有没有说，要我怎么做？”周尽欢的声音里带着浓浓的失望，在楼道里低沉回荡。

左衡娇矛盾地看了一眼周尽欢，周尽欢看得出她内心的纠结。左衡娇过了一会儿，才摇了摇头。

周尽欢抿了抿唇，许久才回答：“我考虑一下。”

周尽欢摸了摸自己的额头，最后只疲惫地说：“你回去吧，今天我真的没有力气送你。”

“欢欢……”

周尽欢眼底也有点酸涩了，“你说你一直以来感情不顺利，其实想想，我也是。”她轻叹了一口气，心酸地说，“每次在我以为我离幸福只差一步的时候，地上就会裂出一道鸿沟，我跨不过去，这才是命。”

……

宋演对于周尽欢和左衡娇私下的事情并不知情，他虽然总是表现得很冷酷的样子，却对周尽欢和周尽欢身边的事都很关心。

这天宋演约了周尽欢看电影吃饭。

宋演看周尽欢兴趣缺缺的样子，摸了摸她的头发说：“是不是电影不好看？好像没什么兴趣？”

周尽欢低着头，“最近工作比较忙，有点累。”

宋演心疼地捧着她的脸说：“那下次看简单一点儿的电影。你好像比较喜欢看喜剧。”宋演说着又笑着说，“还有动画片。”

周尽欢这才明白过来，他说的是两人第一次看电影的时候。

那时候她被霍期爽约，最后却是和他一起去看了。

想到往事种种，周尽欢只觉得一切都很令人唏嘘。谁说他们没有缘分？

只是终究，这缘分还是浅了些，不足以抵抗命运的安排。

好不容易走到今天，难道真的要放弃吗？

周尽欢看着宋演，眼眶有点红，“男女主最后没有在一起，我不喜欢看悲剧。”

“我以为女孩都喜欢看情情爱爱的。”宋演有点抱歉地说。

周尽欢声音里有点哽咽，“那个女主角也有点身不由己，如果你是那个男主，你会回去找女主角吗？”

见周尽欢这么多愁善感的样子，宋演却笑了，他把周尽欢揽进怀里，一边抚摸着她的背，一边在她耳边温柔絮语：“你不是那个女主角，我也不是那个男主角。我们生活在和平年代，不需要为了国家为了革命奉献生命。”民国片就是情怀多，无奈多。

“如果有一天，我真的身不由己呢？”

“在我的世界里，没有这一天。”宋演咬了咬周尽欢的耳朵说，“如果真的出现这样的事，我就算是把这个世界翻过来，也要把你找回来。”

周尽欢眼眶酸得不行，她整个人埋在宋演怀抱里。只想着，他说出这样的话，若再辜负了他，她还是人吗？

可左衡娇呢？周尽欢陷入了两难，不知道该如何处理这件事，也不知道如何和宋演开口。

周尽欢还在犹豫，霍期却没有给她那么多时间。

媒体曝出霍一霆私生子传闻，周尽欢在新闻里看到了许久不见的左衡娇。

大约是近来她都过得不好，粉黛未施的她脸色有些惨白，嘴唇的颜色淡得仿佛是病了，眼窝有一些青黑，也不知道多久没有好好睡觉了。

那些记者完全没有顾忌左衡娇是个孕妇，一群人长枪短炮地对着她，逼问她是不是和霍一霆有婚外情，问她是不是怀了霍一霆的孩子。

左衡娇既不是明星，也不是名媛，实在对扑面而来的记者无力招架，只能遮着脸四处躲藏。

那些人一直在追她，她的衣服、包包一直有人在抓。左衡娇被追得差点摔跤，她扶着一个墙柱，还没缓过神来，一个记者的话筒已经抵在她脸上，那样无礼。

围成堆的人毫不客气地问："请问你明知霍一霆已有妻子还插足别人家庭，是不是为了霍一霆的地位？"

"请问你怀孕了是真的吗？是为了逼宫上位吗？"

"你对网上晒出的孕检单有何解释？你怀的是霍一霆的孩子吗？他会为你离婚吗？"

……

一个个尖锐的问题如潮水一般扑面而来，在场女记者居多，大家看她的眼神都充满了鄙夷，也难怪那一个个问题都如同尖刀一样。

隔着电视屏幕，周尽欢看见平时伶牙俐齿决不饶人的左衡娇把一切委屈都吞了下去，良久，她咬着牙说："我是怀孕了，但不是霍一霆的，我和他不熟。"

……

即使左衡娇否认了，可那些扒帖却没有放过她，网上曝光了很多当初左衡娇和霍一霆在一起的照片。

照片里左衡娇多是妩媚勾人的眼神，甚至故意暧昧地靠在霍一霆身上。

那些照片，正是当初左衡娇工作室交给林豫文的照片，是用来打击"渣男"霍一霆的。左衡娇估计死都想不到，有一天她仙人跳的陷阱，是把自己给圈了进去。

网上舆论一发不可收，尤其是左衡娇的前男友——萧铭的妻子披着马甲上帖子哭诉当年被左衡娇破坏了家庭的经历后，左衡娇算是惹了众怒，因为"惯三"的经历，成为众矢之的。霍氏公关也没办法堵住悠悠之口。

这时候，林豫文却出现在了公众面前，以原配的身份让大家不要再扒他们的家事。她虽然表现出一副正妻的宽容气度，却在接受采访时忍不住掉泪。事情的真假根本不需要再去深究，她的眼泪已经说明了问题，也成功地博取了大家的同情。

周尽欢见事态的发展越来越严重，赶紧给左衡娇打了电话，也不管她此刻是不是焦头烂额。

电话打不通，周尽欢穿了衣服，就准备去左衡娇家。

左衡娇换了工作以后就很少回她自己家了，这份工作需要经常出差，很是漂泊，为了能跟上公司队伍，她后来一直住在公司的宿舍里。

之前记者攻陷的就是她的宿舍，她宿舍那边一直有人蹲守，想必她是不会去住了。周尽欢坐车去了她的房子，也就是当初她们一起住过的那里。其实她也没把握左衡娇会在，不过是碰碰运气。

这房子本身条件也不算多好，这几年过去，也有点旧了，好在清净，没什么人来，管理也还算完善。

周尽欢因为有钥匙，一路畅通无阻。她俩相互交换过对方家里的备用钥匙，都是独居的年轻女人，以前就承诺过，如果彼此电话超过一周不通，就一定要去对方家里看看。这钥匙也是两人这么多年闺蜜感情的见证。

她到了门口的时候才发现左衡娇家门口竟然蹲了个男人。

她吓了一跳，以为是记者，等走近两步才发现那个男人竟然是萧铭。

“萧铭？”周尽欢脸色有点变了，“你在这儿干什么？”

周尽欢走到门口，敲了敲门，门内传来气愤不已的声音：“你走！我再落魄也轮不上你来羞辱我！”

周尽欢眉头皱了皱，“是我，娇娇，开门。”

过了几秒，左衡娇家的门开了。左衡娇那张憔悴的脸从门内探了出来，看到真是周尽欢，眼眶红了红，“欢欢……”

“娇娇……”萧铭也赶紧凑了上来。

“你给我滚！”

“娇娇……这么久我一直没有忘记你，我是真心的。现在你出了事，我第一时间就来找你，这还不能证明么？”

“我并不需要一个已婚男人来关心！”左衡娇眼睛红红的，狠狠瞪着萧铭。

“他不一样是已婚的？就因为我结婚，你对我恨之入骨，那他呢？他不一样是结婚的？”也顾不得其他，萧铭就要往门里挤。

“你以为你是谁？你还要不要脸？”

萧铭听她这么说，脸上现出嘲讽的笑意，“怎么，他霍一霆是霍氏的继承人，有钱有势，所以结婚的你也愿意跟了他，没名没分也能给他生孩子？我穷，所以我就罪该万死，罪无可恕？”萧铭冷笑出声，“左衡娇，你就要脸了？”

“啪——”，周尽欢毫不犹豫地一巴掌打在萧铭脸上，“给我滚！不然我报警了！”

萧铭被打了，怎会服气？一时表情也狠了起来，扬起手，一副要打周尽欢的样子。

周尽欢脸上一点儿害怕的表情也没有。她拿出手机，直接按下“110”三个数字。

萧铭见她一点儿没有含糊，又气又急，最后只指着周尽欢的鼻子说：“算你狠！”

……

萧铭走后，左衡娇整个人没了力气，瘫在沙发上，一句话都不说。

周尽欢看着房间里堆着的泡面碗，忍不住叹气，“你多久没出门了？”

“我怕遇到记者。”左衡娇用手捂着自己的眼睛，“不能再让他为难了。”

“这事霍一霆准备怎么解决？”

“他不知道我怀孕了，我没有和他说。”左衡娇的声音里带着点儿软弱的哭腔，“这个孩子还有我，会让他失去霍氏。现在新闻曝光成这样，我不敢接他的电话，也不敢见他，我怕。”

“你都这个样子了，还有什么好怕的？还能比这更糟吗？”

左衡娇仰起了头，让自己的脸对着天花板，她的手抚在眼睛上，许久，她才小声地回答：“我怕……我怕他选择放弃我，就像萧铭当年对我那样。

“他们才是夫妻，我是不知廉耻的第三者，我没有资格要求他选我。”

“从头到尾都是他的错。”周尽欢用恨铁不成钢的表情说，“他是个男人，他应该解决清楚自己的身份，他不该在没有办理好离婚手续的时候就和你在一起，更不该让你怀孕，这种情况是陷你于不义。”

“一切都是命，是命。”左衡娇难过极了，“原来他要我等的是这个，我怎么懂得这么迟！”

周尽欢看着左衡娇瘦得只有巴掌大的小脸，和那不健康的脸色，想到她一个孕妇，实在不能这样过生活。

她轻叹了一口气，将左衡娇家里全部收拾了一遍，最后去便利店给她家里补给了很多食物和生活用品。

她走的时候，左衡娇还是死气沉沉的，话也少，只用疲惫的声音对她说：“欢欢，谢谢你。”

周尽欢看着自己最好的朋友如今被折磨成这个样子，许久才说：“我明天去见霍期。”

“既然林豫文还没有明着把这些事掀出来，你也没有承认，一切就只是谣传。你们那些照片上也都还有别人在，一看就是应酬的，他是个商人，还能解释。霍期既然能说那些话，肯定是留了后手，能把事情压下去。”

左衡娇看了周尽欢一眼，直接拒绝了，“别去，欢欢。我已经毁了，我不能看着你来地狱。宋演是个好人，别为了我伤了他的心。”

虽然左衡娇最终拒绝了周尽欢的好意，但周尽欢还是约见了霍期。

她一个人点了一杯黑咖啡，在咖啡店里等候。

黑咖啡很苦，可她现在却越来越沉迷于这种味道。

从她坐下来开始，她的手机就一直在响。

是宋演，他一无所知，只是不停地打她的电话。周尽欢甚至可以想象宋演在电话那端着急上火的样子，他一定以为自己出了什么事。

周尽欢心底柔软，最后还是给宋演回了一条信息，告诉他，她正在开会。

宋演后来果然没有再打了。

霍期来的时候，周尽欢一杯黑咖啡已经见了底。服务员给霍期点单的时候，又给周尽欢续了一杯。

咖啡还冒着热气，空气中咖啡豆香甜又苦涩的味道让周尽欢五感都有点麻痹。

“你终于肯见我了？”霍期还是好整以暇的样子，“你看，我就说，你一定会主动来找我的。”

周尽欢看着霍期的脸，只觉得这人真是越来越陌生了。

“这样有意义吗？”周尽欢问，“你到底想要我怎么样？”

霍期微笑，抿了一口咖啡，姿势还是那般有教养的样子，“你说，一个男人威胁一个女人，是为了什么？”

“我已经有男朋友了。”

“所以？”霍期勾了勾嘴唇，“如果你没有诚意，我就走了。”

周尽欢握紧了自己的拳头，“你信不信，我会把这些都告诉林豫文？你猜她要是知道了这一切，还会不会帮你？”

霍期对于周尽欢的威胁一点儿都不放在心上，放下咖啡，他双手交叠放在膝盖上，淡淡道：“周尽欢，你怎么这么单纯？这么大个霍氏，林豫文一个人，说要帮我就能帮我吗？

“你以为林豫文的父亲为什么要让她嫁给霍一霆？”霍期冷冷笑着，“他们的目的，从头到尾都是霍氏。林氏从霍一霆那儿拿到三分之一的霍氏，再假意拉拢我，把女儿推给我，表面上让我风光，实际上只是让我当一个傀儡。和霍一霆相比，我更好控制。我没有根基，除了私生子这个身份，我在霍氏什么都不是。”

周尽欢没想到内情是这样，她想不通霍期为什么要和她说这些，只是本能地说：“既然你知道是这样，为什么要做这些？为什么要伤害娇娇？”

“我只是告诉林豫文，左衡娇怀孕了。其余的一切，都不是我做的。”霍期抬起头，直直地盯着周尽欢说，“但是如果你愿意跟我走，我可以帮你解决这一切，让左衡娇全身而退。”

周尽欢没想到到了这一刻，霍期居然还执着于这些事。

“跟你走？走去哪里？”

霍期慢慢靠向背后的沙发，视线落向了落地窗外的世界，商场高楼里的咖啡厅，脚下是万丈红尘，人世繁华。

“美国，加拿大，澳大利亚或者北欧？你喜欢哪里，我们就去哪里。”霍期回过头来，目光咄咄地看着周尽欢，许久，他用有些沧桑的口吻说，“昨天晚上，霍一霆的事传到他耳朵里，那老家伙死了。”

“谁？”

“霍建刚。”

周尽欢没想到老霍总昨晚去了。事实上，昨天晚上霍家并没有发丧。想必是霍一霆的事对霍氏的股票打击还没过去，老霍总这时候去世，霍氏怕是真的要伤筋动骨了。

“节哀。”周尽欢想了许久，只说出了这么一句话。

霍期仿佛没什么表情，只是淡淡看着她，“我累了，江北我待腻了。只要你点头，你想去哪里，我明天就带你走。”霍期轻轻一笑，“左衡娇的事，我说到做到。”

“我……”

“这是要带我女朋友去哪儿？”一个突兀的声音就这么插了进来。

宋演悄无声息地就这么突然出现在了霍期身边，周尽欢下意识一抬头，就被宋演锐利的眼神吓住了。

“宋演……”她一紧张，就结巴了起来。

宋演指了指桌上的咖啡，“开会？”

周尽欢脸上火辣辣一片，没想到谎言这么容易被拆穿。宋演毫不犹豫地把周尽欢拉了起来，推到身后，声音低低地说：“等会儿再找你算账。”

宋演身材高大，站在那儿居高临下睨视着霍期，“霍总，要带我女朋友出差，是不是该知会知会我？老总和秘书，这么孤男寡女的是不是不太厚道？”

霍期对于宋演的挑衅毫不放在心上，他掸了掸自己的袖口，拿起了手机，旁若无人地说：“周尽欢，你考虑考虑，我等你电话。”

霍期起身，刚要离开，却被宋演一把扯了回来。

“姓宋的！”霍期一脸愤怒地转过头来。

“砰”的一拳，带着一道风落在了霍期脸上。

宋演活动了一下自己的手腕，又转了转脖子，脸上一脸嗜血的笑容，“霍期，我真的忍你很久了。”

宋演眼放狼光，狠狠盯着霍期，一字一顿地说：“你这张脸，长得跟靶子似的，一看就是欠打。”

这是周尽欢第一次真正看到宋演打架。

说实话，要不是最后旁人都过来劝架，周尽欢都觉得宋演要把霍期给打熄火了。

从派出所出来，周尽欢一路都在埋怨宋演：“你上次被打的时候演得跟真的一样，没想到你劲儿这么大！再打严重点儿你就要去牢里蹲着了。”

周尽欢用纸巾重重在宋演嘴角一按，宋演疼得龇牙咧嘴的。周尽欢更是气不打一处来，“这时候倒是知道疼了。”

宋演一手抓着周尽欢，“今天要是我不在，你是不是就要跟他走？”

周尽欢皱了皱眉，“你不来我也会拒绝的。”

“既然要拒绝，你为什么要见他？”宋演眼中竟然有点委屈了，一脸怨夫相，“你这软耳朵，被他骗几句就得跟他走了。我以为都这么久了，至少你智商应该能提升一些的。”

“你……”

“以后孩子得遗传我，要是随了你，可算完了。”

周尽欢被他说得生气了，直接把沾了血的纸巾扔到他身上。

刚走出一步，宋演就把她给抓了回来。周尽欢还没反应过来呢，就被一阵风一样的力道，拉进了宋演怀里。他狠狠扣着周尽欢的脑袋，压在自己胸口。

周尽欢就这么冷不防贴上了宋演的胸膛，硬挺的肌肉让周尽欢有点脸热，他鼓噪的心跳在她耳侧。

扑通！扑通！扑通！

“干吗……”周尽欢的声音已经软了下来。

宋演的下巴一下下蹭在周尽欢头顶，用一种劫后余生的口气说：“以后不要自己去面对一切，不要自作聪明，比智商，我和你之间隔着三个霍期。”

“哼！”周尽欢埋了埋头，瓮声瓮气地说，“我根本没想跟他走，我只是想和他谈判，看能不能改变点什么……”

“别乱来，你要知道，这世界上像我这么瞎的人，可不多了。”

明明是被他鄙视了，内心却有点隐隐的甜蜜感。周尽欢紧抱着宋演，心想自己是不是魔怔了？

时间已经很晚了，闹出这么个事，两人也都有点累了。

宋演低头看了一眼时间，周尽欢挽着他的胳膊正准备说话。

又一个人走了出来。是霍期。

两个人分开被审讯，之后在民警面前达成协议，签了字以后就出来了。

霍期是先走的，周尽欢以为他应该早走了，却没想到这会儿还在。

霍期脸上伤得很重，青紫一片，跟电影里化的特殊妆一样，看上去有点夸张。他远远看了周尽欢一眼，不知道为什么，霍期的那一眼，周尽欢一点儿都不觉得阴鸷，反而觉得有点忧伤。他在原地站了一会儿，之后就转身往另一个方向走了。

看着他有些寂寥的背影，周尽欢有点感慨地对宋演说：“你这完全照脸招呼了。”

宋演居高临下睨了她一眼，“怎么，你心疼？”

周尽欢嘻嘻一笑，“我是想啊，他变难看了，林豫文还会不会帮他？”

“八卦得很。”宋演幽幽看了一眼远处，别有深意地说，“有些事不是你的事你就别管，自有人会管的。”

那天晚上周尽欢回家后就下定决心，不再管这事了，不管左衡娇怎么可怜她也不管了，爱莫能助，无能为力。

谁知也就一天的时间，这事就有了结果。

第二天，微博、微信各大网络媒体第一时间发布了新闻。

霍一霆以个人名义召开记者会。

在记者招待会上，霍一霆的一段陈述让他的那段视频在网络上点击率不断飙升。周尽欢点进那个地址。

视频里镁光灯不断闪烁，快门咔嚓咔嚓的声音使得现场的气氛更加严肃。

霍一霆一身黑色西装，头发还是梳得一丝不苟，一如既往，是一个运筹帷幄的英俊男人。他在感谢完媒体到场后，很果断地在开头的第一句话，就向媒体承认了左衡娇的孩子。

他很诚恳，也很坚决地说："……请你们不要再追着她不放，是我主动追求她，让她怀孕的也是我，有什么冲着我来。

"对于'渣男'的评价，我不予置评。我与林女士的分居已满两年，几个月前已经正式签署了离婚协议书，之后由于我个人霍氏控股权变动，她提出重新分割财产，我给予理解，但无法赞同。

"在此，我正式回应，如果她的目标只是控股权，我可以都给她，只要她给我自由。"

不论霍一霆私下和林豫文感情如何，毕竟那是夫妻之间的事。于情于理，没有正式办理离婚，霍一霆和左衡娇的关系就是不伦。如今网络如此发达，愤青又多，又怎么可能容得下他那些不管不顾的奇葩言论？

霍一霆在网上被骂成了狗，那也是自然而然的事。但听宋演说，左衡娇愿意见他了。

周尽欢听到这里才弄明白了里面的门道，"你是不是早就知道霍一霆会站出来？"

宋演但笑不语，只是摸了摸周尽欢的头，感慨万千地说："我和你这蠢妞之间，大概是隔了五个霍期。"

……

周尽欢看完视频的同时，霍期也坐在电脑前看完了记者会的视频。

发生了这么大的事，霍一霆的言论对霍氏造成了多大的负面影响，下面的人有多么怨声载道，霍期自然是明白的。这一切也正是他希望的。

可他也知道，即便到了这一刻，霍一霆仍坚守在公司稳定局势，面对所有人的指责，他都全盘接收。做一天和尚撞一天钟，只要还是霍氏决策人，他工作的态度就不会改变。

甩掉了鼠标，霍期从凳子上站了起来，慢慢踱步到窗前。

许久不抽烟的霍期拿出了抽屉里放了许久都没抽过的香烟。有点受潮了，点了许久才点着。

那种有点潮气的烟草味吸进肺里，微微有点窒闷，也有点呛人。看着窗外下起的淅沥细雨，霍期只觉得眼前的一幕幕都很熟悉。

那个男人死之前最后一个见的是霍期。

癌症是一种残忍的重病。一开始是一处，之后是癌细胞全身扩散。痛苦像鹰隼啄食着肉体，意识却还是无比清醒。清醒地面对自己的死亡。

其实霍期是觉得很痛快的，这么多年的恨意、不甘，随着他的死亡都变得不值一提，那些堵在胸口的愤懑，也就此上路。

回忆和那个男人打的赌，想想只觉得很可笑。

那个男人在弥留之际，突然无限感慨地对霍期说："这一生，从父亲的角度，我对不起你和你的母亲。

"但从霍氏的决策人的角度，我对得起任何人。"男人虚弱地解释，"一霆这个孩子和你不一样，我把霍氏留给他，是因为他心慈，能更好地对待霍氏。"

霍期在那一刻才终于注意到他脸上的沧桑和疲惫。他一直看着那个男人，那个男人最后只是叹气，"我死了，孩子们有无富贵，我无法保证，我也看不见。可是霍氏是那么多人的霍氏，那么多人指望霍氏吃饭，我要把他们交到可靠的人手里。"

霍期其实无心于霍氏，若说真有执念，大约也只是想要毁掉霍氏。所以他接受了林氏的帮助，协同外人来整垮那人的公司。

这么多年，他若真是在争，大约也就只是争一个堂堂正正的儿子身份。

而这一切，随着那个男人的死亡，都变得微不足道了。

霍期抽完最后一口烟，将那火星往手心里狠狠一攥，瞬时，疼痛感从手心传感到大脑，让霍期整个人都有些痉挛。

死老头，你赢了，你是不是很得意？

霍期望着远处，在心里默默地说。

母亲去世后，霍期用了几年的时间酝酿着报复，在脑海中执行过各种酷刑，可是最终，他还是累了。

这么多年，他其实什么都没有得到，还丢掉了最重要的东西。

周尽欢的拒绝其实他一早就猜到了，他原本就没有打算得到霍氏。

利用了林豫文，他用整个霍氏来还。

他原本就是准备离开的，在霍氏易主以后，告别这座城市，寻一个全新的开始。

母亲去世以后，他一直将报复视为自己的使命。

当初孤注一掷，不过是一场明知会输的show hand。他猜到周尽欢不会跟他走的，可还是忍不住想要试一试。

这个女孩曾经离他那么近，她的心曾近在咫尺，是他，让他们擦身而过。

宋演来的时候，其实他内心还挺平静的，只想着，总算可以死心了。

霍期向霍氏提出辞职的时候，林豫文彻底慌了。

她找到他，那么无助的样子，一点儿都不像平时优雅又高高在上的她。她抓着霍期的衣服，质问他："你是不是为了我和霍一霆的事？"见霍期没反应，她示弱道，"我可以不要霍氏，你别走，我马上就离婚。"

霍期只觉得累极了，那哭声让他更加疲惫。他想了许久，才回头问林豫文："你爱我吗？"

林豫文哭了。

"你说呢？"林豫文哽咽地说，"霍期，我这一辈子都没有自己的意志，对林氏来说，我就是个棋子，你是我唯一想要去的地方。"

眼前的美人哭得梨花带雨，却再也无法拨动霍期的心弦。霍期抬手，轻轻抹掉了林豫文的眼泪，慢慢地说："可是我已经不爱你了。"

"你还在恨我当年放弃你吗？我身不由己啊。"

霍期笑了笑，"周尽欢也身不由己，我也威胁她，可是她还是选择了宋演。"

林豫文眼睛瞪得很大，愤怒极了，"你爱上那个结巴了！"

"是。"霍期淡淡地回答。

林豫文被他一个"是"字冲昏了头脑，反手打了霍期一巴掌，"你利用我！"

霍期还是一副无动于衷的样子，"我们彼此彼此。现在正好互不相欠。"

"你做梦。"

霍期望着林豫文，那眼神带着点点哀伤，和无法回去的决绝，"林豫文，当年为了和你在一起，我拿了我和我妈全部的积蓄，要在北都买房子。这事，我都没有告诉你吧？"霍期疲惫叹息，"你的身不由己，将我和你的那么一点儿过去，都摧毁干净了。"

"霍期！求你……求你……"

……

霍期不知道最后林豫文怎么样了，她和周尽欢是完全不一样的人，太聪明，太识时务，不会一根筋。对霍期，她也许有几分真感情吧，但那真感情，总归还是带着几分目的。

但凡不纯粹的感情，总无法真正动人。

收拾了自己的东西离开公司，霍期在半路上遇到周尽欢。

她一身正装，大约是有爱情的滋润，看上去还挺神采飞扬。霍期看着她的模样，心里觉得有点苦。

“听说你辞职了？”周尽欢把玩着自己的工牌说道。

此时，两人的见面，仿佛是武侠小说里最后英雄们一笑泯恩仇的场面。不论是周尽欢还是霍期，都想不到有一天两人还能这样面对面地交谈。

“嗯，不想给霍氏创收了，毕竟我能力那么强。”

周尽欢看了一眼霍期把玩着手机的手，问道：“你一早就知道林氏的目标，为什么还要往里跳？”

“因为我恨霍氏。”霍期的回答言简意赅，不带一丝犹豫。

“林豫文……之后准备怎么办？”

“不知道。”霍期耸了耸肩说，“你们各凭本事吧。”

周尽欢沉默了一会儿说：“你要去哪里？”

霍期低头勾了勾嘴角，问周尽欢：“你要跟我一起去吗？”

周尽欢果断拒绝：“不。”

霍期又笑了笑，最后淡淡地说：“那就不要问了。”

霍期走后，有一件事倒是让周尽欢感到挺意外的。听宋演说，霍期通过律师，将他手上的全部股权都赠予了霍一霆，并且在走之前给了霍一霆很多林氏私下勾结霍氏高层、恶意收购的证据。

不知是不是林氏那边听到了风声，霍一霆还没行动，心灰意冷的林豫文已经提出了离婚，除了自由，她什么都没有要。

开始的时候是火焰，结束的时候却只有灰烬。

曾经在百货业声名大噪的宋演，永远地离开了百货行业，成为一个新兴节能空调公司的负责人，事业起步期，四处跑业务，也没什么风光的；曾经被誉为霍氏最佳好好先生的霍一霆，不论多久都洗白不了“渣男”这一称号。

有得到就有失去，能量是守恒的。

这么久以来发生的一切一切，其实仔细想想，没有一个人是赢了的。

所有人的命运都发生了改变，有些命中注定，也有些无可奈何。

几个月后，周尽欢收到过一封没有任何寄件人信息的信件。

里面只有一张沙漠日出的照片。大漠黄沙，旭日初升。

照片的背后，钢笔字有力地写着：发生，重生。

收到那张照片的时候，周尽欢正为工作忙碌着。在霍一霆的准许下，周尽欢正式接手了四户通路久盛，成为四户通路久盛的总经理。

这家摇摇欲坠的破门店是所有高层们避之唯恐不及的，只有周尽欢，一心只想回来。

周尽欢看了一眼那大漠上的美景，随手拿着笔在那几个字下面写着：原谅，新生。

周尽欢将那张照片塞进了抽屉，将那段回忆一起打包给了过去。此时，她还有更重要的事要做。

情人节这天，周尽欢冒了一个很大的险，放弃了情侣节日的常规主题，而是选择了一个很不讨喜的方向。

公司在网络上找了一百个在这个城市积极生活的所谓“剩女”，录制了一段视频。

一个个大龄“剩女”，没有一丁点儿哀怨，没有失望，没有逃避，大胆而自信地在镜头前说着自己的择偶标准，说着现代而可爱的恋爱宣言。

这些女孩在这个城市是独特的一个群体，她们经济状况稳定，是各大服装鞋帽品牌护肤品专柜的常客，她们是这个城市的主要的劳动力、消费力，只因为没有结婚就被这个社会否定了价值。甚至有些男人会刻薄地说，这些“剩女”逛街都是浪费钱，没有男人，打扮给谁看？

周尽欢就是想通过这次活动，鼓励更多的女孩勇敢做自己。

美丽与年龄无关，与男人无关，打扮是为自己，活着也是为自己。

越剩越勇，剩者为王。

其实周尽欢原本是做好了准备，这活动吸引不到什么人，会扑街。却不想，那一百个姑娘充满真情实感的视频，让很多观看的群众都流下了眼泪。

作为一个情人节，四户通路百货却挤满了单身的逛街女孩。大家脸上自信的笑意，对周尽欢来说，比营业额的飙升更让她高兴。

晚会，公司是在一楼大堂的特展区搭的台。一开始是些表演，之后是为单身男女准备的三分钟约会活动。

工作人员挂上了挂满爱心纸片的一面交友墙，那面墙被做成了一个巨大的二维码。

墙面上那些爱心形状的纸片上，是大方求偶的女孩留下的资料和自己的二维码，男生可以通过扫一扫，轻易地加上自己心仪的女孩，在得到女生允许后，可以进行三分钟约会。

活动是个挺老土的活动，但在情人节，倒是还挺应景。

周尽欢累了一整天，终于能走到一旁稍事休息。

三分钟结束后，作为总负责人的周尽欢，被主持人推上台做最后的发言。

发言后，最后一个环节，是周尽欢用仪器扫交友墙上那个最大的，由照片拼成的大二维码。

那个二维码扫完以后，公司的大屏幕上，会有公司最后准备的广告视频。算是活动圆满结束。

周尽欢慷慨激昂地发完言，拿起同事们递来的仪器，周尽欢扫了那个巨大的二维码。

然而，预想的公司广告却没有播放出来。

这让周尽欢脸色一变，立刻回头看了一眼负责视频的同事。

她眉头还皱着，就听见百货公司的广播里，突然传来一段悠扬的音乐声。

周尽欢再抬头，公司的巨幕上播放着一段完全不是预演的视频。

周尽欢的朋友、同事纷纷出现在屏幕上。大家都是手机拍摄，像素也没多好，但所有人的笑容都无比真心。

“周尽欢，嫁给宋演吧！”

“不嫁宋演不送份子钱了啊！”

“宋演这样的好男人，你不嫁我嫁了啊！”

“……”

整个四户通路久盛都装点着各式花束和气球。现场虽然有些嘈杂，却着实有些浪漫。

视频并不长，不过区区五六分钟，却把周尽欢看得眼前水汽一片，越来越模糊。

视频的最后，突然煽情地唱起了一首很老的歌，苏芮的《牵手》，又抒情又温馨。平时分明都是慈善活动才会播的歌，为了让人捐款的。

其实也不是多应景，可周尽欢却硬生生被唱哭了。

在众人的起哄和欢呼下，宋演从人群中突然走了出来，款款走向周尽欢。

周尽欢万万没想到宋演这狡猾的家伙，居然给她上演案中案。一直到最后一步了才让她知道。

惊喜，有！开心，有！感动，有！

那个人是他，一切都有，抑或说，是他，有没有其实都没有那么重要了。

宋演慢慢走近，眉头轻挑，眼底有掩饰不住的得意之色。

他一身米白色西装，系了一条粉红色的领带，完全搭配了周尽欢的粉色 OL 衬衫。

周尽欢看着他，其实那模样已经熟悉到不用描摹，可这一刻，她还是感激上天让这个男人爱上她、陪伴她。

宋演拿出事先准备好的戒指，单膝跪下。周尽欢觉得那画面简直像故事里王子求娶公主的情景，实在美不胜收。

宋演清了清嗓子，很是认真地说：“嫁给我。”

周尽欢眼眶红了，低头看着宋演，看着他那双如星灿烂的眼睛，撇着嘴说：“怎么不按剧本演？一般不应该有很长一段表白吗？”

宋演笑了笑，周围那么多人看着，他却丝毫没有尴尬，还是无比郑重的样子，那么认真地看着周尽欢。

“我有化繁为简的毛病，我已经把我的世界化简到最简单了，”宋演顿了顿，一字一顿地说，“从今以后，只有你一个人。”

“……”

宋演那场轰动的求婚，后来据说上了很多新闻。大约是太用心了，成为很多女生向往的求婚。

不过也有一些人说这样浮夸的方式让人觉得是强迫的，不真心，让人犯尴尬症。

不过管他呢，反正周尽欢是嫁了。

那天的最后，周尽欢同意了宋演求婚以后，满场突然放起了礼花，也不知道从哪里突然冲出来一群舞者，将场面造得十分热闹。

周尽欢也分不清是她的情人节活动，还是宋演的求婚安排。

在下台的最后一刻，作为被求婚者的周尽欢已经感动晕了，但作为负责人的周尽欢仍是兢兢业业，她抢着话筒，大声喊出了那天的活动主题。

——“遇爱则强，乘剩追击。”

爱情有时候就像酒一样，等得越久便越香醇，耐心者总能品尝到最好的滋味。

所以即使没有遇到那个合适的他，也不需着急，不需将就，不需自我否定。

你要等，最好的那个，总是来得比较迟。

番外一
两个人的生活

这货真冷血，大约也没有觉得娶我有多感激吧。

01

有一天周尽欢在网络上看了一个关于毒舌男的帖子，说有些男人毒舌刻薄，是因为内心极度自卑，所以以极度自负的方式表现出来，以掩盖他们内心的不自信。

周尽欢看了帖子以后忍不住找宋演讨论。

“所以你真的极度自卑吗？”

彼时宋演正在看书，抬起头瞅了周尽欢一眼，淡淡道：“对啊。”

“天哪，人家这分析可真是准啊！”周尽欢忍不住感叹，“高人都在江湖上啊。”

宋演合上书，漫不经心地扫了她一眼，又说：“有这么蠢的老婆，能不自卑么？”

02

和宋演一起逛街真的是一种灾难，他对周尽欢的着装管束可谓严格。

裙子太短不行，露肩不行，抹胸裙不行，热裤不行，吊带不行。

好好一个夏天，周尽欢真是忍无可忍了。

“女人逛街，男人就一边待着，少插嘴，多付钱。”

宋演对自己的强加干涉解释得义正词严，“我这是为你提供品位保证。”

周尽欢对于宋演选衣服的眼光极为不屑，“就你那品位？算了吧，别糟蹋‘品位’两个字。”

宋演认真思索了一会儿说：“也是，我都看上你了，再说自己有品位，也确实没什么说服力。”

03

周尽欢和宋演在一起后，也渐渐成为恋爱中那种多愁善感的少女，经常在网络上看那些讲恋爱经历的长帖。她最喜欢看的就是那种“校服到婚纱”的爱情故事，觉得无比美好。

看完那些美好的东西，再联想自己，周尽欢也是充满着怨念。

“你这个人真的很坏，当初对我真是绝情得可以了，硬生生把一朵要开放的小花打成了蔫草。”

宋演见她又是一脸愤懑不平的样子，也是习惯了，“平时有空多写点策划，少在网上追那些写手帖，别每次都把策划案丢给我修改，我工作也很忙。”

周尽欢不满宋演毫不在乎的态度，更是不依不饶，“你少给我转移话题，你说，当年你为什么对我那么差！你现在知错了吗？”

说着，周尽欢随手拿起了桌上的笔，对着宋演的脖子，一脸“你不说我就戳死你”的凶狠表情。

宋演看她一眼，突然扑哧一笑。

“我知错得很。”

“哼，一点儿都不真心。”

宋演走过来，按住她的头，将她推到自己怀里。

“这么多年我最后悔的事就是当年对你不好。”宋演说，“但你也要谅解我，毕竟那时候我不知道，这个蠢姑娘以后会成为我老婆。”

04

周尽欢的婚礼一共办了两场，一场在江北，一场在老家。

江北的一场办得很洋气，宋演家人都是高级知识分子，宋父又是留德博士，思想较为西化，所以，他们的婚礼也都偏向于西式。

婚礼举办得非常温馨，周尽欢穿着婚纱进场，主持人念着朋友们写的祝福语，现场很多人都哭了，但新郎宋演却始终一脸微笑。这事让周尽欢纳闷许久，心想：这货真冷血，大约也没有觉得娶我有多感激吧。

结果在老家的那一场，热热闹闹偏向于中式风格的婚礼，宋演却红了眼眶。这真的让周尽欢极其震惊，也非常兴奋。

事后，周尽欢得意扬扬地对宋演说：“其实你心里也对能娶到我感到特别庆幸吧？那天你眼眶红得，第一次见你要哭呢。”

宋演谈起那天的事也是记忆犹新，“当时真是快绷不住了，你几个表哥舅舅真的太能喝了，我都快喝挂了！”

05

由于二人工作都很忙碌，所以他们很少在家里开火，清洁也都是请钟点工来做。偶尔在家做一顿饭，两人都是轮流洗碗。

刚结婚的时候，周尽欢作为新婚妻子，不想被嫌弃，还自觉地洗，后来时间久了，就开始耍赖。每次要洗碗的时候，周尽欢就说：“我们石头剪刀布吧，谁输了谁去。”

宋演看出来她想偷懒，起先就都去洗了，后来她越来越懒，宋演也就不再纵容了，接受她石头剪刀布的挑战。

宋演也不知道是运气好还是有策略，屡战屡胜，周尽欢洗碗洗出怨念了，忍不住问他：“为什么你每次都赢？”

宋演说道：“谁和你一样，先出石头再出剪刀最后出布，无限循环模式？”

06

说起来有件事一直没有提过。

宋演和周尽欢两个人不仅是大龄剩男剩女，还是大龄处男处女。

理论知识已经十分丰富，实践起来倒是没那么顺利。

最初的几次是在婚前，宋演憋了二十几年了，自然是急吼吼的。但周尽欢骨子里是个女文青，对肉欲这种东西，还是较为羞涩。

对于宋演不厌其烦想要推倒她的想法，周尽欢忍不住吐槽：“为什么我们不能走柏拉图式恋爱？为什么你不能做柳下惠？”

“你没看他们都死了么？这说明了什么？”宋演言之凿凿，“禁欲都没有好下场。”

07

和宋演结婚后，周尽欢就发现自己胖了不少，最难受的是都胖在肚子上，尤其是饭后，更是明显。起先周尽欢还自我厌弃，后来渐渐就习惯了，接受了自己日渐肥胖的肉体。

去洗澡前，周尽欢故意抚着自己的肚子，演技一流，“今天他真的好乖，都没有动。”宋演一边举着哑铃一边看书，抽空瞥了她一眼，冷冷道：“没动说明你最近有点便秘，吃点通便的就动了。”

08

在网上查了很多资料，在跨进三十一岁这年，也就是结婚一年半后，周尽欢终于决定开始备孕。

这事宋演非常尊重周尽欢，基本上她说不，他就一直等。虽然两家父母都急得不行，但他们小两口却完全没有要“办正事”的意思。

开始备孕以后，周尽欢吃了几个月的叶酸，然后买了很多排卵试纸，科学怀孕。

谁知排卵试纸才用第一张呢，就直接中了。

对此，周尽欢无限感慨：“有些人备孕多少年都怀不上，我们俩这也太容易了。”

宋演对此得意扬扬，“养精蓄锐三十几年，不闹出人命对得起人么？”

09

周尽欢怀孕的八九个月是真的比皇太后还要皇太后，两家父母，再加上家里的奴隶宋演。周尽欢第一次这么受捧，自然也没让他们失望，可着劲儿地作了一把。

尤其是宋演，经常深更半夜被她弄醒了，点名要吃这个那个，他也是任劳任怨，有求必应。

周尽欢生孩子前问宋演：“你喜欢儿子还是女儿？”

周尽欢怀孕后情绪非常容易激动，宋演犹豫再三回答：“儿子吧。”

周尽欢立刻不乐意了，言辞咄咄地指责他：“你果然重男轻女！我要是生了女儿，你就不爱我了，还会嫌我是黄脸婆！最后在外面找女人给你生儿子！”

宋演皱了皱眉，终于累了，不再与她纠缠，“照都照过了还总要问这个问题，是儿子我当然说喜欢儿子，当他面说喜欢女儿，有我这么当爸的吗？”

10

周尽欢怕疼，原本想要剖腹，但由于宋演科学喂养，周尽欢的身体素质完全可以顺产，于是乎，虽然怕，周尽欢还是决定顺产。

生孩子那天也是赶巧了，离预产期还有两周呢，她就发作了。而宋演当时正在别的城市出差。

两边的父母都守在周尽欢身边，可周尽欢心里还是特别不舒服，一路上一边因为阵痛叫唤，一边臭骂宋演。

宋演得知周尽欢发作了，会都不开，直接坐飞机回了江北，前后都没花到三小时。他到医院的时候，医院也是巧了，围了一堆人，挤得水泄不通。有人在那儿哭哭啼啼的，也有人议论纷纷。

两家人电话都不通，宋演只能去护士站问人。护士站那边人都跑了，只剩别的科室过来顶班的，战战兢兢地说：“你是周产妇的家属吧？周产妇真的是羊水栓塞，这个是突发情况，死亡率很高，真的不是我们医生的操作失误。”

“……”宋演长这么大，第一次整个人蒙得一句话都说不出。他耳朵突然就什么都听不见了，胸口像有千斤大石压着，脚下像有脚镣铐着。

他疯了一样挤到产房门口，见母亲正坐在那儿哭，脑子里更是一阵嗡鸣。

“人呢？”宋演的声音有些颤抖。

宋母抹了抹眼泪，抽抽搭搭地说：“好不容易怀足了月，羊水栓塞突然就来了，大的没抢救过来，小的也因为缺氧，去了。”

“唉，这家人太可怜了，都是一天生，我媳妇和孙子真是幸运。”宋母拍了拍宋演的背，“走了，我去看我孙子了，欢欢推到病房里去了，还哭呢，说要恨你一辈子，赶紧去哄哄。”

“……”

进病房的那一刻，周尽欢没看到宋演来，还有些虚弱地躺着。

宋演无声无息地进了病房，坐到病床旁就紧紧握住周尽欢的手，心有余悸地用自己的脑袋抵着周尽欢的脑袋。

周尽欢本来憋了一肚子气要骂他，见他这样，气也都消完了，嘴上却还不肯饶了他，“我告诉你，你别以为你一上来就起腻我就会原谅你。”

“别原谅我。”宋演说，“一辈子罚我。”

周尽欢搞不懂他唱的哪一出，一时也有些疑惑，“嗯？”

“只要你在，要我怎么样都行。”

周尽欢浑身鸡皮疙瘩都起来了。这货怕她发脾气，这种招都用了，真是够狠！

番外二
一条狗

以后别再和我讲那些乱七八糟的故事了。

宋演怎么也想不到，有一天居然会变成一条狗。

前一晚睡觉前，周尽欢叽叽喳喳给他讲了一个网上连载的漫画，漫画叫《一条狗》，讲述的是一个男人和自己的狗互换身体的故事。

故事里男人脸颊上有一颗小痣，狗只要舔上那颗痣，就会互换身体。周尽欢之所以这么感兴趣，是因为宋演脸颊上也有这么一颗很不显眼的痣。

她兴奋地表示："要是这事发生在你身上就好了，你这辈子都这么趾高气扬的，要是你和豆豆换了，那得多好玩？"

豆豆是他们家新养的泰迪。宋演反抗多次无效，狗来家里后，他就没对这条狗有过好脸色，所以豆豆在家最怕的就是宋演。

宋演睁开眼睛的时候就发现了一切的不对劲。他一抬起头，居然只能看到周尽欢的小腿。他想要说话，说出口的居然是"汪汪汪汪"。

周尽欢用脚推了推他，安抚道："等一会儿爸爸起床了让他喂你，乖……"

宋演被眼前的情景吓到了，拼命叫着，抱着周尽欢的腿。

周尽欢无奈地低头看了他一眼说："果然泰迪就是时时发情，抱什么弄什么……看来是得带你去做绝育了。"

宋演瞪大了眼睛。

纳尼？！

宋演用了好几个小时才彻底接受了自己变成了一条狗的事实。

他看到自己本体一副狗的样子畏畏缩缩从房间里出来，一看到周尽欢就两眼发亮，一下子飞扑到她身上，开始上下耸动。

宋演整个脸色都变了，汪汪汪狂吠个不停，试图把自己的本体从周尽欢身上吓走。

周尽欢对于那条臭狗的侵犯倒是没有特别讨厌，红着脸推开他说："别闹了，我要上班了。"

宋演一脸菜色，看到那条臭狗用舌头舔了舔周尽欢。

周尽欢出门的时候嘱咐道："我去上班了，你吃了早饭再去。"

她走后，宋演跳上了饭桌，舔食着周尽欢煮的粥。

而他本体却本能地去吃周尽欢倒的狗粮。

看着这一幕，宋演简直要石化了，自己的身体做了这样的举动，他可是怎么都无法接受的啊。

他赶紧从饭桌上跳了下来，冲着自己的本体汪汪汪叫个不停。

本体起先没管它，但豆豆好歹也是一条公狗，被他挑衅烦了，一个飞扑上来，将小小的宋演拖起来一甩，宋演便重重地撞上了桌角。

他挣扎了一下，终于还是晕了过去。

宋演醒来的时候，周尽欢还在睡觉，一脸笑容，也不知道梦到了什么。

再反观自己，衣服都汗湿了。他轻轻一动，周尽欢就醒了。

她迷迷糊糊地喊了一声："老公，你醒啦？"

宋演看着心爱的老婆，仍是心有余悸。

去冲澡前，宋演忍不住和周尽欢说："你以后别再和我讲那些乱七八糟的故事了。"

番外三
一个人的旅途

原来遇到了对的人，是这样的。

离开江北，霍期去了很多地方。一个人驾车从川南线进藏，过318国道，之后，到叶城，最后又从疆线回了江北。一万多公里的旅程，整整五十多天，算是霍期这么多年来，最长也最辛苦的一段旅程。

一个人上路，也相当的危险。

这一路霍期曾多次与人结伴，这也是这么多年来，他第一次感觉到这个世界上还有温暖这种东西。

这一路看到了很多与自己认知完全不同的东西。

有幸看到了天葬、水葬。发现人生到最后，也就是一堆回归自然的肉骨。也曾看到许多人一路朝圣，也路过圣城，参观了各个寺庙，拍到了辩经大会，摸到了经纶。进疆后看到落日沙漠，日照村庄。买了很多当地人自产的水果和小饰品。

不管是不是真的带着祝福，但那愿望总是美好的。

离开沙漠，霍期打印了一张照片，准备寄给周尽欢。

那时候他在当地的一个小邮局，里面的人普通话说得并不是十分标准，长相也带着少数民族的特色。见霍期想了许久，他小心翼翼试探地问："是给前女朋友写吗？"

霍期没想到他会这么问，抬起头看着他，"为什么这么问？"

"很多失恋的人在这里写过卡片，都是你这个表情。"

霍期笑了笑，"什么表情？"

那人想了想说："后悔、遗憾。"见霍期不再说话了，那人又说，"所有的事情，发生就是发生了，后悔也没用。离开这里，一切都会重生的。保佑你。"

霍期抿着唇笑了笑，翻过照片，用那人的钢笔在背后写着：发生、重生。

霍期之后并没有在江北停留很久。由于履历漂亮，霍期重新找了一份工作，公司将他外派新加坡。这一去就是三年。

霍期本身能力就很强，在这个公司里也算是干出了一番事业。

后来决定回江北，是霍一霆三顾新加坡，才把他给挖了回来。

如今婚姻、家庭都十分幸福的霍一霆对于兄弟骨肉亲情变得格外看重。几年过去，两个人都成熟了，过往的许多事，现在回忆起来都变得不值一提。

身边的人大多结婚生子，只有霍期还孑然一身。

和霍一霆吃饭，左衡娇虽然没多喜欢霍期，但还是听从了丈夫的意思，教儿子喊霍期二叔。

吃饭的时候也就随便聊了几句，这期间不停地被孩子打断。虽然夫妻俩被孩子折腾得有些狼狈，但霍期却能看出他们的甘之如饴。

原来遇到了对的人，是这样的。

霍期重回霍氏，很多人都议论纷纷。但八卦也就一阵子，毕竟人家是亲兄弟，和好了也没什么值得说的。

得知霍期回来，许多人都想要约他见面，其中甚至包括宋演。但霍期直接拒绝了宋演。

那个男人如今娇妻爱子环绕，想都不用想就是想刺激刺激他，秀恩爱再加示个威。

唯一无法拒绝的，是林豫文。

如今她也再嫁了，作为林氏的女儿，她这一辈子都无法对自己的人生做主。到这一步，霍期终于理解了她当年的身不由己。

并不是每个人都有这个决心反抗生养自己的父母。

林豫文新嫁的男人依然是城中的富豪，和她一样离了婚，对方还有一个六岁的女儿，和她相处得并不好。

再见林豫文，她的美貌依旧，只是眉眼更冷了一些。

霍期想要问她过得怎么样，却觉得这一句怎么问都有些多余。

“你走了以后，我有很长时间都不能接受。”林豫文说，“我去新西兰待了两年多，那大约是我过得最好的两年。”

林豫文苦涩一笑，“回来后，我要接受对我当初任性放弃霍氏的惩罚，重新嫁人，为林氏争取更多利益。我的人生，从出生就注定了不属于我自己。”

霍期如今不再充满恨意，变得平和，甚至学会了安慰人，“也许并没有那么坏，试着和他好好相处，和谁不是一辈子？”

“一辈子真的好长，不好好相处，真的是过不下去。”

霍期不说话。

林豫文说：“现在想想，我和你根本就是不可能的，当初是我自己痴心妄想。就算得到了霍氏，他们也不可能让你执掌，你是那么骄傲的人，怎么可能接受受制于人？”

“过去的事就不要提了。”

林豫文眼底有些让人辨不明的缥缈，她淡淡道：“对啊，都过去了。”

她笑了笑，对霍期说：“快点结婚，我倒是很想看看，你能得到什么样的人生。”

对于每个人的祝福抑或诅咒，霍期都没有太放在心上。如今的他也并没有将感情抑或结婚算作重要的事。

重回霍氏，和周尽欢能打到照面的机会也多了。但周尽欢有意躲避他，他也不多做纠缠。

每次汇报工作问题，周尽欢都会派四户通路久盛的市场部经理过来。

原本这并不合规矩，但如今四户通路久盛成了霍氏的明星店，内部的人都变得牛气了一些。

周尽欢几年前招进来的这个市场部经理是个女愤青，能力极强，但是个性非常尖锐，和霍期也有点合不来，每次上总公司来总要和霍期发生一点儿冲突。

霍期对这个女人自然也是印象深刻。

在一次季度会上，霍期忍不住点名批评她。她却突然拍桌站了起来，大声对霍期说："追我我不答应而已，至于把情绪带到工作中来吗？霍副总，麻烦你专业一点儿好吗？"

一句话如平地惊雷，在整个公司上上下下传了个遍，霍期就是浑身是嘴也解释不清。谣言就是这样传开的。

两人的梁子也算是彻底结下了。

霍期后来用了很久很久都没有想明白，最后为什么会把这个女人娶回家。

用周尽欢的话来说，大约真是恶人自有恶人磨。

当然，这又是另一个故事了。

一个 long long long story……

图书在版编目（CIP）数据

刚刚好的你 / 艾小图著 . -- 南昌 : 百花洲文艺出版社，2016.4

ISBN 978-7-5500-1693-4

Ⅰ . ①刚… Ⅱ . ①艾… Ⅲ . ①言情小说 – 中国 – 当代 Ⅳ . ① I247.5

中国版本图书馆 CIP 数据核字 (2016) 第 062811 号

出 版 者	百花洲文艺出版社
社　　址	江西省南昌市红谷滩世贸路898号博能中心20楼　邮编：330038
电　　话	0791-86895108（发行热线）0791-86894790（编辑热线）
网　　址	http:www.bhzwy.com
E-mail	bhz@bhzwy.com

书　　名	刚刚好的你
作　　者	艾小图
出 版 人	姚雪雪
特约监制	肖　恋
责任编辑	刘　云　郑盼盼
特约策划	肖　恋
特约编辑	姚　雪
封面设计	程　然
插画绘制	栗子liz
经　　销	全国新华书店
印　　刷	三河市南阳印刷有限公司
开　　本	1/16　680mm × 970mm
印　　张	19
字　　数	370千字
版　　次	2016年5月第1版
印　　次	2016年5月第1次印刷
定　　价	29.80元
书　　号	ISBN 978-7-5500-1693-4

赣版权登字：05-2016-76